Diogenes Taschenbuch 21722

W0074750

Dashiell Hammett

Meister-
erzählungen

Ausgewählt von
William Matheson

Diogenes

Diese Auswahl erschien erstmals 1984 als
Diogenes Evergreen.
Als Vorlagen dienten die amerikanischen Ausgaben
›The Big Knockover. Selected Stories and Short Novels‹
und ›The Continental Op‹,
beide Random House, New York.
Copyright © by Lillian Hellman
Das goldene Hufeisen und *Der Farewell-Mord*
wurden von Wulf Teichmann, *Das große Umlegen*
von W. E. Richartz, *$ 106 000 Blutgeld*
von Hellmuth Karasek und *Fracht für China*
von Elizabeth Gilbert übersetzt.
Umschlagillustration
von Tom Adams

Veröffentlicht als Diogenes Taschenbuch, 1989
Copyright ©1976, 1978 by
Diogenes Verlag AG Zürich
150/89/29/1
ISBN 3 257 21722 6

Inhalt

Das goldene Hufeisen

Besonders aufregend ist es nicht, was ich Ihnen diesmal anzubieten habe«, sagte Vance Richmond, als wir uns die Hände schüttelten. »Ich möchte, daß Sie einen Mann für mich finden – einen Mann, der kein Krimineller ist.«

Das klang wie eine Entschuldigung. Die letzten zwei Jobs, die dieser hagere, graugesichtige Anwalt mir zugeschustert hatte, waren in Spielerei mit Kanonen und andere Rüpeleien ausgeartet, und wahrscheinlich dachte er, bei allem, was darunter wäre, würde ich einschlafen. Es hatte wohl mal eine Zeit gegeben, wo er damit vielleicht recht gehabt hätte – als ich ein junger Hüpfer von zwanzig oder so war und frisch bei der Continental Detektei angefangen hatte; aber die fünfzehn Jahre, die seitdem ins Land gegangen waren, hatten meinen Appetit auf Handgreiflichkeiten einigermaßen gedämpft.

»Der Mann, den Sie mir ausfindig machen sollen«, fuhr der Anwalt fort, als wir uns setzten, »ist ein englischer Architekt namens Norman Ashcraft. Er ist etwa siebenunddreißig, einsachtundsiebzig groß, gut gebaut, mit hellem Teint, blondem Haar und blauen Augen. Vor vier Jahren war er noch das typische Exemplar des schmucken blonden Briten. Jetzt ist er wohl nicht mehr so – diese vier Jahre sind nicht so ganz leicht für ihn gewesen, könnt ich mir vorstellen.

Hier die Story. Vor vier Jahren lebten die Ashcrafts zusammen in England, in Bristol. Es scheint, daß Mrs. Ashcraft stark zur Eifersucht neigte, und er war ziemlich reizbar. Hinzu kommt, daß er an Geld nur hatte, was er durch seinen Beruf verdiente, während sie ganz schön was von ihren Eltern geerbt hatte. Ashcraft war blödsinnig empfindlich in diesem Punkt – es fiel ihm schwer, mit einer wohlhabenden Frau verheiratet zu sein, und so überschritt er manchmal seine Grenzen, um ihr zu beweisen, daß er von ihrem Geld weder abhängig noch beeinflußbar war. Natürlich dumm von ihm, aber genau das Verhalten, das bezeichnend ist für einen Mann seines Temperaments. Eines Nachts macht sie ihm Vorhaltungen: Er habe einer anderen Frau allzu viel Aufmerksamkeit geschenkt. Es kommt zum Streit – er packt seine Koffer und verläßt sie.

Nach kaum einer Woche tut es ihr leid – um so mehr, da sie erfahren hat, daß ihr Verdacht, abgesehn von ihrer eigenen Eifersucht, völlig unbegründet war –, und sie fängt an, ihn zu suchen. Aber er bleibt verschwunden. Es gelingt ihr, seine Spur von Bristol nach New York zu verfolgen, dann bis Detroit, wo man ihn nach irgendeiner Kneipenkeilerei wegen Hausfriedensbruch verhaftet und zu einer Geldstrafe verurteilt hatte. Danach verliert sie ihn aus den Augen, bis er zehn Monate später in Seattle wieder auftaucht.«

Der Anwalt suchte zwischen den Papieren auf seinem Schreibtisch herum und fand ein Blatt mit Notizen.

»Am 23. Mai 1923 erschoß er in seinem Hotelzimmer dort einen Einbrecher. Der Polizei von Seattle scheint die Sache nicht ganz geheuer vorgekommen zu sein, aber sie hatte nichts gegen Ashcraft in der Hand. Es gab keinen Zweifel daran, daß der Mann, den er getötet hatte, ein Einbrecher war. Dann verschwand Ashcraft aufs neue, und nichts war von ihm zu hören – bis vor jetzt etwa einem Jahr. Mrs. Ashcraft hatte in den Zeitungen der größeren amerikanischen Städte Suchanzeigen nach ihm aufgegeben.

Eines Tages erhielt sie einen Brief von ihm, aus San Francisco. Es war ein sehr förmlicher Brief, einfach nur mit der Bitte, mit den Suchanzeigen aufzuhören. Er sei zwar fertig

8

mit dem Namen Norman Ashcraft, schrieb er, doch er sei es leid, ihn in jeder Zeitung, die er aufschlage, veröffentlicht zu sehen.

Sie schrieb ihm einen postlagernden Brief hierher und setzte ihn durch eine weitere Anzeige davon in Kenntnis. Er beantwortete ihn, ziemlich scharf. Sie schrieb ihm wieder, mit der Bitte heimzukommen. Das lehnte er ab, wenngleich sein Ton ihr gegenüber weniger ätzend war. Sie wechselten noch einige Briefe, und sie erfuhr, daß er rauschgiftsüchtig geworden war – ein Rest von Stolz verbiete ihm, zu ihr zurückzukehren, bevor er nicht sein früheres Aussehen und wenigstens etwas von seinem alten Selbst wiedererlangt habe. Sie überredete ihn, ausreichend Geld von ihr anzunehmen, damit er sich wieder freischwimmen könne. Sie schickte ihm dieses Geld postlagernd hierher, jeden Monat.

In der Zwischenzeit brach sie in England ihre Zelte ab – enge Verwandte, die sie dort hätten halten können, hatte sie nicht – und kam nach San Francisco, um zur Stelle zu sein, wenn ihr Mann so weit wäre, zu ihr zurückzukehren. Ein Jahr ist seither vergangen. Sie schickt ihm immer noch jeden Monat Geld. Sie wartet immer noch darauf, daß er zu ihr zurückkehrt. Er hat es wiederholt von sich gewiesen, sich mit ihr zu treffen, und seine Briefe sind ausweichend und voll von Ausflüchten – wie er ständig gegen die Droge ankämpft, einen Monat lang einen Schritt vorankommt und im nächsten zwei Schritte zurückfällt.

Mittlerweile hat sie natürlich den Verdacht, daß er gar nicht daran denkt, jemals wieder zu ihr zurückzukehren; daß er gar nicht vorhat, die Droge aufzugeben; daß er sie einfach als Einkommensquelle benutzt. Ich habe ihr dringend nahegelegt, die monatlichen Zahlungen für eine Weile einzustellen. Aber das will sie nicht. Sehn Sie, sie gibt sich selber die Schuld an seinem gegenwärtigen Zustand. Sie glaubt, ihr dummer Eifersuchtsanfall wäre die Ursache für seine mißliche Lage, und sie hat Angst, irgend etwas zu tun, was ihn verletzen oder ihn womöglich dazu bringen könnte, sich selber noch mehr zu ruinieren. In dieser Hinsicht läßt sie nicht mit sich reden. Sie möchte ihn zurück, möchte ihn geheilt zurück; will er jedoch nicht kommen, ist sie's zufrieden, ihm die Zahlungen für den Rest seines Lebens weiter zukommen zu lassen. Aber sie will wissen, woran sie ist. Sie will, daß diese furchtbare Ungewißheit aufhört, in der sie nun schon so lange lebt.

Was wir also von Ihnen wollen, ist, daß Sie Ashcraft finden. Wir wollen wissen, ob es noch im Bereich des Möglichen liegt, daß er wieder ein Mensch wird, oder ob er nicht mehr zu retten ist. Da haben Sie Ihre Aufgabe. Finden Sie ihn, bringen Sie in Erfahrung über ihn, was Sie können, und dann, wenn wir was wissen, werden wir entscheiden, ob es klüger ist, ein Gespräch zwischen ihnen zu erzwingen – in der Hoffnung, daß sie ihn wird beeinflussen können – oder nicht.«

»Ich werd's versuchen«, sagte ich. »Wann schickt Mrs. Ashcraft ihm immer seine Rente?«

»An jedem Monatsersten.«

»Heute ist der Achtundzwanzigste. Da hab ich noch drei Tage Zeit, um eine Sache abzuschließen, bei der mir noch ein paar Steinchen fehlen. Haben Sie ein Foto von ihm?«

»Nein, leider nicht. In ihrer Wut gleich nach ihrem Gekabbel hat Mrs. Ashcraft alles vernichtet, was sie an ihn erinnern könnte.«

Ich stand auf und griff nach meinem Hut.

»Ich komm so um den Zweiten des Monats wieder vorbei«, sagte ich, als ich das Büro verließ.

Am Nachmittag des Ersten ging ich hinunter zum Postamt und erwischte Lusk noch, den Inspektor, der zu der Zeit die Schalter unter sich hatte.

»Ich hab da einen Draht zu einem Blütendrucker oben

aus dem Norden«, erzählte ich Lusk. »Er soll seine Briefe hier postlagernd kriegen. Können Sie's irgendwie so einrichten, daß ich den mal ins Visier kriege?«

Postinspektoren sind an Händen und Füßen durch Vorschriften und Dienstanweisungen gebunden, die ihnen verbieten, Privatdetektiven Hilfestellungen zu leisten – es sei denn, es handelt sich um bestimmte Verbrechen. Aber ein freundlicher Inspektor treibt einen nicht unbedingt bis zum Äußersten. Man lügt ihm etwas vor – damit er ein Alibi hat, falls irgend etwas herauskommt –, und ob er einem nun glaubt oder ob er denkt, man belüge ihn, spielt keine Rolle.

Ich war also gleich wieder unten und lungerte in Sichtweite des Schalters für die Buchstaben A bis D herum, und der Beamte hinter der Scheibe war angewiesen, mir den Schalter zu überlassen, falls nach Ashcrafts Post gefragt werden sollte. Es war zwar noch keine Post für ihn da – Mrs. Ashcrafts Brief würde wohl auch kaum noch an diesem Nachmittag in sein Fach wandern –, aber ich wollte nichts riskieren, und so blieb ich bis Schalterschluß auf dem Posten.

Wenige Minuten nach zehn am nächsten Vormittag konnte ich in Aktion treten. Einer der Schalterbeamten gab mir das Zeichen. Ein kleiner Mann in blauem Anzug und mit grauem Schlapphut entfernte sich mit einem Umschlag in der Hand von dem Schalter. Ein Mann von vielleicht vierzig Jahren, auch wenn er älter wirkte. Sein Gesicht war teigig, der Gang schleppend, und sein Anzug hatte Kleiderbürste und Bügeleisen dringend nötig.

Er steuerte direkt das Schreibpult an, vor dem ich stand und mit einigen Papieren herumfummelte. Er holte einen großen Briefumschlag aus der Tasche, und mein Blick fiel gerade lange genug auf dessen Vorderseite, um zu sehen, daß er bereits frankiert und adressiert war. Er hielt die Seite mit der Adresse gegen den Oberkörper, steckte den am Schalter abgeholten Brief in den Umschlag und beleckte die zurückgeschlagene Klappe so, daß unmöglich jemand die Vorderseite des Umschlags sehen konnte. Dann strich er die Klappe sorgfältig fest und wandte sich den Briefkastenschlitzen zu. Ich ging ihm nach. Mir blieb nichts übrig als das stets zuverlässige Stolpern.

Ich setzte zum Überholen an, und als ich dicht an ihm dran war, spielte ich einen Sturz auf den Marmorboden, ihn anrempelnd und ihn packend, als suchte ich Halt an ihm. Es war miserabel. Mitten in meiner Nummer rutschte ich wirklich aus, und wie zwei Ringer gingen wir beide zu Boden.

Ich rappelte mich auf, riß ihn hoch, murmelte eine Entschuldigung und mußte ihn fast beiseite stoßen, um vor ihm bei dem Umschlag zu sein, der mit der Vorderseite auf dem Boden lag. Als ich ihm den Umschlag reichte, mußte ich ihn umdrehen, um an die Adresse zu kommen:

> *Mr. Edward Bohannon,*
>   *Golden Horseshoe Café,*
>   *Tijuana, Baja California*
>   *Mexico*

Ich hatte die Adresse, mich zugleich aber auch verraten. Es gab keine Möglichkeit auf Gottes Erdboden, diesem kleinen Mann in Blau nun noch einreden zu können, ich hätte es nicht auf die Adresse abgesehen gehabt.

Ich klopfte meine Sachen ab, während er seinen Umschlag in einen Schlitz schob. Er kam nicht zurück zu mir, wollte nichts mehr von mir, sondern wandte sich dem Ausgang zur Mission Street zu. Nach dem, was er wußte, konnte ich ihn nicht einfach so gehen lassen. Ich wollte nicht, daß Ashcraft einen Tip bekäme, bevor ich ihn gefunden hätte. Ich mußte es mit einem anderen Trick versuchen, der ebenso alt war wie der, den der glatte Fußboden mir vermasselt hatte.

Ich holte ihn ein, und im selben Augenblick wandte er den Kopf, um zu sehen, ob jemand ihm folge.

»Hallo, Micky!« grüßte ich ihn freudig. »Wie geht's denn so in Chi?«

»Sie müssen mich verwechseln.« Er sagte das aus dem Winkel seines graulippigen Mundes, ohne stehenzubleiben. »Ich weiß nix von Chi.«

Seine Augen waren blaßblau mit Pupillen von Stecknadelkopfgröße – die Augen eines Heroin- oder Morphiumsüchtigen.

»Nu tu ma nich so«, sagte ich. »Du bist doch erst heute morgen aus'm Zug gefallen.«

Er blieb auf dem Gehsteig stehen und sah mich an.

»Ich? Für wen halten Sie mich eigentlich?«

»Du bist Micky Parker. Der Holländer hat uns geflüstert, daß du hierher unterwegs bist.«

»Sie spinnen«, grinste er mich hämisch an. »Ich hab keine Ahnung, wovon Sie überhaupt reden!«

Das machte nichts – ich hatte auch keine. Ich hob meine rechte Hand in der Manteltasche.

»Jetzt werd ich dir ma was erzählen«, knurrte ich.

Er zuckte vor meiner sich ausbeulenden Tasche zurück.

»Hey, hör zu, Bruder!« flehte er. »Du verwechselst mich – ehrlich. Ich heiße nicht Micky Parker, und ich lebe hier schon 'n ganzes Jahr in Frisco.«

»Das mußte mir erst ma beweisen.«

»Kann ich machen«, rief er aus, ganz Eifer. »Ich schlepp dich ab zu mir und beweis es dir. Ich heiß Ryan und ich wohn hier um die Ecke an der Sixth Street.«

»Ryan?« fragte ich.

»Ja – John Ryan.«

Das kreidete ich ihm an. Jeder dritte Ganove der alten Schule hat diesen Namen mindestens einmal benutzt; er ist der John Smith der Unterwelt.

Dieser spezielle John Ryan führte mich um den Block zu

einem Haus auf der Sixth Street, wo die Wirtin – ein grob-
schlächtiges Weib von fünfzig Jahren mit Armen, die so be-
haart und muskulös waren wie die eines Dorfschmieds –
mir versicherte, ihr Mieter lebe schon monatelang in San
Francisco, das wisse sie ganz genau, und sie erinnerte sich,
ihn während der letzten zwei Wochen mindestens einmal
täglich gesehen zu haben. Hätte ich wirklich den Verdacht
gehabt, dieser Ryan sei mein fabulöser Micky Parker aus
Chicago, ich würde der Frau kein Wort geglaubt haben;
aber wie die Dinge lagen, tat ich so, als wäre ich ganz überzeugt.

Das schien also geklappt zu haben. Mr. Ryan war genas-
führt, lebte in dem Glauben, ich hätte ihn mit einem anderen Gangster verwechselt und Ashcrafts Brief interessierte
mich nicht. Es würde also nichts weiter passieren – oder
nichts allzu Schlimmes –, wenn ich die Sache auf sich beru-
hen ließe. Aber unvernähte Fäden stören mich. Dieser Vogel war ein Fixer, und er hatte sich unter einem reichlich
sonderbaren Namen vorgestellt, also …

»Was machst'n so, um zu deinen Brötchen zu kommen?«
fragte ich ihn.

»Och, hab gar nix gemacht die letzten zwei Monate«,
quasselte er, »aber nächste Woche will ich mit 'nem Kumpel
so'n kleinen Freßladen aufmachen.«

»Gehn wir hoch auf dein Zimmer«, schlug ich vor. »Ich
will mit dir reden.«

Begeistert war er nicht, aber er ging mit mir hinauf. Er
hatte zwei Zimmer und eine Küche im zweiten Stock –
dreckige, übelriechende Zimmer.

»Wo's Ashcraft?« knallte ich ihm vor den Kopf.

»Ich weiß nicht, wovon du redest«, murmelte er.

»Da mußt du aber bald drauf kommen«, riet ich ihm,
»sonst wartet nämlich 'ne Gummizelle auf dich, und da
kriegst du dann das Zähneklappern.«

»Du hast nichts in der Hand gegen mich.«

»Von wegen! Wie würden dir dreißig oder sechzig Tage wegen Landstreicherei gefallen?«

»Landstreicherei, ha!« kläffte er. »Ich wohn hier und hab 'n halben Riesen auf der Tasche.«

Ich grinste ihn an.

»Du weißt genau, was ich meine, Ryan, 'ne Tasche voll Geld nützt dir gar nix in Kalifornien. Du arbeitest nicht. Du kannst nicht nachweisen, wo du dein Geld her hast. Du bist wie geschaffen für das Landstreichergesetz.«

Ich stellte mir diesen Vogel als kleinen Rauschgifthändler vor. Wenn er das war – oder wenn er irgendwelchen anderen Dreck am Stecken hatte, der ans Licht kommen könnte, wenn man ihn in die Mangel der Justiz nähme –, so war nicht ausgeschlossen, daß er Ashcraft preisgeben würde, um die eigene Haut zu retten; zumal Ashcraft meines Wissens nicht auf der falschen Seite des Strafgesetzes stand.

»An deiner Stelle«, fuhr ich fort, während er auf den Boden starrte und überlegte, »würd ich ein lieber, braver Junge sein und machen, was ich dir sage. Du bist …«

Er drehte sich in seinem Schaukelstuhl ein wenig zur Seite, und eine Hand verschwand hinter ihm.

Ich trat ihn aus seinem Stuhl.

Der Tisch rutschte unter mir weg, sonst hätte ich ihn für eine Weile niedergestreckt. So traf ihn der aufs Kinn gezielte Tritt auf die Brust, so daß er rückwärts umkippte und der Schaukelstuhl auf ihm landete. Ich riß den Stuhl weg und nahm ihm die Kanone ab – eine billige, mit Nickel beschlagene 32er. Dann setzte ich mich wieder auf die Tischecke.

Mehr als dieses kurze Aufflackern von Kampfgeist hatte er nicht in sich. Weinerlich kam er hoch.

»Ich will Ihnen ja alles erzählen. Ich will keinen Ärger. Dieser Ashcraft hat zu mir gesagt, er würde seine Frau nur hinhalten. Jeden Monat, wenn ich ihm seinen Brief nach Tijuana nachschicke, krieg ich zehn Eier dafür. Ich hab ihn hier kennengelernt, und als er vor sechs Monaten in den Süden ging – er hat da unten ein Mädchen –, hab ich ihm versprochen, das für ihn zu erledigen. Ich hab wohl gewußt, daß es Geld ist – sein ›Kindergeld‹ wär es, hat er gesagt –, aber daß da irgendwas faul dran ist, hab ich nich gewußt.«

»Was für 'ne Art *hombre* ist denn dieser Ashcraft? Was hat der so für krumme Touren drauf?«

»Ich weiß nicht. Könnte 'n Schwindler sein – wirkt ganz flott so nach außen. Er is Engländer und nennt sich meistens Ed Bohannon; und is scharf auf O. Ich selber brauch das Zeug ja nich« – der Witz war nicht schlecht – »aber Sie wissen ja, wie das is in so 'ner Stadt – man lernt eben alle möglichen Typen kennen. Aber was dem so seine Spezialität is, weiß ich wirklich nich.«

Das war alles, was ich aus ihm herauskriegen konnte. Er konnte oder wollte mir nicht erzählen, wo Ashcraft in San Francisco gewohnt hatte oder in welchen Kreisen er verkehrt hatte.

Ryan schrie Zeter und Mordio, als ihm klar wurde, daß ich vorhatte, ihn einzubuchten.

»Sie haben gesagt, Sie lassen mich laufen, wenn ich rede«, winselte er.

»Hab ich nicht. Und selbst wenn – ich glaube, alle eventuell getroffenen Vereinbarungen werden ungültig, wenn einer seinen Ballermann auf mich richtet. Los, auf!«

Ich konnte es mir nicht leisten, ihn frei herumlaufen zu lassen, solange ich noch keine Verbindung mit Ashcraft hatte.

Er würde ein Telegramm aufgegeben haben, bevor ich drei Blocks weit weg gewesen wäre, und danach würde mein Informant auf Nimmerwiedersehen verschwunden sein.

Ich hatte einen guten Riecher bewiesen, Ryan hinter Riegel zu bringen. Als man ihm im Präsidium die Fingerabdrücke abgenommen hatte, entpuppte er sich als ein Fred

Rooney, alias »Jamocha«, Kräuterhändler und Stärkungsmittelschmuggler, der aus dem Bundesgefängnis von Leavenworth ausgebrochen war, nachdem er von zehn Jahren erst zwei abgebrummt hatte.

»Können Sie ihn für zwei Tage erst mal zunähn?« fragte ich den Captain des Stadtgefängnisses. »Ich hab da 'ne Sache zu erledigen, die glatter läuft, wenn'n Weilchen kein Wort von ihm nach draußen kommt.«

»Aber na sicher«, versprach der Captain. »Die Leute vom Bundesgefängnis holen ihn erst in zwei bis drei Tagen hier ab. Ich werd ihn luftdicht abschließen derweil.«

Vom Gefängnis fuhr ich hoch zu Vance Richmonds Büro und teilte ihm meine Neuigkeit mit.

»Ashcraft kriegt seine Post in Tijuana. Er lebt da unten unter dem Namen Ed Bohannon, möglicherweise mit einer Frau zusammen. Ich habe gerade einen von seinen Freunden ins Kühlfach verfrachtet; einen, der ihm die Post besorgt hat und vorher mal aus'm Gefängnis ausgebrochen war.«

Der Anwalt griff nach dem Telefon und wählte eine Nummer.

»Ist dort Mrs. Ashcraft?... Hier ist Mr. Richmond... Nein, direkt gefunden haben wir ihn noch nicht, aber ich glaube, wir wissen, wo er ist... Ja... In etwa fünfzehn Minuten.«

Er legte den Hörer auf und erhob sich.

»Wir fahren schnell mal zu Mrs. Ashcraft.«

Eine Viertelstunde später stiegen wir in der Jackson Street unweit der Gough Street aus Richmonds Wagen. Das Haus war ein dreigeschossiger weißer Steinbau, der – zurückgesetzt durch ein sorgfältig gepflegtes Rasenstück – von der Straße durch ein Eisengeländer abgegrenzt war.

Mrs. Ashcraft empfing uns in einem Wohnzimmer des ersten Stocks. Eine hochgewachsene Frau von noch nicht dreißig, schlank und schön in einem grauen Kleid. ›Klar‹

war das Wort, das am besten zu ihr paßte; es traf das Blau ihrer Augen, das rosige Weiß ihrer Haut, das Hellbraun ihres Haars.

Richmond stellte mich ihr vor und erzählte ihr dann, was ich in Erfahrung gebracht hatte, wobei er die Sache mit der Frau in Tijuana jedoch wegließ. Und ich verschwieg ihr meine Vermutung, daß ihr Mann mittlerweile auf krummen Pfaden wandelte.

»Mr. Ashcraft lebt in Tijuana, wie ich hörte. Er verließ San Francisco vor sechs Monaten. Seine Post wird ihm nachgeschickt, an die Adresse eines Cafés dort, und er empfängt sie unter dem Namen Edward Bohannon.«

Glücklich leuchteten ihre Augen auf, doch zu zappeln fing sie nicht an; von der Sorte war sie nicht. Zu dem Anwalt sagte sie: »Soll ich hinfahren? Oder wollen Sie?«

Richmond schüttelte den Kopf.

»Keiner von uns beiden. Sie schon gar nicht, und ich kann momentan nicht weg.« Er wandte sich an mich. »Sie werden fahren müssen. Bestimmt verstehn Sie sich auf sowas auch besser als ich. Sie werden wissen, was zu unternehmen ist und wie man sowas anfaßt. Mrs. Ashcraft möchte sich ihm nicht aufdrängen, will aber auch nichts unversucht lassen, was ihm helfen könnte.«

Mrs. Ashcraft reichte mir eine kräftige, schmale Hand.

»Tun Sie, was Sie für am klügsten halten.«

Das war teils eine Frage, teils ein Ausdruck des Vertrauens.

»Das werd ich«, versprach ich.

Sie gefiel mir, diese Mrs. Ashcraft.

Tijuana hatte sich während der zwei Jahre, die ich nicht mehr dort gewesen war, kaum verändert. Noch immer dieselben zweihundert bis zweihundertfünfzig Meter staubiger, schmutzigbrauner Straße zwischen zwei Reihen von Saloon an Saloon und ein paar noch schmutzigerer

Seitenstraßen, in denen die Spelunken Unterschlupf fanden, für die auf der Hauptstraße kein Platz mehr war.

Das Automobil, das mich von San Diego hergebracht hatte, lud mich früh am Nachmittag in der Stadtmitte ab, als das Tagesgetriebe langsam losging. Das heißt, zwischen den auf der Straße herumlungernden Hunden und Mexikanern wankten erst zwei oder drei Betrunkene herum, wenngleich bereits eine ganze Meute Angetrunkener von einem Saloon in den nächsten stürzte.

Zu der Mitte des nächsten Blocks erblickte ich ein großes goldglänzendes Hufeisen. Ich ging die Straße weiter hinunter und dann hinein in den Saloon, der zu diesem Zeichen gehörte. Es war eine für den Ort recht typische Kneipe. Links, wenn man hineinkam, eine Bar, die halbe Tiefe des Baus einnehmend, mit drei Spielautomaten am Ende. Gegenüber der Bar, vor der rechten Wand, eine Tanzfläche, die von der Vorderwand bis zu einem Podium reichte, auf dem ein schmieriges Orchester sich gerade für die Arbeit rüstete. Hinter dem Orchester war eine Reihe niedriger Buchten oder Verschläge, nach vorn hin offen und mit je einem Tisch und zwei Bänken.

Es war noch früh am Tag, und erst wenige Gäste saßen herum. Ich fing den Blick des Barmanns auf. Es war ein bulliger, rotgesichtiger Ire mit rotbraunem Haar, das nach vorn in zwei Locken angeklatscht war, so daß das bißchen Stirn, das er hatte, auch noch verdeckt wurde.

»Ich möchte Ed Bohannon sprechen«, sagte ich in vertraulichem Ton zu ihm.

Er sah mich mit ausdruckslosen Augen an.

»Ich kenne keinen Ed Bohannon.«

Ich holte ein Stück Papier und einen Bleistift heraus, kritzelte *Jamocha ist geschnappt* darauf und schob es ihm hin.

»Wenn ein Mann kommt, der sagt, er sei Ed Bohannon, geben Sie ihm das dann?«

»Ich denke schon.«

»Gut«, sagte ich. »Ich bleib noch'n bißchen hier.«

Ich ging weiter in den Raum hinein und setzte mich an einen Tisch in einer der Nischen. Kaum hatte ich mich niedergelassen, machte sich ein schlaksiges Mädchen neben mir breit, das sein Haar durch irgendein Mittel blaurot gemacht hatte.

»Kaufst mir'n kleinen Drink?« fragte sie.

Das Gesicht, das sie machte, sollte wahrscheinlich ein Lächeln sein. Was es auch war, es gab mir jedenfalls einen Stich. Ich hatte Angst, sie würde es noch einmal machen, und so gab ich mich geschlagen.

»Ja«, sagte ich und bestellte mir bei dem Kellner, der bereits über meiner Schulter hing, eine Flasche Bier.

Die Pupurhaardame an meiner Seite kippte ihren Schuß Whisky und machte gerade den Mund auf, um vorzuschlagen, wir sollten uns noch einen Drink bestellen – die Flittchen da unten halten nicht viel von Zeitverschwendung – als hinter mir eine Stimme laut wurde.

»Cora, Frank will was von dir.«

Cora blickte verärgert über meine Schulter.

Dann schnitt sie mir wieder dieses scheußliche Gesicht, wobei sie sagte: »Na schön, Püppi. Kümmerst du dich um meinen Freund hier?« – und mich verließ.

Püppi glitt auf den Platz neben mir. Sie war ein kleines molliges Gör von vielleicht achtzehn – keinen Tag älter; ein Kind noch. Ihr kurzes Haar war braun und lockte sich um ein rundes, jungenhaftes Gesicht mit lachenden, frechen Augen.

Ich bestellte ihr einen Drink und mir noch eine Flasche Bier.

»Worauf bist du aus?« fragte ich.

»Auf Schnaps.« Sie grinste mich an – mit einem Grinsen, das ebenso jungenhaft war wie der gerade Blick aus ihren braunen Augen. »Literweise.«

»Und auf was sonst noch?«

Mir war klar, daß hinter diesem Austausch der Mädchen irgend etwas steckte.

»Na ja, wie ich höre, suchen Sie'n Freund von mir«, sagte Püppi.

»Schon möglich. Was hast du denn so für Freunde?«

»Na, da wär erst mal Ed Bohannon. Sie kennen Ed?«

»Nein – noch nicht.«

»Aber Sie suchen ihn?«

»Ah-hm.«

»Worum geht's denn? Vielleicht könnt ich ihm 'ne Nachricht zukommen lassen.«

»Ach, laß man«, bluffte ich. »Wenn dein Ed auf so'nem hohen Roß sitzt ... Aber was soll's, ist ja nicht *mein* Bier. Ich kauf dir noch'n Drink und trabe weiter.«

Sie sprang auf.

»Aber so warten Sie doch mal! Ich seh zu, ob ich ihn kriegen kann. Wie ist Ihr Name?«

»Parker tut's genauso wie jeder andere«, sagte ich, ihr den Namen nennend, der mir bei Ryan zuerst in den Sinn gekommen war.

»Warten Sie da!« rief sie zurück, als sie auf die Hintertür zuging. »Ich werd ihn schon irgendwo auftreiben.«

»Das wirst du bestimmt«, pflichtete ich ihr bei.

Zehn Minuten vergingen, und durch den Vordereingang des Etablissements näherte sich ein Mann meinem Tisch. Es war ein blonder Engländer, noch unter vierzig, bei dem alle Merkmale des Gentleman schäbig geworden waren. Ganz auf den Hund gekommen war er noch nicht, aber die Stumpfheit der blauen Augen, die Tränensäcke darunter, die verhuschten Linien um den Mund, die Schlaffheit des Mundes und sein grauer Teint ließen keinen Zweifel darüber, daß es steil bergab ging mit ihm. Trotzdem wirkte er noch einigermaßen attraktiv, was er einem Rest früherer Gesundheit zu verdanken hatte.

Er setzte sich mir gegenüber.

»Sie suchen mich?«

»Sie sind Ed Bohannon?«

Er nickte.

»Jamocha ist vor zwei Tagen aufgegriffen worden«, ließ ich ihn wissen. »Inzwischen dürfte er seinen Trip in den Großknast von Kansas angetreten haben. Er hat mir rausgeschmuggelt, ich soll Ihnen Bescheid sagen. Er wußte nämlich, daß ich in die Gegend hier runter wollte.«

Mit gerunzelten Brauen blickte er auf die Tischplatte. Dann sah er mich wieder scharf an.

»Hat er sonst noch was gesagt?«

»*Er* hat mir überhaupt nix gesagt. Ein Mittelsmann hat mir das geflüstert. Ihn selber hab ich gar nich gesehn.«

»Sie bleiben eine Weile hier?«

»Ja, zwei oder drei Tage«, sagte ich. »Ich hab hier was auf'm Feuer.«

Er lächelte und hielt mir seine Hand hin.

»Danke für den Tip, Parker«, sagte er. »Wenn Sie'n paar Schritte mitkommen wollen, geb ich Ihnen was Echtes zu trinken.«

Dagegen hatte ich nichts einzuwenden. Er führte mich hinaus aus dem Goldenen Hufeisen und eine Seitenstraße hinunter zu einem Haus aus Luftziegeln, das draußen am Rand der Stadt stand, wo sie in die Wüste hinein ausfranste. Er wies mir einen Stuhl im Vorderzimmer an und ging ins Nebenzimmer.

»Worauf haben Sie Lust?« rief er durch die Tür. »Korn, Gin, Scotch…«

»Der Letzte ist Sieger«, unterbrach ich seine Aufzählung.

Er brachte eine Flasche Black & White herein, einen Siphon und Gläser, und wir ließen uns zum Trinken nieder. Wir tranken und redeten, tranken und redeten, und beide stellten wir uns betrunkener, als wir in Wirklichkeit waren - obgleich wir ziemlich bald beide voll waren wie die Raubritter.

Es war ein Wettsaufen, schlicht und einfach. Er wollte mich zum Schwachmann machen – einem Schwachmann, aus dem mit Leichtigkeit alle Geheimnisse herauszuholen wären –, und ich versuchte dasselbe Spiel mit ihm. Wir kamen dabei aber beide nicht weit.

»Wissen Sie«, sagte er, als es langsam dunkel wurde, »ich bin 'n Riesenarschloch gewesen. Ich hab 'ne Frau – die besse Frau inna Welt. Zurückkomm soll ich zu ihr – na ja unsoweita. Un was mach ich? Häng hier rum, supp das Seuch da – knall mir auch noch die Feife rein – un dabei könnich wer sein. Arch – Architekt, vaschtehn Se, unnochnichman schlechta. Bin aba ausm Takt gekomm – hab mich mit diesen Leuten einge – eingelassen. K-komm anscheind nich los davon. Aber ich wer gehn – kein Qquatsch. Wer zurückgehn zu meim Frauchen – besse Frau inna Welt. Mach Schluß midda Feife unalm. Guck mich an. Seh ich aus wie'n Süchtjer? Kein bißchen. Waich mich be-beherrschn kann, darum. Wer ich da seign – un jetzt rauch ich eine – daß ich's kann oda bleibm lassen kann.«

Benebelt rappelte er sich aus seinem Stuhl hoch, wankte in das Nebenzimmer und kam kurz darauf zurückgetorkelt – auf einem Silbertablett ein feinstes Opiumbesteck balancierend, alles in Silber und Elfenbein.

Er stellte es auf den Tisch und offerierte mir mit großer Geste eine Pfeife.

»Nimm kleines Ende von mir, Parker.«

Ich sagte ihm, ich würde beim Scotch bleiben.

»Dann geb ich dir'n Schuß C, wenne das lieba wist«, lud er mich ein.

Ich lehnte das Cocain ab, und so fläzte er sich neben den Tisch bequem auf den Fußboden, rollte sich ein Kügelchen, verbriet es, und unsere Party ging weiter – er bediente seine O-Pfeife, ich schlug mich mit dem Scotch herum, und beide redeten wir weiter zum Vorteil des anderen und dachten dabei nur an den eigenen Vorteil.

Als um Mitternacht Püppi hereinkam, hatte ich so schwer geladen, daß ich mich kaum noch halten konnte.

»Na, ihr scheint euch ja zu amüsieren«, sagte sie lachend und beugte sich herab, um dem Engländer einen Kuß auf sein zerzaustes Haar zu geben.

Sie hockte sich an den Tisch und griff nach der Whiskyflasche.

»Alles ist herrlich«, versicherte ich ihr, wenn mir das wahrscheinlich auch nicht so klar über die Lippen kam.

»Sie sollten immer unter Strom stehn, Kurzer; das macht Sie 'ne Nummer größer.«

Ich weiß nicht mehr, ob ich darauf antwortete oder nicht. Jedenfalls legte ich mich kurz darauf neben den Engländer auf den Fußboden und schlief ein.

Die nächsten zwei Tage liefen ziemlich genauso ab wie der erste. Ashcraft und ich waren rund um die Uhr zusammen, das Mädchen meistens bei uns, und die einzige Zeit, in der wir nicht tranken, war, wenn wir unseren Rausch ausschliefen. Den größten Teil dieser drei Tage verbrachten wir entweder in dem Haus aus Luftziegeln oder im Goldenen Hufeisen, doch wir fanden immer noch Zeit für kürzere Besuche in so gut wie allen anderen Kneipen der Stadt. Was um mich herum vorging, kriegte ich nur verschwommen mit, aber ich glaube nicht, daß ich etwas ganz verpaßte.

Ashcraft und ich waren die dicksten Freunde, nach außen, aber keiner von uns gab sein Mißtrauen gegenüber dem anderen auf, egal wie betrunken wir wurden – und das wurden wir ganz schön. Er machte sich regelmäßig über seinen Rotzkocher her. Ich glaube nicht, daß das Mädchen geraucht hat, aber harte Drinks handhabte sie recht ordentlich.

Drei solche Tage, und dann, langsam nüchtern werdend, fuhr ich zurück nach San Francisco und stellte mir unterwegs eine Liste über das zusammen, was ich über Norman Ashcraft, alias Ed Bohannon, wußte und vermutete.

Die Liste ging ungefähr so:

1. Er ahnte oder war sich dessen sogar sicher, daß ich auf Betreiben seiner Frau gekommen war – er war zu glatt gewesen und hatte mich zu gut unterhalten; deswegen stand das fest für mich. 2. Allem Anschein nach hatte er den Vorsatz, zu seiner Frau zurückzukehren, wenn es auch keine Garantie dafür gab, daß er es tatsächlich tun würde. 3. Er war kein unheilbar Rauschgiftsüchtiger. 4. Es war nicht ausgeschlossen, daß er sich unter dem Einfluß seiner Frau zusammennehmen würde, aber es war unwahrscheinlich – er war wohl körperlich noch nicht ganz unten, aber er hatte einmal die Gosse geschmeckt und schien Geschmack daran gefunden zu haben. 5. Das Mädchen Püppi liebte ihn wahnsinnig, während er sie gernhatte, sich innerlich aber von ihr zurückzog.

Nach einem guten Schlaf im Nachtzug zwischen Los Angeles und San Francisco landete ich auf der Bahnstation an der Third und Townsend Street mit fast normalem Kopf und Magen und nicht allzuviel Knoten in den Nerven. Ich verdrückte ein Frühstück, das reichhaltiger war als alles, was ich seit drei Tagen gegessen hatte, und fuhr hinauf zu Vance Richmonds Büro.

»Mr. Richmond ist in Eureka«, sagte mir seine Stenotypistin.

»Können Sie ihn mir ans Telefon holen?«

Sie konnte und tat es.

Ohne irgendwelche Namen zu nennen, erzählte ich dem Anwalt, was ich wußte und vermutete.

»Ja, verstehe«, sagte er. »Wie wär's, wenn Sie zu Mrs. A. rausfahren und ihr sagen, daß ich ihr heute abend noch schreibe und wahrscheinlich übermorgen wieder zurück bin. Ich finde, wir können warten bis dahin, ehe wir was unternehmen.«

Ich erwischte eine Straßenbahn, stieg an der Van Ness Avenue um und ging hinaus zu Mrs. Ashcrafts Haus. Ich klingelte, aber es rührte sich nichts. Erst als ich noch ein paarmal geklingelt hatte, fiel mir auf, daß unter dem Vordach zwei Morgenzeitungen lagen. Ich sah mir die Daten an – von heute und gestern morgen.

Ein Mann in verblichenem Overall sprengte den Rasen nebenan.

»Können Sie mir sagen, ob die Leute von hier weggefahren sind?« rief ich.

»Kann ich mir nicht denken. Die Hintertür steht auf, hab ich heut morgen gesehn.«

Er hörte auf, sich das Kinn zu kratzen.

»Na, vielleicht sind sie doch weggefahren«, sagte er langsam. »Wenn ich's recht bedenke, hab ich sie gar nicht mehr gesehn – seit – ja, seit gestern – keinen mehr.«

Ich trat von der Haustreppe herunter, ging ums Haus, stieg hinten über den niedrigen Zaun und ging die rückwärtigen Stufen hinauf. Die Küchentür stand etwa zwei Fuß breit offen. Zu sehen war niemand in der Küche, aber ich hörte Wasser laufen.

Ich klopfte mit den Knöcheln der Faust an die Tür, laut. Es kam keinerlei Antwort. Ich stieß die Tür auf und ging hinein. Über dem Spülbecken lief der Wasserhahn. Ich blickte ins Spülbecken.

Unter dem schwach laufenden Wasser lag ein Tranchiermesser. Die Klinge maß knapp einen Fuß; sie sah scharf aus. Das Messer war sauber, aber der hintere Teil des Spülbeckens – wo nur kleine Wassertropfen hingespritzt waren – war mit rotbraunen Pünktchen gesprenkelt. An einem davon kratzte ich mit dem Fingernagel – getrocknetes Blut.

Abgesehen von dem Spülbecken war in der Küche alles sauber und ordentlich. Ich machte die Tür zur Speisekammer auf. Alles an seinem Platz, wie es schien. Auf der gegenüberliegenden Seite der Küche führte eine weitere Tür ins Vordere des Hauses. Ich öffnete die Tür und trat in einen Gang. Das Licht aus der Küche erhellte den Gang nicht ausreichend. Ich tastete im Dämmerlicht nach dem Lichtschalter, der irgendwo dort sein mußte. Ich trat auf etwas Weiches.

Den Fuß zurückziehend, suchte ich in meiner Tasche nach Streichhölzern und entzündete eins. Vor mir – Kopf und Schulter auf dem Fußboden, Becken und Beine auf den unteren Stufen einer Treppe – lag in Unterkleidung der Filipino-Boy.

Er war tot. Ein Auge war aufgeritzt, und die Kehle war knapp unter dem Kinn glatt durchtrennt. Ich sah die Szene vor mir, ohne die Augen schließen zu müssen. Oben auf der Treppe – die Linke des Killers fährt dem Filipino ins Gesicht – der Daumennagel reißt die Hornhaut des Auges auf – das braune Gesicht wird zurückgebogen – der braune Hals spannt sich für die Schneide der Klinge – der Schnitt – und der Stoß die Stufen hinunter.

Das Licht von meinem zweiten Streichholz zeigte mir den Schalter. Glühbirnen leuchteten auf, ich knöpfte mir den Mantel zu und ging die Treppe hinauf. Auf den Stufen hier und da dunkle Stellen von getrocknetem Blut, und beim Treppenabsatz im ersten Stock ein großer Fleck an der Tapete. Am oberen Ende der Treppe fand ich einen weiteren Schalter und machte Licht.

Ich folgte dem Flur, steckte den Kopf in zwei Zimmer, die in Ordnung zu sein schienen, und bog dann um eine Ecke – und zuckte zurück, mit knapper Not noch verhindernd, daß ich über eine Frau stolperte, die dort lag.

Zusammengekrümmt lag sie auf dem Fußboden, das Gesicht nach unten, die Knie angezogen, beide Hände an den Bauch gepreßt. Sie hatte ein Nachthemd an, und das Haar lag in einem Zopf über ihrem Rücken.

Ich legte einen Finger auf ihren Nacken. Steinkalt.

Ich kniete mich hin – um sie nicht umdrehen zu müssen – und sah nach dem Gesicht. Es war das Dienstmäd-

27

chen, das mich und Richmond vor vier Tagen ins Haus gelassen hatte.

Ich stand wieder auf und blickte mich um. Der Kopf des Dienstmädchens lag dicht an einer geschlossenen Tür. Ich ging um sie herum und stieß die Tür auf. Ein Schlafzimmer, aber nicht das des Dienstmädchens. Es war ein delikat luxuriöses Schlafgemach in Creme und Grau, mit französischen Drucken an den Wänden. Nichts im Zimmer war durcheinander gebracht außer dem Bett. Das Bettzeug war zerwühlt und zerrauft, ein wüster Haufen in der Mitte des Bettes - ein Haufen, der zu groß war...

Mich über das Bett beugend, fing ich an, das Bettzeug herunterzuziehen. Das zweite Stück hatte Blutflecken. Ich riß den Rest herunter.

Mrs. Ashcraft - tot.

Ihr Körper war ein kleines Bündel, an dem sonderbar verdreht der Kopf lag - an einem Hals hängend, der glatt bis auf den Knochen durchgeschnitten war. Das Gesicht wies von der Schläfe bis zum Kinn vier tiefe Kratzer auf. Ein Ärmel der blauseidenen Schlafanzugjacke war abgerissen. Laken und Schlafanzug waren naß von Blut, das durch das darübergehäufte Deckenzeug noch nicht trocknen konnte.

Ich deckte sie wieder zu, drückte mich vorbei an der toten Frau im Flur und ging die Treppe nach vorn hinunter, wobei ich noch mehr Lichter anmachte und mich fieberhaft nach dem Telefon umsah. Unten an der Treppe fand ich es. Zuerst rief ich die Mordkommission an, dann Vance Richmonds Büro.

»Benachrichtigen Sie Mr. Richmond, daß Mrs. Ashcraft ermordet worden ist«, sagte ich seiner Stenotypistin. »Ich bin in ihrem Haus, er kann mich hier erreichen.«

Dann ging ich zur Haustür hinaus, setzte mich auf die oberste Stufe und wartete rauchend auf die Polizei.

Mir war hundeelend. Ich habe im Laufe der Jahre mehr Tote gesehen als zehn Gleichaltrige zusammen, aber meine

Nerven waren von der dreitägigen Sauferei noch etwas mitgenommen, und so war mir diese Sache jetzt doch ein bißchen in die Knochen gegangen.

Der Polizeiwagen schwenkte um die Ecke und fing an, Männer auszuspucken, bevor ich meine Zigarette zu Ende geraucht hatte. O'Gar, der Detektivsergeant, dem das Morddezernat unterstellt war, stürmte als erster die Treppe hinauf.

»Hallo«, grüßte er mich. »Was haben Sie denn diesmal auf Lager?«

»Ich hab hier drin drei Leichen gefunden, noch eh ich richtig hingeguckt hatte«, sagte ich zu ihm, als ich ihn ins Haus führte. »Vielleicht findet ja so'n amtlich bestallter Detektiv wie Sie noch mehr davon.«

»Och, Sie können doch zufrieden sein – als Lehrjunge«, sagte er.

Meine Flauheit war verflogen. Ich brannte auf Arbeit.

Zuerst zeigte ich O'Gar den Filipino, dann die zwei Frauen. Weitere Leichen fanden wir nicht. Die nächsten paar Stunden waren wir alle – O'Gar, die acht Männer unter ihm und ich – mit Kleinarbeit beschäftigt. Das Haus mußte vom Dachboden bis zum Keller abgegangen werden. Die Nachbarschaft mußte in die Zange genommen werden. Die Vermittlungsagenturen, durch die das Dienstpersonal Anstellung gefunden hatte, mußten unter die Lupe genommen werden. Verwandte und Bekannte des Filipinos und des Dienstmädchens mußten aufgespürt und vernommen werden. Zeitungsjungen, Postboten, Lebensmittellieferanten, Wäschefahrer mußten gefunden, vernommen und überprüft werden.

Als die wichtigsten Berichte eingegangen waren, setzte sich O'Gar mit mir unauffällig von den anderen ab, und wir schlossen uns in der Bibliothek ein.

»Vorgestern nacht, hm? Mittwochnacht?« brummte O'Gar, als wir es uns in zwei Ledersesseln bequem gemacht hatten und Tabak qualmten.

Ich nickte. Der Bericht des Arztes, der die Leichen untersucht hatte, die zwei Zeitungen unter dem Vordach, die Tatsache, daß weder Nachbar noch Kaufmann noch Fleischer irgendwen von ihnen seit Mittwoch gesehen hatte – all das deutete auf Mittwochnacht – oder auf den frühen Donnerstagmorgen – als Tatzeit.

»Ich würde sagen, der Killer ist durch die Hintertür eingebrochen«, fuhr O'Gar fort, durch den Rauch an die Decke starrend, »hat sich in der Küche das Tranchiermesser geschnappt und ist nach oben gegangen. Vielleicht ging er stracks zu Mrs. Ashcrafts Zimmer – vielleicht auch nicht. Aber er ist ziemlich bald da reingegangen. Der rausgerissene Ärmel und die Kratzer auf ihrem Gesicht deuten auf ein Handgemenge. Der Filipino und das Dienstmädchen hören den Krach – hören sie vielleicht schreien – und kommen angerannt, um zu sehn, was los ist. Das Dienstmädchen kommt höchstwahrscheinlich genau in dem Augenblick an die Tür, als der Killer aus dem Zimmer tritt – und sie kaltmacht. Ich schätze, da erblickt der Filipino ihn und rennt weg. Der Killer holt ihn oben auf der Treppe nach hinten ein – und murkst ihn ab. Dann geht er runter in die Küche, wäscht sich die Hände, läßt das Messer zurück und verduftet.«

»So weit, so gut«, stimmte ich zu; »aber mir fällt auf, daß Sie dabei gar nicht fragen, wer er war und warum er getötet hat.«

»Drängen Sie mich nicht«, knurrte er, »darauf komm ich schon noch. Es scheint bloß drei Möglichkeiten zu geben. Der Killer war entweder ein Geisteskranker, der die Sache aus Spaß an der Freude gemacht hat; ein Einbrecher, der entdeckt wurde und dann durchdrehte; oder jemand, der einen Grund dafür hatte, Mrs. Ashcraft um die Ecke zu bringen, und der dann die zwei Dienstboten töten mußte, als sie ihn entdeckten. Ich persönlich vermute, daß es jemand war, der Mrs. Ashcraft aus der Welt schaffen wollte.«

»Nicht so übel«, lobte ich. »Jetzt hören Sie folgendes: Mrs. Ashcraft hat einen Mann in Tijuana, der O raucht – aber nicht hoffnungslos süchtig ist – und ganz schön in der Ganovenszene drinsteckt. Sie versuchte ihn rumzukriegen, wieder zu ihr zurückzukommen. Er hat da unten ein Mädchen, sehr jung noch, irrwitzig in ihn verschossen, und sie kann sich schlecht verstellen – ein mörderisches kleines Luder. Er hatte vor, das Mädchen sitzenzulassen und zu seiner Frau heimzukommen.«

»Sooo?« sagte O'Gar leise.

»Aber«, fuhr ich fort, »ich war bei den beiden – in Tijuana – vorgestern nacht – als hier gemordet wurde.«

»Soo?«

Ein Klopfen an der Tür unterbrach unser Gespräch. Es war ein Polizist, der mich ans Telefon rief. Ich ging runter ins Erdgeschoß, und Vance Richmonds Stimme kam aus dem Hörer.

»Was ist denn jetzt los? Miss Henry hat mir Ihre Nachricht durchgegeben, konnte mir aber keine Einzelheiten sagen.«

Ich erzählte ihm die ganze Sache.

»Ich fahre heute abend in die Stadt zurück«, sagte er, als ich fertig war. »Tun Sie inzwischen, was Sie für richtig halten. Sie haben freie Hand.«

»Gut; muß ich auch haben«, erwiderte ich. »Wahrscheinlich bin ich nicht mehr in der Stadt, wenn Sie zurückkommen. Sie können mich über die Agentur erreichen. Ich werde Ashcraft telegrafieren, er soll herkommen – in Ihrem Namen.«

Als Richmond aufgelegt hatte, rief ich das Stadtgefängnis an und fragte den Captain dort, ob John Ryan, alias Fred Rooney, alias Jamocha, noch da sein.

»Nein, er ist nicht mehr hier. Die Beamten des Bundesgefängnisses sind gestern morgen mit ihm nach Leavenworth abgefahren.«

Wieder oben in der Bibliothek sagte ich O'Gar in aller Eile:

»Ich nehme den Abendzug nach Süden. Möchte wetten, daß die Sache in Tijuana ausgebrütet wurde. Ich drahte Ashcraft, er soll herkommen. Will ihn ein, zwei Tage aus der mexikanischen Stadt raushaben, und wenn er hier ist, können Sie ihn ja im Auge behalten. Ich gebe Ihnen eine Beschreibung von ihm, und Sie können ihn in Vance Richmonds Büro abholen.«

Eine halbe Stunde meiner knapp bemessenen Zeit verbrachte ich damit, drei Telegramme zu schreiben und aufzugeben. Das erste war an Ashcraft.

> EDWARD BOHANNON,
> GOLDEN HORSESHOE CAFÉ,
> TIJUANA, MEXICO.
>   MRS. ASHCRAFT TOT. KÖNNEN SIE SOFORT
>   KOMMEN?   VANCE RICHMOND

Die zwei anderen waren verschlüsselt. Eins ging an die Filiale der Continental Detektei in Kansas City – einer unserer Detektive sollte nach Leavenworth geschickt werden, um Jamocha zu verhören. In dem anderen bat ich unsere Filiale in Los Angeles, mir für den nächsten Tag einen Mann nach San Diego zu schicken.

Dann sauste ich los zu meiner Wohnung, packte ein paar saubere Sachen in meine Reisetasche und schlief dann ein im Zug, einmal mehr unterwegs nach Süden.

Als ich am frühen nächsten Nachmittag in San Diego ankam, herrschte dort buntes Treiben – es war der erste Samstag der Rennsaison, und die Stadt wimmelte von Menschen, die deswegen über die Grenze gekommen waren. Filmvolk aus Los Angeles, Farmer aus dem Imperial Valley, Matrosen der Pazifik-Flotte, Spieler, Touristen, Rumtreiber, sogar ganz gewöhnliche Leute aus allen Ecken des Landes. Ich aß, suchte mir ein Hotel, ließ meine Reisetasche dort und ging zum U. S. Grant Hotel, um den Agenten aus Los Angeles aufzulesen, den ich im Telegramm bestellt hatte.

Ich fand ihn in der Halle – ein sommersprossiger Bursche von vielleicht zweiundzwanzig, dessen hellgraue Augen gerade das Rennprogramm überflogen, das er in einer Hand hielt, an der ein Finger mit Leukoplast verbunden war. Ich ging an ihm vorbei zum Zigarrenstand, wo ich mir ein Päckchen Zigaretten kaufte und eine imaginäre Beule aus meinem Hut strich. Dann ging ich wieder hinaus auf die Straße. Der verbundene Finger und die Beschäftigung mit dem Hut waren unsere Erkennungszeichen. Irgendwer hat diese Tricks bereits vor dem Bürgerkrieg erfunden, da sie aber immer noch bestens funktionierten, war ihre Antiquiertheit kein Grund, sie abzuschaffen.

Ich schlenderte die Fourth Street entlang – vom Broadway, San Diegos Hauptader, mich entfernend –, und der Detektiv holte mich ein. Sein Name war Gorman, und ich machte ihn mit der Sachlage vertraut.

»Sie fahren runter nach Tijuana und hocken sich ins Goldene Hufeisen. Da verkehrt ein kleines molliges Mädchen, das Drinks schnorrt – ziemlich stämmig, braunes Lockenhaar; braune Augen; rundes Gesicht; großer roter Mund; kräftige Schultern. Sie können die gar nicht verfehlen; sieht ganz nett aus, die Kleine, ist aber erst achtzehn; wird Püppi genannt. Auf die müssen Sie Ihr Augenmerk richten. Aber Finger weg. Versuchen Sie nicht, mit ihr anzubändeln. Ich gebe Ihnen eine Stunde Vorsprung. Dann komm ich nach, weil ich mit ihr reden will. Was ich wissen will, ist, was sie gleich danach macht, wenn ich gegangen bin, und was sie dann in den nächsten Tagen macht. Erreichen können Sie mich jeden Abend im« – ich nannte ihm mein Hotel und meine Zimmernummer. »Und im übrigen nehmen Sie nicht die geringste Notiz von mir.«

Wir trennten uns, und ich ging hinunter zur Plaza und

setzte mich für eine Stunde auf eine Bank. Dann ging ich hoch zu der Busstation an der Ecke und erkämpfte mir einen Platz nach Tijuana.

Nach fünfzehn oder mehr Meilen staubiger Fahrt – zu fünft auf Sitzbänke gequetscht, die für drei gedacht waren – und einem kurzen Aufenthalt an der Grenzstation stand der Bus vor dem Eingang zum Rennplatz, und ich stieg aus. Die Pferde liefen schon einige Zeit, aber noch immer spülten die Drehkreuze einen steten Strom von Zuschauern und Wettlustigen auf den Platz. Ich kehrte dem Tor den Rücken, ging hinüber zu der Reihe von Kleinbussen vor dem Monte Carlo – dem großen Holzbau des Spielcasinos – und fuhr in die Altstadt.

Die Altstadt machte einen verlassenen Eindruck. So gut wie jedermann war draußen und sah dem Treiben der Hunde zu. Als ich ins Goldene Hufeisen kam, hing Gormans Sommersprossengesicht über einem Glas Mescal. Ich wünschte ihm eine gute Konstitution. Er würde sie brauchen, wenn er bei seiner Schnüffelarbeit von destilliertem Kaktus leben wollte.

Das Hufeisenvolk begrüßte mich wie einen Heimgekehrten. Sogar der Barmann mit den angeklatschten Stirnlocken gönnte mir ein Grinsen.

»Wo's Püppi?« fragte ich.

»Du willst wohl Ed beerben, was?« sagte augenzwinkernd eine schwedische Riesendame. »Na, ich werd ma sehn, ob ich sie dir auftreiben kann.«

Aber da kam Püppi schon durch die Hintertür, flog auf mich zu, drückte mich, knutschte mich ab, rieb ihr Gesicht an meinem, und was sie sonst noch machte, weiß der Himmel. »Na, wieder da für 'ne neue Sause?«

»Nein«, sagte ich und führte sie nach hinten zu den Nischen. »Geschäftlich diesmal. Wo's Ed?«

»Rauf in'n Norden. Seine Frau is abgetreten, und er geht die Reste einsammeln.«

»Das macht dich traurig, was?«

»Und wie! Ich hab schwer dran zu knabbern, daß Papa plötzlich zu so'ner Masse Knete kommt.«

Ich sah sie von der Seite her an – mit einem Blick, der geheimes Verstehen signalisieren sollte.

»Und du glaubst, Ed kommt zurück und bringt dir den Zaster an?«

Aus ihren Augen traf mich ein dunkler Blitz.

»Was is'n mit *dir* los?« wollte sie wissen.

Ich lächelte vielsagend.

»Eins von zwei Dingen wird eintreffen«, sagte ich prophetisch. »Entweder Ed läßt dich im Stich – das hat er sowieso schon vorgehabt – oder er wird jeden Penny brauchen, den er zusammenkratzen kann, um seinen Kopf aus der...«

»Du gottverdammter Lügner!«

Ihre rechte Schulter war mir zugewendet, berührte meine linke. Ihre linke Hand fuhr hinab unter ihren kurzen Rock. Ich stieß ihre Schulter nach vorn, so daß ihr Oberkörper mit halber Drehung von mir wegflog. Das Messer, das ihre Linke hochgerissen hatte, fuhr tief in die Unterseite des Tisches. Ein Wurfmesser mit starker Klinge.

Sie trat nach hinten aus, und einer von ihren spitzen Absätzen bohrte sich mir ins Fußgelenk. Ich schob meinen linken Arm hinter ihr herum und preßte ihren Ellbogen an ihren Körper, als sie eben das Messer aus dem Tisch gezogen hatte.

»Was soll'n der Quatsch hier, wa?«

Ich sah auf.

Auf der anderen Seite des Tisches stand ein Mann und starrte wütend auf mich herab – die Beine gespreizt, die Fäuste in den Hüften. Ein großer grobknochiger Kerl mit breiten Schultern, auf denen ein langer gelber Hals saß, der einen kleinen runden Kopf trug. Seine Augen sahen wie schwarze Schuhknöpfe aus, die am oberen Ende einer kleinen zerknautschten Nase dicht beieinander standen.

»Wo hast'n deine Maniern her?« brüllte diese reizende Person mich an.

Er war ein bißchen zu grob, um sich mit ihm einzulassen.

»Wenn Sie'n Kellner sind«, sagte ich zu ihm, »dann bringen Sie mir 'ne Flasche Bier und irgendwas für die Kleine. Wenn Sie kein Kellner sind, verduften Sie.«

»Weißt du, was ich dir bringen werde? Einen…«

Das Mädchen entwand sich meinen Händen und brachte ihn zum Schweigen.

»Für mich'n Schnaps – Scotch«, sagte sie in scharfem Ton.

Er knurrte, blickte zwischen uns beiden hin und her, zeigte mir noch einmal seine dunklen Zähne und schob ab.

»Wer ist denn dein Freund?«

»Laß den lieber in Ruhe«, riet sie mir, ohne meine Frage zu beantworten.

Dann schob sie ihr Messer wieder in das Versteck unter ihrem Rock und drehte sich zu mir, um mich anzusehen.

»Also was is jetz – in was für Schwierigkeiten soll Ed stekken?«

»Du hast von den Morden in der Zeitung gelesen?«

»Ja.«

»Dann brauchst du eigentlich nicht mehr lange zu überlegen«, sagte ich. »Ed ist bloß weg, um dir das anzuhängen. Aber ich weiß nicht, ob er das schafft. Wenn nicht, sitzt er in der Falle.«

»Du hast doch wo'n Knall!« rief sie aus. »Auch wenn du zehnmal besoffen warst – du weißt doch ganz genau, daß wir beide mit dir hier waren, als die Morde passierten.«

»Und wenn ich zehnmal 'n Knall habe – ich weiß ganz genau, daß das noch lange nichts beweist«, berichtigte ich sie. »Und mit meinem Knall gedenke ich den Mörder an meinem Handgelenk mit nach San Francisco zu nehmen.«

Sie lachte mich aus. Ich lachte zurück und stand auf.

»Ich werd dich ja noch wiedersehn«, sagte ich und schlenderte zur Tür.

Ich fuhr zurück nach San Diego und forderte telegrafisch einen weiteren Detektiv aus Los Angeles an. Dann aß ich etwas und verbrachte den Abend auf Gorman wartend in meinem Hotelzimmer.

Es war spät, als er kam, und er roch von San Diego nach St. Louis und zurück nach Mescal, aber sein Kopf schien einigermaßen klar zu sein.

»Einen Moment dachte ich, ich müßte Sie aus dem Laden da freischießen«, grinste er.

»Das überlassen Sie mir«, befahl ich. »Ihre Aufgabe ist Beobachten, sonst nichts. Was haben Sie rausgebracht?«

»Als Sie abgehaun waren, haben das Mädchen und der große Kerl die Köpfe zusammengesteckt. Sie schienen mir irgendwie aufgeregt – ganz schön aus dem Häuschen könnte man sagen. Er hat sich dann geschlichen, also hab ich das Mädchen fallengelassen und bin hinter ihm hergeschlichen. In der Stadt hat er ein Telegramm aufgegeben. Ich konnte nicht nah genug an ihn ran, um festzustellen, an wen es war. Dann ist er wieder in den Laden zurückgegangen.«

»Wer ist dieser Lulatsch denn?«

»Nicht grade 'n süßer Traum, nach dem, was ich höre. ›Gänsehals‹ Flinn nennen sie ihn. Er ist da Rausschmeißer und macht alles mögliche, was sonst in dem Laden noch anfällt.«

Dieser Gänsehalstyp war also der Kehrausmann vom Goldenen Hufeisen und hatte sich während meiner dreitägigen Sauftour nicht ein einziges Mal blicken lassen? Ich konnte unmöglich so betrunken gewesen sein, daß ich seine Häßlichkeit vergessen hätte. Und an einem dieser drei Tage war Mrs. Ashcraft samt ihrem Dienstbotenpersonal umgebracht worden.

»Ich hab Ihrer Agentur telegrafiert, sie sollen noch einen

Detektiv schicken«, teilte ich Gorman mit. »Der soll sich mit Ihnen in Verbindung setzen. Übergeben Sie ihm das Mädchen, und Sie hängen sich Gänsehals an die Fersen. Ich glaube, der hat drei Morde an seinem schönen Hals, also 'n bißchen Vorsicht.«

»Aye, aye, Cap«, und damit ging er weg, um etwas zu schlafen.

Den folgenden Nachmittag verbrachte ich auf dem Rennplatz, die Zeit bis zum Abend mit den Pferden mir vertreibend.

Nach dem letzten Rennen aß ich etwas im Sunset Inn und bummelte dann herum zu dem großen Casino – am anderen Ende desselben Baus. Tausend oder mehr Menschen aller Schattierungen schubsten einander dort herum und kämpften mit dem Geld, das ihnen das Rennen gelassen oder geschenkt hatte, um einen Gewinn beim Pokern, beim Würfeln, an Glücksrädern, Roulettescheiben und Automaten. Ich hatte keinen Bock auf eins dieser Spiele. Ich war schon lange nicht mehr verspielt. Ich wanderte in der Menge herum und suchte mir meine Leute.

Da war der erste – ein sonnengebräunter, kräftiger Mann, der eindeutig ein Farmarbeiter in seinem Sonntagsanzug war. Er drückte sich in Richtung Tür durch das Gewimmel, und sein Gesicht drückte jene bestimmte Leere aus, die dem Spieler eigen ist, der vor Ende des Spiels Bankrott gemacht hat. Es ist ein Ausdruck des Bedauerns weniger über den Verlust des Geldes als über die Notwendigkeit, aufhören zu müssen.

Ich fing den Farmarbeiter vor der Tür ab.

»Haben sie dich ausgenommen?« fragte ich mitfühlend.

Ein belemmertes Nicken.

»Wie wär's – hast du Lust, dir in zehn Minuten fünf Dollar zu verdienen?« führte ich ihn in Versuchung.

Er hatte Lust, aber worum drehte sich's dabei?

»Ich möchte, daß du mit mir in die Altstadt rüberkommst

38

und dir da einen Mann ansiehst. Dann kriegst du dein Geld. Sind keine Fallstricke dabei.«

Damit war er zwar nicht ganz zufrieden, aber fünf Dollar sind fünf Dollar. Und er könne jederzeit aussteigen, wenn die Sache ihm nicht geheuer vorkäme. Er beschloß, es zu versuchen.

Ich ließ den Farmarbeiter an einer Tür warten und fischte mir den nächsten heraus – einen kleinen, dicken Mann mit runden, optimistischen Augen und schlaffen Lippen. Er willigte ein, sich die fünf Dollar auf die einfache und leichte Weise zu verdienen, die ich ihm geschildert hatte. Der nächste Mann, den ich anging, war ein bißchen zu ängstlich, um sich auf ein so undurchsichtiges Spiel einzulassen. Dann kam ich an einen Filipino – grandios, in hirschfarbenem Anzug; und schließlich kriegte ich noch einen stämmigen jungen Griechen, der wahrscheinlich Kellner war oder Frisör.

Vier Mann waren genug. Mein Quartett gefiel mir riesig. Für das, was ich vorhatte, sahen sie nicht zu intelligent aus, wirkten andererseits aber auch nicht gleich wie Ganoven oder Falschspieler. Ich setzte sie in einen Kleinbus und bugsierte sie hinüber in die Altstadt.

»Also die Sache ist die«, instruierte ich sie, als wir da waren – »ich geh ins Goldene Hufeisen, gleich um die Ecke. Ihr wartet zwei bis drei Minuten und kommt dann nach und bestellt euch was zu trinken.« Ich gab dem Farmarbeiter einen Fünfdollarschein. »Davon bezahlt ihr die Drinks – wird nicht abgezogen von euerm Lohn. In dem Laden ist ein großer, breitschultriger Mann mit einem langen gelben Hals und einem kleinen häßlichen Gesicht. Ihr könnt ihn gar nicht verfehlen. Ich möchte, daß ihr euch den alle gut anguckt, aber so, daß er nichts merkt. Wenn ihr sicher seid, daß ihr ihn überall wiedererkennen würdet, nickt ihr mir unauffällig zu, kommt wieder hierher, und dann kriegt ihr euer Geld. Paßt aber auf, wenn ihr mir zunickt. Niemand da drin darf auf den Gedanken kommen, daß ihr mich kennt.«

Das kam ihnen wohl reichlich sonderbar vor, aber da waren für jeden die fünf Dollar in Aussicht, und da waren die Spiele im Casino, wo man sich für fünf Dollar vielleicht eine Glückssträhne kaufen konnte, die – na, schreibt euch den Rest davon selber. Sie stellten Fragen, die ich mich weigerte zu beantworten, aber sie blieben bei der Stange.

Als ich das Lokal betrat, war Gänsehals hinter der Bar und half den Barmännern. Sie brauchten Hilfe. Der Laden war knallvoll.

Gormans Sommersprossengesicht konnte ich nicht finden in dem Gewühl, aber ich entdeckte das scharfgeschnittene weiße Gesicht von Hooper. Er war also der Detektiv, den man mir auf mein zweites Telegramm hin aus Los Angeles geschickt hatte. Püppi war weiter unten an der Bar und trank mit einem kleinen Mann, dessen sanftmütiges Gesicht den Teufel-komm-raus-Ausdruck des mustergültigen Ehemanns angenommen hatte, der sich mal eine kleine Zecherei erlaubt. Sie nickte mir zu, ließ ihren Kunden aber nicht aus der Mache.

Gänsehals sah mich und die Flasche Bier, die ich bestellt hatte, finster an. Kurz darauf kam mein angeheuertes Quartett herein. Sie spielten ihre Rollen großartig!

Als erstes spähten sie mit zusammengekniffenen Augen durch den Rauch, von einem Gesicht ins andere blickend, hastig die Augen abwendend, wenn jemand sie ansah. Nachdem das eine Weile gutgegangen war, entdeckte einer von ihnen, der Filipino, den von mir beschriebenen Mann hinter der Bar. Vor Begeisterung sprang er einen Fuß hoch und dann, als er merkte, daß Gänsehals ihn grimmig anfunkelte, kehrte er ihm den Rücken zu und trat von einem Fuß auf den andern. Auch die drei anderen orteten Gänsehals jetzt und schossen heimliche Blicke zu ihm hin, die so schreiend unauffällig waren wie ein angeklebter Backenbart. Gänsehals stierte sie bedrohlich an.

Der Filipino drehte sich um, guckte mich an, duckte ruckartig den Kopf und schoß hinaus auf die Straße. Die drei
übrigen stürzten ihre Drinks hinunter und suchten meinen Blick. Ich las derweil ein Schild oben an der Wand
hinter der Bar:

HIER WERDEN NUR ECHTE AMERIKANISCHE UND
BRITISCHE VORKRIEGS-WHISKYS AUSGESCHENKT

Ich versuchte zu zählen, wieviel *Lügen* sich in diesen neun
Worten verbargen, und war bis auf vier gekommen – mit
Aussicht auf noch mehr –, als einer meiner Verbünde-
ten, der Grieche, sich mit dem Fehlzündungsgeräusch eines
Verbrennungsmotors räusperte. Gänsehals schob sich an
der Bar entlang, in der einen Hand einen Spundschlegel,
das Gesicht puterrot.

Ich sah meine Gehilfen an. Ihr Nicken wäre nicht so
schlimm gewesen, wenn eines nach dem andern gekommen
wäre; aber sie wollten es nicht riskieren, daß ich vielleicht
wegsähe, bevor ihr Signal bei mir angekommen wäre, und
so gingen die drei Köpfe synchron auf und ab – ein Zeichen, das im Umkreis von zehn Metern niemand übersehen
konnte und auch niemand übersah –, und dann stürzten sie
zur Tür hinaus, nur weg von dem Mann mit dem langen
Hals und dem Spundschlegel.

Ich leerte mein Glas Bier und schlenderte aus dem Saloon und um die Ecke. Vereint standen sie an der Stelle, wo
sie warten sollten.

»Den erkennen wir wieder! Den erkennen wir wieder!«
kam es im Chor.

»Das ist ja prima«, lobte ich sie. »Das habt ihr großartig
gemacht. Ich glaube, jeder von euch ist der geborene Privat-
detektiv. Hier ist euer Geld. Aber an eurer Stelle würd ich
nach dem jetzt den Laden erst mal 'ne Weile meiden. Er
könnte sonst nämlich Verdacht schöpfen, obgleich ihr euch

so hervorragend unauffällig gemacht habt – wirklich, das konnte sich sehn lassen! – aber's hat keinen Zweck, irgendwas zu riskieren.«

Sie krallten sich ihren Lohn und waren weg, bevor ich mit meiner Rede am Ende war.

Kurz vor zwei am nächsten Morgen kam Hooper in mein Zimmer in San Diego.

»Gleich nach Ihrem ersten Besuch ist Gänsehals verschwunden; Gorman hinter ihm her«, sagte er. »Danach ist das Mädchen zu einem Luftziegelhaus am Stadtrand gegangen, und da waren sie noch drin, als ich Schluß gemacht habe. Das Haus war dunkel.«

Gorman tauchte nicht auf.

Um zehn Uhr vormittags weckte mich ein Hotel-Boy mit einem Telegramm! Es kam aus Mexicali:

> LETZTE NACHT HIERHERGEFAHREN
> BEI FREUNDEN VERSTECKT
> HAT ZWEI KABEL AUFGEGEBEN.
>   GORMAN

Das war eine gute Nachricht. Der Langhals war auf mein Spiel hereingefallen, hatte meine vier bankrotten Spieler für vier Zeugen gehalten, hatte sich durch ihr Nicken identifiziert gefühlt. Gänsehals war der Knabe, der die Morde begangen hatte, und Gänsehals war auf der Flucht.

Ich war aus dem Schlafanzug gestiegen und griff nach meinem Kombinationsanzug, als der Boy mit einem weiteren Telegramm hereinkam. Dieses kam von O'Gar, über die Agentur:

> ASHCRAFT GESTERN VERSCHWUNDEN

Ich benutzte das Telefon, um Hooper aus dem Bett zu holen.

»Fahren Sie runter nach Tijuana«, sagte ich zu ihm. »Beobachten Sie das Haus, in dem das Mädchen letzte Nacht gewesen ist, es sei denn, Sie entdeckten sie schon im Goldenen Hufeisen. Bleiben Sie jedenfalls da, bis sie irgendwo auftaucht. Bleiben Sie an ihr, bis sie mit einem großen blonden Engländer Kontakt aufnimmt, dann halten Sie sich an den. Er ist unter vierzig, groß, mit blauen Augen, Haare gelb. Lassen Sie sich nicht abschütteln von ihm – er ist auf dieser Party jetzt der Big Boy. Ich komm auch runter. Wenn der Engländer und ich zusammenbleiben und das Mädchen uns verläßt, heften Sie sich an sie, andernfalls behalten sie ihn im Auge.«

Ich zog mich an, verdrückte ein kleines Frühstück und nahm einen Bus in die mexikanische Stadt. Der Bursche, der den Bus fuhr, brauste ganz schön dahin, aber als uns in der Nähe von Palm City ein offener rotbrauner Sportzweisitzer überholte, hatte ich das Gefühl, auf der Stelle stehenzubleiben. Ashcraft steuerte den Zweisitzer.

Als ich das Luftziegelhaus wiedersah, stand der Zweisitzer davor, leer. Einen Block weiter spielte Hooper einen Betrunkenen. Er sprach mit zwei Indios, die die Uniform der Mexikanischen Armee trugen.

Ich klopfte an die Tür des Luftziegelhauses.

Püppis Stimme: »Wer's da?«

»Ich – Parker. Hörte grade, daß Ed zurück ist.«

»Oh!« rief sie aus. Eine Pause. »Komm rein.«

Ich drückte die Tür auf und ging hinein. Der Engländer saß zurückgelehnt in einem Stuhl, den rechten Ellbogen auf dem Tisch, die rechte Hand in seiner Jackentasche – wenn er eine Kanone in dieser Tasche hatte, so war sie auf mich gerichtet.

»Hallo«, sagte er. »Ich höre, du hast Vermutungen über mich angestellt?«

»Nenn's, wie du willst.« Ich schob einen Stuhl dicht an ihn heran und setzte mich. »Aber wir wollen uns nicht gegenseitig auf'n Arm nehmen. Du hast deine Frau durch Gänsehals um die Ecke bringen lassen, um dir unter den Nagel zu reißen, was sie hatte. Dein Fehler war nur, daß du dir dafür so einen Schwachkopf ausgesucht hast - einen Schwachkopf, der erst 'ne Killerorgie veranstaltet und dann die Nerven verliert. Der erst anfängt zu kapieren, wenn drei oder vier Zeugen mit dem Finger auf ihn zeigen! Und der dann nicht weiter türmt als bis Mexicali! Da hat er sich wirklich 'n schönes Nest ausgesucht. Wahrscheinlich hat er so die Hose voll gehabt, daß ihm die Fünf- oder Sechsstundenfahrt über die Berge vorgekommen ist wie 'ne Reise ans Ende der Welt!«

Ich ratterte weiter.

»Du bist kein Schwachkopf, Ed, und ich auch nicht. Ich möchte mit dir in den Norden fahren, schön mit Armbändern an, aber ich hab keine Eile. Wenn ich dich heute nicht mitnehmen kann, wart ich gerne bis morgen. Am Ende krieg ich dich doch, es sei denn, irgendwer kommt mir zuvor - und das wird mir nicht das Herz brechen. Zwischen meiner Jacke und meinem Bauch steckt 'n Ballermann. Wenn du Püppi sagst, sie soll den rausholen, wären wir soweit, daß wir uns mal in Ruhe unterhalten können.«

Er nickte langsam, ohne mich aus den Augen zu lassen. Das Mädchen trat hinter mich. Eine ihrer Hände ging über meine Schulter, schob sich in meine Jacke, und meine alte schwarze Kanone verließ mich. Bevor das Mädchen hinter mir zurückging, setzte sie mir kurz die Spitze ihres Messers in den Nacken - eine zarte Mahnung.

»Gut«, sagte ich, als sie dem Engländer meine Kanone gab, der sie mit der linken Hand einsteckte. »Hier also mein Vorschlag. Du fährst mit Püppi und mir über die Grenze - dann brauchen wir uns nicht mit Auslieferungspapieren rumzuschlagen -, und ich laß euch einsperren. Unsern Kampf können wir vor Gericht ausfechten. Ich bin mir nicht ganz sicher, ob ich einem von euch die Morde anhängen kann, jedenfalls seid ihr frei, wenn ich's nicht schaffe. Wenn ich's allerdings schaffe – was ich hoffe –, baumelt ihr natürlich. Türmen ist doch sinnlos, oder? Wollt ihr den Rest eures Lebens vor den Bullen weglaufen! Bloß um am Ende doch geschnappt zu werden – oder bei einem Fluchtversuch abgeknallt zu werden? Deinen Hals kannst du vielleicht retten, Ed, aber was ist mit dem Geld, das deine Frau hinterlassen hat? Darum geht's doch – deswegen hast du doch deine Frau umbringen lassen. Stell dich dem Gericht, und du hast 'ne Chance, da dranzukommen. Rennst du weg, ist es futsch.«

Mein Spiel in dem Augenblick bestand darin, Ed und sein Mädchen zum Türmen zu bewegen. Wenn sie mir erlaubten, sie festzusetzen, würde ich vielleicht einen von beiden verknacken lassen können, aber allzu groß waren meine Chancen da nicht. Es hing davon ab, wie die Dinge sich später entwickeln würden. Es hing davon ab, ob ich beweisen konnte, daß Gänsehals in der Nacht der Morde in San Francisco gewesen war, und mir war klar, daß er bestimmt alles mögliche auffahren würde, was das Gegenteil bewiese. Wir hatten keinen einzigen Fingerabdruck des Mörders in Mrs. Ashcrafts Haus finden können. Und wenn es mir *gelänge*, die Geschworenen davon zu überzeugen, daß er zu der Zeit in San Francisco gewesen wäre, würde ich immer noch zu beweisen haben, daß er die Morde tatsächlich begangen hatte. Das schwerste Stück Arbeit läge dann aber erst noch vor mir – nämlich zu beweisen, daß er die Morde für einen von diesen beiden begangen hatte und nicht auf eigene Rechnung.

Ich hatte es also darauf angelegt, daß dieses Pärchen verduftete. Wohin sie fuhren oder was sie machten, war mir egal, Hauptsache, sie verdünnisierten sich erst einmal. Mit Glück und Köpfchen würde ich auch aus ihrer Flucht noch etwas herausholen – ich versuchte immer noch, die Dinge aufzurühren. Der Engländer überlegte angestrengt. Ich wußte, daß ich ihm Kummer gemacht hatte, besonders durch das, was ich über Gänsehals Flinn gesagt hatte. Dann kicherte er.

»Du hast zwar 'ne weiche Birne, Schmerztöter«, sagte er, »aber du ...«

Ich weiß nicht, was er noch sagen wollte – ob ich gewonnen oder verloren hätte.

Krachend flog die Haustür auf, und Gänsehals Flinn kam ins Zimmer.

Seine Sachen waren weiß von Staub. Den Kopf hielt er vorgestreckt, mit der ganzen Länge seines langen gelben Halses.

Seine Schuhknopfaugen hefteten sich auf mich. Seine Hände drehten sich um. Das war alles, was man sehen konnte. Sie drehten sich einfach um – und jede hielt einen schweren Revolver.

»Pfoten auf den Tisch, Ed«, knurrte er.

Wenn Ed eine Kanone in der Tasche hatte, so konnte er jetzt auf den Mann in der Tür nicht schießen, weil eine Tischkante dazwischen war. Er nahm die Hand aus der Tasche, leer, und legte beide Handflächen auf die Tischplatte.

»Bleib, wo du bist!« bellte Gänsehals das Mädchen an.

Gänsehals starrte fast eine volle Minute drohend auf mich.

Als er sprach, sprach er zu Ed und Püppi.

»Deswegen hast du mir also telegrafiert, ich soll zurückkommen, ha? 'ne Falle! Ich dein Sündenbock, was? Ich werd'n dir zeigen, den Sündenbock! Ich rede jetz, un dann verschwind ich hier, und wenn ich mich durch die ganze verdammte Mex-Armee durchballern muß! Ja, ich hab sie umgebracht, deine Frau – und ihre Dienstleute auch. Hab sie umgebracht für die tausend Eier ...«

Das Mädchen machte einen Schritt vor und schrie:

»Halt's Maul, du Arsch!«

»Halt selber 's Maul!« brüllte Gänsehals zurück, und sein

Daumen spannte den Hahn des Revolvers, der auf sie gerichtet war. »*Ich* rede hier. Ich hab sie umgebracht für…«

Püppi bückte sich. Ihre linke Hand ging unter den Saum ihres Rocks. Die Hand kam hoch – leer. Das Mündungsfeuer aus der Kanone von Gänsehals blitzte auf einer fliegenden Stahlklinge.

Das Mädchen wirbelte rückwärts durchs Zimmer – zurückgehämmert von den Kugeln, die ihr in die Brust drangen. Sie schlug mit dem Rücken gegen die Wand. Sie kippte vornüber auf den Fußboden.

Gänsehals hörte auf zu schießen und versuchte zu sprechen. Der braune Griff vom Messer des Mädchens ragte aus seinem gelben Hals. Er konnte seine Worte nicht an der Klinge vorbeibringen. Er ließ einen Revolver fallen und versuchte, den herausragenden Messergriff zu fassen. Seine Hand kam bis zur Hälfte hoch und fiel dann herab. Langsam ging er zu Boden – auf die Knie – auf die Hände – kippte um – und lag still.

Ich sprang zu dem Engländer hin. Unter meinem Fuß drehte sich der Revolver, den Gänsehals fallengelassen hatte, so daß ich zur Seite wegrutschte. Meine Hand wischte über die Jacke des Engländers, aber mit einer Körperdrehung wich er mir aus und zog seine Kanonen.

Seine Augen waren hart und kalt, und seine Lippen waren aufeinandergepreßt, so daß kaum noch ein Schlitz zu sehen war. Langsam ging er rückwärts, während ich still liegen blieb, wo ich hingestürzt war. Er hielt keine Rede. Ein kurzes Zögern an der Tür. Die Tür flog auf und knallte zu. Weg war er.

Ich schnappte mir den Revolver, der mich umgeworfen hatte, sprang an die Seite von Gänsehals, riß ihm den andern Revolver aus der toten Hand und stürzte hinaus auf die Straße. Der rotbraune Zweisitzer zog in der Wüste eine Staubwolke hinter sich her. Zehn Meter weiter stand eine staubbedeckte schwarze Limousine, wahrscheinlich der Wagen, mit dem Gänsehals von Mexicali hergekommen war.

Ich rannte hin, sprang hinein, kriegte Leben in ihn und machte mich an die Verfolgung der Staubwolke.

Zu meiner Überraschung entdeckte ich, daß der Wagen, in dem ich saß, trotz seines stark mitgenommenen Äußeren eine hervorragende Maschine hatte – der Motor war so gut, daß ich nicht daran zweifelte, das Auto eines Grenzflüchtigen zu fahren. Ich hätschelte es vorwärts, ohne es zu fordern. Etwa eine halbe Stunde lang, vielleicht auch mehr, verringerte sich der Abstand zwischen mir und der Staubwolke vor mir nicht, dann merkte ich, daß ich aufholte.

Das Vorankommen wurde komplizierter. Jeder Weg, den wir anfangs vielleicht benutzt hatten, hatte sich im Gelände verlaufen. Ich drehte ein bißchen auf, obwohl mir das böse Stiche versetzte.

Ich wich einem Felsbrocken aus, der mich erledigt hätte – konnte gerade noch das Steuer herumreißen –, und als ich wieder weiter nach vorn blickte, sah ich, daß der rotbraune Zweisitzer keinen Dreck mehr aufwirbelte. Er war zum Stehen gekommen.

Der Zweisitzer war leer. Ich fuhr weiter.

Hinter dem Zweisitzer hervor peitschten Pistolenschüsse, drei. Man mußte schon verdammt gut schießen können, wenn man mich auf die Entfernung löchern wollte. Ich hopste auf meinem Sitz herum wie ein Quecksilberkügelchen auf einem nervösen Handteller.

Er feuerte noch einmal aus der Deckung seines Wagens und flitzte dann los zu einem schmalen ausgetrockneten Wasserlauf – einer scharfkantigen, drei Meter breiten Erdspalte – linker Hand. Oben an der Kante fuhr er noch einmal herum, verschwendete eine weitere Patrone auf mich und sprang aus meinem Sichtbereich.

Ich wirbelte das Rad in meinen Händen herum, latschte auf die Bremse und rutschte mit der schwarzen Limousine zu der Stelle, wo ich ihn zuletzt gesehen hatte.

Die obere Uferkante des trockenen Wasserlaufs bröckelte unter meinen Vorderrädern weg. Ich nahm den Fuß vom Bremspedal. Torkelte hinaus.

Der Wagen rutschte in die Rinne hinunter, ihm nach.

Flach auf dem Bauch, in jeder Hand eine der Kanonen von Gänsehals, schob ich vorsichtig den Kopf über den Rand. Auf allen vieren krabbelte der Engländer dem Wagen aus dem Weg. Der Wagen war in Fetzen, kotzte aber immer noch. Eine Faust des Mannes war um eine Pistole geschlossen – um meine.

»Wirf sie weg und steh auf, Ed!« schrie ich.

Schnell wie eine Schlange warf er sich herum in eine sitzende Position im Bett der Rinne, schwenkte die Pistole hoch, und voll traf ich seinen Unterarm mit meinem zweiten Schuß.

Er hielt sich den verletzten Arm mit der linken Hand, als ich neben ihn gerutscht kam, die Pistole aufhob, die er fallengelassen hatte, und ihn filzte, um festzustellen, ob er noch mehr hatte. Dann drehte ich ein Taschentuch zu einer Art Abbindknebel zusammen und knotete es ihm um den verletzten Arm.

»Gehn wir nach oben und reden wir«, schlug ich vor und half ihm den steilen Hang der Rinne hinauf.

Wir stiegen in seinen Zweisitzer.

»Nun los, quatsch mich voll«, lud er mich ein, »aber glaub nur nicht, daß ich viel zur Unterhaltung beitragen werde. Du hast nichts in der Hand gegen mich. Du hast selber gesehn, wie Püppi Gänsehals kaltgemacht hat, damit er sie nicht verpfeift.«

»Also *so* hast du dir das gedacht?« fragte ich. »Das Mädchen hat Gänsehals angeheuert, damit er deine Frau umbringt – aus Eifersucht –, nachdem sie erfahren hatte, daß du sie abschieben und in deine eigenen Kreise zurückkehren wolltest?«

»Genau.«

»Nicht schlecht, Ed, aber das Garn hat 'ne dünne Stelle. Du bist gar nicht Ashcraft!«

Er fuhr auf; dann lachte er.

»Jetzt geht deine Begeisterung mit dir durch«, veralberte er mich. »Hätte ich die Frau eines andern betrügen können? Denkst du etwa, ich hätte mich nicht vor Richmond, ihrem Anwalt, ausweisen müssen?«

»Hör zu, Ed, du kannst mir glauben, daß ich'n bißchen schlauer bin als die beiden. Sagen wir mal, du hattest eine Menge Material, das Ashcraft gehört hat – Papiere, Briefe, Unterlagen in seiner Handschrift. Wenn du außerdem noch 'ne geschickte Hand beim Schreiben hast, wär's dir doch nicht schwergefallen, seine Frau an der Nase rumzuführen, oder? Und was den Anwalt angeht – deine Legitimation bei ihm –, so war das nur 'ne Formsache. Er ist nie auf den Gedanken gekommen, daß du *nicht* Ashcraft sein könntest. Anfangs bestand dein Spiel darin, Mrs. Ashcraft auszunehmen – die Entziehungskur. Als sie in England aber ihre Zelte abbrach und hier rüberkam, hast du beschlossen, sie um die Ecke zu bringen und dir alles zu nehmen. Du wußtest, daß sie eine Waise war und keine nahen Verwandten hatte, die dazwischenfunken würden. Du wußtest, daß es in Amerika wohl kaum viele Leute gibt, die behaupten könnten, du seist nicht Ashcraft.«

»Und was meinst du, wo Ashcraft gesteckt hätte in der ganzen Zeit, in der ich sein Geld verbrate?«

»Der ist ja tot«, sagte ich.

Das traf ihn, obwohl er nicht zu zappeln anfing. Aber hinter seinem Lächeln wurden seine Augen sehr nachdenklich.

»Du könntest natürlich recht haben«, sagte er gedehnt. »Aber selbst wenn – ich sehe immer noch nicht, wie du mich an den Galgen bringen willst. Kannst du beweisen, daß Püppi mich nicht für Ashcraft gehalten hat? Kannst du beweisen, daß sie wußte, warum Mrs. Ashcraft mir Geld geschickt hat? Kannst du beweisen, daß sie irgendwas von meinem Spiel wußte? Ich glaube doch wohl nicht.«

»Vielleicht kommst du damit durch«, gab ich zu. »Geschworene sind manchmal komisch, und es macht mir nichts aus, dir zu sagen, daß mir wohler wäre, wenn ich ein paar Dinge über diese Morde wüßte, die ich nicht weiß. Macht's dir was aus, mir mal'n paar Einzelheiten darüber zu erzählen, wie du in Ashcrafts Haut geschlüpft bist?«

Er stülpte die Lippen vor und zuckte dann mit den Schultern. »Na schön, von mir aus. Spielt ja keine große Rolle. Für meine Maskerade komm ich sowieso dran, und da macht's auch nichts mehr aus, wenn ich noch'n paar Diebereien zugeben kann.«

Nach einer Pause fuhr der Engländer fort:

»Ich war auf Hoteldieb spezialisiert. In die Staaten bin ich gekommen, als England und der Kontinent ungemütlich wurden. Eines Abends bin ich in einem Hotel in Seattle also wieder mit dem Dietrich zugange und schleiche mich in ein Zimmer im vierten Stock. Kaum mach ich hinter mir die Tür zu, klappert ein anderer Schlüssel im Schloß. Das Zimmer war stockdunkel. Ich riskierte einen Strahl aus meiner Taschenlampe, suchte mir eine Schranktür und kroch da rein. Der Kleiderschrank war leer. Das war mein Glück – der Zimmerbewohner würde nämlich nicht kommen, um sich da irgendwas rauszuholen. Inzwischen hatte er – es war ein Mann – Licht gemacht. Er fing an, auf und ab zu rennen. Drei geschlagene Stunden ist er auf und ab gerannt – auf und ab, auf und ab –, und ich steh die ganze Zeit in dem Schrank und halte die Kanone in der Hand, für den Fall, daß er die Tür aufmacht. Drei volle Stunden ist der Kerl da auf und ab gerannt. Dann hat er sich hingesetzt, und ich hörte eine Schreibfeder über Papier kratzen. Das ging zehn Minuten so, und dann fing er wieder mit seinem Rumrennen an; aber diesmal hat er's nur'n paar Minuten durchgehalten. Ich hörte zwei Kofferverschlüsse schnappen. Und einen Schuß! Ich sprang raus aus meinem Versteck. Er lag auf dem Fußboden und hatte ein Loch im Kopf, an der Seite. Jetzt saß ich ganz schön fest, war ja klar! Im Korridor waren schon aufgeregte Stimmen zu hören. Ich geh hin zu dem toten Kameraden und finde den Brief, den er geschrieben hat, auf dem Schreibtisch. Er war an Mrs. Norman Ashcraft adressiert – irgendeine Nummer in der Wine Street in Bristol, England. Ich riß ihn auf. Er hatte ihr mitgeteilt, daß er sich umbringen würde, und unterschrieben war der Brief mit Norman. Da war mir wohler. Einen Mord konnte man also daraus nicht machen. Trotzdem, ich war da in diesem Zimmer mit 'ner Taschenlampe, Dietrichen und 'ner Kanone – ganz zu schweigen von 'ner Handvoll Schmuck, den ich eine Etage höher mitgehn ließ. Da klopfte jemand an die Tür.

›Holen Sie die Polizei!‹ rief ich durch die Tür, um Zeit zu gewinnen.

Dann drehte ich mich um zu dem Mann, wegen dem ich diesen ganzen Schlamassel am Hals hatte. Ich wußte sofort, daß er'n Landsmann von mir war, selbst wenn ich die Adresse auf seinem Brief nicht gesehn hätte. Von unserm Schlag gibt's Tausende – blond, ziemlich groß, ganz gut gebaut. Ich nutzte die einzige Chance, die ich hatte. Sein Hut und Mantel lagen auf einem Stuhl, wo er sie hingeworfen hatte. Ich zog das an und ließ meinen Hut neben ihn fallen. Dann kniete ich mich hin, leerte seine Taschen und meine, steckte ihm mein ganzes Zeug rein und stopfte mich mit seinen Sachen voll. Schließlich vertauschte ich die Kanonen und machte die Tür auf.

Was ich mir überlegt hatte, war, daß die ersten, die ankommen würden, ihn vom Sehen vielleicht nicht kannten; oder nicht gut genug, um ihn sofort wiederzuerkennen. Das würde mir ein paar Sekunden verschaffen, in denen ich mein Verschwinden arrangieren könnte. Aber als ich die Tür aufmachte, merkte ich, daß mein Plan nicht funktionieren würde. Der Hausdetektiv stand da und ein Polizist, und ich wußte, daß ich in'n Arsch gekniffen war. Aber ich spielte meine Karten aus. Ich erzählte ihnen, ich wär hochgekommen in mein Zimmer und hätte diesen Kerl da erwischt, wie er meine Sachen durchwühlt hätte. Ich hätte ihn mir gepackt, und in dem Handgemenge sei der Schuß losgegangen.

Minuten vergingen wie Stunden, und niemand zeigte mich an. Die Leute sagten Mister Ashcraft zu mir. Meine Maskerade war ein Erfolg. Mir blieb fast die Luft weg, aber als ich mehr über Ashcraft erfahren hatte, war das gar nicht mehr so erstaunlich. Er war erst an dem Nachmittag in dem Hotel abgestiegen, und niemand hatte ihn anders gesehen als in Hut und Mantel – in dem Hut und Mantel, den ich trug. Wir hatten dieselbe Größe, waren derselbe Typ – typische blonde Engländer.

Dann kam die nächste Überraschung. Als der Detektiv die Kleidung des Toten untersuchte, stellte er fest, daß die Herstellerschildchen rausgetrennt waren. Als ich einen Blick in sein Tagebuch warf, später, fand ich die Erklärung dafür. Er hatte im Geist Münzewerfen mit sich gespielt, wobei er abwechselte zwischen dem Entschluß, sich umzubringen oder seinen Namen zu ändern und sich in der Welt einen neuen Platz zu erobern. Die Herstellerschildchen aus sämtlichen Kleidungsstücken hatte er entfernt, als er den zweiten Plan in Erwägung zog. Aber das wußte ich natürlich noch nicht, als ich da zwischen diesen Leuten stand. Ich wußte nur, daß es noch Wunder gab. In dem Augenblick mußte ich aber erst mal leise auftreten. Doch als ich die Sachen des Toten durchgesehn hatte, kannte ich ihn in- und auswendig, vor und zurück. Er hatte fast'n Kubikmeter Papiere und ein Tagebuch, in dem alles stand, was er je getan und gedacht hatte. Ich verbrachte die erste Nacht damit, diese Sachen zu studieren, sie mir einzupauken. Und seine Unterschrift hab ich geübt. Unter den andern Dingen, die ich ihm aus der Tasche gezogen hatte, waren fünfzehnhundert Dollar in Reiseschecks gewesen, die ich am nächsten Morgen einlösen wollte.

Drei Tage bin ich in Seattle geblieben – als Norman Ashcraft. Ich war über einen Schatz gestolpert und hatte nicht vor, ihn wegzuwerfen. Wenn irgendwas schiefginge, würde der Brief an seine Frau mich vor einer Mordanklage bewahren, und ich wußte, es wäre sicherer, die Sache durchzustehn, als wegzulaufen. Als der Wirbel sich gelegt hatte, packte ich meine Sachen und kam runter nach San Francisco, wo ich meinen eigenen Namen wieder annahm – Ed Bohannon. Aber die ganzen Sachen von Ashcraft nahm ich mit, denn ich hatte den Papieren entnommen, daß seine Frau Geld hatte, und ich wußte, daß ich mir was davon an Land ziehen konnte, wenn ich meine Karten richtig ausspielen würde. Sie nahm mir die Mühe ab. Ich kriegte eine von ihren Annoncen im *Examiner* zu Gesicht, antwortete darauf und – na, das wär's dann.«

»Aber Mrs. Ashcraft hast du nicht umbringen lassen?«

Er schüttelte den Kopf.

Ich holte ein Päckchen Zigaretten aus der Tasche und legte zwei davon zwischen uns auf den Sitz.

»Sagen wir mal, das wäre ein Spiel. Das ist jetzt bloß zu meiner eigenen Beruhigung. Es wird niemanden mit irgendwas belasten – wird nichts beweisen. Wenn du eine bestimmte Sache getan hast, nimm die Zigarette, die mir näher liegt. Wenn du's nicht getan hast, nimm die, die dir näher liegt. Spielst du mit?«

»Nein, das tu ich nicht!« sagte er mit Nachdruck. »Dein Spiel gefällt mir nicht. Aber 'ne Zigarette möcht ich trotzdem.«

Mit seinem unverletzten Arm nahm er die Zigarette, die *mir* näher lag.

»Danke, Ed«, sagte ich. »Es fällt mir schwer, aber ich muß dir sagen, daß ich dich an den Galgen bringen werde.«

»Du hast ja 'ne weiche Birne, mein Sohn.«

»Du denkst an die Sache in San Francisco, Ed«, erklärte ich ihm. »Ich rede aber von Seattle. Du, ein Hoteldieb, wurdest in einem Zimmer entdeckt, in dem gerade ein Mann mit einer Kugel im Kopf gestorben war. Was glaubst du, werden die Geschworenen dazu sagen, Ed?«

Er lachte mich aus. Und dann verunglückte das Lachen. Es verebbte zu einem süßlichen Lächeln.

»Du hast es getan, Ed, ganz klar«, sagte ich. »Als du anfingst, dir zu überlegen, Mrs. Ashcrafts gesamtes Vermögen dadurch erben zu können, daß du sie umbringen läßt, war das erste, was du getan hast, diesen Selbstmordbrief ihres Mannes zu vernichten. So sorgfältig du ihn auch gehütet hättest, es hätte immer die Gefahr bestanden, daß irgendwer ihn zufällig gefunden hätte und dir einen Strich durch die Rechnung gemacht hätte. Er hatte seinen Zweck erfüllt – du brauchtest ihn nicht mehr. Es wäre dumm gewesen, das Risiko einzugehn, daß er irgendwo mal wieder auftaucht.

Für die Morde in San Francisco, die du eingefädelt hast, kann ich dir keinen Strick drehn; aber ich werde dir was verpassen mit dem Mord in Seattle, der nicht auf dein Konto geht – damit die Gerechtigkeit nicht zu kurz kommt. Du kommst mit mir nach Seattle, Ed, und da wirst du hängen für Ashcrafts Selbstmord.«

Und das tat er dann auch.

Der Farewell-Mord

I

Ich war der einzige, der in Farewell aus dem Zug stieg.
Vom Warteschuppen kam ein Mann durch den Regen. Es war ein kleiner Mann. Sein Gesicht war dunkel und
flach. Er trug eine wasserdichte graue Kopfbedeckung und
einen grauen, militärisch geschnittenen Mantel.

Er sah mich nicht an. Er sah auf den kleinen Koffer und
die Reisetasche in meinen Händen. Schnell näherte er sich
mir mit kurzem, zackigem Schritt.

Er sagte nichts, als er mir das Gepäck abnahm. Ich fragte:
»Von Kawalow?«

Er hatte mir bereits den Rücken gekehrt und trug mein
Gepäck zu einer Stutz-Limousine, die neben dem kiesbe-
streuten Bahnsteig auf der Straße stand. Als Antwort auf
meine Frage beugte er sich zweimal zu dem Stutz hin, ohne
sich umzudrehen oder in seinem abgehackten Halbtrab in-
nezuhalten.

Ich folgte ihm zu dem Wagen.

Nach drei Minuten Fahrt waren wir durch das Dorf. Wir
nahmen eine Landstraße, die westwärts in die Berge hinaufging. Im Regen sah die Straße aus wie ein Seehunds-
rücken.

Der flachgesichtige Mann hatte es eilig. Wir schnurrten
über die Straße mit einem Tempo, das uns bald an den letzten Hütten vorbeibrachte, die sich über den ganzen Berg-
hang verstreut hinzogen.

Wir verließen jetzt die schwarzglänzende Straße und kamen auf eine stumpfgraue, die sich nach Süden hinaufwand und dem Kamm eines baumbestandenen Höhenzuges folgte. Stellenweise, über Strecken von vielleicht dreißig bis vierzig Meter, wurde die Straße durch die dichtbelaubten, oben ineinandergreifenden Äste hoher Bäume in einen Tunnel verwandelt.

Auf dem Laub sammelte sich der Regen zu dicken Tropfen, die schwer auf das Dach des Stutz trommelten. Das Dämmerlicht des regnerischen Frühabends wurde in diesen Tunneln fast zur Schwärze der Nacht.

Der flachgesichtige Mann schaltete die Scheinwerfer an und erhöhte das Tempo.

Stocksteif saß er am Steuer. Ich saß hinter ihm. Über seinem militärischen Kragen, an den im Nacken kurzgestutzten Haaren, hingen kleine Wasserkügelchen mit winzigen Lichtpunkten. Das konnte Regen sein; oder Schweiß.

Wir waren mitten in einem der Tunnels.

Der Kopf des flachgesichtigen Mannes fuhr links herum, und er schrie:

»A-a-a-a-a-a!«

Es war ein langgezogener, bebender Schreckensschrei, hoch und spitz.

Ich sprang auf und beugte mich vor, um zu sehen, was mit ihm sei.

Der Wagen kam ins Schleudern, hielt plötzlich wieder die Spur und schoß weiter, so daß ich auf den Sitz zurückgeworfen wurde.

Durch ein Seitenfenster sah ich mit einem Auge etwas Schwarzes vorbeihuschen, das auf der Straße lag.

Ich drehte mich um zur Heckscheibe, die durch den Regen weniger besprenkelt war.

Ich sah einen Schwarzen, der mit dem Rücken auf der Straße lag, dicht am linken Rand. Der Körper bildete einen Bogen, als ruhte das Gewicht auf den Fersen und dem Hinterkopf. Ein Messerknauf von mindestens fünfzehn Zentimeter Länge ragte aus der linken Seite seiner Brust gerade in die Luft.

Nachdem ich soviel gesehen hatte, waren wir um eine Kurve gekommen und aus dem Tunnel heraus.

»Halten Sie!« rief ich dem flachgesichtigen Mann zu.

Er tat so, als hörte er mich nicht. Der Stutz war ein hellbrauner Streifen unter uns. Ich legte dem Fahrer eine Hand auf die Schulter.

Seine Schulter wand sich unter meiner Hand, und wieder schrie er »A-a-a-a!«, als hätte der tote Schwarze ihn angefaßt.

Ich griff an ihm vorbei und schaltete den Motor ab.

Er nahm die Hände vom Steuer, und gekrümmt kamen sie zu mir hoch. Aus seinem Mund kamen Laute, aber sie formten sich nicht zu irgendwelchen mir bekannten Worten.

Mit einer Hand packte ich das Lenkrad. Mit dem anderen Unterarm schnappte ich ihn unterm Kinn. Ich beugte mich über seine Rückenlehne, so daß das Gewicht meines Oberkörpers seinen Kopf aufs Lenkrad knallte.

Während all dies geschah, war der Stutz mit Gottes Hilfe nicht von der Straße abgekommen, als er endlich stehen blieb.

Ich kam vom Kopf des Flachgesichtigen herunter und fragte:

»Was ist los mit Ihnen, verdammt noch mal?«

Mit dem Weiß seiner Augen sah er mich zitternd an und sagte kein Wort.

»Wenden Sie«, sagte ich. »Wir fahren dahin zurück.«

Er schüttelte den Kopf, verzweifelt, und gab wieder diese Laute von sich, die, hätte ich sie verstehen können, womöglich Worte waren.

»Sie wissen, wer das war?« fragte ich.

Er schüttelte den Kopf.

»Sie wissen's«, knurrte ich.

Er schüttelte den Kopf.

Inzwischen war mir der Verdacht gekommen, daß ich, ganz gleich, was ich fragen würde, etwas anderes als Kopfschütteln von diesem Burschen kaum erwarten konnte.

Ich sagte:

»Gehn Sie vom Steuer. Dann fahr ich eben selber dahin zurück.«

Er machte die Tür auf und krabbelte hinaus.

»Steigen Sie wieder ein!« rief ich.

Er wich zurück, den Kopf schüttelnd.

Ich verfluchte ihn, glitt hinter das Steuer, sagte »Na schön, dann warten Sie hier auf mich« und knallte die Tür zu.

Mit langsamen Schritten trat er zurück, ängstlich und mit aufgerissenen Augen mich beobachtend, während ich den Wagen wendete.

Ich mußte weiter zurückfahren, als ich gedacht hatte; ungefähr eine Meile.

Ich fand den Schwarzen nicht. Der Tunnel war leer.

Wenn ich genau gewußt hätte, wo er gelegen hatte, würde ich vielleicht irgend etwas gefunden haben, woraus ich hätte schließen können, wie er entfernt worden war. Aber ich hatte nicht die Zeit gehabt, mir einen Orientierungspunkt zu merken, und jetzt sahen vier oder fünf Stellen einander so täuschend ähnlich, daß jede davon in Frage kam.

Mit Hilfe der Scheinwerfer der Limousine suchte ich die linke Straßenseite von einem Ende des Tunnels bis zum anderen Ende ab.

Ich fand keinen Tropfen Blut. Ich fand keinen Fußabdruck. Ich fand nichts, was darauf hingewiesen hätte, daß jemand auf der Straße gelegen hatte. Ich fand überhaupt nichts.

Um den Wald abzusuchen, war es mir mittlerweile zu dunkel.

Ich kehrte zurück zu der Stelle, wo ich den Flachgesichtigen verlassen hatte.

Er war weg.

Es sieht so aus, dachte ich, als könnte Kawalow recht haben, wenn er meint, er brauche einen Detektiv.

II

Eine halbe Meile hinter der Stelle, wo der Flachgesichtige mich verlassen hatte, stoppte ich den Stutz vor einem schmiedeeisernen Tor, das die Straße versperrte. Das Tor war von innen durch ein Vorhängeschloß gesichert. Von jeder Seite des Tores erstreckte sich eine hohe Hecke in den Wald. Über der Hecke zur Linken war der obere Teil eines kleinen Hauses mit braunem Dach zu sehen.

Ich betätigte das Horn des Stutz.

Der Lärm brachte einen dümmlich wirkenden Jungen von fünfzehn oder sechzehn an die andere Seite des Tores. Er hatte eine ausgebleichte Whipcord-Hose an und einen verrückt gestreiften Pullover. Er kam nicht hinaus auf die Mitte der Straße, sondern blieb an einer Seite stehen, so daß der eine Arm, der möglicherweise etwas hielt, meinem Blick durch die Hecke verborgen war.

»Hier wohnen die Kawalows?« fragte ich.

»Ja, Sir«, sagte er unsicher.

Ich wartete, daß er mir das Tor aufschlösse. Er schloß es nicht auf. Er stand da, unsicher den Wagen anschauend und mich.

»Bitte, Mister«, sagte ich, »kann ich reinkommen?«

»Was – wer sind Sie?«

»Ich bin der, nach dem Kawalow geschickt hat. Wenn ich nicht reingelassen werden soll, dann sagen Sie's mir; dann krieg ich nämlich noch den Zug um halb sieben zurück nach San Francisco.«

Der Junge biß sich auf die Unterlippe, sagte »Warten Sie, ich werd mal sehn, ob ich den Schlüssel finden kann« und verschwand hinter der Hecke.

Er war lange genug weg, um mit jemandem gesprochen zu haben. Als er zurückkam, schloß er auf, schwenkte das Tor zurück und sagte:

»In Ordnung, Sir. Sie werden erwartet.«

Als ich durch das Tor gefahren war, konnte ich auf einem Hügel etwa eine Meile vor mir zu meiner Linken Lichter sehen.

»Ist das das Haus?« fragte ich.

»Ja, Sir. Sie werden erwartet.«

Unweit der Stelle, wo der Junge gestanden hatte, als er durch das Tor mit mir sprach, stand eine doppelläufige Schrotflinte an die Hecke gelehnt.

Ich dankte dem Jungen und fuhr weiter. Die Straße wand sich in sanfter Steigung durch Ackerland bergauf. Zu beiden Seiten standen in regelmäßigen Abständen hohe, schlanke Bäume.

Schließlich brachte die Straße mich vor ein Gebäude, das in der Dämmerung aussah wie eine Kreuzung zwischen Festung und Fabrik. Es war aus Beton. Man nehme eine Handvoll flacher Kegel in verschiedenen Größen, runde die Spitzen stumpf ab, pappe sie mit dem größten, der irgendwo in der Mitte steht, zusammen, gruppiere die anderen ohne allzu strenge Größengliederung darum herum, passe die ganze Kollektion irgendwie den Hängen eines Hügels an, und man hat ein Modell des Kawalow-Hauses. Die Fenster hatten Stahlrahmen. Viele davon gab es nicht. Keins war vertikal oder horizontal mit einem anderen in einer Linie. Manche waren hell.

Als ich aus dem Wagen stieg, ging die schmale Vordertür dieses Hauses auf.

Eine kleine rotgesichtige Frau von etwa fünfzig, die ihre einst blonden Haarflechten mehrmals um den Kopf geschlungen hatte, kam heraus. Sie trug ein hochgeschlossenes, engärmeliges graues Wollkleid. Als sie lächelte, wirkte ihr Mund so breit, wie ihre Lippen dick waren.

Sie sagte:

»Sie sind der Herr aus der Stadt?«

»Ja. Ihren Chauffeur hab ich irgendwo da hinten auf der Straße verloren.«

»Der Herr segne Sie«, sagte sie liebenswürdig, »das geht schon in Ordnung.«

Ein dünner Mann, der sein dünnes dunkles Haar in die Stirn an sein dünnes, besorgtes Gesicht geklatscht hatte, kam an ihr vorbei, um mein Gepäck zu nehmen, als ich es aus dem Wagen gehoben hatte. Er trug es ins Haus.

Die Frau trat zur Seite, um mich hineinzulassen, und sagte: »Sie werden sich bestimmt erst mal ein bißchen waschen wollen, bevor Sie zum Essen hineingehen, und die paar Minuten, die Sie dazu brauchen, wenn Sie sich eilen, wird man gern auf Sie warten.«

Ich sagte »Ja, danke«, wartete, daß sie mir vorausgehe, und folgte ihr den Windungen einer Treppe nach, die sich im Innern eines dieser Kegel hinaufzog, aus denen das Haus bestand.

Sie führte mich in ein Schlafzimmer in der zweiten Etage, wo der dünne Mann dabei war, mein Gepäck auszupacken.

»Martin wird Ihnen alles besorgen, was Sie brauchen«, versicherte sie mir von der Tür her, »und wenn Sie fertig sind, kommen Sie einfach runter.«

Ich sagte, das würde ich tun, und sie ging weg. Als ich Jacke, Weste, Kragen und Hemd abgelegt hatte, war der dünne Mann fertig mit Auspacken. Ich sagte ihm, daß ich sonst nichts brauchte, wusch mich im angrenzenden Badezimmer, zog mir dann ein frisches Hemd und einen frischen Kragen an, meine Weste und Jacke, und ging nach unten.

Die geräumige Halle war leer. Durch eine offene Tür zur Linken kamen Stimmen.

Eine Stimme war ein näselndes Quengeln:

»Ich will das nicht. Ich will mich damit nicht abfinden. Ich bin kein Kind, und ich will es nicht!«

Es war eine ziemlich weich artikulierende Stimme.

Eine andere Stimme war ein lebhafter, aber etwas harter Bariton. Fröhlich sagte er:

»Was soll denn der Unsinn, zu sagen, wir wollen uns nicht damit abfinden, wenn wir uns doch damit abfinden?«

Die dritte Stimme war weiblich, eine weiche Stimme, aber flach und leblos. Sie sagte:

»Aber vielleicht *hat* er ihn umgebracht.«

Die quengelnde Stimme sagte: »Das ist mir egal. Ich will das nicht.«

Der Bariton sagte, fröhlich wie zuvor: »Oh, nein, willst du nicht?«

Ein Stück weiter in der Halle bewegte sich eine Türklinke. Ich wollte nicht so beim Horchen ertappt werden. Ich ging auf die offene Tür zu.

III

Ich stand in der Tür eines ovalen Raumes mit niedriger Decke, der in Grau, Weiß und Silber möbliert und dekoriert war. Zwei Männer und eine Frau befanden sich darin.

Der ältere Mann, er war irgendwo in den Fünfzigern, erhob sich aus einem tiefen grauen Sessel und machte eine zeremonielle Verbeugung zu mir hin. Er war ein gewichtiger Mann mittlerer Größe, völlig kahl, mit dunkler Haut und farblosen Augen. Er hatte einen Schnauzbart mit gewachsten Spitzen, grau wie sein wuchernder Knebelbart.

»Mr. Kawalow?« fragte ich.

»Ja, Sir.« Die Quengelstimme hatte er.

Ich sagte ihm, wer ich sei. Er schüttelte mir die Hand und stellte mich dann den anderen vor.

Die Frau war seine Tochter. Wahrscheinlich war sie dreißig. Sie hatte den kleinen, vollippigen Mund ihres Vaters, aber ihre Augen waren dunkel, die Nase kurz und gerade, und ihre Haut hatte so gut wie keine Farbe. Ihr Gesicht hatte etwas Asiatisches. Es war hübsch, passiv und unintelligent.

Der Bariton war ihr Mann. Er hieß Ringgo. Er war sechs bis sieben Jahre älter als seine Frau, weder groß noch schwer, aber gut gebaut. Sein linker Arm lag geschient in einer Schlinge. Die Knöchel seiner rechten Hand zeigten dunkle Abschürfungen. Er hatte ein hageres, knochiges, gewitztes Gesicht, lebhafte dunkle Augen mit vielen Fältchen um sie herum und einen gutmütigen kräftigen Mund.

Er gab mir seine zerschundene Hand, schwenkte den verbundenen Arm zu mir hin, grinste und sagte:

»Tut mir leid, daß Sie das verpaßt haben, aber dafür kriegen die nächsten Schrammen Sie ab.«

»Wie ist das denn passiert?« fragte ich.

Kawalow hob schwerfällig eine Hand.

»Dafür ist auch nach dem Essen noch Zeit genug«, sagte er. »Setzen wir uns erst mal zu Tisch.«

Wir gingen in ein kleines, in Grün und Braun gehaltenes Eßzimmer, in dem ein kleiner quadratischer Tisch gedeckt war. Gegenüber von mir saß Ringgo. In der Mitte des Tisches, zwischen hohen silbernen Kerzenleuchtern, stand ein Silberkorb mit Orchideen. Mrs. Ringgo saß rechts von mir, Kawalow zu meiner Linken. Als Kawalow sich setzte, zeichneten sich an seiner Gesäßtasche die Umrisse einer Automatic ab.

Zwei Diener warteten uns auf. Es gab eine Menge zu essen, und alles war gut zubereitet. Wir aßen Kaviar, irgendeine Kraftbrühe, Scholle, Kartoffeln und Gurkengemüse, Lammbraten, Mais und grüne Bohnen, Spargel, Wildente und Bruchmaisfladen, Artischocken- und Tomatensalat und Orangeneis. Wir tranken Weißwein, Claret, Burgunder, Kaffee und *crème de menthe*.

Kawalow aß und trank enorm. Keiner von uns zierte sich.

Kawalow war der erste, der sein eigenes Gebot, daß erst nach dem Essen über seine Schwierigkeiten gesprochen werden dürfe, übertrat. Als er mit seiner Suppe fertig war, legte er den Löffel hin und sagte:

»Ich bin kein Kind. Ich lasse mir keine Angst machen.«

Trotzig blinzelte er mich aus farblosen, besorgten Augen an, die Lippen zwischen Schnauz- und Knebelbart vorgestülpt.

Ringgo grinste ihn freundlich an. Mrs. Ringgos Gesicht war so heiter und unachtsam, als wäre nichts gesagt worden.

»Was gibt es denn, was einem Angst machen könnte?« fragte ich.

»Nichts«, sagte Kawalow. »Nichts als eine Menge dummer Mätzchen und schwachsinniger Schmierenstücke.«

»Nehmen Sie's, wie Sie wollen«, brummte eine Stimme über meine Schulter, »aber was ich gesehen habe, das hab ich gesehen.«

Die Stimme kam von einem der Männer, die uns die Speisen vorlegten, einem bleichen, jüngeren Mann mit einem schmalen, schlafflippigen Gesicht. Er sprach mit einer Art unterdrücktem Starrsinn und ohne von dem Essen aufzusehen, das er mir gerade servierte.

Da niemand sonst der nicht zu überhörenden Bemerkung des Dieners irgendwelche Beachtung schenkte, wandte ich mein Gesicht wieder Kawalow zu. Er war dabei, den Rand einer Scholle mit der Kante seiner Gabel zu bearbeiten.

»Was sind das denn für Mätzchen und Schmierenstücke?« fragte ich.

Kawalow legte seine Gabel hin und ließ die Handgelenke auf der Tischkante ruhen. Er rieb die Lippen aneinander und beugte sich über seinen Teller zu mir hinüber.

»Angenommen« – er runzelte die Stirn, so daß seine Glatze nach vorn ruckte – »Sie haben vor zehn Jahren einem Mann Schaden zugefügt.« Er drehte die Handgelenke schnell, so daß die Hände mit den Handflächen nach oben auf dem weißen Tischtuch lagen. »Sie haben ihm diesen Schaden nach den üblichen Regeln der Geschäftspraxis zugefügt – Sie verstehn? – des Profits wegen. Persönliches ist in keiner Weise im Spiel. Sie kennen den Mann kaum. Und nun nehmen Sie an, nach Ablauf dieser ganzen zehn Jahre käme er an und sagte zu Ihnen: ›Ich bin gekommen, Sie sterben zu sehen.‹« Er drehte die Hände um, die Handflächen nach unten. »Nun, was würden Sie denken?«

»Ich würde denken«, erwiderte ich, »daß ich mein Sterben seinetwegen nicht beschleunigen sollte.«

Sein ernstes Gesicht wurde ausdruckslos. Er blinzelte mich kurz an und begann dann seinen Fisch zu essen. Als er den letzten Bissen Scholle gekaut und geschluckt hatte, sah er wieder zu mir auf. Langsam den Kopf schüttelnd, zog er die Mundwinkel herunter.

»Das war keine gute Antwort«, sagte er.

Er zuckte mit den Schultern und spreizte die Finger. »Sie werden sich diesen Captain Katz-und-Maus jedenfalls vorknöpfen müssen. Das ist der Grund, warum ich Sie engagiert habe.«

Ich nickte.

Ringgo lächelte, tätschelte seine Armbinde und sagte: »Hoffentlich haben Sie mehr Glück mit ihm als ich.«

Mrs. Ringgo streckte eine Hand aus und berührte kurz mit spitzen Fingern das Handgelenk ihres Mannes.

Ich fragte Kawalow:

»Dieser Schaden, den ich – wie angenommen – verursacht habe, wie hoch war der?«

Er schob die Lippen vor, machte kleine wedelnde Bewegungen mit den Fingern seiner Rechten und sagte:

»Oh – ah – der Ruin.«

»Wir können also davon ausgehen, daß Ihr Captain tatsächlich was im Schilde führt?«

»Guter Gott!« sagte Ringgo, seine Gabel fallen lassend. »Ich möchte doch wohl nicht meinen, daß er mir den Arm bloß so zum Spaß gebrochen hat.«

Hinter mir sagte der bleiche Diener zu seinem Kollegen: »Er will wissen, ob wir glauben, daß der Captain tatsächlich was im Schilde führt.«

»Ich hab's gehört«, sagte der andere düster. »'ne schöne Hilfe wird uns der sein.«

Kawalow klopfte mit der Gabel auf seinen Teller und blickte die Diener verärgert an.

»Ruhe jetzt!« sagte er. »Wo ist der Braten?« Er zeigte mit der Gabel auf Mrs. Ringgo. »Ihr Glas ist leer.« Er blickte auf die Gabel. »Sehn Sie nur, wie die sich um mein Silber kümmern,« klagte er, sie mir hinhaltend. »Seit einem Monat ist es nicht mehr anständig geputzt worden.«

Er legte die Gabel hin. Er schob den Teller von sich, um Platz zu schaffen für seine Unterarme. Er beugte sich über sie, einen Buckel machend. Er seufzte. Er runzelte die Brauen. Er starrte mich an mit flehenden, farblosen Augen.

»Hören Sie«, jammerte er. »Bin ich denn ein Narr? Würde ich mir aus San Francisco einen Detektiv kommen lassen, wenn ich keinen brauchte? Würde ich Ihnen zahlen, was Sie verlangen, wenn ich für die Hälfte des Geldes genügend andere gute Detektive kriegen kann? Wenn ich nicht den besten Detektiv brauchte, den ich auftreiben kann? Würde ich einen so teuren brauchen, wenn ich nicht wüßte, daß dieser Captain ein äußerst gefährlicher Bursche ist?«

Ich sagte nichts. Ich saß still da und machte ein aufmerksames Gesicht.

»Hören Sie«, jammerte er. »Das hier ist kein Aprilscherz. Dieser Captain will mich im Ernst ermorden. Er ist hierhergekommen, um mich zu ermorden. Und er *wird* mich ermorden, wenn nicht irgendwer ihn daran hindert.«

»Was hat er denn bis jetzt so gemacht?« fragte ich.

»Das ist es nicht.« Ungeduldig schüttelte Kawalow seinen Kahlkopf. »Ich verlange nicht, daß Sie etwas von dem aufklären, was er getan hat. Ich verlange, daß Sie ihn davon abhalten, mich umzubringen. Was er gemacht hat bis jetzt? Nun, er hat meine Leute gründlich terrorisiert. Er hat Dolph den Arm gebrochen. Das sind die Dinge, die er bis jetzt getan hat, wenn Sie's unbedingt wissen wollen.«

»Und wie lange geht das schon so? Wie lange ist er hier?« fragte ich.

»Eine Woche und zwei Tage.«

»Hat Ihr Chauffeur Ihnen von dem Schwarzen erzählt, den wir auf der Straße gesehen haben?«

Kawalow preßte die Lippen aufeinander und nickte langsam.

»Er war nicht mehr da, als ich zurückfuhr«, sagte ich.

Er blies die Backen auf, ließ mit einem kleinen Pfiff Luft entweichen und rief erregt:

»Mir liegt nichts an Ihrem Schwarzen und an Ihren Straßen. Woran mir liegt, ist, nicht ermordet zu werden.«

»Haben Sie dem Sheriff schon Bescheid gesagt?« fragte ich und versuchte, mir nicht anmerken zu lassen, daß ich langsam schlechte Laune bekam.

»Das habe ich. Aber wozu? Hat der Captain mir gedroht? Nun, er hat mir nur gesagt, er sei gekommen, mich sterben zu sehen. So wie er das gesagt hat, ist das eine Drohung. Aber für unsern Sheriff ist das keine Drohung. Er hat meine Leute terrorisiert. Habe ich einen Beweis dafür? Der Sheriff sagt, ich habe keinen. Wie absurd! Brauche ich einen Beweis? Weiß ich's denn nicht? Muß er Fingerabdrücke auf der Angst hinterlassen, die er verursacht? Es läuft also auf folgendes hinaus: Der Sheriff wird ein Auge auf ihn haben. ›Ein Auge‹, sagt er, denken Sie nur! Ich habe hier zwanzig Leute, Bedienstete und Landarbeiter, mit vierzig Augen. Und er kommt und geht, wie's ihm gefällt. Ein Auge!«

»Und die Sache mit Ringgos Arm?« fragte ich.

Kawalow schüttelte ungeduldig den Kopf und begann, sein Lamm mit kurzen, schnellen Schnitten zu zerkleinern.

Ringgo sagte:

»Da können wir nichts machen. Ich habe zuerst zugeschlagen.« Er blickte auf seine zerschundenen Knöchel. »Hätte nicht gedacht, daß er so zäh ist. Vielleicht bin ich auch nicht mehr so gut wie früher. Ein Dutzend Leute haben jedenfalls gesehn, daß ich ihm eins aufs Kinn gegeben habe, bevor er mich angefaßt hatte. Punkt zwölf Uhr mittags haben wir uns vor dem Postamt geprügelt.«

»Wer ist denn dieser Captain?«

»Es ist nicht er«, sagte der bleiche Diener. »Es ist dieser schwarze Teufel.«

Ringgo sagte:

»Sein Name ist Sherry, Hugh Sherry. Er war Captain in der Britischen Armee, als wir ihn damals kennenlernten – bei der Quartiermeisterei in Kairo. Das war 1917, ganze zwölf Jahre her. Der Kommodore« – er deutete mit dem Kopf auf seinen Schwiegervater – »spekulierte in Heeresversorgung. Sherry sollte ein Verbindungsoffizier sein. Er taugte nicht zur Schreibtischarbeit. Dazu war er nicht ängstlich genug. Irgendwer kam zu dem Schluß, daß der Kommodore nicht so viel verdient haben würde, wenn Sherry nicht so fahrlässig gewesen wäre. Sie wußten, daß Sherry selber nichts verdient hatte. Sie entließen Sherry zur selben Zeit, als sie den Kommodore freundlich baten, zurückzutreten.«

Kawalow blickte von seinem Teller auf, um zu erklären.

»So werden in Kriegszeiten nun mal Geschäfte gemacht. Sie hätten mich nicht gehn lassen, wenn ich irgendwas getan haben würde, weswegen sie mich hätten halten können.«

»Und jetzt, zwölf Jahre, nachdem Sie dafür gesorgt hatten, daß er unehrenhaft aus der Armee entlassen wird, kommt er an«, sagte ich, »droht, wie Sie glauben, Sie zu ermorden, und macht sich daran, unter Ihren Leuten Schrekken zu verbreiten. Ist es das?«

»Nein, das ist es nicht«, jammerte Kawalow. »Das ist es ganz und gar nicht. Ich habe ihn nicht aus meinen Truppen stoßen lassen. Ich bin Geschäftsmann. Ich mache meine Profite da, wo sich Gelegenheit bietet. Wenn irgendwer mich einen Gewinn erzielen läßt, der seine Vorgesetzten ärgert, was geht mich dann deren Ärger an? Zum zweiten glaube ich nicht, daß er mich wirklich umbringen will. Ich weiß das.«

Ich sagte:

»Ich versuche, da irgendwie draus schlau zu werden.«

»Da ist nichts draus schlau zu werden. Ein Mann hat vor, mich zu ermorden. Ich verlange, daß Sie ihn daran hindern. Ist das nicht einfach genug?«

»Einfach genug«, stimmte ich ihm zu und hörte auf, mit ihm reden zu wollen.

Kawalow und Ringgo rauchten Zigarren zur *crème de menthe*, Mrs. Ringgo und ich Zigaretten, als die rotgesichtige blonde Frau in dem grauen Wollkleid hereinkam.

Sie kam hereingestürzt, mit aufgerissenen, dunklen Augen.

Sie sagte:

»Anthony sagt, auf dem oberen Feld brennt ein Feuer.«

Kawalow zerbiß das Ende seiner Zigarre und sah mich bedeutungsvoll an.

Ich stand auf und fragte:

»Wie komm ich da hin?«

»Ich zeige Ihnen den Weg«, sagte Ringgo, von seinem Stuhl sich erhebend.

»Dolph«, protestierte seine Frau, »dein Arm.«

Zärtlich lächelte er sie an und sagte:

»Ich werde mich nicht einmischen. Ich geh nur mal mit, um mir anzusehen, wie ein Fachmann mit diesen Dingen fertig wird.«

IV

Ich eilte hinauf in mein Zimmer, um mir Hut, Mantel, Taschenlampe und Kanone zu holen.

Als ich die Treppe wieder hinunterkam, standen die Ringgos an der Haustür.

Er hatte einen dunklen Regenmantel angezogen, ihn über seinen verletzten Arm zugeknöpft, so daß der linke Ärmel leer herunterhing. Sein rechter Arm lag um seine Frau. Ihre beiden nackten Arme lagen um seinen Hals. Sie war weit zurückgebeugt, er weit über sie gebeugt. Ihre Münder lagen aufeinander.

Ich ging ein wenig rückwärts und trat dann lauter auf, als ich mich wieder blicken ließ. Auf mich wartend, standen sie nebeneinander an der Tür. Ringgo atmete schwer, als wäre er gelaufen. Er machte die Tür auf.

Mrs. Ringgo wandte sich an mich:

»Bitte, passen Sie auf, daß mein verrückter Mann nicht zu unvorsichtig ist.«

Ich sagte, das würde ich tun, und fragte ihn:

»Lohnt sich's irgendwen von der Dienerschaft oder den Knechten mitzunehmen?«

Er schüttelte den Kopf.

»Diejenigen, die sich nicht verstecken, wären genauso unnütz wie die, die sich verkrochen haben«, sagte er. »Sie haben allesamt die Hosen voll.«

Er und ich gingen hinaus, und Mrs. Ringgo sah uns von der Tür aus nach. Der Regen hatte vorerst aufgehört, doch ein schwarzes Geschiebe über uns versprach bald mehr.

Ringgo führte mich um das Haus, einen schmalen Weg entlang, der bergab ging, zwischen Buschwerk hindurch, vorbei an einer Gruppe kleiner Häuser in einer Senke, und dann wieder schräg an einem niedrigeren Hügel hinauf.

Der Weg war aufgeweicht. Oben auf dem Hügel verließen wir den Weg, gingen durch ein Drahtgatter und über ein Stoppelfeld, das unter den Füßen sowohl klebrig als auch rutschig war. Wir beeilten uns. Durch die klebrige Erde, die schwüle Nachtluft und unsere Mäntel wurde uns warm beim Gehen.

Als wir dieses Feld überquert hatten, konnten wir das Feuer sehen, ein orangefarbener Fleck, der hinter einigen Bäumen am Flackern war. Wir kletterten über einen niedrigen Drahtzaun und wanden uns zwischen den Bäumen durch.

Ein heftiges Rascheln brach los zwischen den Blättern über uns, links beginnend, und endend mit einem harten Schlag gegen einen Baumstamm gleich rechts von uns. Dann *ploppte* etwas auf den weichen Boden unter dem Baum.

Etwas abseits zur Linken wurde ein Lachen laut, ein wildes, schallendes Lachen.

Das Lachen konnte nicht von weit her gekommen sein. Ich ging ihm nach.

Das Feuer war zu klein und zu weit weg, um mir viel nützen zu können. Es war fast völlig schwarz zwischen den Bäumen.

Ich stolperte über Wurzeln, lief gegen Bäume und fand nichts. Die Taschenlampe hätte dem Lacher mehr geholfen als mir, und so hielt ich sie nutzlos in der Hand.

Als ich das Guckguckspiel mit mir selber leid war, durchquerte ich das Waldstück zur anderen Seite und kam zu dem Feld, auf dem das Feuer brannte.

Ich ging zu dem Feuer hinunter. Es brannte an einem Ende des Feldes, knapp vierzig Meter von dem nächsten Baum entfernt. Es war aus kleingebrochenen toten Ästen und Zweigen errichtet worden, die der Regen nicht erreicht hatte, und war fast niedergebrannt, als ich bei ihm ankam.

Zwei kleine Astgabeln steckten auf der gegenüberliegenden Seite des Feuers in der Erde. Die Astgabeln hielten die Enden eines Stücks von einem grünen Zweig. Über dem

Feuer hing, auf den Zweig gespießt, ein fünfundvierzig Zentimeter langes totes Tier – ohne Kopf, ohne Schwanz, ohne Füße, ohne Haut und vorne aufgeschlitzt.

Zwei Schritt davon entfernt lagen auf der Erde Kopf, Fell, Pfoten, Schwanz, Innereien und eine Menge Blut eines jungen Airedale-Terriers.

Ein paar trockene, in passende Längen gebrochene Stücke Holz lagen neben dem Feuer. Ich legte sie auf, als Ringgo aus dem Waldstück zu mir kam. In der Hand trug er einen Stein von der Größe einer Grapefruit.

»Haben Sie ihn gesehn?« fragte ich.

»Nein. Er hat gelacht und ist verschwunden.«

Er hielt mir den Stein hin und sagte:

»Das hier war es, was nach uns geworfen wurde.«

Auf den glatten grauen Stein waren in Rot runde, leere Augen gezeichnet, eine dreieckige Nase und ein grinsender Mund mit Zähnen – ein vereinfachter Totenschädel.

Ich kratzte an einem der roten Augen mit dem Fingernagel und sagte: »Kreide.«

Ringgo starrte auf die über dem Feuer brutzelnde Tierleiche und auf die Abfälle auf der Erde.

»Was halten Sie davon?« fragte ich.

Er schluckte und sagte:

»Mickey war ein verdammt guter kleiner Hund.«

»Ihrer?«

Er nickte.

Ich leuchtete mit der Taschenlampe den Boden ab. Ich fand ein paar Fußabdrücke, soweit man sie als solche bezeichnen konnte.

»Was zu sehn?« fragte Ringgo.

»Ja.« Ich zeigte ihm einen der Abdrücke. »Die stammen von Lappen, die er sich um die Schuhe gewickelt hat. Sie sind nichts wert.«

Wir wandten uns wieder dem Feuer zu.

»Das ist auch wieder nur Theater«, sagte ich. »Wer immer

das Hündchen getötet und ausgenommen hat, hat sein Handwerk verstanden; zu gut, um nicht zu wissen, daß er es auf die Art nicht anständig braten kann. Es wäre außen verkohlt, bevor es innen auch nur warm gewesen wäre, so wie er's auf den Spieß gesteckt hat, würde es herunterfallen, wenn man versuchte, es zu drehen.«

Ringgos finstere Miene hellte sich etwas auf.

»Das ist ja schon ein bißchen besser«, sagte er. »Mickey zu töten ist schon widerlich genug, aber die Vorstellung, daß irgendwer ihn dann noch ißt oder das auch nur beabsichtigt, wäre ekelerregend.«

»Das wollten sie nicht«, beruhigte ich ihn. »Sie haben Theater gemacht. Die Dinge, die geschehen sind, lagen die so in dieser Richtung?«

»Ja.«

»Was steckt dahinter?«

Niedergedrückt zitierte er Kawalow:

»Captain Katz-und-Maus.«

Ich gab ihm eine Zigarette, nahm mir selber eine und gab uns Feuer mit einem brennenden Ästchen.

Er hob das Gesicht zum Himmel, sagte »'s regnet wieder; gehn wir zurück zum Haus«, blieb aber am Feuer stehen und starrte auf den bratenden Kadaver. Der Gestank verbrannten Fleisches hüllte uns ein.

»Sie nehmen das noch nicht sehr ernst, nicht wahr?« fragte er jetzt in ruhigem, sachlichem Ton.

»Mir kommt das alles reichlich komisch vor.«

»Er ist verrückt«, sagte er in demselben ruhigen Ton. »Versuchen Sie, folgendes zu verstehen. Ehre hat ihm etwas bedeutet. Deswegen mußten wir ihn damals in Kairo reinlegen, statt ihn zu bestechen. Knappe zehn Jahre Ehrlosigkeit, und so ein Mann hat'n Knacks weg. Es war klar, daß er verschwinden und sich verstecken würde, um vor sich hinzubrüten. Entweder er hätte sich erschossen, als die Sache platzte, oder das. Ich habe das anfangs auch so gesehen wie Sie.« Er trat in das Feuer. »Die ganze Sache ist albern. Aber ich kann jetzt nicht mehr darüber lachen – höchstens in Gegenwart von Miriam und dem Kommodore. Als er hier auftauchte, dachte ich nicht im Traum daran, daß ich nicht mit ihm fertigwerden könnte. In Kairo bin ich leicht mit ihm fertiggeworden. Als ich merkte, daß das nicht mehr so ging, hab ich ein bißchen den Kopf verloren. Ich bin hingegangen und hab 'ne Schlägerei mit ihm angefangen. Na, und das war auch blöd. Es ist die Albernheit der Geschichte, durch die es so schlimm wird. In Kairo gehörte er zu der Sorte, die sich kämmt, bevor sie sich rasiert, damit im Spiegel ein anständiges Bild erscheint. Können Sie mich ungefähr verstehn?«

»Erst mal muß ich mit ihm reden«, sagte ich. »Er wohnt im Dorf?«

»Er hat eine Hütte auf dem Hügel weiter da oben. Es ist die erste links, wenn Sie auf die Hauptstraße eingebogen sind.« Ringgo ließ seine Zigarette ins Feuer fallen, und nachdenklich mich anschauend, biß er sich auf die Unterlippe. »Ich weiß nicht, wie Sie und der Kommodore miteinander auskommen werden. Er versteht keinen Spaß, und wenn Sie Witze mit ihm machen, wird er Ihnen mißtrauen.«

»Ich werde versuchen, mich zurückzuhalten«, versprach ich. »Diesem Sherry Geld anzubieten, ist sinnlos?«

»Um Gottes willen«, sagte er leise. »Dazu ist er zu beknackt.«

Wir nahmen den Hundekadaver herunter, traten das Feuer auseinander und trampelten es in der feuchten Erde aus, bevor wir zu dem Haus zurückkehrten.

v

Am nächsten Morgen lag das Land frisch und hell im klaren Licht der Sonne. Eine warme Brise trocknete den Boden und fegte Wolken von Rohbaumwolle über den Himmel.

Um zehn Uhr machte ich mich zu Fuß auf den Weg zu Captain Sherry. Es war nicht schwer, sein Haus zu finden, einen hellrosa verputzten Bungalow mit einem Terrakottadach – von der Straße zu erreichen über einen Kopfsteinweg.

Ein Tisch mit weißer Tischdecke und zwei Gedecken stand auf der gekachelten Veranda, die sich über die Vorderseite des Bungalows erstreckte.

Bevor ich anklopfen konnte, wurde die Tür durch einen schmächtigen Schwarzen aufgemacht, kaum mehr als ein Junge. Er trug eine weiße Jacke. Seine Züge waren feiner als die der meisten amerikanischen Neger, adlerhaft, angenehm intelligent.

»Sie werden sich erkälten, wenn Sie auf nassen Straßen rumliegen«, sagte ich – »sofern Sie nicht vorher überfahren werden.«

Seine Mundwinkel zogen sich bis zu den Ohren zu einem Grinsen hinauf, das mir eine Menge kräftiger gelber Zähne zeigte.

»Yes, Sir«, sagte er mit einer Verbeugung, und die s ließ er zischen, das r rollen. »Der *captaine* hat gewartet mit Frühstück, damit Sie sind bei ihm. Sie hinsetzen, Sir. Ich gehn und ihn rufen.«

»Kein Hundefleisch?«

Seine Mundwinkel zogen sich wieder breit nach oben, und mit Entschiedenheit schüttelte er den Kopf.

»No, Sir.« Er hielt die schwarzen Hände hoch und zählte an den Fingern auf: »Es gibt Orange und Lachs und Nieren gegrillt und Eier und Marmelade und Toast und Tee oder Kaffee. Hundefleisch gibt es nicht.«

»Prima«, sagte ich und setzte mich in einen von den Rohrsesseln auf der Veranda.

Ich hatte mir gerade eine Zigarette angezündet, als Captain Sherry schon herauskam.

Er war ein hagerer, großer Mann von vierzig. Sandfarbenes, in der Mitte gescheiteltes Haar war über einem sonnengebräunten Gesicht glatt an den schmalen Kopf gebürstet. Seine Augen waren grau, die unteren Lider so gerade wie Linealkanten. Der Mund war eine weitere gerade und harte Linie unter einem kurzgestutzten sandfarbenen Schnurrbart. Furchen wie Schnitte liefen von seinen Nasenflügeln über die Mundwinkel hinunter. Andere Furchen, ebenso tief, liefen über die Backen zu dem scharfen Grat des Unterkiefers. Über einem sandfarbenen Schlafanzug trug er einen bunt gestreiften Bademantel.

»Guten Morgen«, sagte er freundlich und führte militärisch eine Hand fast bis zum Kopf. »Bleiben Sie sitzen. Es dauert noch ein paar Minuten, bis Marcus mit dem Frühstück so weit ist. Ich habe lange geschlafen. Und abscheulich geträumt.« Er sprach bewußt langsam und schleppend. »Ich habe geträumt, Theodore Kawalows Hals wäre von hier bis hier durchgeschnitten worden.« Er legte knochige Finger unter seine Ohren. »Es war eine scheußlich blutige Angelegenheit. Er blutete und schrie schrecklich, das Schwein.«

Grinsend blickte ich zu ihm auf und sagte:

»Und das gefiel Ihnen nicht?«

»Oh, daß ihm der Hals durchgeschnitten wurde, das war schon nicht übel, aber er hat so unflätig geblutet und geschrien.« Er hob die Nase und schnupperte. »Das ist Geißblatt irgendwo, nicht?«

»Riecht so. War es Halsdurchschneiden, was Sie im Sinn hatten, als Sie ihm drohten?«

»Als ich ihm drohte«, sagte er gedehnt. »Lieber Mann, ich habe nichts dergleichen getan. Ich war in Udja, einer stinkenden Stadt in Marokko unweit der Grenze nach Algerien, und eines Morgens sprach eine Stimme zu mir aus einem Orangenbaum: ›Gehe hin nach Farewell, in Kalifornien, in den Vereinigten Staaten, und dorten wirst du Theodore Kawalow sterben sehen.‹ Ich hielt das für eine ausgezeichnete

Idee. Ich dankte der Stimme, sagte Marcus, er solle packen, und kam hierher. Gleich nach meiner Ankunft erzählte ich Kawalow davon, weil ich dachte, vielleicht würde er sofort sterben und ich nicht erst lange durch Warten hingehalten werden. Er starb aber nicht, und ich bedauerte, zu spät leider, die Stimme nicht nach einem definitiven Datum gefragt zu haben. Es ist bestimmt keine schöne Vorstellung, Monate hier zu verschwenden.«

»Und deswegen haben Sie versucht, es zu beschleunigen?« fragte ich.

»Wie bitte?«

»*Quel terreur*«, sagte ich, »steinerne Totenschädel, gegrillte Hunde, verschwindende Leichen.«

»Ich bin fünfzehn Jahre in Afrika gewesen«, sagte er. »Ich glaube zu sehr an Stimmen aus Orangenbäumen, in denen niemand ist, um ihnen nachhelfen zu wollen. Sie brauchen sich nicht einzubilden, daß ich mit irgendwelchen Dingen, die vielleicht vorgekommen sind, etwas zu tun hätte.«

»Marcus?«

Sherry strich sich über die eben rasierten Backen und erwiderte:

»Das ist möglich. Er hat einen unverbesserlichen Hang zu dem etwas gröberen afrikanischen Unfug. Ich bin gerne bereit, ihn mit dem Stock zu strafen, wenn er sich irgendwie danebenbenommen hat – wofür Sie natürlich einen stichhaltigen Beweis haben.«

»Lassen Sie mich ihn nur erwischen«, sagte ich, »und ich werde ihn auf meine Weise strafen.«

Sherry beugte sich vor und sprach mit vorsichtig gedämpfter Stimme:

»Geben Sie acht, daß er keinen Verdacht schöpft, bevor Sie ihn nicht fest im Griff haben. Er führt das Messer rechts wie links mit bemerkenswertem Geschick.«

»Ich werde versuchen, daran zu denken. Über Ringgo hat die Stimme nichts gesagt?«

»Das war nicht nötig. Wenn der Körper stirbt, ist auch die Hand tot.«

Der schwarze Marcus kam mit dem Essen heraus. Wir gingen zu dem Tisch, und ich machte mich an mein zweites Frühstück.

Sherry war sich im unklaren darüber, ob die Stimme, die zu ihm aus dem Orangenbaum gesprochen hatte, auch zu Kawalow gesprochen hatte. Er habe Kawalow gefragt, sagte er, habe aber keine befriedigende Antwort bekommen. Er glaube, daß die Stimmen, die den Tod von Feinden ankündigen, gewöhnlich auch denjenigen warnen, der sterben solle. »Ich glaube«, sagte er, »das ist die herkömmliche Art, wie das gemacht wird.«

»Ich weiß nicht«, sagte ich. »Ich werde versuchen, das für Sie rauszukriegen. Vielleicht sollte ich auch ihn fragen, was er letzte Nacht geträumt hat.«

»Sah er heute morgen so aus, als hätte er einen Alptraum gehabt?«

»Ich weiß nicht. Er war noch nicht auf, als ich wegging.«

Sherrys Augen wurden heiße graue Punkte.

»Wollen Sie sagen«, sagte er, »daß Sie keine Ahnung haben, in welcher Verfassung er heute morgen ist, ob er lebendig oder tot ist, ob mein Traum in Erfüllung ging oder nicht?«

»Ja.«

Die harte Linie seines Mundes entspannte sich langsam zu einem erfreuten Lächeln.

»Menschenskind«, sagte er, »das ist ja phantastisch! Ich dachte schon – ich hatte den Eindruck, Sie wüßten positiv, daß nichts dran sei an meinem Traum, daß es nur ein bedeutungsloser Traum sei.«

Er klatschte laut in die Hände.

Flink kam der schwarze Marcus aus der Tür.

»Pack die Koffer«, befahl Sherry. »Der Glatzkopf ist erledigt. Wir brechen auf.«

79

Marcus verbeugte sich und ging grinsend rückwärts ins Haus zurück.

»Wollen Sie sich nicht lieber erst mal vergewissern?« fragte ich.

»Aber ich bin sicher«, sagte er betont langsam, »so sicher wie in diesem Augenblick, als die Stimme aus dem Orangenbaum zu mir sprach. Ich brauche mich nicht zu vergewissern – ich sah ihn sterben.«

»Im Traum.«

»War es ein Traum?« fragte er gleichgültig.

Als ich zehn oder fünfzehn Minuten später ging, machte Marcus im Haus Geräusche, die sich anhörten, als würde er tatsächlich packen.

Sherry gab mir die Hand und sagte:

»Es war mir ein Vergnügen, mit Ihnen zu frühstücken. Vielleicht sehen wir uns einmal wieder, falls Ihre Arbeit Sie je nach Nordafrika führt. Empfehlen Sie mich Miriam und Dolph. Ihnen aufrichtig mein Beileid zu sagen ist mir leider nicht möglich.«

Als ich von dem Bungalow aus nicht mehr gesehen werden konnte, bog ich von der Straße ab auf einen Weg, der sich am Hang eines Hügels hinaufzog, und sah mich nach einer höher gelegenen Stelle um, die geeignet wäre, Sherrys Bungalow zu beobachten. Ich fand so etwas wie ein Krähennest, eine leere Bruchbude auf einem vorspringenden Felsen nach Nordosten hin. Von der vorderen Veranda der verlassenen Bude aus hatte ich einen Blick auf die gesamte Vorderseite des Bungalows, auf einen Teil von dessen einer Seite, auf ein gutes Stück des Kopfsteinweges, bis zu der Stelle, wo er in die Straße mündete. Für das nackte Auge war es eine ziemliche Distanz, aber mit einem Feldstecher würde es ein hervorragender Ausguck sein, zumal man durch Buschgewucher vor der Hütte selber abgeschirmt war.

Als ich zu dem Kawalow-Haus zurückkam, thronte

Ringgo, gepolstert von bunten Kissen, in einem roten Sessel unter einem Baum, in der Hand ein Buch.

»Was halten Sie von ihm?« fragte er. »Ist er verrückt?«

»Nicht sehr. Er läßt sich Ihnen und Ihrer Frau empfehlen. Wie geht's Ihrem Arm heute morgen?«

»Miserabel. Er muß gestern nacht zuviel Feuchtigkeit abgekriegt haben. Er hat mir die Nacht zur Hölle gemacht.«

»Haben Sie Captain Katz-und-Maus angetroffen?« wurde Kawalows quengelnde Stimme hinter mir laut. »Und fanden Sie irgendeine Befriedigung darin?«

Ich drehte mich um. Er kam über den Weg vom Haus. Sein Gesicht war eher grau als braun diesen Vormittag, aber was ich über dem V des Kragens von seinem Hals sehen konnte, schien noch recht heil zu sein.

»Er war am Packen, als ich wegging«, sagte ich. »Will wieder zurück nach Afrika.«

VI

Das war an einem Donnerstag. Weiter geschah nichts an diesem Tag.

Freitagmorgen wurde ich durch den Lärm meiner Schlafzimmertür geweckt, die heftig aufgestoßen wurde.

Martin, der dünngesichtige Diener, kam in mein Zimmer gestürzt und begann mich an den Schultern zu rütteln, obgleich ich mich, als er an meinem Bett war, bereits aufgesetzt hatte.

Sein Gesicht war zitronengelb und häßlich vor Angst.

»Es ist passiert«, stammelte er. »Oh, mein Gott, es ist passiert!«

»Was ist passiert!«

»Es ist passiert. Es ist passiert.«

Ich schob ihn beiseite und stieg aus dem Bett. Plötzlich drehte er sich um und lief in mein Badezimmer. Als ich mit den Füßen in die Schuhe fuhr, hörte ich ihn sich übergeben.

Kawalows Schlafzimmertür war drei Türen neben meiner Tür, auf derselben Seite des Hauses.

Es war niemand zu sehen, aber das Haus war voller Lärm – erregte Stimmen, Türen, die auf und zu gingen.

Ich lief zu Kawalows Tür. Sie war auf.

Da lag Kawalow, auf einem niedrigen spanischen Bett. Das Bettzeug war über das Fußende zurückgeworfen.

Kawalow lag auf dem Rücken. Der Hals war ihm durchgeschnitten, in einer Kurve, die parallel zur Linken seines Kinnbackens durch zwei Punkte einen Zoll unter den Ohrläppchen verlief.

Das Blut, wo es von dem blauen Kissenbezug und dem blauen Laken aufgesogen worden war, war purpurrot wie Traubensaft. Es war dick und klebrig, bereits am Gerinnen.

Ringgo kam herein, einen Bademantel übergeworfen wie ein Cape.

»Es ist passiert«, brummte ich, die Worte des Dieners benutzend.

Mit stumpfen, jammervollen Augen stand Ringgo am Bett und begann zu fluchen, mit leiser, erstickter Stimme.

Die rotgesichtige blonde Frau – Louella Qually, die Haushälterin – kam herein, schrie, drängte sich an uns vorbei zum Bett, immer noch schreiend. Als sie nach der Bettdecke griff, packte ich sie am Arm.

»Nicht anfassen«, sagte ich.

»Deckt ihn zu. Deckt ihn zu, den armen Mann!« schrie sie.

Ich führte sie vom Bett weg. Vier oder fünf Bedienstete waren unterdessen im Zimmer. Zweien von ihnen übergab ich die Haushälterin und sagte ihnen, sie sollten sie hinausbringen und versuchen, sie zu beruhigen. Sie ging mit ihnen, lachend und schreiend.

Ringgo starrte immer noch auf das Bett.

»Wo ist Ihre Frau?« fragte ich.

Er hörte mich nicht. Ich tippte an seinen heilen Arm und wiederholte die Frage.

»Sie ist in ihrem Zimmer. Sie – sie brauchte nicht erst gucken zu kommen, um zu sehen, was passiert ist.«

»Sollten Sie sich nicht lieber um sie kümmern?«

Er nickte, drehte sich langsam um und ging hinaus.

Der Diener, immer noch zitronengelb, kam herein.

»Ich möchte, daß alle zur Stelle sind, Dienstboten, Knechte, alle sollen unten ins Vorderzimmer kommen«, sagte ich zu ihm. »Sorgen Sie dafür, daß sich sofort alle versammeln, und sie sollen bleiben, bis der Sheriff kommt.«

»Ja, Sir«, sagte er und ging nach unten. Die anderen folgten ihm.

Ich machte Kawalows Tür zu und ging hinüber in die Bibliothek, wo ich das Büro des Sheriffs in der Kreisstadt anrief. Ich sprach mit einem Beamten namens Hilden. Als ich ihm meine Geschichte erzählt hatte, sagte er, der Sheriff würde binnen einer halben Stunde in dem Haus eintreffen.

Ich ging in mein Zimmer und zog mich an. Als ich damit fertig war, kam der Diener herauf, um mir zu sagen, daß alle im Vorderzimmer versammelt seien – alle bis auf die Ringgos und Mrs. Ringgos Mädchen.

Ich war dabei, Kawalows Zimmer zu untersuchen, als der Sheriff eintraf. Er war ein weißhaariger Mann mit sanften blauen Augen und einer sanften Stimme, die undeutlich unter einem weißen Schnurrbart hervorkam. Er hatte drei Hilfsbeamte mitgebracht, einen Arzt und einen Leichenbeschauer.

»Ringgo und der Diener können Ihnen mehr erzählen als ich«, sagte ich, als wir einander rundum die Hände geschüttelt hatten. »Ich bin zurück, so schnell es geht. Ich fahr zu Sherry hoch. Was der damit zu tun hat, wird Ihnen Ringgo erzählen.«

In der Garage suchte ich mir einen verdreckten Chevrolet

aus und fuhr zu dem Bungalow. Türen und Fenster waren dichtgemacht, und auf mein Klopfen kam keine Antwort.

Über den Kopfsteinweg ging ich zurück zum Wagen und fuhr hinunter nach Farewell. Dort war es keine Schwierigkeit festzustellen, daß Sherry und Marcus am Nachmittag des Vortages mit dem Zwei-Uhr-zehn-Zug nach Los Angeles abgefahren waren. Drei große Koffer und ein halbes Dutzend Reisetaschen hatte der Spediteur des Dorfes für sie aufgegeben.

Nachdem ich unserer Zweigstelle in Los Angeles ein Telegramm geschickte hatte, machte ich den Mann ausfindig, der Sherry den Bungalow vermietet hatte.

Er konnte mir nichts über seine Mieter erzählen, außer daß er enttäuscht war darüber, daß sie nicht einmal zwei volle Wochen geblieben waren. Sherry hatte die Schlüssel mit einem kurzen Brief abgegeben, der besagte, er sei unerwartet weggerufen worden.

Ich steckte den Brief ein. Handschriftproben erweisen sich oft als nützlich. Dann lieh ich mir die Schlüssel zu dem Bungalow und fuhr dorthin zurück.

Ich fand dort nichts von Bedeutung, lediglich eine Menge Fingerabdrücke, die vielleicht später noch wertvoll werden konnten. Nichts sagte mir, wohin meine Männer gefahren waren.

Ich fuhr zurück zum Kawalow-Haus.

Der Sheriff war damit fertig, das Personal durch die Mühle zu drehen.

»Ist nichts rauszukriegen aus ihnen«, sagte er. »Keiner hat irgendwas gehört oder gesehen; seit gestern abend vom Schlafengehen bis heute morgen nicht, als der Diener um acht die Tür aufmachte, um ihn zu wecken, und ihn da tot liegen sah. Wissen Sie mehr als das?«

»Nein. Hat man Ihnen was über Sherry erzählt?«

»Oh, ja. Das wird wohl unser Braten sein, was?«

»Ja. Angeblich ist er gestern nachmittag mit seinem Boy

nach Los Angeles abgedampft. Was da dran ist, müßten wir eigentlich rauskriegen können. Was sagt der Arzt?«

»Daß er heute morgen zwischen drei und vier umgebracht wurde, mit einem ziemlich großen Messer – ein sauberer Schmiß von links nach rechts, wie von einem Linkshänder.«

»Ein sauberer Schnitt vielleicht«, stimmte ich zu, »aber nicht gerade ein Schmiß. Langsamer als das. Ein Schmiß, wenn er schon eine Kurve macht, müßte in einer Abwärtskurve verlaufen, weg von dem, der das Messer führt, in der Mitte am höchsten sein und am Ende abwärts gehen, zum Mörder hin – also genau umgekehrt wie der hier.«

»Oh, ja, klar. Ist dieser Sherry Linkshänder?«

»Ich weiß nicht.« Ich fragte mich, ob Marcus einer sei. »Das Messer gefunden?«

»Nicht die Spur. Und was schlimmer ist, wir haben auch sonst nichts gefunden, weder im Haus noch draußen. Komisch, daß ein Bursche wie Kawalow, der ja nach allem, was man hört, ganz schön Angst gehabt haben muß, nicht alles verriegelt und verrammelt hatte. Seine Fenster waren offen. Mit einer Leiter kann da jeder rein. Und seine Tür war auch nicht abgeschlossen.«

»Dafür kann es ein halbes Dutzend Gründe gegeben haben. Er …«

Einer der Beamten, ein breitschultriger blonder Mann, kam an die Tür und sagte:

»Wir haben das Messer gefunden.«

Der Sheriff und ich folgten dem Beamten nach draußen, zu der Seite des Hauses herum, auf der Kawalows Zimmer war.

Die Klinge des Messers steckte im Boden, zwischen einigen Büschen, die einen Weg säumten, der hinunterführte zu den Quartieren der Knechte.

Der Messerknauf – rot angemaltes Holz – zeigte in leichter Schrägung auf das Haus. Ein wenig Blut klebte an der

Klinge, aber das meiste hatte die weiche Erde abgewischt. An dem roten Knauf war weder Blut noch irgend etwas wie ein Fingerabdruck.

In dem weichen Boden in der Nähe des Messers waren keine Fußabdrücke. Offenbar war es in das Gebüsch geworfen worden.

»Ich glaube, das ist alles, was es für uns hier gibt«, sagte der Sheriff. »Es gibt keinen großen Hinweis, daß irgendwer hier was damit zu tun hat oder nicht. Wir werden uns jetzt mal nach diesem Captain Sherry umsehn.«

Ich fuhr mit ihm ins Dorf hinunter. Im Postamt erfuhren wir, daß Sherry eine Adresse zum Nachsenden hinterlassen hatte: St. Louis, Missouri, postlagernd. Der Postmeister sagte, Sherry habe während seines Aufenthalts in Farewell keine Post bekommen.

Wir fuhren zum Telegrafenamt, und man sagte uns, Sherry habe weder irgendwelche Telegramme bekommen, noch habe er welche aufgegeben. Ich schickte unserer Zweigstelle in St. Louis eins.

Unser weiteres Herumstochern im Dorf brachte uns nichts – nur daß die meisten Müßiggänger von Farewell gesehen hatten, daß Sherry und Marcus in den Zwei-Uhr-zehn-Zug nach Süden gestiegen waren.

Bevor wir zum Kawalow-Haus zurückfuhren, kam von unserer Zweigstelle in Los Angeles ein Telegramm für mich an:

Sherrys Gepäck im Gepäckraum hier noch nicht abgeholt.
Beobachten es weiter.

Als wir zu dem Haus zurückkamen, traf ich Ringgo in der Halle an und fragte ihn:

»Ist Sherry Linkshänder?«

Er überlegte und schüttelte dann den Kopf.

»Ich kann mich nicht erinnern«, sagte er. »Möglich ist es

schon. Ich werde Miriam fragen. Vielleicht weiß sie's –
Frauen erinnern sich an so Sachen.«

Als er wieder nach unten kam, nickte er:

»Er ist mit beiden Händen so gut wie gleich geschickt,
benutzt aber seine Linke mehr als die Rechte. Warum?«

»Der Arzt meint, ein Linkshänder habe es getan. Wie
geht's Ihrer Frau jetzt?«

»Ich glaube, der schlimmste Schock ist vorbei, danke.«

VII

Sherrys Gepäck wurde den ganzen Samstag nicht von der
Gepäckaufbewahrung in Los Angeles abgeholt. Spät an jenem Nachmittag machte der Sheriff die Nachricht publik,
daß Sherry und der Neger wegen Mordes gesucht seien,
und am selben Abend stiegen der Sheriff und ich in einen
Zug nach Süden.

Am Sonntagmorgen machten wir im Beisein zweier Be-
amter der Polizei von Los Angeles das Gepäck auf. Wir fanden nichts außer einwandfreier Kleidung und persönlichen
Dingen, die uns nichts sagten.

Ich fuhr zurück nach San Francisco und ließ Stapel von
Fahndungsblättern drucken und verteilen.

Zwei Wochen vergingen, zwei Wochen, in denen die
Fahndungsblätter uns nichts brachten als den üblichen mas-
senhaften falschen Alarm.

Dann griff die Polizei von Spokane Sherry und Marcus in
einer Pension in der Stevens Street auf.

Irgendein Unbekannter hatte die Polizei telefonisch informiert, daß ein dort wohnender Fred Williams fast jeden
Tag Besuch von einem geheimnisvollen Neger habe und
daß das Benehmen der beiden sehr verdächtig sei. Die Polizei von Spokane hatte Exemplare von unserem Fahn-
dungsblatt. Das H. S.-Monogramm auf den Manschetten-

knöpfen und Taschentüchern von Fred Williams war kaum noch nötig, um sie zu überzeugen, daß er unser Mann war.

Nachdem sie ihn zwei Stunden durch die Mangel gedreht hatten, gab Sherry seine Identität zu, leugnete aber, Kawalow ermordet zu haben.

Zwei von den Leuten des Sheriffs fuhren nach Norden und brachten die Gefangenen in die Kreisstadt.

Sherry hatte sich den Schnurrbart abrasiert. Nichts in seinem Gesicht oder seiner Stimme zeigte die leiseste Besorgnis.

»Ich wußte, daß ich auf nichts mehr zu warten brauchte nach meinem Traum«, sagte er mit behäbiger Sicherheit, »und da bin ich abgefahren. Dann, als ich hörte, daß der Traum Wirklichkeit geworden war, wußte ich natürlich, daß ihr Willis scharf sein würdet auf mich, und da hab ich – ah – die Abgeschiedenheit gesucht – als ob man was kann für seine Träume.«

Feierlich wiederholte er dem Sheriff und dem Staatsanwalt seine Geschichte von der Stimme im Orangenbaum. Den Zeitungen gefiel sie.

Er weigerte sich, uns seine Route aufzuzeichnen, uns zu erzählen, wie er seine Zeit verbracht hatte.

»Nein, nein«, sagte er. »Tut mir leid, aber das laß ich lieber bleiben. Womöglich muß ich das irgendwann noch mal machen, und da hat es keinen Zweck, meine Methoden aufzudecken.«

Er wollte uns nicht sagen, wo er in der Mordnacht gewesen war. Wir waren ziemlich sicher, daß er den Zug vor Los Angeles verlassen hatte, wenn auch das Zugpersonal uns nichts hatte sagen können.

»Tut mir leid«, sagte er gedehnt. »Aber wenn ihr Knaben nicht mal wißt, wo ich war, wie wollt ihr dann behaupten können, daß ich dort war, wo der Mord geschah?«

Bei Marcus hatten wir noch weniger Glück. Seine stehende Rede war:

»Nicht verstehn das Englisch sehr gut. Fragen den *capitaine*. Ich nicht wissen.«

Der Staatsanwalt verbrachte eine Menge Zeit damit, nägelkauend in seinem Büro auf und ab zu rennen und uns wütend vorzuhalten, der Fall ginge in die Binsen, wenn wir nicht beweisen könnten, daß entweder Sherry oder Marcus kurz vor oder nach der Tatzeit in der Nähe des Hauses gewesen war.

Der Sheriff war der einzige von uns, der nicht das dumpfe Gefühl hatte, daß Sherry ein ganzes Sortiment von Trümpfen in den Ärmeln hatte. Der Sheriff sah ihn bereits am Galgen.

Sherry besorgte sich einen Anwalt, einen glatt aussehenden blassen Mann mit Hornbrille und einem schmalen, zuckenden Mund. Sein Name war Schaeffer. Dauernd war er am Lächeln, für sich und für uns.

Als der Staatsanwalt nur noch Daumennägel übrig hatte und anfing, die zu bearbeiten, borgte ich mir von Ringgo einen Wagen und machte mich auf den Weg, die Eisenbahnlinie Richtung Süden abzufahren, weil ich herauskriegen wollte, wo Sherry aus dem Zug gestiegen war. Wir hatten das Paar natürlich konterfeit, so daß ich ihre Fotos bei mir hatte.

Ich zeigte diese verdammten Fotos an jeder Bahnstation zwischen Farewell und Los Angeles herum, in jedem Dorf innerhalb zwanzig Meilen Entfernung von der Strecke, auf beiden Seiten, und in fast den meisten Häusern dazwischen. Und es brachte mir nichts.

Es sprach nichts dagegen, daß Sherry und Marcus nicht nach Los Angeles durchgefahren waren.

Ihr Zug hätte sie in jener Nacht um halb elf dort abgesetzt. Einen Zug, der sie rechtzeitig nach Farewell zurückgebracht hätte, um Kawalow zu töten, gab es nicht. Es gab zwei Möglichkeiten: mit einem Flugzeug hätten sie reichlich Zeit gehabt zurückzukommen; und mit einem Auto hätten sie es vielleicht auch geschafft, selbst wenn das etwas abwegig aussah.

Zuerst setzte ich auf Flugzeug, fand aber keinen Piloten, der in jener Nacht einen Passagier gehabt hatte. Mit Hilfe der Polizei von Los Angeles und einiger Detektive von Continental's Zweigstelle dort ließ ich jeden, der ein Flugzeug besaß – öffentlich oder privat –, interviewen. Alle Antworten waren nein.

Wir gingen der weniger versprechenden Möglichkeit mit den Autos nach. Die größeren Taxi- und Leihwagenfirmen sagten »Nein«. Vier Privatwagen waren in jener Nacht zwischen zehn und zwölf als gestohlen gemeldet worden. Zwei davon waren am nächsten Morgen in der Innenstadt gefunden worden – sie konnten die Fahrt nach Farewell und zurück nicht gemacht haben. Einer von den andern war am nächsten Tag in San Diego sichergestellt worden. Der fiel damit auch weg. Der andere, eine Packard-Limousine, war noch nicht gesichtet worden. Wir setzten einen Kopierapparat in Gang, der eine Postkartenansicht davon vervielfältigte.

Die ganzen kleinen Klitschen von Taxi- und Leihwagenunternehmern zu erreichen, war ein schönes Stück Arbeit, und dann blieben noch die privaten Wagenbesitzer, die vielleicht für die eine Nacht ihren Wagen verliehen hatten. Um auch die zu erfassen, bemühten wir die Zeitungen.

Was die Autos betraf, so kam keine Information, aber diese neue Richtung unserer Nachforschungen – der Versuch, unseren Männern hier bis auf wenige Stunden vor dem Mord auf die Spur zu kommen – erbrachte Resultate einer ganz anderen Art.

In San Pedro (dem Seehafen von Los Angeles, fünfundzwanzig Meilen außerhalb) war um ein Uhr am Morgen des Mordes ein Neger festgenommen worden. Der Neger sprach schlecht Englisch, hatte aber Papiere, die bewiesen, daß er Pierre Tisano war, ein französischer Seemann. Er war wegen Trunkenheit und Ruhestörung festgenommen worden.

Die Polizei von San Pedro sagte, Foto und Beschreibung des Mannes, der uns als Marcus bekannt sei, paßten genau auf den betrunkenen Seemann.

Das war nicht alles, was die Polizei von San Pedro sagte.

Tisano war um ein Uhr festgenommen worden. Kurz nach zwei war ein Weißer erschienen, der gesagt hatte, er heiße Henry Somerton, und der versucht hatte, den Neger auszulösen. Der diensthabende Beamte hatte Somerton gesagt, vor morgen früh sei da nichts zu machen und es wäre sowieso sinnvoller, Tisano seinen Rausch ausschlafen zu lassen, bevor man ihn mitnehme. Somerton war bereitwillig darauf eingegangen, hatte sich noch über eine halbe Stunde mit dem Beamten unterhalten und war dann gegen drei gegangen. Um zehn Uhr an jenem Morgen war er wieder erschienen, um für den Neger die Strafe zu zahlen. Gemeinsam waren sie weggegangen.

Die Polizei von San Pedro sagte, Sherrys Foto – ohne den Schnurrbart – und seine Beschreibung paßten auf Henry Somerton.

Henry Somertons Unterschrift auf dem Registrierschein des Hotels, in das er zwischen seinen beiden Besuchen bei der Polizei gegangen war, stimmte überein mit der Handschrift von Sherrys Brief an den Besitzer des Bungalows.

Es stand ziemlich eindeutig fest, daß Sherry und Marcus zu der Zeit, als Kawalow ermordet wurde, in San Pedro gewesen waren – nach neun Stunden Zugfahrt von Farewell.

Ziemlich eindeutig ist nicht ganz eindeutig genug bei einer Mordsache. Ich nahm den diensthabenden Beamten jener Nacht mit mir in Richtung Norden, damit er sich unsere zwei Männer ansehe.

»Oh, ja, das sind sie«, sagte er.

VIII

Der Staatsanwalt verzehrte den Rest seiner Daumennägel.

Der Sheriff hatte die staunenden Augen eines Kindes, das einen Luftballon in der Hand gehalten, einen Knall gehört hat und nicht verstehen kann, wo der Ballon geblieben ist.

Ich tat so, als wäre ich völlig zufrieden.

»Jetzt sind wir wieder genau da, wo wir angefangen haben«, sagte der Staatsanwalt mit widerwärtig nörgelnder Stimme, als seien alle daran schuld, nur er nicht. »Und die ganzen Wochen waren umsonst.«

Der Sheriff sah den Staatsanwalt nicht an und sagte nichts.

Ich sagte:

»Oh, das würd ich nicht sagen. Einigen Fortschritt haben wir doch schon gemacht.«

»Welchen?«

»Wir wissen, daß Sherry und der Diener Alibis haben.«

Der Staatsanwalt schien zu glauben, ich wollte ihn auf den Arm nehmen. Ich achtete nicht auf die Gesichter, die er mir schnitt, und fragte:

»Was haben Sie vor mit ihnen?«

»Was soll ich vorhaben mit ihnen, als sie freizulassen? Der Fall ist damit im Eimer.«

»Es kostet den Bezirk doch nicht viel, sie zu füttern«, schlug ich vor. »Warum sie nicht so lange wie möglich festhalten, derweil wir uns das überlegen? Vielleicht ergibt sich was Neues – wenn nicht, können Sie den Fall immer noch zu den Akten legen. Sie halten sie doch nicht für unschuldig, oder?«

Verdrossen und schwermütig vor Mitleid wegen meiner Dummheit sah er mich an.

»Sie sind schuldig wie die Teufel, aber was nützt mir das, wenn ich keinen Schuldspruch erwirken kann? Und was nützt es, wenn ich sage, ich halte sie erst mal noch fest? Verdammt nochmal, Mann, Sie wissen doch genauso gut wie ich, daß sie ihre Entlassung jetzt bloß zu verlangen brauchen, und jeder Richter setzt sie auf freien Fuß.«

»Ja«, pflichtete ich ihm bei, »nur wette ich um den besten Hut in San Francisco, daß sie sie nicht verlangen werden.«

»Sie meinen?«

»Sie wollen ein Verfahren«, sagte ich, »sonst hätten sie ihr Alibi aus dem Sack gelassen, bevor wir draufgekommen wären. Ich habe so das Gefühl, daß sie die Polizei von Spokane absichtlich auf sich aufmerksam gemacht haben. Und ich wette Ihnen diesen Hut, daß Schaeffer nicht daran denkt, die Habeaskorpusakte zur Geltung zu bringen.«

Der Staatsanwalt linste mir argwöhnisch in die Augen.

»Wissen Sie irgend etwas, was Sie uns vorenthalten?« fragte er fordernd.

»Nein, aber Sie werden sehn, daß ich recht habe.«

Ich hatte recht. Schaeffer ging weiterhin still für sich lächelnd in der Gegend herum und machte keinerlei Versuch, seine Mandanten aus dem Bezirksgefängnis herauszuholen.

Drei Tage später ergab sich etwas Neues.

Ein Mann namens Archibald Weeks, der gut zehn Meilen von den Kawalows entfernt eine kleine Hühnerfarm hatte, suchte den Staatsanwalt auf. Weeks sagte, er habe Sherry am frühen Morgen des Mordes auf seinem – Weeks' – Grundstück gesehen.

Weeks war an jenem Morgen nach Iowa weggefahren, um seine Eltern zu besuchen. Er war früh aufgestanden, um nachzusehen, ob alles in Ordnung wäre, bevor er zu der zwanzig Meilen entfernten Bahnstation losfuhr.

Irgendwann zwischen halb sechs und sechs war er zu dem Schuppen gegangen, in dem er seinen Wagen abstellte, um nachzusehen, ob genug Benzin im Tank sei.

Ein Mann war aus dem Schuppen gehuscht, war über den

Zaun gesprungen und auf der Straße davongerannt. Weeks war ihm ein kurzes Stück nachgelaufen, aber der andere war ihm zu schnell gewesen. Der Mann war zu gut gekleidet gewesen für einen Landstreicher – Weeks nahm an, er habe den Wagen stehlen wollen.

Da Weeks weg mußte und seine Frau während seiner Abwesenheit nur ihre zwei Söhne bei sich haben würde – der eine war siebzehn, der andere fünfzehn –, hatte er es für am klügsten gehalten, ihr von dem Mann, den er an dem Schuppen überrascht hatte, nichts zu erzählen, um ihr keine Angst zu machen.

Er war an dem Tag, bevor er im Büro des Staatsanwalts auftauchte, aus Iowa zurückgekehrt, und nachdem er die Einzelheiten von der Ermordung Kawalows gehört und Sherrys Bild in der Zeitung gesehen hatte, hatte er ihn als den Mann erkannt, dem er nachgerannt war.

Wir stellten ihn Sherry gegenüber. Er sagte, Sherry sei der Mann. Sherry sagte nichts.

Da der Staatsanwalt nun Weeks' Aussage gegen die Aussage der Polizei von San Pedro ins Feld führen konnte, eröffnete er das Verfahren gegen Sherry. Marcus wurde als wichtiger Zeuge festgehalten, da aber nichts sein San-Pedro-Alibi schwächte, wurde er nicht unter Anklage gestellt.

Auf dem Zeugenstand erzählte Weeks seine Geschichte einfach und klar, und dann, im Kreuzverhör, kriegte er erst kalte Füße und fiel dann mit lautem Getöse um.

Er sei sich jetzt nicht mehr so sicher wie vorher, gab er unter Schaeffers Beschuß zu, daß Sherry der Mann sei. Der Mann habe, bei dem wenigen, was er von ihm gesehen, bestimmt eine gewisse Ähnlichkeit mit Sherry, aber vielleicht sei er ein wenig voreilig gewesen, gleich mit Bestimmtheit zu behaupten, er sei Sherry. Jetzt, da er Zeit gehabt habe nachzudenken, sei er sich nicht mehr so ganz sicher, ob er das Gesicht des Mannes in dem schwachen Morgenlicht auch wirklich gesehen habe. Alles, was Weeks schließlich noch beschwören wollte, war, daß er einen Mann gesehen habe, der ein klein wenig Ähnlichkeit mit Sherry gehabt zu haben schien.

Es war mordskomisch.

Der Staatsanwalt, da er keine Fingernägel mehr hatte, knabberte an den Fingerknochen.

Die Geschworenen sagten »Nicht schuldig«.

Sherry wurde, soweit es den Kawalow-Mord betraf, für alle Zeiten freigesprochen, ganz gleich, was womöglich später noch ans Licht kommen würde.

Marcus wurde freigelassen.

Der Staatsanwalt wollte mir nicht Aufwiedersehen sagen, als ich nach San Francisco abfuhr.

IX

Vier Tage nach Sherrys Freispruch wurde Mrs. Ringgo in mein Büro geführt.

Sie trug Schwarz. Ihr hübsches, unintelligentes, orientalisches Gesicht sah nicht sehr glücklich aus.

»Bitte, Sie werden Dolph nichts davon erzählen, daß ich hierhergekommen bin?« war das erste, was sie sagte.

»Natürlich nicht, wenn Sie es wünschen«, versprach ich.

Sie setzte sich und sah mich mit großen Augen an.

»Er ist so leichtsinnig«, sagte sie.

Ich nickte mitfühlend und fragte mich, worauf sie hinaus wollte.

»Ich habe solche Angst«, fügte sie hinzu, ihre Handschuhe wringend. Ihr Kinn zitterte. Ihre Lippen formten abgehackt die Worte: »Sie sind zu dem Bungalow zurückgekommen.«

»Ja?« Mich geradesetzend horchte ich auf. Ich wußte, wer *sie* waren.

»Ihre Rückkehr«, rief sie fast weinend, »kann nur den

Grund haben, daß sie Dolph genauso umbringen wollen wie Vater. Und er will nicht auf mich hören. Er ist sich so sicher. Er lacht und nennt mich ein dummes Kind und sagt, er kann auf sich selber aufpassen. Aber das kann er nicht. Jedenfalls nicht mit dem gebrochenen Arm. Und sie werden ihn ermorden, wie sie Vater ermordet haben. Ich weiß es. Ich weiß es.«

»Sherry haßt Ihren Mann ebenso sehr, wie er Ihren Vater gehaßt hat?«

»Ja, das ist es. Das tut er. Dolph hat für Vater gearbeitet, aber Dolphs Rolle bei – bei dem Geschäft, das Hugh in Schwierigkeiten brachte, war wesentlich – wesentlich aktiver als Vaters Rolle. Werden Sie – werden Sie sie daran hindern, Dolph umzubringen? Werden Sie das tun?«

»Selbstverständlich.«

»Und Sie dürfen Dolph nichts davon merken lassen«, betonte sie, »und wenn er herauskriegt, daß Sie sie beobachten, dürfen Sie nicht sagen, daß ich Sie dazu veranlaßt habe. Er würde mir das schrecklich übelnehmen. Ich hatte ihn gebeten, Sie kommen zu lassen, aber er …« Verlegen brach sie den Satz ab. Ich vermutete, daß ihr Mann eine Bemerkung dahingehend gemacht hatte, daß meine Beschützerrolle bei Kawalow nicht sehr erfolgreich gewesen war. »Aber er wollte nicht.«

»Wie lange sind sie schon zurück?«

»Seit vorgestern.«

»Ich komme morgen runter«, versprach ich. »Wenn ich Ihnen raten darf, erzählen Sie Ihrem Mann lieber, daß Sie mich engagiert haben. Aber wenn Sie ihm nichts sagen, sag ich auch nichts.«

»Und Sie lassen nicht zu, daß er Dolph was antut?«

Ich versprach, mein Bestes zu tun, nahm ihr etwas Geld ab, gab ihr eine Quittung und komplimentierte sie hinaus.

Kurz nach Einbruch der Dunkelheit traf ich am selben Abend in Farewell ein.

Es brannte Licht in dem Bungalow, als ich auf meinem Weg bergauf daran vorbeikam.

Ich war versucht, aus meinem Coupé zu steigen und ein bißchen herumzuschnüffeln, fürchtete aber, daß Marcus auf eigenem Gelände ein besserer Indianer sein würde als ich.

Als ich in den Feldweg zu der verlassenen Hütte einbog, die ich bei meinem ersten Besuch in Farewell entdeckt hatte, machte ich die Scheinwerfer des Wagens aus und zokkelte weiter beim Licht eines sehr weißen, hochstehenden Mondes.

In der Nähe der leeren Hütte stellte ich das Coupé neben dem Feldweg ab.

Dann ging ich auf die wackelige Veranda, ortete den Bungalow und fing an, meinen Feldstecher darauf einzustellen.

Ich war halb damit fertig, als die Vordertür des Bungalows aufging. Gelbes Licht kam heraus und zwei Personen.

Eine davon war eine Frau.

Noch ein wenig Feineinstellung, und ich hatte ihr Gesicht scharf im Glas – Mrs. Ringgo.

Sie schlug sich den Mantelkragen um ihr Gesicht und eilte über den Kopfsteinweg davon. Sherry stand auf der Veranda und sah ihr nach.

Als sie die Straße erreichte, begann sie bergauf zu laufen, in die Richtung ihres Hauses.

Sherry ging wieder hinein und machte die Tür zu.

Zweieinhalb Stunden später kam von der Straße herauf ein Mann über den Kopfsteinweg. Mit schnellen Schritten näherte er sich dem Bungalow. Es war eine irgendwie geduckte Eile, und dauernd blickte er beim Gehen von links nach rechts.

Ich vermute, er klopfte an die Tür.

Die Tür ging auf, und ein gelber Lichtschein fiel auf sein Gesicht – auf Dolph Ringgos Gesicht.

Er trat ein. Die Tür ging zu.

Ich packte den Feldstecher weg, verließ die Veranda und machte mich auf den Weg zu dem Bungalow. Ich war mir nicht sicher, ob ich für das Coupé einen anderen guten Platz finden würde, und so ließ ich ihn stehen und ging zu Fuß.

Den Kopfsteinweg wollte ich nicht riskieren.

Sechs Meter oberhalb davon verließ ich die Straße und bewegte mich so leise es ging über feuchten Boden und zwischen den Bäumen, Büschen und Blumen hindurch. Ich wußte, mit was für einem Schlag von Menschen ich es zu tun hatte – ich hielt meine Kanone in der Hand.

Alle Fenster des Bungalows auf meiner Seite zeigten Licht, aber sie waren zu, und die Vorhänge waren zugezogen. Es gefiel mir nicht, wie das durch die Vorhänge fallende Licht dem Mond half, den Boden vor den Fenstern zu erhellen. Hätte ich oben auf dem Felsvorsprung mit Stielaugen hinter meinem Fernglas gesessen, wäre mir das sehr willkommen gewesen; da ich aber jetzt versuchte, nahe genug heranzukommen, um meinen Lauschern etwas zu tun zu geben, war mir das weniger recht.

An der dem Bungalow nächsten und dunkelsten Stelle, die ich finden konnte, machte ich halt – fünf Schritte entfernt vom Haus – und überdachte die Situation.

Wie ich da so kauerte, hörte ich etwas.

Es kam nicht aus der richtigen Ecke. Es war nicht das, was ich hören wollte. Es war das Geräusch von jemandem, der sich den Weg herunter dem Haus näherte.

Ich war nicht sicher, ob ich von dem Weg aus nicht gesehen werden könnte. Ich wandte den Kopf, um mich zu vergewissern. Und die Bewegung meines Kopfes verriet mich.

Mrs. Ringgo machte einen Satz, blieb erstarrt auf dem Weg stehen und schrie dann:

»Ist Dolph da drin? Ist er da? Ist er da?«

Mit Kopfnicken versuchte ich ihr zu bedeuten, daß er da

sei, aber sie machte ein solches Spektakel mit ihrem *Ist er da?*, daß ich laut »Ja« sagen mußte, um mich ihr verständlich zu machen.

Ich weiß nicht, ob die Vorgänge im Haus durch unseren Lärm beschleunigt wurden oder nicht, jedenfalls hatten da drinnen Kanonen angefangen loszuballern.

Unter den gegebenen Umständen nimmt man sich nicht die Zeit, Schüsse zu zählen, zumal diese so ineinander übergingen, daß man kein genauer Punktrichter hätte sein können. Aber nach meinem Eindruck waren – bis ich mich aufgerappelt hatte, um mir an der Vordertür die Schulter zu verrenken – mindestens fünfzig abgefeuert worden.

Glücklicherweise war es eine kalifornische Tür. Nach dem zweiten Anlauf gab sie nach.

Ich kam in einen Empfangsraum, der durch einen breiten Türbogen in ein Wohnzimmer überging. Die Luft war qualmig, und der Gestank verbrannten Schießpulvers biß in die Nase.

Sherry war auf dem blankgewienerten Fußboden an dem Türbogen und versuchte, auf einem Ellbogen und einem Knie sich vorwärtsschiebend, an eine Luger heranzukommen, die zwei Schritt von ihm entfernt auf einem bernsteinfarbenen Teppich lag.

Am anderen Ende des Zimmers war Ringgo, aufrecht auf den Knien, damit beschäftigt, fleißig den Hahn eines schwarzen Revolvers zu betätigen, den er in seiner heilen Hand hielt. Der Revolver war leer. Schnapp, schnapp, schnapp machte es, sinnlos, aber unablässig spannte er immer wieder den Hahn. Sein gebrochener Arm war noch in den Schienen, war aber aus der Schlinge gefallen und hing herab. Sein Gesicht war gedunsen und rot vom Blutandrang. Seine Augen waren geweitet und stumpf. Der weiße Knochenknauf eines Messers ragte aus seinem Rücken, gleich über seiner einen Hüfte, die Klinge war ganz drin. Klickend hielt er den leeren Revolver auf Marcus.

Der schwarze Boy stand breitbeinig und mit gebeugten Knien. Seine Linke lag gespreizt auf seiner Brust, und die schwarzen Finger glänzten blutig. Seine Rechte hielt ein Messer mit weißem Knochenknauf – die Klinge einen Fuß lang –, und zwar in der Manier des Messerkämpfers, wie man ein Schwert hält. Er bewegte sich auf Ringgo zu, nicht direkt, sondern seitlich hin und her gehend, auf Ausweichen bedacht, schlurfend die Füße vorsetzend, geduckt, rastlos die Messerhand drehend, die Klingenspitze aber immer auf Ringgo gerichtet.

Er sah uns nicht. Er hörte uns nicht. Seine ganze Welt war im Augenblick der Mann auf seinen Knien, der Mann, in dessen Rücken ein Messer steckte – das Gegenstück zu dem in der schwarzen Hand.

Ringgo sah uns nicht. Ich glaube, daß er nicht einmal Marcus sah. Er kniete da und betätigte mit blinder Emsigkeit den Hahn seiner leeren Kanone.

Ich sprang über Sherry hinweg und knallte Marcus meinen Kanonenlauf auf die Schädelbasis. Es saß. Er sackte zusammen.

Ringgo hörte auf, seine Kanone zu bearbeiten, und sah mich überrascht an.

»So geht das, Sie müssen Kugeln reinstecken, sonst nützen sie gar nichts«, sagte ich zu ihm, zog Marcus das Messer aus der Hand und ging zurück, um die Luger aufzuheben, die kriegen zu wollen Sherry aufgehört hatte.

Sherry lag jetzt auf dem Rücken. Seine Augen waren geschlossen.

Er sah tot aus, und nach der Anzahl der Einschußlöcher, die er hatte, war er wohl auch tot.

In der Hoffnung, daß er nicht tot sei, kniete ich mich neben ihn – nachdem ich um ihn herumgegangen war, so daß ich Ringgo beim Knien ansehen konnte – und hob seinen Kopf ein wenig vom Fußboden hoch.

»Sherry«, rief ich ihn an. »Sherry!«

Er regte sich nicht. Seine Augenlider zuckten nicht einmal.

Ich winkelte die Finger der Hand, die seinen Kopf hielt, so daß der Kopf sich ein klein wenig bewegte.

»Hat Ringgo Kawalow umgebracht?« fragte ich den toten oder sterbenden Mann.

Selbst wenn ich nicht gewußt hätte, daß Ringgo mich ansah, hätte ich seinen Blick auf mir fühlen können.

»Hat *er* ihn umgebracht, Sherry?« brüllte ich in das stille Gesicht.

Der tote oder sterbende Mann regte sich nicht.

Behutsam bewegte ich meine Finger noch einmal, so daß sein toter oder sterbender Kopf nickte, zweimal.

Dann gab ich seinem Kopf einen Ruck nach hinten und legte ihn sanft auf den Fußboden zurück.

»So«, sagte ich im Aufstehen und sah Ringgo an, »endlich hab ich Sie gekriegt.«

XI

Ich habe mir nie darüber klar werden können, ob ich – falls ich es nötig gehabt hätte, um Ringgo zu überführen – tatsächlich in den Zeugenstand getreten wäre und beschworen hätte, daß Sherry noch lebte, als er genickt hatte; und daß er freiwillig genickt hatte.

Ich mag keinen Meineid, aber ich wußte, daß Ringgo schuldig war, und ich hatte ihn nun mal.

Glücklicherweise brauchte ich mir nie darüber klarzuwerden.

Ringgo glaubte, Sherry habe genickt, und dann, als Marcus Farbe bekannt hatte, blieb Ringgo nicht mehr viel übrig, als sein Glück mit einer Anfechtung des Schuldspruchs zu versuchen.

Wir brauchten uns nicht sehr anzustrengen, Marcus die

Geschichte aus der Nase zu ziehen. Ringgo hatte seinen geliebten *capitaine* umgebracht. Der Boy war leicht davon zu überzeugen, daß das Gesetz ihm die beste Rache verschaffen werde.

Als Marcus geredet hatte, war Ringgo bereit zu reden.

Er blieb im Krankenhaus bis einen Tag vor Eröffnung des Verfahrens. Das Messer, das Marcus ihm in den Rücken gepflanzt hatte, hatte ihm für immer ein Bein gelähmt, aber im übrigen erholte er sich von der Stichwunde.

Marcus hatte drei von Ringgos Kugeln in sich. Zwei davon fischten die Ärzte heraus, scheuten sich aber, an die dritte heranzugehen. Es schien ihn nicht zu kümmern. Als er nach Norden überführt wurde, um für seine Mitwirkung an der Ermordung Kawalows eine Freiheitsstrafe von unbestimmter Dauer in San Quentin anzutreten, schien er so gesund wie je.

Ringgo war nie ganz davon überzeugt, daß ich ihn schon vor der letzten Minute, als ich in den Bungalow hineingestürzt kam, im Verdacht gehabt hatte.

»Natürlich hatte ich Sie im Verdacht, von Anfang an«, verteidigte ich meine Fähigkeiten als Spürhund. Das war, als er noch im Krankenhaus lag. »Ich glaubte nicht, daß Sherry verrückt sei. Er war ein ganz harter, gesund aussehender Schurke. Und ich glaubte nicht, daß er zu der Sorte von Männern gehören sollte, die sich wegen irgendeinem Mißgeschick, das ihnen widerfährt, graue Haare wachsen lassen. Daß er hinter Kawalows Skalp her war, wollte ich gerne glauben, aber nur, wenn etwas dabei rausspringen würde für ihn. Deswegen bin ich schlafen gegangen, und deswegen konnte ich nicht verhindern, daß dem alten Herrn der Hals durchgeschnitten wurde. Ich dachte, Sherry wollte ihm das Gruseln beibringen – weiter nichts –, um ihn finanziell kräftig zur Ader lassen zu können. Nun ja, als ich merkte, daß ich mich da geirrt hatte, fing ich an, mich umzusehn.

Soweit ich wußte, war Ihre Frau Kawalows Erbin. Nach dem, was ich gesehen hatte, konnte ich mir denken, daß Ihre Frau Sie so liebte, daß Sie sie völlig in der Hand hatten. Also schön, Sie als der Mann seiner Erbin schienen derjenige zu sein, der von Kawalows Tod am unmittelbarsten profitieren würde. Sie waren derjenige, der über sein Vermögen bestimmen würde, wenn er stürbe. Sherry konnte von dem Mord nur profitieren, wenn er mit Ihnen zusammenarbeitete.«

»Aber hat Ihnen nicht zu denken gegeben, daß er mir den Arm gebrochen hatte?«

»Sicher. Eine vorgetäuschte Verletzung hätte ich verstehen können, aber das schien mir die Sache ein bißchen zu weit getrieben. Sie machten jedoch einen Fehler, der mir half. Sie gaben sich zu viel Mühe, an Kawalows Hals den Schnitt eines Linkshänders zu imitieren. Sie standen an seinem Kopf, als Sie es taten, mit Blick auf den Körper – statt sich an seinen Körper zu stellen, mit Blick auf den Kopf, und so hat die Kurve des Schnitts Sie verraten. Das Messer aus dem Fenster zu werfen war auch nicht so gut. Wie kam es denn dazu, daß er Ihnen den Arm gebrochen hatte? Ein unglücklicher Zufall?«

»So kann man's nennen. Wir hatten diesen angeblichen Kampf abgesprochen, weil das gut zu dem übrigen Spiel paßte, und ich dachte, es wäre ganz lustig, ihm echt ans Leder zu gehn. Und das hab ich dann gemacht. Und er war zäher, als ich dachte, so zäh jedenfalls, daß er's mir mit meinem gebrochenen Arm heimzahlte. Das war, glaub ich, auch der Grund, warum er Mickey getötet hat. Das war nicht geplant. Mal ehrlich, hatten Sie den Verdacht, wir würden gemeinsame Sache machen?«

Ich nickte.

»Sherry hatte Ihnen das Spiel ausgearbeitet, hatte alles mögliche getan, um den Verdacht auf sich selber zu lenken, und dann, am Vortag des Mordes, war er abgehauen, um sich ein Alibi zu verschaffen. Darauf konnte es nur eine Antwort geben: Er mußte mit Ihnen zusammenarbeiten. Das war es, aber ich konnte es nicht beweisen. Ich konnte es erst beweisen, als Sie genau durch das in die Falle gingen, was das ganze Spiel erst möglich gemacht hat – die Liebe, die Ihre Frau für Sie empfindet, bewog sie, mich zu Ihrem Schutz zu engagieren. Ist das nicht das, was man die Ironie des Lebens nennt?«

Ringgo lächelte wehmütig und sagte:

»Das kann man wohl sagen. Sie wissen, was Sherry mit mir vorhatte, nicht?«

»Ich kann's mir denken. Deswegen hat er auf seinem Verfahren bestanden.«

»Genau. Nach unserm Plan sollte er verduften und auf Achse bleiben, immer mit seinem Alibi auf der Hand, falls er gefaßt werden würde, sollte sich aber so lange wie möglich nicht festnehmen lassen. Je mehr Zeit man mit der Jagd auf ihn verschwendete, um so geringer war die Wahrscheinlichkeit, daß man woanders suchen würde, und um so kälter würde die Spur sein, wenn man merkte, daß er nicht der Richtige war. Und da hat er mich reingelegt. Er führte seine Festnahme selber herbei, und sein Anwalt heuerte diesen Weeks an, um den Staatsanwalt dazu zu verleiten, das Verfahren anzuberaumen. Sherry wollte vor Gericht gestellt und freigesprochen werden, um dann nicht mehr drangekriegt werden zu können. Und damit hatte er mich am Kragen. Juristisch war er nicht mehr zu belangen. Ich schon. Er hatte mich. Für ihn waren hunderttausend Dollar vereinbart gewesen. Kawalow hatte Miriam etwas mehr als drei Millionen Dollar hinterlassen. Sherry verlangte nun die Hälfte davon. Andernfalls, sagte er, würde er zum Staatsanwalt gehen und ein vollständiges Geständnis ablegen. Ihm konnte man nichts mehr anhaben. Er war freigesprochen worden. Mich würde man hängen. Allerliebst, nicht?«

»Dann wär's doch aber klüger gewesen, ihm die Hälfte zu geben«, sagte ich.

»Kann sein. Hätt ich ja wahrscheinlich auch gemacht, wenn Miriam nicht alles durcheinandergebracht hätte. Wär mir ja gar nichts anderes übrig geblieben. Doch nachdem sie Sie engagiert hatte, hat sie Sherry aufgesucht, weil sie dachte, sie könnte ihn überreden zu verschwinden. Und er läßt irgendeine Bemerkung fallen, die sie auf den Gedanken bringt, ich hätte beim Tod ihres Vaters die Hand im Spiel gehabt – obgleich sie noch nicht mal jetzt wirklich glaubt, daß ich ihm den Hals durchgeschnitten habe.

Sie sagte, Sie würden am nächsten Tag runterkommen. Mir blieb nichts übrig, als am selben Abend noch zu Sherry runterzugehen und die Sache auf Biegen und Brechen zu klären, bevor Sie rumstochern kommen würden. Na, und das hab ich dann gemacht, allerdings ohne Miriam zu sagen, daß ich ging. Die Verhandlung lief nicht besonders gut, zu viel Gereiztheit, und als Sherry euch draußen hörte, dachte er, ich hätte Freunde mitgebracht – und Feuerwerk.«

»Aber wie konnten Sie in so ein Spiel überhaupt reinschlittern?« fragte ich. »Als Kawalows Schwiegersohn hatten Sie doch ausgesorgt, oder?«

»Ja, aber ich war es leid, in diesem Loch mit ihm eingesperrt zu sein. Er war jung genug, um noch lange Zeit zu leben. Und es war nicht immer leicht mit ihm auszukommen. Ich hatte keine Garantie, daß ihm nicht irgendwann der Kragen platzen und er mich rausschmeißen würde; oder daß er sein Testament ändern würde oder irgendwas dergleichen.

Dann bin ich Sherry in San Francisco über den Weg gelaufen, und wir sind darüber ins Gespräch gekommen, und dabei ist dieser Plan entstanden. Sherry hatte Köpfchen. Bei dem Handel damals in Kairo, von dem Sie wissen, haben er und ich so manches gemacht, wovon Kawalow keine Ahnung hatte. Nun, ich war ein Esel. Aber ich glaube nicht, daß es mir leid tut, Kawalow getötet zu haben. Was mir leid tut, ist, daß ich erwischt wurde. Seit er mich als zwanzigjährigen Pimpf aufgelesen hat, hab ich seine Drecksarbeit gemacht, und alles, was ich dafür gekriegt habe, war verdammt wenig – abgesehen von der Hoffnung, daß ich, weil ich seine Tochter geheiratet hatte, wahrscheinlich sein Geld kriegen würde, wenn er tot wäre; sofern er nichts anderes damit machte.«

Man hängte ihn.

Das große Umlegen

Ich fand Mexiko-Paddy in Jean Larrouys Kneipe.

Paddy, ein liebenswürdiger Gauner, der aussah wie der König von Spanien, zeigte mir lächelnd seine großen weißen Zähne, rückte mit dem Fuß einen Stuhl für mich zurecht und sagte zu einem Mädchen, das mit ihm am Tisch saß: »Nellie, das ist der großherzigste Greifer in San Francisco. Der kleine Fettling tut alles für dich, wenn er dich nur am Schluß lebenslänglich einlochen kann.« Er drehte sich zu mir, zeigte mit der Zigarette auf das Mädchen: »Das ist Nellie Wade, und sie ist astrein. Sie braucht nicht zu arbeiten. Ihr alter Herr is'n Schmuggler.«

Sie war ein schlankes Mädchen in Blau – weiße Haut, breite grüne Augen, kurzes kastanienbraunes Haar. Ihr mürrisches Gesicht wurde hübsch und belebte sich, als sie mir über den Tisch eine Hand hinstreckte; wir lachten beide über Paddy.

»Fünf Jahre?« fragte sie.

»Sechs«, verbesserte ich.

»Verdammt!« sagte Paddy, grinste und winkte einem Kellner. »Eines Tages leg ich noch mal einen Schnüffler rein.«

Bisher hatte er sie alle reingelegt – er hatte noch nie im Kittchen geschlafen.

Ich betrachtete mir noch einmal das Mädchen. Vor sechs Jahren hatte diese Angel Grace Cardigan ein halbes Dutzend Burschen aus Philadelphia beim Kartenspielen mächtig ausgenommen. Dan Morey und ich hatten sie erwischt, aber keins ihrer Opfer wollte gegen sie aussagen, und so mußte man sie wieder freilassen. Damals war sie ein Kind, neunzehn Jahre, aber schon eine ganz lockere Betrügerin.

Mitten auf der Bühne fing eines von Larrouys Mädchen an zu singen: »Sag mir, was du willst, und ich sag dir, was du kriegst.« Mexiko-Paddy goß etwas aus einer Ginflasche in die Gläser voll Limonade, die der Kellner gebracht hatte. Wir tranken, und ich gab Paddy einen Zettel, auf den ein Name und eine Adresse gekritzelt waren.

»Das soll ich dir von Itchy Maher stecken«, erklärte ich, »ich habe ihn gestern im Folsom-Knast gesehen. Er sagt, es ist seine Mutter, und du sollst mal zu ihr hingehen und schauen, ob sie was braucht. Ich glaube, eigentlich meint er, daß du ihr seinen Anteil an dem letzten Ding geben sollst, das ihr gedreht habt.«

»Du beleidigst mich«, sagte Paddy, steckte den Zettel ein und brachte den Gin wieder zum Vorschein.

Ich leerte eine zweite Gin-Brause und zog die Füße ein, um aufzustehen und mich auf den Heimweg zu machen. In diesem Augenblick kamen vier Kunden von der Straße herein. Ich erkannte einen von ihnen und blieb sitzen. Er war groß und schlank und mit allem rausgeputzt, was ein gut angezogener Mann so tragen soll. Scharfe Augen, scharfes Gesicht, Lippen so dünn wie Messer und kleiner spitzer Schnurrbart: Es war Bluepoint Vance. Ich fragte mich, was der wohl hier machte, dreitausend Meilen von seinen New Yorker Jagdgründen.

Während ich überlegte, hielt ich ihm meinen Hinterkopf hin und tat, als sei ich an der Sängerin interessiert, die den Gästen jetzt »I want to be a Bum« präsentierte. Doch hinter der Sängerin, hinten in einer Ecke, fiel mir noch ein bekanntes Gesicht auf, das in eine andere Stadt gehörte: Happy Jim Hacker, der rundliche Detroiter Schießer, der schon zweimal zum Tod verurteilt und zweimal begnadigt worden war.

Als ich wieder nach vorne schaute, hatten Bluepoint

Vance und seine drei Begleiter am übernächsten Tisch Platz genommen. Er wandte uns den Rücken zu. Ich taxierte seine Kumpane ab.

Gegenüber von Vance saß ein junger, breitschultriger Riese mit rotem Haar, blauen Augen und einem pausbäckigen Gesicht – auf eine wilde, harte Art gutaussehend. Zu seiner Linken saß ein dunkles Mädchen mit listigen Augen und breitflappendem Hut. Sie redete mit Vance. Die Aufmerksamkeit des Riesen war voll von der vierten in dieser Gesellschaft in Anspruch genommen, die rechts von ihm saß. Sie verdiente es.

Sie war nicht groß noch kurz, nicht dünn noch dicklich. Sie trug so was wie einen russischen Kasack, mit grünen Litzen und silbernen Troddeln behangen. Über der Lehne ihres Stuhls hing eine schwarze Pelzjacke. Sie war vielleicht zwanzig. Ihre Augen waren blau, ihr Mund war rot, ihre Zähne weiß, was von ihrem Haar unter dem schwarz-grün-silbernen Turban hervorschaute, war braun, und sie hatte eine Nase. Ohne mich jetzt an den Details zu erhitzen – sie war hübsch. Das sagte ich auch. Mexiko-Paddy stimmte dem mit einem »Hat sich was« zu; Angel Grace schlug vor, ich sollte rübergehen und Red O'Leary erzählen, daß ich sie hübsch fände.

»Der große Vogel ist Red O'Leary?« fragte ich und machte es mir auf meinem Sessel so bequem, daß ich einen Fuß unter dem Tisch zwischen Paddy und Angel Grace ausstrecken konnte.

»Wer ist denn seine hübsche Freundin?«

»Nancy Regan, und die andere ist Sylvia Yount.«

»Und der Typ mit dem Rücken zu uns?« bohrte ich.

Paddys Fuß, der unter dem Tisch nach dem Fuß des Mädchens suchte, stieß gegen meinen.

»Tritt mich nicht, Paddy«, sagte ich. »Ich will vernünftig sein. Jedenfalls bleibe ich nicht hier, damit ich was verpaßt kriege. Ich geh nach Hause.«

Ich sagte den beiden Adieu und machte mich fort auf die Straße; Bluepoint Vance kehrte ich den Rücken zu.

An der Tür mußte ich zur Seite treten, um zwei Männer hereinzulassen. Sie kannten mich beide, aber keiner beachtete mich: Sheeny Holmes (nicht jener ehrwürdige Holmes, der seinerzeit in den Tagen der Postkutsche den Überfall von Moose Jaw inszeniert hatte) und Denny Burke, der König von Frog Island in Baltimore. Ein hübsches Duo – keiner von ihnen würde je an Mord denken, falls nicht Profit und politische Protektion gesichert wären.

Draußen bog ich in die Kearny Street ein. Während ich so dahinschlenderte, dachte ich drüber nach, daß Larrouys Spelunke an diesem Abend voll krummer Typen war und daß mehr als nur eine Handvoll VIPs bei uns zu Besuch war. Ein Schatten in einer Einfahrt unterbrach meine Denkarbeit.

Der Schatten sagte: »P-sss-st!«

Ich stoppte, betrachtete mir den Schatten genauer und sah, daß es Beno war, ein süchtiger Zeitungsverkäufer, der schon hin und wieder einen Tip gegeben hatte – einige gut und andere falsch.

»Ich bin müde«, knurrte ich und stellte mich zu Beno und seinen Zeitungspacken in der Einfahrt; »die Geschichte von dem stotternden Mormonen hab ich schon gehört; also, wenn's darum geht, sag es gleich, dann geh ich gleich weiter.«

»Ich weiß nix von kei'm Mormonen nich«, beteuerte er, »aber ich weiß was anderes.«

»Na?«

»Sie könn' leicht ›Na?‹ sagen, aber ich will wissen, was springt für mich dabei raus?«

»Kriech in deinen hübschen Torweg hier und mach die Äuglein zu«, riet ich ihm und wandte mich wieder der Straße zu. »Wenn du aufwachst, bist du wieder in Ordnung.«

»He! Hörn Sie doch! Ich hab was für Sie! Ehrlich!«

»Also?«

»Hörn Sie!« Er kam näher und flüsterte: »Irgendwas is im Busch bei der Seaman's National. Was die vorhaben, weiß ich nicht, aber es ist ernst. Ehrlich! Ich erzähl Ihnen kein Märchen. Namen kann ich Ihn' nich geben. Wenn ich was wüßte, ich würd's Ihnen sagen. Ehrlich. Gem Sie mir'n Zehner. Soviel isses Ihn' doch wert, nich? Der Tip is richtig – Ehrenwort!«

»Ja, richtig, wie 'n Windei!«

»Ne! Bestimmt! Ich –«

»Was is denn dann im Busch?«

»Weiß ich nich. Ich weiß bloß, daß die Seaman's hoppgenommen werden soll. Ehrl –«

»Woher hast du's?«

Beno schüttelte den Kopf. Ich legte ihm einen Silberdollar in die Hand.

»Besorg dir noch'n Schuß und denk dir den Rest aus«, sagte ich, »und wenn's lustig genug is, kriegst du die restlichen neun.«

Ich wanderte weiter bis zur Ecke und zerbrach mir den Kopf über Benos Story. Nur für sich allein klang sie nach dem, was sie wohl war: ein Märchen, um bei einem gutgläubigen Schnüffler einen Dollar lockerzumachen. Aber da kam was dazu. Larrouy's – und das war bloß einer der bekannten Treffs in der Stadt – wimmelte von diesen Banditen, die Leben und Besitz bedrohten. Es war der Mühe wert, mal nachzusehen, vor allem da die Versicherung, die die Seaman's National Bank deckte, Kunde bei der Continental Detective Agency war.

Hinter der Ecke, nachdem ich ein paar Meter die Kearny Street vorgegangen war, hielt ich an.

Von der Straße, aus der ich kam, hörte man einen zweifachen Knall – Schüsse aus einer schweren Pistole. Ich ging denselben Weg zurück. Als ich um die Ecke bog, sah ich eine Gruppe von Menschen vorne auf der Straße. Ein junger Armenier – ein schniekes Jüngelchen von neunzehn oder zwanzig – schlenderte an mir vorbei, in entgegengesetzter Richtung; er hatte die Hände in den Taschen und pfiff leise »Broken-hearted Sue«.

Ich gesellte mich zu der Gruppe – es wurde jetzt eine Menge –, die um Beno stand. Beno war tot, das Blut aus zwei Löchern in seiner Brust besudelte die verknickten Zeitungen, auf denen er lag.

Ich ging zu Larrouy's und schaute hinein. Keiner war da: Red O'Leary, Bluepoint Vance, Nancy Regan, Sylvia Yount, Mexiko-Paddy, Angel Grace, Denny Burke, Sheeny Holmes, Happy Jim Hacker – alle waren sie fort.

Ich stellte mich wieder in Benos Nähe, blieb da an eine Wand gelehnt, bis die Polizei kam, die Fragen stellte, nichts erfuhr, keine Zeugen fand und wieder abzog, wobei sie die Überreste des Zeitungsmannes mitnahm.

Ich ging nach Hause und ins Bett.

Am nächsten Tag verbrachte ich den Morgen in unserem Archiv und wühlte in der Kartei und in der Fotosammlung herum. Wir hatten nichts über Red O'Leary, Denny Burke, Nancy Regan, Sylvia Yount, und über Mexiko-Paddy nur ein paar Mutmaßungen. Auch lag nichts unmittelbar gegen Angel Grace, Bluepoint Vance, Sheeny Holmes und Happy Jim Hacker vor, obgleich ihre Fotos da waren. Um zehn Uhr – der Zeit, wo die Banken öffnen – brach ich zu Seaman's National auf; bei mir hatte ich die Fotos und Benos Tip.

Das Büro der Continental Detective Agency in San Francisco befindet sich in einem Bürohaus in der Market Street. Die Seaman's National Bank nimmt das Erdgeschoß eines hohen grauen Gebäudes in der Montgomery Street ein, dem Finanzzentrum von San Francisco. Normalerweise hätte ich eine Straßenbahn genommen, da ich ohne Grund noch nicht mal sieben Blocks zu Fuß gehe. Aber in der Market Street war irgendeine Verkehrsstauung, und so machte ich mich auf den Weg und bog in die Grand Avenue ein.

Nachdem ich ein paar Blocks gegangen war, wurde mir allmählich klar, daß in dem Teil der Stadt, dem ich mich näherte, irgendwas nicht stimmte. Erst mal die Geräusche: brüllende, rasselnde, knatternde Geräusche. An der Sutter Street kam ein Mann an mir vorbeigelaufen, der mit beiden Händen sein Gesicht hielt und stöhnte, während er sich bemühte, sich seine Kinnlade einzurenken. Seine Wange war blutig aufgerissen.

Ich lief die Sutter Street vor. Da war ein Verkehrschaos, das bis zur Montgomery Street reichte. Männer ohne Hut liefen aufgeregt herum. Die Explosionsgeräusche wurden deutlicher. Ein Auto voller Polizisten fuhr an mir vorbei – so schnell, wie es in dem Verkehr ging. Ein Krankenwagen kam mit lautem Klingeln die Straße hoch; wo der Verkehr am schlimmsten war, fuhr er auf dem Gehsteig.

Im Galopp überquerte ich die Kearny Street. Auf der anderen Straßenseite rannten zwei Polizisten, einer mit gezogener Pistole. Jetzt klangen die Explosionsgeräusche wie ein Trommelwirbel.

Als ich in die Montgomery Street einbog, sah ich vor mir Schaulustige. Die Straße war voller Lastwagen, PKWs und Taxis, und alle menschenleer. Weiter oben im nächsten Block, zwischen der Bush und der Pine Street, war die Hölle los.

Am lustigsten war die Hölle in der Mitte des Blocks, wo die Seaman's National Bank und die Golden Gate Trust Company einander gegenüberlagen.

Die nächsten sechs Stunden hatte ich mehr zu tun als ein Floh auf einer fetten Frau.

Spät am Nachmittag machte ich mal Pause bei meiner Schnüffelarbeit und ging zu einem Palaver mit dem Alten ins Büro hoch. Er saß in seinen Sessel zurückgelehnt, starrte aus dem Fenster und klopfte mit seinem üblichen gelben Bleistift auf die Schreibtischplatte.

Er ist ein großer, schwerer Mann in seinen Siebzigern, mein Boß; er hat ein Großvatergesicht mit weißem Schnurrbart, rosig, mit sanften blauen Augen hinter der randlosen Brille, in den Augen ist nicht mehr Wärme als in einem Henkersstrick. Nach fünfzig Jahren Jagd auf Gauner für die Continental hatte er an nichts mehr zu tragen, außer an seinem Gehirn und einer leisen, lächelnden Schale der Höflichkeit; die blieb immer gleich, ob die Dinge gut oder schlecht standen, und in jedem Falle bedeutete sie gleich wenig. Wir, die wir für ihn arbeiteten, waren stolz auf seine Kaltblütigkeit. Wir prahlten, daß er im Juli Eiszapfen spukken könnte, und nannten ihn unter uns Pontius Pilatus, da er höflich lächelte, wenn er einen von uns wieder mal losschickte, der bei einem selbstmörderischen Job durch die Mangel gedreht werden sollte.

Als ich hereinkam, drehte er sich vom Fenster um, lud mich durch ein Kopfnicken zum Sitzen ein und strich sich mit dem Bleistift über den Schnurrbart. Auf seinem Schreibtisch lagen die Nachmittagszeitungen mit fünffarbig schreienden Schlagzeilen über den Doppel-Einbruch in der Seaman's National Bank und der Golden Gate Trust Company.

»Wie sieht's aus?« fragte er, wie jemand nach dem Wetter fragt.

»Mies sieht's aus«, sagte ich. »An dem Ding waren hundertfünfzig Banditen beteiligt. Hundert hab ich selber gesehen - glaub ich wenigstens -, und 'ne Menge von ihnen hab ich nicht gesehen; die lagen auf der Lauer, so daß sie gleich zuschlagen konnten, wo man 'ne gute Kralle brauchte. Und zugeschlagen haben sie. Sie sind aus dem Hinterhalt über die Polizei hergefallen und haben die völlig lahmgelegt. Punkt zehn sind sie in die beiden Banken rein; sie haben den ganzen Block abgeriegelt, die braven Leute weggejagt, die andern umgelegt. Der Einbruch selbst war ein Kinderspiel für eine so große Bande. Zwanzig oder dreißig Leute in jede Bank, während die übrigen die Straße unter Kontrolle hatten. Brauchten die Beute bloß einzuwickeln und nach Hause zu tragen.

Jetzt ist da drinnen eine Versammlung von bitterbösen Geschäftsleuten; Aktionäre mit feurigen Augen stehen auf den Hinterbeinen und schreien nach dem Blut des Polizeichefs. Die Polizei hat sich da nicht mit Ruhm bekleckert, das ist mal sicher, aber keine Polizeitruppe kann mit einem derartig großangelegten Überfall fertig werden – egal, für wie gut sie sich hält. Die ganze Sache war in weniger als zwanzig Minuten erledigt. Ungefähr hundertfünfzig Ganoven waren da drin, bis an die Zähne bewaffnet, und jedes Detail zentimetergenau geplant. Wie soll man in so kurzer Zeit genug Polypen dahin schaffen, kapieren, worum es geht, einen Schlachtplan machen und ausführen? Man kann leicht sagen, die Polizei soll auf alles vorbereitet sein, sie soll für jeden Notfall gerüstet sein, aber diese Armleuchter, die jetzt als erstes ›unfähig‹ schreien, sind genau die, die ›Räuber‹ brüllen, wenn man ihre Steuern um ein paar Cents erhöht, damit man mehr Polizei und Ausrüstung kaufen kann.

Trotzdem, keine Frage, die Polizei hat versagt, und es wird vielen Specknacken an den Kragen gehen. Die Panzerwagen taugen nichts, mit den Handgranaten ging es eins zu eins, weil die Banditen das Spielchen auch konnten. Aber eine wirkliche Schande bei dem Ringelreihn waren die Maschinengewehre der Polizei. Die Bankleute und Makler sagen, die Dinger wären präpariert worden. Ob da jetzt jemand dran rumgefummelt hat oder ob sie nur nicht ordentlich instand gehalten wurden – das kann man nur raten; jedenfalls hat nur eins von den verdammten Dingern überhaupt geschossen, und noch nicht mal das sehr gut.

Ausgebrochen sind sie nach Norden, auf der Montgomery zur Columbus. Von der Columbus hat sich die ganze Kavalkade, immer nur wenige Autos auf einmal, in die Seitenstraßen abgesetzt. Zwischen der Washington und der Jackson hatten sie für die Polizei einen Hinterhalt vorbereitet, und als die sich endlich freigeschossen hatten, waren die Wagen der Bande über die ganze Stadt verstreut. Inzwischen hat man viele Wagen gefunden – alle leer.

Wir haben noch nicht alle Zahlen, aber bis jetzt sieht das Ergebnis so aus: Die Beute wird weiß Gott wie viele Millionen betragen – jedenfalls ist es bestimmt die reichste Ernte, die jemals von Zivilisten eingeheimst wurde. Sechzehn Polypen wurden umgelegt und dreimal soviel verwundet. Zwölf unschuldige Zuschauer, Bankangestellte und ähnliches, wurden umgebracht, und ebenso viele übel zugerichtet. Zwei Banditen und fünf andere, die entweder auch Ganoven waren oder Besucher, die reingezogen wurden, kriegten Kugeln ab. Die Banditen verloren, soviel wir wissen, sieben Tote und einunddreißig Gefangene – die meisten sind irgendwo verletzt.

Einer von den Toten war Fatty Clark. Wissen Sie noch? Vor drei oder vier Jahren hat er sich aus einem Gerichtssaal in Des Moines freigeschossen. Wir haben einen Zettel in seiner Tasche gefunden, einen Plan der Montgomery Street zwischen Pine und Bush, dem Tatort. Hinten drauf standen getippte Anweisungen, ganz genau, was er wann tun mußte. Ein X auf dem Plan zeigte, wo er seinen Wagen parken mußte, in dem er mit seinen sieben Leuten ankam, und dann war da ein Kreis, wo er sich mit ihnen aufstellen und ganz allgemein alles beobachten sollte, vor allem die Fenster und Dächer der gegenüberliegenden Häuser. Die Zahlen 1, 2, 3, 4, 5, 6, 7 und 8 auf dem Plan bezeichneten die Hauseingänge, Stufen, ein niedriges Fenster und so weiter, die als Deckung geeignet waren, falls es zu einem Schußwechsel mit diesen Fenstern und Dächern käme. Clark brauchte sich um die Bush-Street-Seite des Blocks nicht zu kümmern, aber falls die Polizei die Pine Street angreifen würde, sollte er seine Leute dahin verlegen und sie an den mit a, b, c, d, e, f, g und h bezeichneten Stellen aufstellen (seine Leiche wurde an dem mit a bezeichneten Punkt gefunden). Während des Überfalls sollte er alle fünf Minuten einen Mann zu einem Auto schicken, dessen Standort auf dem Plan mit einem Stern versehen war, und dort gegebenenfalls neue Instruktionen einholen. Er mußte seinen Leuten sagen, falls er erschossen würde, sollte es einer dem Auto melden, dann würden sie einen neuen Anführer kriegen. Wenn das Zeichen zum Abzug gegeben würde, sollte er einen seiner Männer zu dem Wagen schicken, in dem sie gekommen waren. Wenn der noch in Ordnung war, sollte der Mann ihn fahren, aber das Auto davor nicht überholen. Wenn der Wagen was abgekriegt hatte, sollte der Mann sich bei dem Stern-Auto melden; dort erfuhren sie, wo er ein neues bekam. Vermutlich rechneten sie damit, daß dort genug Autos parkten, die dafür in Frage kamen. Während Clark auf das Auto wartete und seine Leute soviel Blei wie möglich auf jedes Ziel in ihrem Gebiet prasseln ließen, sollte keiner einsteigen, bevor es nicht genau vor ihnen stand. Dann sollten sie die Montgomery vorfahren bis zur Columbus und dann – mehr wissen wir nicht.«

»Kapiert?« fragte ich. »Da haben wir hundertfünfzig Revolverhelden, sie sind in Gruppen mit Gruppenführern aufgeteilt, sie haben Karten und Fahrpläne, wo draufsteht, was jeder tun muß, wo die Kugelfänge vermerkt sind, hinter denen jeder kniet, der Backstein, wo er draufstehen muß, wohin er spucken muß – alles, bis auf Namen und Adresse des Polizisten, den er abknallen soll! Es kommt gar nicht mehr darauf an, daß Beno mir keine Details geben konnte – ich hätte es sowieso nicht geglaubt, ich hätte alles für den Traum eines Fixers gehalten.«

»Sehr interessant«, sagte der Alte mit einem leeren Lächeln.

Ich fuhr mit meiner Geschichte fort: »Der Fahrplan von Fatty war der einzige, den wir erwischt haben. Unter den

Toten und Gefangenen habe ich ein paar Bekannte gesehen, die anderen werden noch von der Polizei identifiziert. Einige sind einheimische Früchtchen, aber die meisten sind scheint's Importware. Detroit, Chicago, St. Louis, Denver, Portland, L. A., Philadelphia, Baltimore – anscheinend haben sie alle ihre Vertreter geschickt. Sobald die Polizei mit dem Identifizieren fertig ist, mache ich eine Liste.

Von denen, die nicht geschnappt wurden, muß Bluepoint Vance der Oberboß gewesen sein. Er war in dem Wagen, der die Operation steuerte. Ich weiß nicht, wer sonst noch bei ihm war. Shivering Kid war mit in der Party, ich glaube auch Alphabet Shorty McCoy, obgleich ich ihn nicht genau sehen konnte. Sergeant Bender erzählte mir, daß er im Stoßtrupp Toots Salda und Darby M'Laughlin erkannt hat, und Morgan hat auch noch den einen oder anderen gesehen. Es ist ein hübscher Querschnitt durch die Szene – Killer, Betrüger, Straßenräuber aus allen Filialen der Firma.

Das Präsidium war heute nachmittag das reinste Schlachthaus. Die Polizei hat von ihren Gästen keinen umgebracht, jedenfalls soviel ich weiß; aber weiß der Himmel, sie bringt ihnen Mores bei. Die Zeitungsschreiber, die so gern über sogenannte Foltern schluchzen, die sollten da mal hingehen. Einige der Gäste haben gesungen, nachdem sie ein bißchen was abgekriegt haben. Aber der Mist ist, daß sie nicht besonders viel wissen. Sie wissen ein paar Namen – Denny Burke, Toby the Lugs, Old Peter Best, Fatty Boy Clarke und Mexiko-Paddy wurden genannt; ein bißchen was hilft es, aber sämtliche Prügelkraft der Polizeiarmee bringt nicht mehr heraus.

Anscheinend ist die Sache folgendermaßen organisiert worden: Nehmen wir mal Denny Burke – man kennt ihn als einen wendigen Schaffer in Baltimore. Also, Denny redet mit acht oder zehn Jungs, die in Frage kommen – immer mit einem aufs Mal. ›Hast du Lust, ein bißchen Kleingeld abzustauben, drüben an der Westküste?‹ fragt er die. ›Was hab ich zu tun?‹ will der Kandidat wissen. ›Du tust, was man dir sagt‹, sagt der König von Frog Island. ›Du kennst mich. Ich sage dir, das ist das schnellste Ding, das je gedreht wurde, das reinste Kinderspiel – todsicher. Wer mitmacht, kommt nach Hause und stinkt vor Geld – und wenn sie nicht kneifen, kommen alle nach Hause. Mehr sag ich nicht; wenn du nicht willst – laß es bleiben.‹

Und diese Typen kannten ihren Denny; wenn der sagte, die Sache war richtig, dann genügte es ihnen. Also machten sie mit. Er erzählte ihnen nichts. Er kümmerte sich drum, daß sie was zum Schießen hatten, gab ihnen 'ne Fahrkarte nach San Francisco und zwanzig Dollar und verabredete einen Treffpunkt dort. Gestern abend holte er sie alle zusammen und sagte ihnen, daß sie heute morgen arbeiten müßten. Inzwischen hatten sie sich in der Stadt genug umgesehen und mitgekriegt, daß sie vor lauter eingereisten Typen überlief – und dabei solche Asse wie Toots Salda, Bluepoint Vance und Shivering Kid. Also sind sie am nächsten Morgen eifrig hinter ihrem König von Frog Island hermarschiert, um ihr Geschäft zu erledigen.

Die anderen Sänger singen so ziemlich dasselbe Lied. Die Polizei fand Platz in ihrem überfüllten Gefängnis, um noch ein paar Spitzel reinzuzwängen. Da nicht viele Banditen viele von den anderen kannten, war es für die Spitzel leicht, aber das einzige, was sie außerdem noch rauskriegen konnten, war, daß die Gefangenen heute nacht eine Großaktion erwarten. Sie glauben anscheinend, daß ihr Haufen heute nacht das Gefängnis stürmen und sie rauslassen wird. Wahrscheinlich ist das ein schöner Wahn, aber jedenfalls diesmal will die Polizei vorbereitet sein.

So ist die Lage jetzt. Die Polizei kämmt die Straßen durch, und sie greifen jeden auf, der unrasiert ist oder kein vom Pfarrer unterzeichnetes Leumundszeugnis vorweisen kann; besondere Aufmerksamkeit gilt Zügen, Schiffen und Autos, die die Stadt verlassen. Ich habe Jack Counihan und

Dick Foley zur nördlichen Küstenstraße geschickt, damit sie die Kneipen abklappern und mal zusehen, was sie rauskriegen können.«

»Glauben Sie, daß Bluepoint Vance das Gehirn in diesem Bankraub war?« fragte der Alte.

»Das hoffe ich – den kennen wir.«

Der alte Mann drehte seinen Sessel so, daß seine sanften Augen wieder aus dem Fenster schauen konnten, und klopfte grüblerisch mit dem Bleistift.

»Ich fürchte – nein«, sagte er mit einem milde bedauernden Ton. »Vance ist ein gerissener, einfallsreicher und entschlossener Verbrecher, aber er hat dieselbe Schwäche wie viele seiner Art. Seine Fähigkeiten eignen sich für sofortige Aktionen, aber nicht zum Vorausplanen. Er hat schon ein paar Großaktionen durchgezogen, aber ich habe immer gedacht, daß dahinter ein anderer Kopf an der Arbeit war.«

Ich konnte dagegen nichts sagen. Wenn der Alte sagte, daß etwas so sei, dann war es wahrscheinlich so; er war einer von jenen vorsichtigen Leuten, die durchs Fenster einen Wolkenbruch sehen und sagen »Es regnet anscheinend«, weil eine geringe Möglichkeit besteht, daß jemand Wasser auf das Dach gießt.

»Und wer ist dieser Oberdrahtzieher?« fragte ich.

»Sie werden es wohl vor mir rauskriegen«, sagte er mit wohlwollendem Lächeln.

Ich ging wieder ins Kommissariat und war behilflich, weitere Gefangene in Öl zu sieden, bis etwa acht Uhr, als mein Appetit mich daran erinnerte, daß ich seit dem Frühstück nichts gegessen hatte. Ich erledigte das und machte mich dann auf den Weg zu Larrouy's, ich wanderte gemächlich, damit die Gymnastik der Verdauung nicht in die Quere kam. Ich verbrachte dreiviertel Stunden bei Larrouy's und sah niemand, der mich besonders interessierte. Ein paar Herrschaften waren schon da, aber sie waren nicht scharf auf meine Gesellschaft – in Verbrecherkreisen ist es nicht immer gesund, wenn man, direkt nachdem man ein Ding abgespult hat, einem Schnüffler zuzwinkert.

Da ich dort nichts erreichte, begab ich mich – weiter vorn an der Straße – zu Wop Healy's – auch so eine Kaschemme. Hier wurde ich genauso behandelt – man setzte mich an einen Tisch und ließ mich allein. Healys Orchester spielte mit großem Nachdruck »Betrüg mich nicht«, während die Kunden, die bei Kräften waren, wie die Wilden auf der Tanzfläche tanzten. Einer der Tänzer war Jack Counihan, und der hatte die Arme voll zu tun mit einem strammen Mädchen mit olivfarbener Haut und einem netten, vollen, dummen Gesicht.

Jack war ein großer, schmaler Jüngling von dreiundzwanzig Jahren, der vor einigen Monaten bei der Continental reinschneite und sich anstellen ließ. Das war sein erster Arbeitsplatz, und den hätte er auch nicht gehabt, wenn der Vater nicht darauf bestanden hätte; falls das Söhnchen weiterhin Wert auf eine offene Familienkasse legte, so müßte es die Vorstellung aufgeben, ein kleiner College-Abschluß wäre schon ein Lebenswerk.

So kam Jack zur Agentur. Er dachte, Detektivarbeit macht Spaß. Obgleich er lieber den falschen Mann erwischte, als einen falschen Schlips zu tragen, war er durchaus vielversprechend als Diebesfänger. Ein liebenswürdiger Junge, bei all seiner Schlankheit kräftig genug, mit glattem Haar, dem Gesicht und den Manieren eines Gentleman; er hatte Nerven, war fix mit dem Kopf und den Händen und voll waghalsiger Fröhlichkeit, wie sie seiner Jugend anstand. Natürlich hatte er den Kopf voller Flausen und brauchte einen Rückhalt, aber ich arbeitete lieber mit ihm als mit vielen alten Hasen, die ich kannte.

Eine halbe Stunde verstrich ohne was Interessantes für mich.

Dann kam ein Junge von der Straße zu Healy's rein – ein kleiner Bursche, auffallend gekleidet, mit hautengen Hosen, sehr glänzenden Schuhen, mit frechem, blassem Gesicht und sehr ausgeprägten Zügen. Er war der Kerl, den ich, direkt nachdem Beno erledigt worden war, den Broadway hatte entlangschwänzeln sehen.

Ich lehnte mich in meinem Stuhl zurück, so daß der Kopf einer Dame mit breitem Hut zwischen uns war, und beobachtete, wie der junge Armenier sich zwischen den Tischen zu einem Platz in einer gegenüberliegenden Ecke schlängelte, wo drei Männer saßen. Er redete mit ihnen – zwanglos – vielleicht ein Dutzend Worte, dann ging er weiter zu einem anderen Tisch, wo ein schwarzhaariger Mann mit einer Knubbelnase saß. Der Bursche ließ sich auf einem Stuhl gegenüber der Knubbelnase nieder, redete ein paar Worte, grinste spöttisch bei den Fragen der Knubbelnase und bestellte was zu trinken. Als sein Glas leer war, durchquerte er den Raum, um mit einem mageren Mann mit Habichtnase zu reden, und verließ dann Healy's Lokal.

Ich folgte ihm nach draußen; als ich an dem Tisch vorbeikam, wo Jack mit seinem Mädchen saß, zwinkerte ich ihm zu. Draußen sah ich den jungen Armenier einen halben Block vor mir. Jack Counihan holte mich ein und überholte mich. Ich hatte eine Zigarette im Mund und rief ihn an: »Hast du Feuer, Bruder?«

Während ich meine Zigarette mit einem Streichholz aus seiner Schachtel anzündete, raunte ich ihm hinter den Händen zu: »Das Früchtchen da in den bunten Fetzen – folge ihm. Ich komm hinter dir her. Ich kenn ihn nicht, aber wenn er Beno abserviert hat, weil er gestern abend mit mir geredet hat, dann kennt er mich. Ihm nach!«

Jack steckte seine Schachtel ein und ging dem Jungen nach. Ich ließ Jack einen Vorsprung und folgte ihm. Da passierte etwas Interessantes.

Die Straße war ziemlich belebt, meistens Männer – einige gingen, andere lungerten an den Ecken und vor den Limonadenbuden herum. Als der junge Armenier die Ecke einer Gasse erreichte, wo eine Laterne stand, traten zwei Männer auf ihn zu und sprachen auf ihn ein, wobei sie sich teilten, so daß er zwischen ihnen war. Der Junge wollte wohl weitergehen - anscheinend ohne sie zu beachten -, aber jetzt stoppte ihn einer, indem er einen Arm vor ihm ausstreckte. Der andere Mann zog seine rechte Hand aus der Tasche und fuchtelte damit vor dem Gesicht des Jungen herum, so daß die vernickelten Knöchelchen unter der Lampe glänzten. Der Junge tauchte blitzschnell unter der bedrohlichen Hand und dem ausgestreckten Arm weg, überquerte die Gasse, ohne sich zu beeilen, ohne sich auch nur über die Schulter nach den beiden Männern umzusehen, die dicht hinter ihm herliefen.

Bevor sie ihn wieder eingeholt hatten, holte ein anderer sie ein - ein breitschultriger, langarmiger, affenartiger Mann, den ich bisher noch nicht gesehen hatte. Jeder Arm griff sich einen Mann. Er packte sie beide am Genick, riß sie von dem Jungen weg, schüttelte sie, bis ihre Hüte abfielen, und stieß ihre beiden Köpfe mit einem Krachen gegeneinander, das sich wie das Brechen eines Besenstiels anhörte, und schleifte ihre Körper wie leere Säcke in eine Gasse und außer Sicht. Während dies alles passierte, marschierte der Junge vergnügt weiter die Straße entlang, ohne sich umzusehen.

Als der Schädelknacker wieder aus der Gasse hervorkam, sah ich sein Gesicht im Licht - ein dunkles grobes Gesicht, breit und flach, dessen Kinnmuskeln wie Geschwülste hinter den Ohren hervortraten. Er spuckte, zog sich die Hosen hoch und stolzierte dann hinter dem Jungen her.

Der Junge ging in Larrouys Kneipe. Der Schädelknacker folgte ihm. Der Junge kam wieder raus, und hinter ihm - vielleicht in sieben Meter Abstand - stampfte der Schädelknacker. Jack war nach ihnen zu Larrouy's reingegangen, während ich draußen geblieben war.

»Noch immer Telegrammbote?« fragte ich.

»Ja. Er hat hier mit fünf Leuten geredet. Gute Portion Leibwache hat der, was?«

»Allerdings«, stimmte ich bei. »Sei lieber vorsichtig, daß du ihnen nicht in die Quere kommst. Wenn sie sich trennen, halt ich mich an den Schädelknacker, und du nimmst das Gänschen.«

Wir gingen auseinander und beschatteten unser Wild. Sie führten uns in alle Spelunken von San Francisco, in die Kabaretts, Schmieren, Billardsäle, Bars, Nachtasyle, Pfandhäuser, Spielhöllen und was es sonst noch alles gibt. Überall fand das Jüngelchen Leute, denen er sein Dutzend Worte erzählen konnte, und zwischen den Stationen traf er welche an den Straßenecken.

Ich hätte mir einige dieser Vögel gern genauer angesehen, aber ich wollte Jack nicht mit dem Jungen und seiner Leibwache allein lassen – sie schienen uns zu wichtig. Ich konnte Jack auch wieder nicht auf einen der anderen ansetzen, denn es war für mich nicht ratsam, dem armenischen Knaben allzu dicht auf den Fersen zu bleiben. Also machten wir mit dem Spielchen weiter, wie es angefangen hatte, und beschatteten unser Duo die ganze Nacht von einer Spelunke zur anderen, bis die Nacht auf den Morgen zu ging.

Es war ein paar Minuten nach Mitternacht, als sie aus einem kleinen Hotel in der Kearny Street heraustraten, und nun gingen sie zusammen; das erste Mal, seit wir sie im Auge hatten. Sie gingen Seite an Seite vor zur Green Street, wo sie sich den Telegraph Hill entlang nach Osten wandten. Einen halben Block weiter stiegen sie die Stufen zu einem wackeligen Logierhaus hinauf und verschwanden da. An der Ecke, wo er angehalten hatte, gesellte ich mich wieder zu Jack Counihan.

»Die Grüße sind jetzt wohl alle bestellt«, vermutete ich, »sonst hätte er wohl die Leibwache nicht reinkommen lassen. Wenn sich in der nächsten halben Stunde hier nichts rührt, hau ich ab. Du mußt eben bis zum Morgen vor der Bude Wache halten.«

Nach zwanzig Minuten kam der Schädelknacker aus dem Haus und ging die Straße vor.

»Ich nehme ihn«, sagte ich. »Halt du dich an das andere Püppchen.«

Der Schädelknacker machte zehn oder zwölf Schritte vom Haus fort, dann hielt er an. Er schaute auf das Haus zurück, hob den Kopf, um zum Obergeschoß zu blicken. Da konnten Jack und ich hören, was ihn zum Stehen gebracht hatte. In dem Haus oben brüllte ein Mann. Was die Lautstärke anging, war es kein besonderes Gebrüll. Sogar jetzt, da es stärker geworden war, erreichte es gerade eben unsere Ohren. Aber in ihm – in dieser einen jammernden Stimme – schien die Todesangst eines ganzen Wesens sich auszuschreien. Ich hörte, wie Jacks Zähne klapperten. Ich habe eine Hornhaut über allem, was von meiner Seele noch übrig ist, aber dennoch zuckte mein Hirn zusammen. Der Schrei war, für seinen Inhalt, so elend schwach.

Der Schädelknacker bewegte sich. Fünf fliegende Schritte brachten ihn zum Haus zurück. Er berührte nicht eine der sieben Stufen zur Haustür. Er gelangte mit einem Satz vom Weg zum Vorplatz; in dieser Schnelligkeit, Leichtigkeit und Lautlosigkeit hätte ihm das kein Affe nachgemacht. Eine Minute, zwei Minuten, drei Minuten, und das Schreien hörte auf. Noch drei Minuten, und der Schädelknacker verließ das Haus wieder. Er stoppte kurz auf dem Trottoir, um zu spucken und seine Hosen hochzuziehen. Dann stolzierte er fort, die Straße vor.

»Der gehört dir jetzt, Jack«, sagte ich. »Ich werde den Jungen besuchen. Der wird mich jetzt nicht erkennen.«

Die Haustür des Logierhauses war nicht nur nicht verschlossen, sondern weit offen. Ich trat ein und in eine Diele, wo eine Treppe von oben durch eine düstere Lampe schwach beleuchtet wurde. Ich stieg hinauf und wandte mich der Vorderseite des Hauses zu. Der Schrei war von vorne gekommen, entweder von dieser Etage oder der dritten. Es war gut möglich, daß der Schädelknacker die Zimmertür offen gelassen hatte, ebenso, wie er sich nicht die Mühe gemacht hatte, die Haustür zu schließen.

Im zweiten Stock hatte ich kein Glück, aber der dritte Türknopf, den ich im dritten Stock vorsichtig drehte, ließ die Tür ein wenig nachgeben. Ich stand vor dem Spalt und wartete einen Augenblick; ich hörte nichts anderes als ein gurgelndes Schnarchen weiter vorne im Gang. Ich legte einen Handballen an die Tür und öffnete sie vorsichtig eine Handbreit. Kein Ton. Das Zimmer war so schwarz wie die Zukunft eines ehrlichen Politikers. Ich ließ meine Hand über den Türrahmen und ein paar Zentimeter Tapete gleiten, fand den Lichtschalter, drückte ihn. Zwei Birnen in der Mitte des Zimmers warfen ihr schwaches Licht auf das schäbige Zimmer und auf den jungen Armenier, der quer über dem Bett lag – tot.

Ich trat in das Zimmer, schloß die Tür und ging zum Bett. Die Augen des Jungen waren weit aufgerissen und vorgequollen. Eine seiner Schläfen war angekratzt. Ein roter Schlitz klaffte in seiner Kehle – er ging buchstäblich von einem Ohr zum anderen. Über und unter dem Schnitt, an den wenigen Stellen, die nicht blutüberströmt waren, sah man dunkle Stellen auf dem Hals. Der Schädelknacker hatte den Jungen mit einem Schlag gegen die Stirn umgelegt und ihn dann gewürgt, bis er ihn für tot hielt. Aber der Junge war wieder soweit zu sich gekommen, daß er schrie – aber nicht weit genug, um nicht mehr zu schreien. Der Schädelknacker war zurückgekehrt und hatte die Arbeit mit dem Messer fertig gemacht. Drei Striemen auf dem Bettzeug zeigten, wo das Messer abgewischt worden war.

Man sah das Futter von den Taschen des Jungen. Der Schädelknacker hatte sie umgedreht. Ich durchwühlte seine Kleider nochmal, hatte aber, wie erwartet, kein Glück – der

Mörder hatte alles an sich genommen. Mit dem Zimmer konnte ich nichts anfangen – ein paar Kleider, aber nicht das geringste, aus dem man irgend etwas Wissenswertes ablesen konnte.

Nachdem ich alles abgesucht hatte, stand ich mitten im Zimmer, kratzte mir das Kinn und dachte nach. Auf dem Gang quietschte der Boden. Drei Schritte rückwärts auf meinen Gummiabsätzen brachten mich in einen dumpf riechenden Schrank, wobei ich die Tür bis auf einen Zentimeter hinter mir zuzog. Fingerknöchel machten ein Geräusch an der Zimmertür, während ich meinen Revolver zog. Die Knöchel klopften wieder und eine weibliche Stimme sagte: »Ach, Junge, ach, Junge!« Weder das Klopfen noch die Stimme waren laut. Der Knopf drehte sich, das Schloß klickte. Die Tür öffnete sich, und das Mädchen mit den verschlagenen Augen, das von Angel Grace Sylvia Yount genannt worden war, wurde sichtbar.

Ihre Augen verloren vor Überraschung ihre Verschlagenheit, als sie den Jungen erreichten.

»Heiliger Strohsack«, flüsterte sie und war weg.

Ich war halb aus dem Schrank, als ich hörte, wie sie auf Zehenspitzen zurückkam. Ich wartete – wieder in meinem Versteck – und lugte durch den Türschlitz. Sie kam rasch herein, schloß leise die Tür, ging zu dem toten Jungen und beugte sich über ihn. Ihre Hände glitten an ihm hin und her und durchforschten die Taschen, deren Futter ich wieder reingesteckt hatte.

»Verdammtes Pech«, sagte sie laut, als sie mit der ergebnislosen Wühlerei zu Ende war, und verließ das Haus.

Ich ließ ihr Zeit, bis sie das Trottoir erreicht hatte. Sie ging in Richtung Kearny Street, als ich das Haus verließ. Ich beschattete sie, während sie durch die Kearny zum Broadway und vom Broadway zu Larrouy's ging. Bei Larrouy's war 'ne Menge los, vor allem in der Nähe der Tür, wo die Gäste kamen und gingen. Ich war zwei Meter hinter ihr, als das Mädchen einen Kellner anhielt und fragte: »Ist Red hier?«; ihr Flüstern war erregt genug, um hörbar zu sein.

Der Kellner schüttelte den Kopf. »War'n ganzn Amd nich hier.«

Das Mädchen verließ das Lokal und eilte auf klappernden Absätzen zu einem Hotel in der Stockton Street.

Während ich vorne durch die Glaswand schaute, ging sie zum Empfang und redete mit dem Portier. Der schüttelte den Kopf. Sie sagte wieder etwas, und er gab ihr einen Umschlag und Papier, auf das sie, neben der Kasse, mit einem Füller etwas kritzelte. Bevor ich mich in eine sichere Stellung zurückzog, von der aus ich sie weiter verfolgen konnte, sah ich, in welches Postfach das Billett geschoben wurde.

Vom Hotel fuhr das Mädchen mit der Straßenbahn zur Ecke Market und Powell Street, ging auf der Powell bis zu O'Farrell, wo ein junger Mann mit fettem Gesicht in einem grauen Mantel von der Ecke auf sie zuging; sie hängte sich bei ihm ein, und er führte sie zu einem Taxistand in der O'Farrell Street. Ich ließ sie fahren und notierte mir die Taxinummer; der Mann mit dem dicken Gesicht sah mehr wie ein Kunde als wie ein Kumpel aus.

Es war kurz vor zwei Uhr morgens, als ich zur Market Street zurückkam und ins Büro hinaufging. Fiske, der Nachtdienst in der Agentur hatte, sagte, daß Jack Counihan sich nicht gemeldet hätte, auch sonst gab es nichts Neues. Ich bat ihn, einen Detektiv für mich aufzustöbern, und nach zehn oder fünfzehn Minuten gelang es ihm, Mickey Linehan aus dem Bett und ans Telefon zu holen.

»Hör mal, Mickey«, sagte ich. »Ich habe eine hübsche Ecke ausgesucht, wo du den Rest der Nacht verbringen kannst. Also steck dir die Windeln fest und komm mal hergewatschelt, ja?«

Während er murrte und fluchte, gab ich ihm den Namen und die Nummer des Hotels in der Stockton Street, beschrieb ihm Red O'Leary und erzählte ihm, in welches Fach das Briefchen gesteckt worden war.

»Vielleicht wohnt Red da nicht, aber der Möglichkeit sollte man nachgehen«, sagte ich zum Schluß. »Wenn du ihn hast, dann paß auf, daß du ihn nicht verlierst, bis ich jemand hingeschickt habe, der ihn dir abnimmt.« Ich hängte ein während einer lästerlichen Fluchkanonade.

Im Polizeipräsidium war viel los, als ich dort hinkam, obgleich noch niemand versucht hatte, das Gefängnis im Obergeschoß zu stürmen. Alle paar Minuten wurden neue Ladungen von verdächtigen Typen hereingeführt. Überall Polizisten, in und ohne Uniform. Die Kriminalabteilung war wie ein Bienenstock.

Ich tauschte meine Informationen mit den Kriminalbeamten aus und berichtete ihnen über den armenischen Jungen. Wir stellten eine Gruppe zusammen, die die sterblichen Reste besichtigen sollte, als die Tür zum Chefbüro sich öffnete und Leutnant Duff in den Vorraum trat.

»Allez hopp!« rief er und wies mit einem dicken Finger auf O'Gar, Tully, Reecher, Hunt und mich. »In der Fillmore is was, das sollt ihr euch anschauen.«

Wir gingen hinter ihm raus, zu einem Wagen.

Unser Ziel war ein graues Holzhaus in der Fillmore Street. In der Straße stand ein Haufen Menschen und blickte auf das Haus. Davor stand ein Polizeiauto, und Polizeiuniformen sah man innen und außen.

Ein Polizeikorporal mit rotem Schnurrbart salutierte vor Duff und ließ uns ins Haus; beim Gehen erklärte er uns: »Die Nachbarn haben uns darauf gebracht, die haben sich über die Schlägerei beschwert; aber als wir herkamen, war niemand mehr da, der schlagen konnte.«

Alles, was das Haus enthielt, waren vierzehn Tote.

Elf von ihnen waren vergiftet worden – Überdosis Veronal im Schnaps, sagte der Doktor. Drei andere waren erschossen worden – den Flur entlang, in Abständen. Nach

den Überresten war zu schließen, daß sie einander zugepro-
stet hatten – mit dem angereicherten Getränk – und daß
die, die nicht getrunken hatten – ob nun aus Mäßigkeit
oder Mißtrauen –, beim Fluchtversuch niedergeschossen
worden waren.

Den Personalien der Leichen konnten wir entnehmen,
worauf sie getrunken hatten. Sie waren alle Diebe – sie hatten ihr Gift auf die Beute des Tages getrunken.

Zu der Zeit kannten wir noch nicht alle Toten, aber jeder
von uns kannte einige, und aus der Kartei konnten wir später erfahren, wer die übrigen waren. Die vollständige Liste
hörte sich an wie das ›Who's Who‹ der Langfinger.

Da war Kid Dis-and-Dat, der gerade erst vor zwei Monaten aus Fort Leavenworth ausgebrochen war; Sheeny Holmes; Snohomish Shitey, der angeblich 1919 in Frankreich als
Held gefallen war; L. A.-Slim aus Denver, wie immer ohne
Socken und Unterwäsche – unter jeder Schulter seines Jak-
ketts war eine Tausend-Dollar-Note eingenäht; Girrucci,
die Spinne, der unter dem Hemd eine Weste aus gewebtem
Stahl und vom Scheitel bis zum Kinn eine Narbe trug, wo
sein Bruder ihn vor Jahren geschlitzt hatte; Old Pete Best,
der mal Kongreßabgeordneter gewesen war; Nigger Vojan,
der mal in Chicago beim Würfeln 175 000 Dollar gewonnen
hatte – an drei Stellen war ›Abracadabra‹ auf ihm tätowiert;
Alphabet Shorty McCoy; Tom Brooks, Alphabets Schwager,
der sich die große Sauforgie in Richmond ausgedacht hatte
und von dem Profit drei Hotels gekauft hatte; Red Cudahy,
der 1924 einen Zug der Union Pacific überfiel; Denny
Burke, Bull McGonickle, noch immer blaß von seinen
15 Jahren in Joliet; Toby Henkelohr, Bulls Spießgeselle, der
so gerne prahlte, er habe Präsident Wilsons Brieftasche in
einem Washingtoner Musicaltheater gefingert; und Mexiko-Paddy.

Duff sah sich alle an und pfiff. »Noch ein paar Späße von
dieser Sorte, und wir sind arbeitslos. Dann gibt's keine

Gauner mehr, vor denen wir die Steuerzahler schützen sollen.«

»Es freut mich, daß Ihnen das gefällt«, sagte ich zu ihm. »Wenn Sie mich fragen – ich wäre in den nächsten Tagen alles lieber als ein Polyp in San Franzisko.«

»Wieso eigentlich?«

»Passen Sie mal auf: hier ist doch ein Haufen Leute reingelegt worden. Die Stadt hier wimmelt doch von Banditen, die bloß darauf warten, daß ihre Auftraggeber ihnen ihren Anteil zahlen. Was glauben Sie wohl, was passiert, wenn es sich rumspricht, daß für keinen von der Bande etwas rausspringt? Dann haben wir mehr als hundert Ganoven, die auf dem trockenen sitzen und sich schnell ihr Fahrgeld besorgen werden. Drei Einbrüche pro Block, an jeder Ecke ein Überfall – bis alle Fahrkarten bezahlt sind. Gott segne Sie, mein Sohn, jetzt können Sie mal schwitzen für Ihr Gehalt.«

Duff zuckte die Achseln und stieg über die Leichen zum Telefon. Als er fertig war, rief ich die Agentur an.

»Vor ein paar Minuten hat Jack Counihan angerufen«, erzählte mir Fiske und gab mir eine Adresse in der Army Street. »Er sagte, dort hat er seinen Mann gelassen – in Gesellschaft.«

Ich ließ mir ein Taxi kommen und sagte dann zu Duff: »Ich lauf mal ein bißchen los. Ich ruf Sie an, wenn was Besonderes ist oder wenn nichts ist. Warten Sie hier?«

»Wenn's nicht zu lange dauert.«

Ich verließ das Taxi zwei Blocks vor der Adresse, die Fiske mir gegeben hatte, ging die Army Street entlang, bis ich auf Jack Counihan stieß, der an einer dunklen Ecke Posten stand.

»Ich hab Pech gehabt«, war seine Begrüßung. »Während ich von einem kleinen Lokal weiter vorn telefonierte, sind mir einige von meinen Leuten durch die Lappen gegangen.«

»Soso. Was war denn los?«

»Nachdem unser Menschenaffe das Haus verlassen hatte, fuhr er mit der Bahn zu einem Haus in der Fillmore Street, und –«

»Welche Nummer?«

Die Nummer, die Jack mir nannte, war eben die von dem Totenhaus, das ich grade verlassen hatte.

»Während der nächsten zehn oder fünfzehn Minuten gingen fast ebenso viele Typen da rein. Dann schienen sie alle in dem Haus recht aufgebracht zu sein – es gab allerlei Geschrei und Schießerei. Das ging so lang, daß die ganze Nachbarschaft geweckt wurde. Als das zu Ende war, kamen zehn Männer – ich hab sie gezählt – aus dem Haus gerannt, zwängten sich in zwei Autos und fuhren fort. Mein Mann war auch dabei.

Ich in meinem treuen Taxi mit Hurra ihnen nach; sie führten uns hierher in dieses Haus da unten in der Straße, wo einer von ihren Wagen noch steht. Nach ungefähr einer halben Stunde dachte ich, ich gebe besser Nachricht; ich ließ mein Taxi hier um die Ecke – es steht da noch immer mit tickender Uhr –, und ich ging Fiske anrufen. Als ich zurückkam, war einer von den Wagen fort, und – begieß mich mit Jauche – wer drin wegfuhr, weiß ich nicht. Bin ich nicht mies?«

»Klar! Du hättest ihre Autos mit zum Telefon nehmen sollen! Jetzt paß mal auf das restliche Auto auf, während ich meine Muskelmänner-Patrouille zusammenstelle.«

Ich ging zu dem kleinen Lokal und rief Duff an; ich erzählte, wo ich war und »Wenn Sie Ihre Bande mitbringen, springt da was raus. Ein paar Wagenladungen von Leutchen, die in der Fillmore Street waren und nicht dort blieben, sind hierhergekommen, ein Teil davon ist vielleicht noch da, wenn Sie schnell machen.«

Duff brachte seine vier Kriminalen und ein Dutzend uniformierter Leute mit. Wir gingen von vorn und von hinten gegen das Haus vor. Es wurde keine Zeit mit Klingeln verschwendet. Wir brachen einfach die Türen auf und gingen rein. Innen war alles schwarz, bis die Taschenlampen es hell machten. Es gab keinen Widerstand. Normalerweise hätten die sechs Männer, die wir dort trafen, uns trotz unserer Überzahl ziemlich zu schaffen gemacht. Aber dafür waren sie zu tot.

Wir sahen uns an, irgendwie mit offenem Mund.

»Allmählich wird's monoton«, klagte Duff und biß ein kräftiges Stück Tabak ab. »Alle machen immer wieder so ziemlich das gleiche, aber ich hab jetzt genug davon, in lauter Zimmer voll geschlachteter Ganoven zu treten.«

Der Katalog enthielt diesmal weniger, aber dafür größere Namen. Shivering Kid war hier – keiner konnte jetzt die auf ihn ausgesetzten Belohnungen einkassieren; Darby McLaughlin, mit seiner Hornbrille schief auf der Nase und Brillanten für zehntausend Dollar an den Fingern und am Schlips; Happy Jim Hacker; Donkey Marr – der letzte der o-beinigen Marrs, die alle Killer gewesen waren, der Vater und fünf Söhne; Toots Salda, der stärkste Mann der Unterwelt, der mal zwei Polizisten in Savannah, an denen er mit Handschellen befestigt war, hochgehoben und mit ihnen fortgelaufen war; Rundum Smith, der 1916 in Chicago Lefty Read umgelegt hatte – um sein linkes Handgelenk war ein Rosenkranz gewickelt.

Hier war nicht säuberlich vergiftet worden – diese Burschen waren mit einem .30-.30-Automatic-Gewehr niedergemäht worden, das einen selbstgemachten, aber wirksamen Schalldämpfer hatte. Das Gewehr lag auf dem Küchentisch. Die Küche war mit dem Eßraum durch eine Tür verbunden. Genau gegenüber dieser Tür war eine – weit offene – Doppeltür zu dem Raum, wo die toten Diebe lagen. Sie lagen alle nahe an der vorderen Wand, als hätte man sie zum Abschießen dort aufgestellt.

Die grau tapezierte Wand war blutbespritzt und an einigen Stellen durchlöchert – dort, wo ein paar Kugeln direkt durchgegangen waren. Jack Counihans Augen fanden einen Fleck, der nicht durch die Schießerei entstanden war. Er war nahe am Boden, neben Shivering Kid, und Kids rechte Hand war blutverschmiert. Er hatte, bevor er starb, an die Wand geschrieben – mit Fingern, die er in das eigene und in Toots Saldas Blut getunkt hatte.

Die Buchstaben der Worte waren abgerissen und lückenhaft und krumm und schief, da er sie wohl im Dunkeln geschrieben hatte.

Wenn man die Lücken ausfüllte, die Ausrutscher übersah und dort, wo man nicht weiterkam, weiterriet, so ergaben sich zwei Worte: *Big Flora*.

»Mir sagt das gar nichts«, sagte Duff, »aber es ist ein Name, und die meisten Namen, die wir haben, gehören jetzt zu toten Leuten; also wird's Zeit, daß wir die Liste vervollständigen.«

»Was haben Sie für eine Erklärung?« fragte der kugelköpfige O'Gar, ein Kriminalleutnant der Mord-Abteilung, während er sich die Leichen ansah. »Ihre Genossen fielen über sie her, stellten sie an der Wand auf, und dann schoß sie der Scharfschütze aus der Küche nieder – päng – päng – päng – päng – päng?«

»So sieht's aus«, sagten wir.

»Zehn sind von der Fillmore Street hierhergekommen«, sagte ich. Sechs blieben hier. Vier fuhren in das nächste Haus, wo sie sich wahrscheinlich zur Zeit abschlachten. Wir brauchen bloß von Haus zu Haus den Leichen nachzugehen, bis nur noch ein Mann übrig ist – und der muß schließlich auch konsequent sein und sich selber kaltmachen – unter Hinterlassung der Beute in Originalverpackung. Ich hoffe, ihr Leutchen müßt nicht die ganze Nacht aufbleiben, um die Reste des letzten Banditen aufzutreiben. Komm Jack, wir wollen nach Hause und ein bißchen schlafen.«

Es war genau fünf Uhr morgens, als ich die Bettdecke aufschlug und in mein Bett kroch. Ich schlief schon, bevor der letzte Zug meiner Betthupfer-Fatima aus meinen Lungen verdampft war. Das Telefon weckte mich um 5 Uhr 15.

Fiske war am Apparat. »Mickey Linehan hat eben telefoniert, daß dein Red O'Leary vor einer halben Stunde zu seiner Schlafstatt heimgekehrt ist.«

»Laß die ihn schnappen«, sagte ich; um 5 Uhr 17 schlief ich wieder.

Mit Hilfe eines Weckers rollte ich mich um neun Uhr aus dem Bett, frühstückte und ging ins Büro der Kriminalpolizei, um zu sehen, was sie mit dem Rotschopf erreicht hatten. Toll war's nicht.

»Wir sitzen fest«, sagte der Captain. »Er hat Alibis für die Zeit des Überfalls und für die Geschichten von heut nacht. Wir können den Saukerl noch nicht mal wegen Landstreicherei drankriegen. Er hat einen Lebensunterhalt. Er ist Verkäufer von Humpernickels Universal-Enzyklopädie des nützlichen und wertvollen Wissens oder so was Ähnliches. Am Tag vor dem großen Schlag war er mit dem Verkauf dieses Artikels beschäftigt, und während es passierte, klapperte er Häuser ab und wollte den Leuten seine verdammten Scharteken aufschwätzen. Jedenfalls hat er drei Zeugen dafür. Vorige Nacht war er von elf bis vier Uhr dreißig morgens in einem Hotel Kartenspielen – auch dafür hat er Zeugen. Wir haben nicht das geringste bei ihm oder in seinem Zimmer gefunden.«

Ich lieh mir sein Telefon aus und rief bei Jack Counihan an.

»Könntest du irgendeinen der Leute identifizieren, die du heute nacht in den beiden Wagen gesehen hast?« fragte ich ihn, als man ihn aus dem Bett gescheucht hatte.

»Nee. Es war dunkel, und sie fuhren zu schnell. Ich konnte mit Mühe meinen Mann ausmachen.«

»So, kannste nicht«, sagte der Captain. »Also, ich kann

ihn ohne formale Anklage für vierundzwanzig Stunden fest-halten, und das werde ich tun. Aber wenn ihr nicht irgend-was gegen ihn ausgrabt, muß ich ihn dann loslassen.«

»Wie wär's, wenn Sie ihn jetzt laufen lassen«, schlug ich vor, nachdem ich ein paar Minuten über einer Zigarette nachgedacht hatte. »Er hat Alibis bis zur Halskrause, also hat er keinen Grund, sich vor uns zu verkriechen. Wir las-sen ihn den ganzen Tag in Ruhe, bis er sicher ist, daß nie-mand hinter ihm her ist – und heute abend hängen wir uns an ihn und bleiben dran. Irgendwas Neues über Big Flora?«

»Nein, der Junge, der in der Green Street gekillt wurde, war Bernie Bernheimer, alias Motsa Kid. Ich glaube, er war ein Taschendieb – er war mit Taschendieben zusammen – aber er war nicht –«

Telefonsummen unterbrach ihn. Er sagte: »Tag – ja«, und »einen Moment«, und schob dann den Apparat über den Schreibtisch zu mir.

Eine weibliche Stimme: »Hier spricht Grace Cardigan. Ich habe Ihre Agentur angerufen, und die haben mir gesagt, wo Sie sind. Ich muß Sie sprechen. Können Sie mal her-kommen?«

»Wo sind Sie?«

»Im Postamt an der Powell Street.«

»Ich bin in fünfzehn Minuten dort«, sagte ich.

Ich rief die Agentur an, erwischte Dick Foley und verab-redete mich mit ihm an der Ecke Ellis und Market – sofort. Dann erstattete ich dem Captain sein Telefon zurück, sagte »Bis später« und machte mich auf zu meinen Treffpunkten.

Dick Foley stand an der Ecke, als ich hinkam. Er war ein dunkler kleiner Kanadier, der auf seinen hochhackigen Schuhen beinahe einssechzig war, knapp hundert Pfund wog, redete, wie ein Schotte telegrafiert, und der einen Wassertropfen vom Golden Gate bis nach Hongkong be-schatten konnte, ohne ihn zu verlieren.

»Kennst du Angel Grace Cardigan?« fragte ich ihn.

Er sparte sich ein Wort, indem er den Kopf schüttelte.
»Ich habe eine Verabredung mit ihr im Postamt. Wenn ich damit fertig bin, bleibst du hinter ihr. Sie ist clever, und sie wird auf dich achten, also ein Kinderspiel wird's nicht, aber sieh zu, was du tun kannst.«

Dick bog die Mundwinkel abwärts und hatte einen seiner seltenen Anfälle von Ausführlichkeit: »Die Schärfsten sind die Leichtesten«, sagte er.

Er schlenderte hinter mir her, während ich zum Postamt vorging. Angel Grace stand im Eingang. Ihr Gesicht war mürrischer, als ich es je vorher gesehen hatte, deshalb auch weniger hübsch – bis auf ihre grünen Augen, in denen für Trübsinn zuviel Feuer war. In einer Hand hielt sie eine zusammengerollte Zeitung. Sie sagte nichts, lächelte nicht und nickte nicht.

»Gehen wir zu Charley's, da können wir reden«, sagte ich und geleitete sie an Dick vorbei.

Sie brachte nicht mal ein Murmeln heraus, bevor wir uns in dem Restaurant an einem Tisch gegenübersaßen und der Kellner mit den Bestellungen abgezogen war. Dann breitete sie mit zitternden Händen die Zeitung auf dem Tisch aus.

»Stimmt das?« fragte sie.

Ich warf einen Blick auf die Meldung, auf die sie mit bebendem Finger zeigte – einen Bericht über die Vorfälle in der Fillmore und der Army Street – aber einen vorsichtigen Bericht. Ein Blick zeigte mir, daß keine Namen genannt wurden und daß die Polizei die Geschichte ziemlich stark zensiert hatte. Während ich so tat, als läse ich, überlegte ich, ob es von Vorteil sein könne, wenn ich die Geschichte dem Mädchen gegenüber als erfunden bezeichnete. Einen deutlichen Nutzen konnte ich nicht daraus ableiten, also bewahrte ich meine Seele vor einer Lüge.

»Stimmt so ziemlich«, gab ich zu.

»Waren Sie dort?« Sie wischte die Zeitung beiseite, so daß sie zu Boden fiel, und beugte sich über den Tisch.

»Mit der Polizei.«

»War -«, sie brach heiser ab. Ihre weißen Finger knüllten die Tischdecke zwischen uns zu zwei kleinen Knäueln. Sie räusperte sich. »Wer war -?« brachte sie jetzt heraus.

Pause. Ich wartete. Ihre Augen senkten sich, jedoch erst, nachdem ich gesehen hatte, wie ihr Feuer durch das Wasser gebrochen wurde. Während der Pause kam der Kellner, stellte unser Essen hin und ging wieder.

»Sie wissen, was ich fragen will«, sagte sie nun mit leiser erstickter Stimme. »Wer er? Wer er? - Um Gottes willen, reden Sie!«

Ich wog meine Antwort - Wahrheit gegen Lüge, Lüge gegen Wahrheit. Und wieder triumphierte die Wahrheit.

»Mexiko-Paddy ist in dem Haus in der Fillmore Street erschossen worden - ermordet«, sagte ich.

Die Pupillen ihrer Augen zogen sich zu Stecknadelköpfen zusammen und vergrößerten sich wieder bis fast zur Größe der grünen Iris. Sie gab keinen Ton. Ihr Gesicht war leer. Sie nahm eine Gabel und hob eine Gabel voll Salat an ihren Mund. Ich griff über den Tisch weg und nahm ihr die Gabel aus der Hand.

»Sie machen Ihr Kleid schmutzig«, brummte ich. »Sie können nicht essen, wenn Sie den Mund nicht aufmachen.«

Sie streckte ihre Hände über den Tisch; zitternd ergriff sie die meinen und hielt meine Hände mit Fingern, die sich krümmten, so daß sie mich mit den Nägeln kratzte.

»Sie lügen mich doch nicht an?« Sie schluchzte und krächzte zugleich. »Sie sind in Ordnung! Sie waren damals anständig zu mir, in Philadelphia! Paddy hat immer gesagt, Sie wären ein anständiger Schnüffler! Sie legen mich nicht rein, oder?«

»Nein. Es stimmt«, sagte ich. »Paddy hat Ihnen viel bedeutet?«

Sie nickte dumpf, riß sich zusammen und versank wieder in eine Art von Benommenheit.

»Man könnte sich dafür revanchieren«, regte ich an.

»Sie meinen –?«

»Reden.«

Sie sah mich lange leer an, als ob sie versuchte, hinter den Sinn meiner Worte zu kommen. Ich las ihre Antwort aus ihren Augen, bevor sie sie aussprach.

»Mein Gott, ich wollte, ich könnte! Aber ich bin die Tochter von Karton-John Cardigan. Ich bring's nicht fertig, jemanden zu verpfeifen. Sie sind auf der falschen Seite. Ich kann nicht überlaufen, ich wünschte, ich könnt's. Aber ich hab zuviel Cardigan in mir. Ich hoffe bloß, daß Sie die festnageln, daß Sie sie ein für allemal festnageln, aber –«

»Sie haben edle Gefühle, oder jedenfalls Worte«, sagte ich ironisch. »Wer glauben Sie denn, daß Sie sind? Jeanne d'Arc? Wäre Ihr Bruder Frank jetzt im Gefängnis, wenn sein Partner, Johnny der Klempner, der Polente von Great Falls nicht den Tip gegeben hätte? Wach auf Liebling! Man ist Dieb unter Dieben, und wer den anderen nicht reinlegt, kommt selber um. Wer hat Mexiko-Paddy umgelegt? Die eigenen Genossen! Aber sie dürfen's denen nicht heimzahlen, weil's gegen die Ehre geht! Mein Gott!«

Meine Ansprache machte ihr Gesicht nur noch übellauniger.

»Ich werde es heimzahlen«, sagte sie. »Aber nicht mit Ihnen. Ich kann Ihnen nichts sagen. Wenn Sie von uns wären, dann – jedenfalls, wenn ich mir Hilfe hole, dann von meinen Leuten. Lassen Sie es gut sein, ja? Ich weiß, was Sie drüber denken; aber – würden Sie mir sagen, wer außerdem – wer sonst noch – in diesen Häusern gefunden worden ist?«

»O gewiß!« knurrte ich. »Alles sage ich Ihnen. Melken Sie mich nur ordentlich! Aber mir brauchen Sie keinerlei Tips zu geben, denn es könnte sich ja nicht mit den moralischen Grundsätzen Ihres äußerst ehrenwerten Gewerbes vertragen!«

Sie tat, als hätte sie alles nicht gehört - typisch weiblich; sie fragte noch mal: »Wer noch?«

»Nichts da. Aber ich tu Ihnen einen anderen Gefallen: Ich sage Ihnen mal zwei, die *nicht* darunter waren - Big Flora und Red O'Leary.«

Ihre Betäubung war verflogen. Sie betrachtete mein Gesicht mit dunklen und wilden Augen.

»War Bluepoint Vance dort?« fragte sie.

»Raten Sie mal«, antwortete ich.

Sie betrachtete mein Gesicht noch einen Augenblick und erhob sich.

»Danke, daß Sie mir das gesagt haben«, sagte sie, »und daß Sie überhaupt gekommen sind. Ich hoffe, Sie schaffen es.«

Sie ging hinaus, um von Dick Foley beschattet zu werden. Ich aß zu Mittag.

Um vier Uhr nachmittags plazierten Jack Counihan und ich unser Mietauto so, daß wir den Haupteingang des Stockton Hotels sehen konnten.

»Bei der Polizei liegt nichts gegen ihn vor, also ist kein Grund, warum er fortgezogen sein sollte - glaub ich«, sagte ich zu Jack, »ich will auch lieber mit dem Hotelpersonal nichts versuchen, da ich die nicht kenne. Wenn er sich später nicht zeigt, müssen wir uns eben an die Leute ranmachen.«

Wir machten es uns gemütlich, rauchten Zigaretten, debattierten darüber, wer der nächste Boxweltmeister würde, wo man guten Gin bekam und was man mit gutem Gin machte, über die Ungerechtigkeit, daß nach den neuen Spesen-Bestimmungen der Agentur Oakland nicht mehr außerhalb der Stadt war, und über andere aufregende Sachen, mit denen wir uns von vier Uhr bis zehn Minuten nach neun vergnügten.

Um 9 Uhr 10 kam Red O'Leary aus dem Hotel.

»Gott ist groß«, sagte Jack, sprang aus dem Wagen, um die Beinarbeit zu leisten, während ich mit dem Auto nachzog.

Er führte uns nicht weit, der feuerhaarige Riese, Larrouy's Eingangstür verschluckte ihn. Als ich den Wagen abgestellt hatte und in die Kneipe kam, hatten O'Leary und Jack schon jeder ihren Platz gefunden. Jacks Tisch war neben der Tanzfläche. O'Learys Tisch war am Rande des Etablissements, an der Wand, in der Nähe einer Nische. Ein fettes blondes Paar verließ gerade den Tisch in dieser Nische, als ich hereinkam, und ich überredete den Kellner, der mich führte, mir diesen Platz zu geben.

O'Learys Gesicht war mir zu drei Vierteln abgewandt. Er beobachtete die Eingangstür, beobachtete sie mit einer Ernsthaftigkeit, die sich plötzlich in Freude verwandelte, als dort ein Mädchen erschien. Es war das Mädchen, das Angel Grace Nancy Regan genannt hatte. Ich habe schon mal gesagt, daß sie hübsch war. Sie war es wirklich. Und das kecke blaue Hütchen, das ihre Haare an diesem Abend bedeckte, beeinträchtigte ihre Hübschheit keineswegs.

Der Rotschopf sprang auf und drängte einen Kellner und ein paar Gäste aus dem Weg, als er ihr entgegenlief. Als Lohn für seinen Eifer bekam er irgendein Schimpfwort, das er überhörte, und ein blauäugiges, weiß leuchtendes Lächeln, das eben – naja – hübsch war. Er führte sie zu seinem Tisch und setzte sie auf einen Stuhl, so daß ich ihr Gesicht sah; er betrachtete sie andauernd.

Seine Stimme war ein rauher Bariton, aus dem meine Schnüfflerohren kein Wort heraushören konnten. Anscheinend hatte er ihr viel zu erzählen, und sie hörte zu, als ob es ihr gefiele.

»Aber Reddy, Liebling, das sollst du doch nicht!« sagte sie einmal. Ihre Stimme war – ich kenne auch andere Worte, aber bleiben wir dabei – hübsch. Abgesehen von einem leichten Hautgout hatte sie Klasse. Wer sie auch war, dieses

Killer-Schätzchen, sie hatte entweder eine gute Kinderstube, oder sie hatte viel dazugelernt. Ab und zu, wenn das Orchester Luft schöpfte, konnte ich ein paar Worte auffangen, aber sie sagten mir nichts, außer daß weder sie noch ihr Spielkamerad etwas aneinander auszusetzen hatten.

Das Lokal war fast leer gewesen, als sie hereinkam. So um zehn Uhr war es ziemlich voll, und zehn Uhr ist früh für Larrouy's Gäste. Ich schenkte nun Reds Mädchen – auch wenn sie hübsch war – weniger Aufmerksamkeit, dafür meinen anderen Nachbarn immer mehr. Es fiel mir auf, daß nicht viele Frauen zu sehen waren. Ich prüfte das genauer und stellte fest, daß ich verdammt wenige Frauen sah – im Vergleich zu den Männern. Männer, Männer; rattengesichtige Männer, adlergesichtige Männer, Männer mit massivem Kinn, Männer mit schlaffem Kinn, bleiche Männer, magere Männer, Männer, die komisch aussahen, Männer, die übel aussahen, gewöhnliche Männer – sie saßen zu zweit an einem Tisch, zu viert an einem Tisch, und immer mehr kamen rein – und verdammt wenig Frauen.

Diese Männer redeten miteinander, als seien sie an dem, was sie sagten, nicht sehr interessiert. Sie blickten sich zwanglos in der Kneipe um, und am ausdruckslosesten waren ihre Augen, wenn sie auf O'Leary blickten. Und jedesmal blieben diese zwanglosen, gelangweilten Blicke ein paar Sekunden auf O'Leary haften.

Ich lenkte meine Aufmerksamkeit wieder auf O'Leary und Nancy Regan. Er hatte sich nun etwas mehr auf seinem Stuhl aufgerichtet, aber es war immer noch eine lockere, geschmeidige Haltung; obgleich seine Schultern leicht gekrümmt waren, hatten sie nichts Krampfhaftes. Sie sagte etwas zu ihm. Er lachte und drehte sein Gesicht gegen die Mitte des Raumes, so daß es schien, als lachte er nicht nur über das, was sie sagte, sondern auch über die Männer, die wartend um ihn herum saßen. Es war ein kräftiges Lachen, jung und sorglos.

Einen Augenblick wirkte das Mädchen überrascht, als ob ihr irgendwas in dem Lachen komisch vorkam; dann fuhr sie mit ihrer Geschichte fort. Ich war nun sicher, daß sie nicht wußte, daß sie auf einem Pulverfaß saß. O'Leary wußte es. Jeder Zentimeter an ihm, jede Bewegung verkündete es: »Ich bin groß, stark, jung, skrupellos und rothaarig. Wenn ihr Burschen irgendwas von mir wollt – hier bin ich.«

Die Zeit glitt vorbei. Einige Paare tanzten. Jean Larrouy ging herum, sein rundes Gesicht war ängstlich. Seine Kneipe war gut gefüllt mit Gästen, aber es wäre ihm lieber gewesen, sie wäre leer.

Um elf Uhr stand ich auf und winkte Jack Counihan herüber. Er kam, wir gaben uns die Hand, sagten unser »Wie geht's« und »Es geht«, und dann setzte er sich an meinen Tisch.

»Was ist los?« fragte er, im Schutz des lärmenden Orchesters. »Sehen kann ich nichts, aber irgendwas liegt in der Luft. Oder drehe ich langsam durch?«

»Gleich wirst du rotieren. Die Wölfe rotten sich zusammen und Red O'Leary ist das Lamm. Wenn man die Wahl hätte, könnte man vielleicht eines finden, das mürber ist. Aber diese Gorillas haben mal geholfen, eine Bank auszunehmen, und am Zahltag fanden sie nichts in der Lohntüte – noch nicht mal leere Tüten fanden sie. Nun sprach es sich rum, daß Red vielleicht wüßte, wie das zuging. So ist die Lage. Jetzt warten sie – vielleicht auf irgend jemand, vielleicht auch darauf, daß sie genug Mumm in sich haben.«

»Und wir sitzen hier, weil der Tisch am nächsten dran ist, als nächste Zielscheibe für die Kugeln von diesen ganzen Burschen, sobald der verdammte Deckel hochgeht?« fragte Jack. »Gehen wir doch gleich an Reds Tisch. Da ist es noch näher, und irgendwie gefällt mir das Mädchen da bei ihm.«

»Nur Geduld, du kriegst deinen Spaß schon noch«, versprach ich ihm. »Es hat keinen Sinn, diesen O'Leary killen zu lassen. Wenn sie anständig mit ihm verhandeln, dann setzen wir uns ab. Aber wenn sie anfangen, Sachen auf ihn zu schmeißen, dann werden wir ihn und sein Mädchen raushauen.«

»Gut geknurrt, mein Tiger!« Er grinste und wurde um den Mund herum ein wenig blaß. »Gibt's da noch ein paar Sachen zu besprechen, oder werden wir sie nur einfach ohne großes Aufheben raushauen?«

»Siehst du die Tür hinter mir, da rechts? Wenn das Feuerwerk losgeht, gehe ich da hin und mache sie auf. Du hältst den Weg dazwischen frei. Wenn ich Laut gebe, dann gibst du Red so viel Deckung, wie er braucht, um durchzukommen.«

»Zu Diensten!« Er ließ seine Blicke im Raum umherschweifen, über die versammelten Rowdies; er leckte sich die Lippen und schaute auf die Hand, die seine Zigarette hielt – eine bebende Hand. »Hoffentlich denkst du nicht, ich bin ein Spielverderber«, sagte er. »Aber ich bin nicht so ein alterprobter Mörder wie du. Mir ist diese Schlächterei zuwider.«

»Zuwider, ach Gottchen«, sagte ich. »'ne Mordsangst hast du. Aber paß auf: mach hier keinen Mist! Wenn du da eine Operette draus machst und diese Gorillas noch irgendwas von dir übriglassen: ich geb dir den Rest. Du machst, was ich dir sage und nichts anderes. Wenn dir noch was Geniales einfällt, erzähle es mir nachher.«

»Ich werde mich absolut mustergültig benehmen!« versicherte er mir.

Es war fast Mitternacht, als das eintrat, worauf die Wölfe gewartet hatten. Der letzte Anschein von Gleichgültigkeit verschwand aus den Gesichtern, die sich immer mehr angespannt hatten. Stühle und Füße scharrten, die Männer rückten von ihren Tischen ab. Die Muskeln machten die Körper sprungbereit. Die Zungen leckten die Lippen, und die Augen blickten voller Spannung zur Eingangstür.

Bluepoint Vance trat in den Raum. Er kam allein, nickte überall seinen Bekannten zu, seine große Gestalt war elegant, locker und gut gekleidet. Sein scharfgeschnittenes Gesicht lächelte voll Selbstvertrauen. Ohne Eile und ohne Zögern kam er zu Red O'Learys Tisch. Ich konnte Reds Gesicht nicht sehen, aber in seinem Genick schwollen die Muskeln an. Das Mädchen lächelte Vance herzlich zu und gab ihm die Hand. Es geschah voller Natürlichkeit. Sie hatte keine Ahnung.

Vance wandte sein Lächeln von Nancy Regan dem roten Riesen zu – ein Lächeln, das ein wenig katzenhaft war.

»Wie läuft denn so alles, Red?« fragte er.

»Für mich läuft alles gut«, kam es ohne Umschweife.

Das Orchester hatte aufgehört zu spielen, Larrouy stand am Eingang und tupfte seine Stirn mit einem Taschentuch. Am Tisch rechts von mir schnaufte ein breitbrüstiger Boxer mit gebrochener Nase, in einem lebhaft gestreiften Anzug; er schnaufte zwischen seinen Goldzähnen, seine wäßrig hervorquellenden Augen starrten auf O'Leary, Vance und Nancy. Es fiel gar nicht auf – zu viele andere sahen genauso aus.

Bluepoint Vance drehte seinen Kopf und rief einem Kellner zu: »Bring mir einen Stuhl.«

Der Stuhl wurde gebracht und an die unbesetzte Seite des Tisches, gegenüber der Wand, gestellt. Vance setzte sich. Er ließ sich auf den Stuhl fallen, lehnte sich auf eine unverschämte Weise zu Red hinüber, sein linker Arm lag über der Stuhllehne, in der rechten Hand hielt er eine Zigarette.

»Na, Red«, sagte er, nachdem er sich in dieser Weise etabliert hatte, »hast du mir was zu sagen?«

Seine Stimme war sanft, aber laut genug, daß die an den Nachbartischen sie hören konnten.

»Kein einziges Wort.« O'Learys Stimme enthielt weder vorgebliche Freundlichkeit noch Vorsicht.

»Was, kein Moos?« Vances dünnlippiges Lächeln wurde breiter, und in seinen Augen war ein belustigtes, aber nicht angenehmes Glitzern. »Keiner hat dir irgendwas gegeben, was du mir geben sollst?«

»Nein«, sagte O'Leary mit Betonung.

»Lieber Himmel«, sagte Vance, während das Lächeln seiner Augen und seines Mundes sich vertiefte, wobei es noch unangenehmer wurde. »Das nenne ich undankbar! Würdest du mit mir sammeln gehen, Red?«

»Nein.«

Dieser Rotschopf widerte mich an – fast war ich bereit, ihn zugrunde gehen zu lassen, wenn der Orkan losbrach. Warum konnte er nicht Zeit gewinnen, um sich zu retten – irgendeine blühende Geschichte fabrizieren, die Bluepoint dann erst mal hinnehmen mußte? Aber nein – dieser O'Leary war so ein verdammtes Kind, dermaßen eingebildet auf seine Männlichkeit, daß er unbedingt eine Schau damit abziehen mußte, statt seine Rübe zu gebrauchen. Wenn es bloß um seinen eigenen Kadaver gegangen wäre, der seine Prügel verdient hätte, wär's ja in Ordnung gewesen. Aber es war nicht in Ordnung, daß Jack und ich drunter leiden mußten. Dieser große Klumpen war zu viel wert, um ihn wegzuwerfen. Wir mußten uns selber Gott weiß wie zurichten lassen, bloß um ihn vor dem Lohn für seine Eselhaftigkeit zu schützen. Es war nicht gerecht.

»Ich erwarte eine Menge Kohlen, Red«, sagte Vance mit träger, aber vorwurfsvoller Stimme. »Und ich brauche die Kohlen.« Er zog an seiner Zigarette, blies den Rauch lässig in das Gesicht des Roten, er sprach sehr langsam. »Denk mal, sogar die Wäschereikosten sind gestiegen, es kostet zwanzig Cent mehr für einen Pyjama! Ich brauche Geld.«

»Schlaf in deinen Unterhosen«, sagte O'Leary.

Vance lachte. Nancy Regan lächelte, aber unruhig. Anscheinend wußte sie nicht, was das Ganze sollte, aber sie mußte bemerken, daß irgendwas im Gang war.

O'Leary beugte sich vor und sprach herausfordernd, so laut, daß es jeder hören konnte: »Ich brauche dir nichts zu geben, Bluepoint – jetzt nicht, und überhaupt nicht. Das gilt auf für jeden anderen, der hier Interessen hat. Wenn du oder die meinen, daß ich euch etwas schuldig bin – versucht es doch, holt es euch! Scher dich zum Teufel, Bluepoint Vance! Wenn's dir nicht gefällt – du hast ja Freunde hier. Laß sie doch kommen!«

Was für ein erstklassiger junger Idiot! Der gehörte in einen Krankenwagen, sonst nichts! Und von so einem mußte ich reingezogen werden!

Vance grinste böse, seine Augen funkelten O'Learys Gesicht an. »Möchtest du das wirklich, Red?«

O'Leary hob seine breiten Schultern und ließ sie wieder fallen.

»Ich hab nichts dagegen, daß wir's austragen«, sagte er. »Aber Nancy soll draußenbleiben.« Er drehte sich zu ihr. »Mach dich lieber fort, Liebling, ich habe hier zu tun.«

Sie wollte etwas sagen, aber Vance redete mit ihr. Seine Worte wurden nonchalant gesprochen, und er hatte nichts dagegen einzuwenden, daß sie ging. Der Inhalt seiner Worte war, daß sie ohne Red einsam sein würde. Aber er beschäftigte sich sehr ausführlich mit den Details dieser Einsamkeit.

Red O'Learys rechte Hand lag auf dem Tisch. Sie fuhr hoch zu Vances Mund. Als sie ankam, war sie eine Faust. Ein solcher Hieb ist schwierig zu führen. Aus dem Körper kann er keine Kraft nehmen. Dieser Hieb ist allein auf die Muskeln des Armes angewiesen, und nicht mal auf die besten davon. Aber Bluepoint Vance wurde aus seinem Stuhl und bis rüber zum nächsten Tisch geworfen.

Im Larrouy's leerten sich die Stühle. Der Tumult war im Gang.

»Es geht los«, knurrte ich Jack Counihan an, ich gab mir viel Mühe, wie der kleine nervöse Dicke auszusehen, der ich war, und rannte zur Hintertür, wobei ich an den Männern vorbei kam, die sich mit nicht allzugroßer Eile auf O'Leary zubewegten. Ich sah wohl aus wie ein Angsthase, der sich Ärger ersparen will, denn niemand hielt mich auf, und ich war an der Tür, bevor die Meute Red eingeschlossen hatte. Die Tür war zu, aber nicht abgeschlossen. Ich drehte ihr meinen Rücken zu, in der rechten Hand die Klinke, in der linken den Revolver. Vor mir standen Männer, aber sie standen mit dem Rücken zu mir.

O'Leary ragte vor seinem Tisch auf, sein hartgesottenes Gesicht voll von gefährlicher Wut, sein großer Körper federte auf seinen Fußballen. Zwischen uns stand Jack Counihan mit dem Gesicht zu mir, sein Mund zuckte von einem nervösen Grinsen, seine Augen funkelten lustvoll. Bluepoint Vance hatte sich wieder erhoben. Von seinen dünnen Lippen zog sich ein Blutfaden zum Kinn. Seine Augen waren kühl. Sie blickten auf Red O'Leary, nüchtern, geschäftsmäßig, wie ein Holzfäller einen Baum abschätzt, den er als nächsten umlegt. Vances Genossen beobachteten Vance.

»Red!« rief ich in die Stille hinein. »Hier durch, Red!«

Gesichter fuhren zu mir herum – alle Gesichter im Lokal –, Millionen Gesichter.

»Los, Red, hierher!« bellte Jack Counihan und trat mit gezogenem Revolver einen Schritt vor.

Bluepoint Vances Hand fuhr in den Jackenausschnitt. Aus Jacks Kanone feuerte es. Bluepoint hatte sich zu Boden geworfen, bevor der Junge den Abzug gedrückt hatte. Das Geschoß ging über ihn weg, aber Vances Angriff war abgeblockt.

Red umfaßte sein Mädchen mit dem linken Arm. Eine große Automatic erschien in seiner rechten Faust. Ich habe mich danach nicht mehr besonders um ihn gekümmert. Ich hatte zu tun.

Larrouys Häuschen strotzte vor Waffen – Revolver, Messer, Schlagringe, Stahlruten, Stühle und Flaschen, nebst den verschiedensten Produkten der Zerstörung. Männer brachten ihre Waffen zu mir, um sie auf mich loszulassen. Es ging darum, mich von der Tür wegzuschaffen. O'Leary hätte es gefallen. Aber ich war kein junger Rowdy mit feurigem Haar. Ich war nahe an den Vierzig und hatte zwanzig Pfund Übergewicht. Ich hatte eine Vorliebe für Bequemlichkeit, die gewöhnlich mit diesem Alter und Gewicht einhergeht. Und hier war es unbequem.

Ein schlitzäugiger Portugiese stach mit einem Messer gegen meinen Hals und verdarb mir den Schlips. Ich wischte ihm mit meiner Kanone übers Ohr und sah, wie sein Ohr halb abriß. Ein grinsendes Jüngelchen von zwanzig stürzte gebückt auf meine Knie los – nach Fußballermanier. Ich fühlte seine Zähne an meinem Knie, kickte hoch und fühlte, wie sie brachen. Ein pockennarbiger Mulatte schob den Lauf seines Schießeisens über die Schulter seines Vordermannes. Mein Knüppel zog dem Vordermann eine über. Er machte eine seitliche Abwehrbewegung, während der Mulatte den Abzug drückte – eine Seite seines Gesichts wurde ihm abgesprengt.

Ich feuerte zweimal; einmal, als ein Revolver aus weniger als einem halben Meter auf meinen Bauch gerichtet war, einmal, als ich einen Mann entdeckte, der nicht allzu weit auf einem Tisch stand und sorgfältig auf meinen Kopf zielte. Im übrigen verließ ich mich auf meine Arme und Beine und sparte die Kugeln. Die Nacht war jung, und ich hatte nur ein Dutzend Bohnen – sechs im Revolver, sechs in der Tasche.

Es war eine prächtige Holzerei. Rechter Haken, linker Haken, Fußtritt, rechter Haken, linker Haken, Fußtritt. Zögere nicht, suche nicht lange nach Zielen. Gott sorgt schon dafür, daß immer ein Kürbis für deine Kugel oder für deine Stahlrute da ist und ein Bauch für deinen Fuß.

Eine Flasche kam durch und erwischte meine Stirn. Mein Hut schützte mich ein bißchen, aber der Schnitt war lästig.

Ich schwankte ein bißchen und zertrümmerte nur eine Nase, wo ich hätte einen Schädel knacken sollen. Der Raum schien stickig, schlecht belüftet. Jemand sollte das Larrouy mal sagen. Wie wär's mit einem Leder-und-Blei-Klöpferchen auf deine Schläfe, Blondköpfchen? Diese Ratte da links von mir kommt mir zu nah. Ich krieg ihn, indem ich mich nach rechts lehne, um dem Mulatten eine zu verpassen, und weit aushole und ihm eine schmiere. Nicht schlecht! Aber ich kann nicht die ganze Nacht so weitermachen. Wo sind Red und Jack? Stehen sie rum und schauen mir zu?

Irgend jemand knallte mir was auf die Schulter – es fühlte sich an wie ein Klavier. Ich konnte nicht ausweichen. Eine zweite fliegende Flasche rasierte meinen Hut und einen Teil meiner Kopfhaut ab. Red O'Leary und Jack Counihan schlugen sich durch – das Mädchen schleppten sie zwischen sich.

Während Jack das Mädchen durch die Tür schob, machten Red und ich vor uns ein bißchen Weg frei. Er machte das gut. Nicht, daß ich mich nur in seinem Schatten hielt, aber jedenfalls ließ ich ihn soviel üben, wie er wollte.

»Alles klar«, rief Jack.

Red und ich passierten die Tür und schlugen sie zu. Nicht mal nach dem Abschließen wollte sie zubleiben. O'Leary schickte noch drei Schüsse durch sie, damit die Jungs ein bißchen was zum Nachdenken hätten, und dann war unser Rückzug im Gang.

Wir waren in einem engen Durchgang, der durch eine ziemlich helle Lampe erhellt war. Am anderen Ende war eine verschlossene Tür. Nach der Hälfte des Weges gingen nach rechts Treppen hoch.

»Geradeaus?« fragte Jack, der vorne war.

O'Leary sagte »Ja«, und ich sagte: »Nein. Vance wird das abgeriegelt haben, wenn nicht die Polypen. Hinauf – aufs Dach.«

Wir erreichten die Treppe. Die Tür hinter uns brach auf. Die Lampe ging aus. Die Tür am anderen Ende knallte auf. Kein Licht kam herein, durch keine der Türen. Vance hätte sicher Licht gewollt. Larrouy mußte die Sicherungen abgeschaltet haben, er wollte wohl nicht, daß sein Loch zu Kleinholz wurde.

In dem dunklen Gang brodelte ein Tumult, während wir uns – nur nach Gefühl, die Treppe hinauftasteten. Wer da durch die Hintertür hereingekommen war, mischte sich unter die, die hinter uns her waren. Die Vermischung erfolgte in Form von Schlägen, Flüchen und einem gelegentlichen Schuß. Nur zu! Wir stiegen aufwärts, Jack voran, dann das Mädchen, dann ich und zum Schluß O'Leary.

Unser Kavalier Jack diente dem Mädchen als Wegweiser: »Vorsicht auf dem Absatz, jetzt halb nach links, mit der rechten Hand fühlen Sie die Wand, und –«

»Halt's Maul!« knurrte ich in seine Richtung. »Besser sie fällt, als daß die ganzen Kerle über uns herfallen.«

Wir hatten den zweiten Stock erreicht. Es war schwärzer als schwarz. Das Gebäude hatte drei Stockwerke.

»Ich kann die verdammte Treppe nicht finden«, klagte Jack.

Wir suchten in der Dunkelheit nach dem Aufgang, der uns zum Dach hinaufführen sollte. Wir fanden ihn nicht. Unten beruhigte sich der Tumult. Vances Stimme erklärte dem Haufen, daß sie an die eigenen Leute geraten waren, und er fragte, wo wir wären. Keiner schien es zu wissen. Wir wußten es auch nicht.

»Los jetzt«, brummte ich und ging voraus, den Gang vor, in Richtung auf die Gebäuderückseite. »Irgendwo müssen wir jetzt hin.«

Unten war immer noch Lärm, aber kein Kampflärm mehr. Die Männer redeten davon, daß man Lampen besorgen müßte. Ich geriet an eine Tür am Ende des Ganges und stieß sie auf. Ein Zimmer mit zwei Fenstern, durch die der schwache Schein der Straßenbeleuchtung hereindrang. Es wirkte gleißend hell nach dem Gang. Meine kleine Herde folgte mir hinein, und wir machten die Tür zu.

Red O'Leary durchquerte den Raum, steckte den Kopf durch ein offenes Fenster.

»Hintergasse«, flüsterte er. »Nicht runterzukommen, höchstens wenn wir springen.«

»Jemand zu sehen?« fragte ich.

»Seh niemand.«

Ich sah mich im Zimmer um – ein Bett, ein paar Stühle, eine Kommode und ein Tisch.

»Der Tisch geht durchs Fenster«, sagte ich. »Wir schmeißen ihn so weit es geht, und dann wolln wir hoffen, daß der Lärm sie dahin lockt, bevor sie daraufkommen, hier oben nachzusehen.«

Red und das Mädchen vergewisserten sich gegenseitig, daß sie beide noch heil und ganz waren. Er machte sich von ihr los, um mir mit dem Tisch zu helfen. Wir hoben ihn hoch, gaben ihm Schwung und ließen ihn fliegen. Er benahm sich ordentlich, krachte gegen die Wand des gegenüberliegenden Gebäudes, fiel dann runter in einen Hinterhof, wo er mit viel Geschepper auf einen Haufen Büchsen oder eine Ansammlung von Mülleimern niederging, jedenfalls auf etwas, was prachtvollen Lärm machte. Man konnte es bestimmt nicht weiter als eineinhalb Blocks hören.

Wir entfernten uns vom Fenster, als Männer aus Larrouys Hinterausgang hervorquollen.

Das Mädchen hatte an O'Leary keinerlei Verletzungen finden können; jetzt wandte sie sich Jack Counihan zu. Er hatte einen Schnitt an der Wange. Sie machte sich daran mit einem Taschentuch zu schaffen.

»Wenn Sie damit fertig sind«, sagte Jack, »geh ich raus und hol mir einen auf der anderen Seite.«

»Wenn Sie so weiterreden, werde ich nie fertig – Sie wakkeln mit Ihrer Backe.«

»Das ist eine gute Idee«, rief er. »San Francisco ist die zweitgrößte Stadt in Kalifornien. Sacramento ist die Hauptstadt. Mögen Sie Geographie? Soll ich Ihnen von Java erzählen. Ich bin nie dort gewesen, aber ich trinke Kaffee von dort. Wenn –«

»Dummerchen!« sagte sie lachend. »Wenn Sie nicht still sind, höre ich ganz auf!«

»Also gut«, sagte er, »ich halte schon still.«

Sie wischte ihm nur das Blut von der Wange, Blut, das man da lieber hätte trocknen lassen. Als sie ihre vollkommen nutzlose Operation beendet hatte, nahm sie langsam ihre Hand weg und beschaute stolz das kaum bemerkbare Resultat. Als ihre Hand in die Gegend seines Mundes kam, stieß Jack mit seinem Kopf vorwärts und küßte die Spitze eines vorbeigleitenden Fingers.

»Dummerchen«, sagte sie wieder und zog ihre Hand weg.

»Laß das sein«, sagte O'Leary, »sonst wisch ich dir eine.«

»Spiel dich nicht so auf«, sagte Jack Counihan.

»Reddy!« rief das Mädchen – zu spät.

Die Rechte O'Learys holte aus, Jack wurde von dem Schlag auf den Bauch getroffen und legte sich auf den Boden schlafen. Der große Rote fuhr auf seinen Fußballen herum und beugte sich über mich.

»Willst du irgendwas sagen?« fragte er.

Ich grinste abwärts zu Jack und dann zu Red hinauf.

»Ich schäme mich für ihn«, sagte ich. »Sich von so was aufhalten zu lassen – von so einer Flasche mit Rechtsausleger.«

»Möchtest du es auch mal probieren?«

»Reddy! Reddy!« flehte das Mädchen, aber keiner hörte ihr zu.

»Wenn du mit deiner Rechten führen willst?« sagte ich.

»Mach ich« versprach er und machte es.

Ich reckte mich, zog meinen Kopf weg und legte einen Zeigefinger auf sein Kinn.

»Das war wohl ein Knöchelchen«, sagte ich.

»So? Dies ist bestimmt eines.«

Es gelang mir, unter seiner Linken wegzutauchen, so daß sein Unterarm hinter meinem Nacken entlang glitt. Aber das war das Ende meiner Kunststücke. Es sah so aus, als gäbe ich mir Mühe, rauszukriegen, was ich ihm mal antun könnte. Das Mädchen packte ihn am Arm und hängte sich an ihn.

»Reddy, Liebling, hast du denn noch nicht genug Schlägerei gehabt heut abend? Kannst du nicht einmal vernünftig sein! Sogar ein Ire müßte das doch mal!«

Ich war in der Versuchung, das Riesenbaby mal richtig ranzukriegen, während seine Gespielin ihn festhielt.

Er lachte auf sie herunter, bückte sich zu ihr, küßte sie und grinste mich an.

»Es gibt immer noch ein nächstes Mal«, sagte er gutmütig.

»Wir sollten lieber hier raus, falls wir können«, sagte ich. »Sie haben zuviel Spektakel gemacht, als daß es hier sicher wäre.

»Mach dir keine Sorgen, kleiner Mann«, sagte er zu mir. »Häng dich nur an meinen Rockzipfel, dann ziehe ich dich schon raus.«

Dieser große Prahlhans. Wären Jack und ich nicht gewesen, dann hätte er schon keinen Rockzipfel mehr.

Wir gingen auf die Tür zu, horchten und hörten nichts.

»Die Treppe zum dritten Stock muß vorne sein«, flüsterte ich. »Versuchen wir mal hinzukommen.«

Vorsichtig öffneten wir die Türe. Es fiel genügend Licht neben uns auf den Gang. Offenbar war es dort leer. Wir schlichen vor, Red und ich hielten jeder eine Hand des Mädchens. Ich hoffte, daß Jack hier gut rauskommen würde; aber er hatte sich nun mal schlafen gelegt, und ich hatte meine eigenen Sorgen.

Ich hatte nicht gewußt, daß Larrouy's so groß war, daß

zwei Kilometer Gang drin Platz hatten. Aber so war es. Durch die Dunkelheit war es genau ein Kilometer bis zum Beginn der Treppe, auf der wir hochgekommen waren. Wir hielten nicht an, um auf die Stimmen unten zu horchen. Am Ende des zweiten Kilometers ertastete Reds Fuß die erste Stufe der Treppe, die hinaufführte.

Aber nun ging am Ende der Treppe unten das Gebrüll los. »Alles rauf da – da oben sind sie!«

Ein weißer Lichtstrahl flog aufwärts zu dem Schreihals, und von unten redete ihn ein Typ an: »Komm mal runter, du Windei!«

»Die Polizei«, flüsterte Nancy Regan, und wir eilten auf unserer neuentdeckten Treppe zum dritten Stock.

Weiter Dunkelheit – wie bisher. Wir hielten auf der Treppe an. Anscheinend hatten wir keine Gesellschaft.

»Das Dach«, sagte ich. »Probieren wir mal ein Streichholz.«

Hinten in einem Winkel entdeckten wir mit unserem schwachen Streichholzflämmchen eine Leiter, die zu einer Falltür in der Decke hinaufführte. So rasch es ging, erreichten wir das Dach von Larrouy's, und die Tür schloß sich hinter uns.

»Alles glatt bisher«, sagte O'Leary, »und wenn die Ratten von Vance und die Polypen noch ein paar Sekunden miteinander spielen – sind wir draußen.«

Ich ging über die Dächer voran. Wir sprangen drei Meter auf das nächste Haus, kletterten dann wieder etwas auf das nächste und fanden an der anderen Seite eine Feuerleiter, die in einen kleinen Hof hinunterging, der einen Ausgang zur rückwärtigen Gasse hatte.

»So müßte es gehen«, sagte ich und stieg hinunter.

Hinter mir kam das Mädchen, dann Red. Der Hof, in den wir kamen, war leer – ein enger Zementdurchgang zwischen zwei Gebäuden. Das untere Ende der Feuerleiter quietschte, als es durch mein Gewicht heruntergebogen wurde, aber das Geräusch hatte keine Folgen. Das Höfchen war dunkel, aber nicht schwarz.

»Wenn wir zur Straße kommen, trennen wir uns«, sagte O'Leary zu mir, ohne ein Wort der Dankbarkeit für meine Hilfe – anscheinend war ihm gar nicht klar, daß er sie nötig gehabt hatte. »Du jagst dein Häschen, und wir jagen unseres.«

»Hmhm«, stimmte ich bei; dabei jagte ich mein Hirn in meinem Schädel herum. »Ich schau mir aber erst mal das Sträßchen an.«

Vorsichtig spurte ich vor, bis zum Ende des Hofes, und riskierte mein hutloses oberes Ende, um hinaus auf die Gasse zu spähen. Sie war ruhig, aber an der Ecke, einen Viertelblock weiter oben, lungerten zwei Eckensteher; sie lungerten aufmerksam. Sie waren keine Polypen. Ich trat auf die kleine Straße hinaus und winkte sie her. Auf diese Entfernung, in diesem Licht, konnten sie mich nicht erkennen, und es gab keinen Grund, warum sie mich nicht für einen von Vances Mannschaft halten sollten, wenn sie dazu gehörten.

Als sie auf mich zukamen, machte ich einen Schritt zurück in den Hof und zischte nach Red. Er gehörte nicht zu denen, die man zweimal rufen muß. Er war bei mir, als sie ankamen. Ich knöpfte mir den einen vor, er den anderen.

Ich wollte einen Krawall, und ich mußte wie ein Pferd dafür arbeiten. Diese Heinis waren ein Paar Jahrmarktslutscher. In einer Tonne von ihnen hatten nicht mal zehn Gramm Schlagkraft. Der, den ich vorhatte, wußte nicht, was er von meiner Behandlung halten sollte. Er hatte einen Revolver, aber es gelang ihm, diesen gleich fallen zu lassen; beim Ringkampf wurde er außer Reichweite gekickt. Er gab nicht auf, während ich Tinte schwitzte, ihn irgendwie in die richtige Stellung zu bringen. Die Dunkelheit war günstig, aber trotzdem war es nicht leicht, so zu tun, als würde er mich mächtig in Atem halten, während ich ihn hinter

O'Leary herumprügelte, während O'Leary keinerlei Schwierigkeiten mit seinem Mann hatte.

Schließlich schaffte ich's. Ich war hinter O'Leary, der seinen Typ an die Wand gedrückt hatte und ihm soeben mit der anderen Hand eine schmettern wollte. Ich umklammerte mit meiner linken Hand das Handgelenk meines Gespielen, drehte es und drückte ihn zu Boden, holte mein Schießeisen raus und schoß O'Leary in den Rücken – gerade unter seine rechte Schulter.

Red schwankte, während er seinen Mann gegen die Wand quetschte. Ich schlug den meinen mit dem Revolverknauf nieder.

»Hat er dich erwischt, Red?« fragte ich; ich stützte ihn mit einem Arm und knallte seinem Gefangenen eine auf die Birne.

»Ja.«

Ich rief: »Nancy!

Sie kam zu uns gerannt.

»Nimm ihn an der anderen Seite«, sagte ich zu ihr. »Bleib auf den Beinen, Red, dann kommen wir schon durch.«

Die Kugel steckte noch ganz frisch in ihm drin und behinderte ihn noch nicht, obgleich sein rechter Arm matt gesetzt war. Wir liefen die Straße vor, bis zur Ecke. Bevor wir hinkamen, wurden wir schon verfolgt. Neugierige Gesichter blickten auf uns. Ein Polizist, der einen Block weiter stand, setzte sich in unsere Richtung in Bewegung. Während das Mädchen O'Leary auf einer Seite hielt und ich auf der anderen, rannten wir einen Block lang dem Polizisten fort; wir rannten dahin, wo ich das Auto abgestellt hatte, das Jack und ich benutzt hatten. Die Straße war recht lebendig, als wir den Motor in Gang hatten und das Mädchen Red sicher auf dem Rücksitz untergebracht hatte. Der Polyp schrie hinter uns her und schickte uns eine hohe Kugel nach. Dann verließen wir diese Gegend.

Ich hatte noch kein besonderes Ziel: nach dem Anfangsspurt fuhr ich daher etwas langsamer, kurvte um viele Ekken und hielt mit unserem Bus in einer dunklen Straße hinter der Van Ness Avenue zu einer kleinen Ruhepause.

Red kauerte in einer Ecke des Rücksitzes, das Mädchen stützte ihn, als ich mich auf meinem Sitz umdrehte, um nach ihnen zu sehen.

»Wohin jetzt?« fragte ich.

»Zum Krankenhaus, einen Doktor - irgendwohin!« weinte das Mädchen. »Er stirbt!«

Ich glaubte das nicht. Wenn er starb, war er selbst schuld. Wäre er dankbar genug gewesen, mich als einen Freund bei sich zu behalten, dann hätte ich nicht auf ihn schießen müssen, um als Krankenpfleger bei ihm zu bleiben. »Also wohin, Red?« fragte ich ihn und stupste ihm mit einem Finger ans Knie.

Er sprach mit belegter Stimme und gab mir die Adresse des Hotels in der Stockton Street.

»Unsinn«, wandte ich ein. »Jeder in der Stadt weiß, daß du da pennst; wenn du dahin kommst, dann ist es aus mit dir! Wohin?«

»Hotel«, wiederholte er.

Ich drehte mich um, kniete mich auf den Sitz und beugte mich hinüber, um ihn zu bearbeiten. Er war schwach. Viel Widerstand konnte er wohl nicht mehr leisten. Einen Mann, der vielleicht doch im Sterben lag, so in die Zange zu nehmen, war nicht sehr vornehm, aber ich hatte bei dieser Affäre soviel Ärger und Mühe auf mich genommen; ich wollte ihn dazu bringen, daß er mich zu seinen Freunden führte, und ich wollte nicht zu guter Letzt noch aufgeben. Zeitweise sah es so aus, als sei er noch nicht schwach genug, als müßte ich noch mal auf ihn schießen. Aber das Mädchen half mir, und wir beide zusammen überzeugten ihn schließlich, daß er, um sicher zu sein, irgendein Versteck aufsuchen mußte, wo er die richtige Pflege bekäme. Eigentlich überzeugten wir ihn nicht wirklich – wir entkräfteten ihn, und schließlich gab er nach, weil er zu schwach zum Reden war. Er gab mir eine Adresse in der Nähe von Holly Park.

Ich hoffte das Beste und lenkte mein Wägelchen dorthin. Das Haus war ein kleines Haus in einer Reihe von kleinen Häusern. Wir holten den großen Jungen aus dem Auto und schafften ihn zusammen zur Tür. Mit unserer Hilfe kam er gerade noch hin. Ich klingelte.

Es passierte nichts. Ich klingelte wieder und dann noch mal.

»Wer ist da?« fragte eine grelle Stimme von drinnen.

»Red ist verletzt«, sagte ich.

Eine Weile war's still. Dann öffnete sich die Türe zehn Zentimeter. Durch die Öffnung kam von innen Licht – so viel Licht, daß man das flache Gesicht und die gewölbten Kinnmuskeln des Schädelknackers sehen konnte, der der Wächter und Henker von Motsa Kid war.

»Was ist«, fragte er.

»Red ist überfallen worden. Sie haben ihn erwischt«, erklärte ich, und schob den schwankenden Riesen vorwärts.

Auf diese Weise konnten wir die Tür nicht aufbrechen. Der Schädelknacker hielt die Tür so, wie sie war.

»Ihr wartet erst mal«, sagte er und schlug die Tür vor uns zu. Seine Stimme war von innen zu hören: »Flora.« Na also. Red hatte uns an die richtige Stelle gebracht.

Als er die Tür wieder aufmachte, machte er sie ganz auf, und Nancy Regan und ich brachten unsere Last in die Diele. Neben dem Schädelknacker stand eine Frau in einem schwarzen Seidenkleid mit tiefem Ausschnitt – vermutlich Big Flora.

Sie war mindestens 1,75 groß auf ihren hochhackigen Pumps. Es waren kleine Pumps, und ich stellte fest, daß auch ihre unberingten Hände klein waren. Das übrige an ihr war nicht klein. Sie hatte breite Schultern, einen großen Busen, dicke Arme und einen rosa Hals, der zwar weich, aber doch wie der eines Catchers war. Sie war etwa so alt wie ich – nahe an vierzig – mit sehr lockigem und sehr gelbem kurzgeschnittenem Haar, sie hatte rosa Haut und ein hübsches, brutales Gesicht. Ihre tiefliegenden Augen waren grau, ihre dicken Lippen wohlgeformt, ihre Nase gerade so breit und gerade so gebogen, daß sie kraftvoll wirkte, und sie hatte ein Kinn, das der Nase entsprach. Von der Stirn bis zur Kehle war die rosa Haut mit dichter, starker, lockerer Muskulatur gefüttert.

Diese Big Flora war kein Spielzeug. Sie hatte das Aussehen und die Haltung einer Frau, die einen Raubzug mit anschließendem Übers-Ohr-Hauen organisiert haben konnte. Wenn ihr Gesicht und ihr Körper sie nicht Lügen straften, so hatte sie die körperliche Kraft – und die Kraft des Verstandes –, die dazu nötig waren – und noch Reserven obendrein. Sie war aus noch besserem Material als die beiden anderen hier: der affenartige Schläger und der rothaarige Riese, den ich festhielt.

»Na?« fragte sie, als die Türe sich hinter uns geschlossen hatte. Ihre Stimme war tief, aber nicht männlich – es war eine Stimme, die gut zu ihrem Aussehen paßte.

»Vance hat ihm bei Larrouy's aufgelauert. Es hat ihn im Rücken erwischt«, sagte ich.

»Wer sind Sie?«

»Bringen Sie ihn zu Bett«, – ich versuchte Zeit zu gewinnen. »Wir haben noch die ganze Nacht zum Reden.«

Sie drehte sich um und schnippte mit den Fingern. Ein schäbiger kleiner alter Mann schoß aus einer Tür hinter ihr. Seine braunen Augen waren sehr ängstlich. »Mach, daß du nach oben kommst«, befahl sie. »Mach das Bett fertig, besorge Heißwasser und Handtücher.«

Der kleine Alte strampelte die Treppe hinauf wie ein rheumatisches Kaninchen.

Der Schädelknacker nahm das Mädchen von Reds anderer Seite weg; dann führten er und ich den Riesen hinauf in ein Zimmer, wo der kleine alte Mann mit Schüsseln und Handtüchern herumfuhrwerkte. Flora und Nancy Regan folgten uns. Wir legten den verwundeten Mann mit dem Gesicht nach unten auf das Bett und zogen ihm die Kleider aus. Aus dem Einschußloch floß immer noch Blut. Er war ohnmächtig.

Nancy Regan war völlig aufgelöst.

»Er stirbt! Holt doch einen Doktor! Oh, Reddy, Liebster!«

»Halt's Maul«, sagte Big Flora. »Der verdammte Narr soll nur verrecken! Heute abend muß er zu Larrouy's gehen!« Sie packte den kleinen Alten an der Schulter und beförderte ihn zur Tür. »Hol Zonite und noch mehr Wasser!« rief sie ihm nach. »Pogy, gib mir mal dein Messer.«

Der affenartige Mann zog ein Klappmesser aus seiner Tasche, mit einer langen Klinge, die so lange geschliffen worden war, bis sie schmal und dünn war. Mit diesem Messer, dachte ich, ist Motsa Kids Kehle aufgeschlitzt worden.

Damit schnitt Big Flora die Kugel aus Red O'Learys Rükken.

Der affenartige Pogy bewachte Nancy Regan während der Operation in der Mitte des Zimmers. Der angstvolle kleine Mann kniete neben dem Bett, reichte der Frau, wonach sie verlangte und wischte Reds Blut ab, das aus seiner Wunde floß.

Ich stand neben Flora und rauchte Zigaretten aus der Schachtel, die sie mir gegeben hatte. Wenn sie ihren Kopf hob, nahm ich die Zigarette aus meinem Mund und steckte sie in ihren. Sie zog dann einmal, wobei die halbe Zigarette draufging, und nickte. Darauf nahm ich ihr die Zigarette aus dem Mund. Sie stieß den Rauch aus und beugte sich wieder über ihre Arbeit. Ich zündete mit dem Rest der Zigarette die nächste an und war für ihren nächsten Zug bereit.

Ihre nackten Arme waren bis zu den Ellbogen voll Blut.

Ihr Gesicht war schweißnaß. Es war eine üble Schweinerei, und es dauerte. Aber als sie sich aufrichtete, um ihren letzten Zug zu tun, war Red seine Kugel los, die Blutung gestillt und die Wunde verbunden.

»Gott sei Dank, das hätten wir«, sagte ich und zündete mir eine von meinen Zigaretten an. »Diese Arznei, die Sie da rauchen, schmeckt scheußlich.«

Der ängstliche kleine Mann machte sauber. Nancy Regan lag bewußtlos in einem Sessel in der anderen Ecke des Zimmers, niemand achtete auf sie.

»Paß mal ein bißchen auf diesen Herrn auf, Pogy«, sagte Big Flora zu dem Schädelknacker. »Ich will mich ein bißchen waschen.«

Ich ging hinüber zu dem Mädchen, rieb ihr die Hände, spritzte etwas Wasser auf ihr Gesicht und kriegte sie wach.

»Die Kugel ist raus. Red schläft. In einer Woche ist er wieder fit zum Raufen«, sagte ich zu ihr.

Sie sprang auf und rannte zu dem Bett hinüber.

Flora kam herein. Sie hatte sich gewaschen und ihr blutbeflecktes Kleid gegen eine kimonoartige Sache vertauscht, die an manchen Stellen geschlitzt war, so daß man da eine Menge Unterzeug in exotischen Farben erblickte.

»Raus mit der Sprache«, befahl sie, als sie nun vor mir stand. »Wer, was und warum.«

»Ich heiß Percy McGuire«, sagte ich, als ob dieser Name, den ich mir gerade eben ausgedacht hatte, irgendwas erklärte.

»Und wer ist das?« sagte sie, als ob mein Pseudonym überhaupt nichts erklärte. »Also jetzt: Was und warum?«

Der affenartige Pogy, der neben mir stand, betrachtete mich von oben bis unten.

Ich bin kurz und dick. Mein Gesicht schreckt keine Kinder, aber es ist ein mehr oder weniger ehrlicher Zeuge eines Lebens, das mit Anständigkeit und Luxus nicht grade überlastet worden ist. Die abendliche Unterhaltung hatte mich mit Schnitten und Kratzern verziert und hatte mit dem, was von meiner Kleidung verblieben war, allerlei Allotria getrieben.

»Percy«, wiederholte er und zeigte lückenhafte gelbe Zähne in Form eines Grinsens. »Um Gottes willen, Bruder – deine Leute müssen farbenblind gewesen sein!«

»Das ist das Was und Warum«, sagte ich nachdrücklich zu der Frau, wobei ich dem zoologischen Geschnaufe keinerlei Beachtung schenkte. »Ich bin Percy McGuire, und ich will meine hundertfünfzigtausend Dollar.«

Die Muskeln ihrer Stirn senkten sich auf ihre Augen.

»Du hast also hundertfünfzigtausend Dollar?«

Ich nickte mit meinem Kopf gegen ihr hübsches, grausames Gesicht.

»Jawohl«, sagte ich. »Deshalb komme ich.«

»Oh, du hast sie nicht – du willst sie?«

»Hör mal, Schwester – ich will meinen Zaster.« Ich mußte jetzt Tacheles reden, wenn das Spielchen mal zu Ende gehen sollte. »Dieses Hin und Her von ›Oh, hast du‹ und ›Ja, ich hab‹ macht mich bloß durstig. Wir haben das große Ding gedreht, verstehst du? Und danach, als aus dem Zahltag nichts wurde, da hab ich zu dem Jungen gesagt, mit dem ich gearbeitet hab: ›Mach dir keine Sorgen, wir kriegen unseren Schnitt. Halte dich nur an Percy.‹ Dann kommt Bluepoint daher und sagt, ich soll bei ihm einsteigen, und ich sage ›Klar‹, und ich und der Kleine sind bei ihm eingestiegen, bis wir heute abend in dieser Spelunke Red in die Quere kamen. Da hab ich dem Jungen gesagt: ›Diese Kaffee-und-Kuchen-Schießer werden Red erledigen, und für uns schaut gar nichts dabei raus. Wir werden ihn da rausholen, und er soll uns dahin bringen, wo Big Flora auf der Kiste sitzt. Jetzt, wo nur noch so wenige dabei sind, müßten für uns doch hundertfünfzig Mille drin sein, für jeden. Wenn wir das bekommen haben und dann Red abhängen, ist es in Ordnung. Aber erst das Geschäft, dann das Vergnügen, und hundertfünfzig Goldene sind Geschäft.‹ - So ham wirs dann auch gemacht. Wir haben dem großen Baby ein Schlupfloch aufgemacht, als er keins mehr hatte. Mein Kleiner is mit der Mamsell hier ein bißchen warm geworden und kriegte eine gewischt. Mir war's recht. Wenn sie ihm hundertfünfzig Mille wert war - in Ordnung. Ich bin dann mit Red gegangen. Ich hab den großen Wanderer hier aus dem Schlamassel gezogen, nachdem der Typ ihm die Kugel verpaßt hatte. Rechtens müßte ich eigentlich den Anteil von meinem Kleinen auch kriegen - das wären dann dreihundert Mille für mich; aber gib mir die hundertfünfzig, von denen ich zuerst geredet habe, dann sind wir quitt.«

Ich dachte, daß ich mit diesem Märchen durchkäme. Natürlich rechnete ich nicht damit, daß sie mir irgendwelches Geld gäbe, aber wenn die mittleren und untersten Chargen in der Bande diese Typen hier nicht kannten, wieso sollten die alle Leute in der Bande kennen?

Flora sagte zu Pogy: »Schaff mir diesen verdammten Schrotthaufen von der Haustüre weg.«

Ich fühlte mich besser, als er hinausging. Sie hätte ihn sicher nicht rausgeschickt, um das Auto wegzufahren, wenn sie unverzüglich irgend etwas gegen mich plante.

»Habt ihr was zu essen in dieser Stampe?« fragte ich und machte es mir gemütlich.

Sie ging zum oberen Ende der Treppe und rief hinunter: »Bring uns was zu essen!«

Red war immer noch bewußtlos. Nancy Regan saß bei ihm und hielt ihm eine Hand. Ihr Gesicht war blutleer. Big Flora kam wieder ins Zimmer, betrachtete den Invaliden, legte eine Hand an seine Stirn und fühlte seinen Puls.

»Kommt mal mit runter«, sagte sie.

»Ich - ich möchte lieber hier bleiben, wenn's geht«, sagte Nancy Regan. Ihre Stimme und ihre Augen verrieten ihre heftige Angst vor Flora.

Die große Frau sagte nichts und stieg abwärts. Ich kam

hinter ihr her in die Küche, wo der kleine Mann auf einem Herd mit Eiern und Schinken beschäftigt war. Ich stellte fest, daß das Fenster und der Hinterausgang mit dicken Brettern zugenagelt und mit Balken abgestützt waren, die auf den Boden genagelt worden waren. Die Uhr über dem Abguß zeigte 2 Uhr 50 morgens.

Flora holte einen Liter Schnaps heraus und goß für sich und mich je ein Glas voll. Wir saßen am Tisch, und während wir auf unser Essen warteten, fluchte sie auf Red O'Leary und Nancy Regan, weil er sich diese Verletzung eingehandelt hatte, als er das Rendezvous mit ihr einhielt - gerade, als sie seine Kräfte am nötigsten brauchte. Sie schimpfte über sie, erst über jeden einzeln, dann über beide zusammen, und schließlich machte sie noch eine Rassenangelegenheit daraus, indem sie auf alle Iren schimpfte; darauf stellte der kleine Mann uns unsere Schinkeneier hin.

Wir waren mit unserer festen Nahrung zu Ende und rührten uns soeben unseren Fusel in die zweite Tasse Kaffee, als Pogy zurückkehrte. Er hatte schlechte Nachrichten.

»An der Ecke lungern ein paar Typen herum, die mir nicht gefallen.«

»Bullen oder –« fragte Flora.

»Oder«, sagte er.

Wieder fluchte Flora auf Red und Nancy. Aber sie hatte diese Szene schon ziemlich abgeleiert. Sie wandte sich an mich.

»Wozu bringst du sie überhaupt her?« wollte sie wissen. »Und läßt eine kilometerbreite Spur hinter dir! Warum hast du den Miesling nicht abkratzen lassen, als er seine Pille abkriegte?«

»Ich hab ihn hergebracht, weil ich meine hundertfünfzig Mille will. Wenn du mir die zusteckst, verdufte ich sofort. Was anderes bist du mir nicht schuldig. Ich bin dir nichts schuldig. Mach kein großes Gerede, sondern gib mir meinen Schnitt, dann bin ich hier weg.«

»So siehst du aus!« sagte Pogy.

Die Frau betrachtete mich mit gerunzelter Stirn und trank ihren Kaffee.

Fünfzehn Minuten später kam der schäbige kleine alte Mann in die Küche getrabt und sagte, er hätte Füße auf dem Dach gehört. Seine blaßbraunen Augen waren vor Furcht so stumpf wie die eines Ochsen, und seine runzeligen Lippen zuckten unter seinem zerzausten gelblich-weißen Schnurrbart.

Flora fluchte und nannte ihn einen was weiß ich für einen alten Soundso und jagte ihn wieder die Treppe hoch. Sie stand vom Tisch auf und straffte ihren grünen Kimono um ihren großen Körper.

»Du bist jetzt hier«, sagte sie zu mir, »und du wirst es jetzt mit uns ausbaden. Was anderes gibt's nicht. Hast du einen Schießprügel?«

Ich gab zu, daß ich einen Revolver hatte, aber alles übrige lehnte ich ab.

»Das ist nicht mein Posten hier – noch nicht«, sagte ich. »Nur gegen einhundertfünfzigtausend Eier, bar auf die Hand, wird Percy eingekauft.«

Ich wollte wissen, ob die Beute sich in diesem Etablissement befand.

Von der Treppe her hörte man Nancy Regans tränenreiche Stimme:

»Nein, Liebling! Bitte, bitte geh wieder ins Bett! Reddy, Liebling, du bringst dich um!«

Red O'Leary betrat die Küche. Bis auf ein paar graue Hosen und seinen Verband war er nackt. Seine Augen fieberten vor Glück. Seine trockenen Lippen verbreiterten sich zu einem Grinsen. Er hatte einen Revolver in der linken Hand. Sein rechter Arm hing müßig runter. Nancy trippelte hinter ihm her. Sie hörte auf, ihn zu beschwören, und verkroch sich hinter ihm, als sie Big Flora erblickte.

»Schlagt den Gong zur nächsten Runde«, lachte der halb-
nackte Rotschopf. »Vance ist vor uns auf der Straße.«

Flora ging zu ihm hinüber, legte ihre Finger ans Handgelenk, ließ sie ein paar Sekunden da liegen und nickte.

»Du verrückter Eisenfresser«, sagte sie in einem Ton, der
mehr nach mütterlichem Stolz als nach irgendwas anderem
klang. »Du bist gerade richtig für eine Schlägerei. Und das
ist verdammt gut so, denn die bekommst du jetzt.«

Red lachte – ein triumphierendes Lachen, voller Stolz auf
seine Männlichkeit –, dann wandte er seine Augen zu mir.
Das Lachen verflog aus ihnen, ein verwunderter Ausdruck
machte sie schmal.

»Hallo!« rief er. »Ich hab von dir geträumt, aber ich weiß
nicht mehr, was es war. Es war – Moment. Gleich hab ich's.
Es war – jawohl! – daß du mir 'ne Kugel reingebrannt hast!«

Flora lächelte mich an – das erste Mal, daß ich sie lächeln
sah; dann sagte sie schnell: »Kauf ihn dir, Pogy!«

Ich rollte schräg von meinem Stuhl.

Pogys Faust traf mich an der Schläfe. Ich schwankte
durchs Zimmer, gab mir Mühe, auf den Beinen zu bleiben;
ich dachte an die Schlagwunde an der Schläfe des toten
Motsa Kid.

Pogy war bei mir, als ich gegen die Wand traf und mich
aufrichtete.

Ich steckte ihm – platsch – eine Faust auf die Plattnase.
Blut spritzte, aber seine haarigen Pranken packten mich. Ich
zog mein Kinn ein, fuhr ihm mit dem Kopf ins Gesicht. Big
Floras Geruch traf mich stark. Ihr seidenes Kleid rieb an
mir. Sie griff mit beiden Händen in mein Haar und zerrte
meinen Kopf zurück – so daß mein Hals schön stramm für
Pogy wurde. Er packte ihn mit seinen Klauen. Ich gab auf.
Er würgte mich nicht mehr als nötig, aber das war schlimm
genug.

Flora durchwühlte mich nach Revolver und Stahlrute.

»Eine 38er Spezial« – sie nannte das Kaliber des Revol-

vers. »Ich hab dir eine 38er Patrone rausgeschnitten, Red!«
Die Worte drangen schwach durch das Dröhnen in meinen
Ohren.

Die Stimme des kleinen alten Mannes schnatterte in der
Küche. Ich kapierte nichts von dem, was er sagte. Pogys
Hände wurden von mir weggezogen. Ich hielt meine eigenen Hände an meinen Hals. Es war furchtbar – so ohne jeden Druck am Hals.

Aus meinen Augen verschwand allmählich das Schwarz,
es hinterließ viele kleine lila Wolken, die immerzu herum-
wehten. Ich konnte jetzt auf dem Boden sitzen. Ich merkte,
daß ich vorher auf ihm gelegen hatte.

Die lila Wölkchen schrumpften, bis ich sehen konnte,
daß wir jetzt nur noch zu dritt im Zimmer waren. In einer
hinteren Ecke in einen Sessel gekauert saß Nancy Regan.
Auf einem andern Stuhl, neben der Tür, in der Hand eine
schwarze Pistole, saß der ängstliche alte Mann. In seinen
Augen waren Schrecken und Verzweiflung. Seine Hand mit
der Pistole war zitternd auf mich gerichtet. Ich versuchte
die Bitte zu äußern, daß er entweder nicht mehr zittern
oder seine Pistole woanders hin richten sollte, aber ich
konnte noch kein Wort herausbringen.

Im Obergeschoß donnerten die Revolver, ihre Schüsse
klangen überlaut durch das winzige Häuschen.

Der kleine Mann zuckte zusammen.

»Ich will hier weg«, flüsterte er, unerwartet plötzlich. »Ich
gebe Ihnen alles, bestimmt! Wenn Sie mir nur helfen, hier
rauszukommen!«

Dieses schwache Zukunftslicht – nachdem es vorher nur
ein Schimmer gewesen war – machte meinen Stimmapparat
wieder gebrauchsfähig. Es gelang mir, »Zur Sache« zu sagen.

»Ich lasse Ihnen die da oben – diesen weiblichen Teufel.
Das Geld gebe ich Ihnen, ich gebe Ihnen alles – wenn Sie
mir raushelfen. Ich bin alt. Ich bin krank. Ich kann nicht im

Gefängnis leben. Was habe ich mit solchen Räubereien zu tun? Gar nichts. Bin ich schuld, daß die Teufelin –? Sie haben es ja gesehen. Ich bin ein Sklave – und ich bin fast am Ende meines Lebens. Schimpfen, Fluchen, Schläge – nicht genug damit. Jetzt muß ich auch noch ins Gefängnis, weil die Teufelin eine Teufelin ist. Ich bin ein alter Mann und kann nicht im Gefängnis leben. Bitte lassen Sie mich raus. Tun Sie mir die Liebe. Ich liefere Ihnen diese Teufelin aus, und die andern Teufel und das Geld, das sie gestohlen haben. Dann können Sie es doch machen!« Auf diese Weise krümmte sich der kleine alte Mann in seiner Panik auf dem Stuhl.

»Wie soll ich Ihnen raushelfen?« fragte ich und stand vom Boden auf; ich hatte seinen Revolver im Auge. Wenn ich da dran käme, während wir redeten!

»Wieso nicht? Sie sind ein Freund der Polizei – soviel weiß ich auch. Die Polizei ist jetzt hier – die warten nur auf das Tageslicht, dann kommen sie herein. Ich selbst sah mit meinen alten Augen, wie sie Bluepoint Vance gegriffen haben. Sie können mich mitnehmen, hinaus, und an Ihren Freunden, der Polizei vorbei. Tun Sie, was ich sage, und ich liefere Ihnen diese Teufel aus und das Geld.«

»Klingt gut«, sagte ich und machte einen kühnen Schritt auf ihn zu. »Kann ich denn einfach hier rauswandern, wenn ich will?«

»Nein! Nein!« sagte er, ohne darauf zu achten, daß ich einen zweiten Schritt auf ihn zu machte. »Aber erst gebe ich Ihnen diese drei Teufel. Sie kriegen sie lebend und machtlos. Und ihr Geld. Das tu ich wirklich, und dann holen Sie mich raus – und dieses Mädchen hier.« Er nickte plötzlich zu Nancy hin, deren weißes Gesicht, das trotz ihres Schreckens immer noch hübsch war, überwiegend aus Augen bestand. »Sie hat auch nichts zu tun mit den Verbrechen dieser Teufel. Sie soll mit mir kommen.«

Ich fragte mich verwundert, was dieses alte Kaninchen denn tun zu können glaubte. Ich runzelte die Stirn, übertrieben nachdenklich, während ich wieder einen Schritt auf ihn zu tat.

»Machen Sie sich nichts vor«, flüsterte er ernsthaft. »Wenn diese Teufelin zurück in dieses Zimmer kommt, dann werden Sie bestimmt umgelegt.«

Noch drei Schritte. Zu spät für den Sprung.

»Ja?« zischte er verzweifelt.

Ich nickte – eine Zehntelsekunde, bevor Big Flora zur Tür hereinkam.

Ihr Kampfanzug bestand aus einem Paar blauer Hosen, die wohl Pogy gehörten, perlenbestickten Sandalen und einer Seidenweste. Ein Band hielt ihr das gelbe Lockenhaar aus dem Gesicht. Sie hatte einen Revolver in einer Hand und je einen in jeder Hüfttasche.

Der in ihrer Hand fuhr hoch.

»Du bist erledigt«, sagte sie zu mir in nüchternem Ton.

Mein neuer Verbündeter jammerte: »Warte doch, Flora! Nicht so, nicht hier, bitte! Ich will ihn in den Keller bringen!«

Sie schaute ihn finster an und zuckte mit den seidenen Schultern.

»Aber schnell«, sagte sie. »In einer halben Stunde ist es hell!«

Mir war zu sehr zum Weinen zumut, als daß ich lachen konnte. Sollte ich wirklich glauben, daß diese Frau sich von diesem Kaninchen überreden ließ? Daß sie seinetwegen ihre Pläne änderte? Ich muß die Hilfe dieses alten Vogels wohl ziemlich ernst genommen haben, sonst würde ich nicht so enttäuscht sein, wenn er mir erzählte, daß er mich hereingelegt hatte. Aber egal, in was für eine Grube sie mich auch fallen ließen – schlimmer, als es schon war, konnte es nicht werden.

Also ging ich vor dem alten Mann in den Flur, öffnete die Tür, die er mir nannte, knipste das Kellerlicht an und stieg die groben Stufen hinunter.

Hinter mir flüsterte er: »Erst zeige ich Ihnen das Geld, und dann liefere ich Ihnen diese Teufel aus. Aber vergessen Sie auch Ihr Versprechen nicht? Ich und das Mädchen sollen durchkommen, und die Polizei soll uns nicht aufhalten!«

»Jaja«, versicherte ich dem alten Narren.

Er trat neben mich und schob mir einen Revolver in die Hand.

»Verstecken!« zischte er, und als ich ihn eingesteckt hatte, gab er mir noch einen, den er mit seiner anderen Hand aus dem Inneren seiner Jacke zog.

Dann zeigte er mir tatsächlich die Beute. Sie war noch immer in den Kisten und Säcken, in denen sie aus der Bank geschafft worden war. Er wollte unbedingt, daß ich ein paar Behälter aufmachte, um mir das Geld zu zeigen – grüne Bündel, mit den gelben Bauchbinden der Bank. Die Kisten und Säcke waren in einer kleinen Backsteinkammer aufgestapelt; die Tür war mit einem Vorhangschloß gesichert, zu dem er den Schlüssel hatte.

Er machte die Tür zu, als wir uns alles angesehen hatten, aber er verschloß sie nicht; dann führte er mich ein Stück des Weges zurück, auf dem wir gekommen waren.

»Also da ist das Geld, wie Sie sehen«, sagte er. »Jetzt kommen die da oben dran. Sie stellen sich hier hin und verstecken sich hinter diesen Kisten.«

Der Keller wurde durch eine Trennwand in zwei Hälften geteilt. Darin lag eine Türöffnung ohne Tür. Die Stelle, wo ich mich nach den Worten des alten Mannes verstecken sollte, war dicht neben dieser Türöffnung, zwischen der Trennwand und vier Packkisten. Wenn ich mich dort versteckte, dann war ich rechts und halb im Rücken eines jeden, der hier die Treppe runterkam und durch den Keller zu der Kammer ging, in der sich das Geld befand. Das heißt, in dieser Stellung wäre ich, wenn sie die Türöffnung in der Trennwand passierten.

Der Alte wühlte unter einer der Kisten herum. Er zog ein halbmeterlanges Stück Bleirohr hervor, das in ein Stück schwarzen Gartenschlauch gesteckt worden war. Das überreichte er mir und erklärte dann den ganzen Ablauf.

»Sie werden einzeln hier herunterkommen. Wenn sie durch diese Tür kommen, werden Sie schon wissen, was Sie mit dem da machen müssen. So kriegen Sie sie alle, und ich habe ja Ihr Versprechen. Stimmt's?«

»Ja, sicher«, sagte ich – mir war, als schwebte ich. Er stieg die Treppe hinauf. Ich hockte mich hinter die Kisten und untersuchte die Schießeisen, die er mir gegeben hatte – und verdammt will ich sein, wenn irgendwas daran nicht in Ordnung war. Sie waren geladen und schienen zu funktionieren. Dieses letzte Detail machte mich völlig high, ich wußte nicht, ob ich in einem Keller oder in einem Luftballon war.

Als Red O'Leary – abgesehen von Hosen und Verband noch immer nackt – in den Keller stieg, mußte ich heftig den Kopf schütteln, um zu mir zu kommen – rechtzeitig genug, um ihm eine hinten auf seine Rübe zu pfeffern, als sein erster nackter Fuß in der Türöffnung erschien. Er flog vornüber auf sein Gesicht.

Der Alte eilte die Treppe hinunter und grinste breit.

»Schnell! Schnell!« keuchte er und half mir, den Rotkopf in die Geldkammer zu zerren. Dann zog er zwei Enden Seil hervor und band den Riesen an Füßen und Armen.

»Schnell«, keuchte er wieder und verließ mich, um die Treppe wieder raufzulaufen, während ich wieder in mein Versteck kroch und das Bleirohr fest in die Hand nahm; ich grübelte, ob Flora mich vielleicht wirklich erschossen hatte und ich mich nun am Lohn für meine Tugend ergötzte – in einem Himmel, wo ich mich für immer und ewig dabei vergnügen konnte, Leuten, die mich auf Erden hart angefaßt hatten, einen überzuziehen.

Der affenartige Schädelknacker kam herunter und erreichte die Tür. Ich knackte seinen Schädel. Der kleine

Mann eilte herbei. Wir schleiften Pogy in die Zelle und fesselten ihn.

»Schnell!« keuchte der alte Vogel und hüpfte aufgeregt auf und ab. »Jetzt kommt die Teufelin dran – gib's ihr feste!« Er kraxelte die Treppe hinauf, ich konnte sein Füßegetrappel über mir hören.

Ich schüttelte eine kleine Verwirrung ab; ich machte Platz für ein bißchen Grips in meinem Schädel. Diese Narretei hier konnte es einfach nicht geben. Das konnte doch nicht so gehen. Nichts konnte so einfach ablaufen. Man stand nicht an Ecken und schlug Leute nieder – einen nach dem anderen, wie eine Maschine –, während ein magerer kleiner Typ oben am anderen Ende sie einem zuschickte. Es war zu idiotisch! Ich hatte genug davon!

Ich ging an meinem Versteck vorbei, legte das Bleirohr weg und fand eine andere Stelle zum Verstecken, in der Nähe der Treppe unter einem Bord. Da hockte ich mich hin, in jeder Hand eine Pistole. Dieses Spiel hier hatte einen klebrigen Rand, da war was faul dran. Ich spielte da nicht mehr mit.

Flora stieg die Treppe herunter. Hinter ihr stapfte der kleine Mann.

Flora hatte in jeder Hand eine Kanone. Ihre grauen Augen waren überall. Ihr Kopf war gebeugt wie bei einem Tier, das zum Kampf ansetzt. Ihre Nasenlöcher bebten. Ihr Körper, der sich nicht langsam und nicht schnell bewegte, war in schwebendem Gleichgewicht wie der einer Tänzerin. Und wenn ich eine Million Jahre alt werde: Nie vergesse ich das Bild dieser schönen, grausamen Frau, wie sie da die Treppe herunterkam. Sie war ein schönes, kampfgestähltes Tier auf dem Weg in den Krieg.

Sie erblickte mich, als ich mich aufrichtete.

»Laß sie fallen« sagte ich, obgleich ich wußte, daß sie das nicht tat.

Der kleine Mann zog schnell eine federnde, braune Stahlrute aus seinem Ärmel und schlug sie hinter das Ohr, als sie gerade ihren linken Revolver auf mich richtete. Ich machte einen Satz und fing sie auf, bevor sie auf den Zementboden krachte.

»Na, sehen Sie!« sagte der alte Mann freudig. »Sie haben das Geld, und die da haben Sie auch. Und jetzt werden Sie mich und das Mädchen rausbringen.«

»Erst mal werden wir diese da drüben bei den anderen verstauen«, sagte ich.

Nachdem er mir dabei geholfen hatte, sagte ich, er solle die Tür der Zelle abschließen. Das machte er, und ich nahm in die eine Hand den Schlüssel, in die andere sein Genick. Er wand sich wie eine Schlange, als ich mit der anderen Hand seine Kleider abtastete; ich nahm ihm die Stahlrute und einen Revolver ab und fand Geld, das mit einem Gürtel um seine Taille geschnallt war.

»Nehmen Sie ihn ab«, befahl ich. »Sie werden nichts mit raus nehmen.«

Seine Finger fummelten an der Schnalle, er zog den Gürtel aus seiner Kleidung und ließ ihn zu Boden fallen. Er war gut gestopft.

Ich hatte ihn immer noch am Genick und führte ihn nun hinauf; das Mädchen saß immer noch angewurzelt auf dem Küchenstuhl. Es brauchte einen gehörigen Schluck Whisky und viele Worte, sie aufzutauen; allmählich verstand sie, was mit dem alten Mann los war, und daß sie zu niemandem, vor allem nicht zu der Polizei, ein Wort sagen sollte.

»Wo ist Reddy?« fragte sie, als in ihr Gehirn das Denken und in ihr Gesicht etwas Farbe zurückgekehrt war – auch in der schlimmsten Verfassung war es immer noch hübsch gewesen.

Er sagte ihr, daß er in Ordnung sei, und versprach, daß er, bevor der Morgen vorüber war, in einem Krankenhaus sein würde. Sonst fragte sie nichts. Ich ging mit ihr in den ersten Stock, um ihren Hut und Mantel zu holen, dann mit dem alten Mann, damit er seinen Hut holte, und stellte die beiden dann in das Vorderzimmer im Erdgeschoß.

»Bleibt hier, bis ich euch abhole«, sagte ich, verschloß die Zimmertür und steckte den Schlüssel ein.

Die Haustür und das Fenster, das im Erdgeschoß nach vorne sah, waren ebenso wie die rückwärtigen mit Brettern und Balken verbarrikadiert worden. Ich wollte das Wagnis nicht eingehen, sie zu öffnen, obgleich es inzwischen ziemlich hell war. Deshalb ging ich nach oben, fabrizierte aus einer Kissenhülle und einem Bettlaken eine weiße Fahne, steckte sie aus einem Fenster und wartete, bis eine schwere Stimme sagte: »Na schön, sag, was du zu sagen hast«; darauf zeigte ich mich und sagte zur Polizei, daß ich sie reinlassen würde.

Es kostete mich fünf Minuten Arbeit mit einem Beil, die Haustür aufzubrechen. Der Polizeichef, der Kriminaldirektor und die Hälfte der gesamten Polizeistreitmacht warteten auf der Eingangstreppe und auf der Straße, als ich die Tür offen hatte. Ich führte sie in den Keller und übergab ihnen Big Flora, Pogy und Red O'Leary mitsamt dem Geld. Flora und Pogy waren wach, aber sie redeten nicht.

Während die Oberbonzen sich um das Beutegut herumdrängten, ging ich nach oben. Das Haus wimmelte von Polizeispürhunden. Wir begrüßten uns gegenseitig, während ich zu dem Zimmer hinüberschlenderte, wo ich Nancy und den alten Uhu gelassen hatte. Leutnant Duff versuchte das Türschloß aufzukriegen, O'Gar und Hunt standen hinter ihm.

Ich grinste Duff an und reichte ihm den Schlüssel. Er machte die Tür auf, schaute den alten Mann und das Mädchen an – vor allem das Mädchen – und dann mich. Sie standen mitten im Zimmer. Die blassen Augen des alten Mannes waren voll elender Angst, die blauen Augen des Mädchens waren dunkel und furchtsam. Die Furcht beeinträchtigte ihr Aussehen keineswegs.

»Wenn sie dir gehört, verstehe ich, daß du sie einge-schlossen hast«, murmelte O'Gar mir ins Ohr.

»Ihr könnt jetzt weg hier«, sagte ich zu den beiden im Zimmer. »Schlaft euch erst mal aus, bevor ihr wieder zur Arbeit kommt.«

Sie nickten und verließen das Haus.

»So ist das also in eurer Agentur – ausgleichende Gerech-tigkeit«, sagte Duff. »Die weiblichen Angestellten machen's wieder gut, wenn die männlichen so häßlich sind.«

Dick Foley betrat die Eingangsdiele.

»Wie ging's denn bei dir?«

»Ende gut, alles gut. Angel, der Engel, führte mich zu Vance. Der führte mich hierher. Ich führte die Polypen her. Die erwischten ihn – und sie.«

Auf der Straße krachten zwei Schüsse.

Wir liefen zur Tür und sahen eine Aufregung in einem Polizeiwagen weiter vorne in der Straße. Wir gingen hin. Bluepoint Vance krümmte sich halb auf dem Sitz, halb auf dem Boden – und um seine Handgelenke waren Handschel-len.

»Wir hatten ihn hier im Wagen, Houston und ich«, er-klärte ein schmallippiger Detektiv in Zivilkleidung. »Er machte einen Satz und packte mit beiden Händen Houstons Kanone. Ich mußte zweimal schießen. Der Captain wird to-ben! Gerade ihn wollte er unverletzt, als Zeugen gegen die anderen. Weiß Gott, wenn er es nicht gewesen wär, oder Houston, ich hätt nicht geschossen!«

Duff schimpfte den Detektiv einen ungeschickten, blö-den Macker, während sie Vance wieder auf seinen Sitz zerr-ten. Bluepoints gequälte Augen fixierten mich.

»Kenn ich – dich – nicht?« fragte er, unter Schmerzen. »Continental – New – York?«

»Ja«, sagte ich.

»Wußte nicht – woher ich dich – bei Larrouy's – mit Red?«

»Ganz recht«, sagte ich zu ihm. »Ich hab Red, Flora, Pogy und das Moos.«

»Aber Papa - dop - oul - os nicht.«

»Papa doppt - wen?« fragte ich ungeduldig - über meinen Rücken lief ein kalter Schauer.

Er richtete sich auf seinem Sitz auf.

»Papadopoulos«, wiederholte er - in seiner Todesqual raffte er alle Kraft zusammen, die noch in ihm war. »Ich wollte ihn abschießen - ich sah ihn fortgehen - mit'm Mädchen - der Polyp war - zu schnell - ich wünsch ...«

Die Worte gingen ihm aus. Er schüttelte sich. Einen Millimeter hinter seinen Augen stand der Tod. Ein Sanitäter in weißem Kittel versuchte an mir vorbei in das Auto zu gelangen. Ich stieß ihn weg, beugte mich hinein und packte Vance an den Schultern. Mein Genick war aus Eis. Mein Magen war leer.

»Bluepoint, hör zu!« schrie ich ihm ins Gesicht. »Papadopoulos? Der kleine Alte? Hat alles organisiert?«

»Ja«, sagte Vance, und mit diesem Wort kam sein letztes Lebensblut über seine Lippen.

Ich ließ ihn auf seinen Sitz zurückfallen und machte mich davon.

Aber natürlich! Wie konnte mir das entgehen! Der kleine alte Gauner - wenn er, bei aller Furchtsamkeit, nicht die treibende Kraft gewesen war - wie hätte er mir sonst die anderen ausliefern können - einen nach dem anderen? Sie waren in die Enge getrieben. Es hieß: Im Kampf umkommen oder sich ergeben und aufgehängt werden. Sie hatten keinen Ausweg. Die Polizei hatte Vance in der Hand, und der konnte und würde ihnen erzählen, daß der kleine Habicht der Mann im Hintergrund war - er hatte keine Chance bei seinem Alter, seiner Schwäche und der Rolle, die er spielte - als Sklave der anderen; keine Chance vor Gericht.

Und dann war ich da - ich hatte keine Wahl, als sein Angebot anzunehmen. Sonst nur noch Dunkelheit für mich.

Ich war Wachs in seinen Händen gewesen, und seine Komplizen waren Wachs gewesen. Er hatte sie ebenso hereingelegt, wie sie ihm geholfen hatten, die anderen hereinzulegen – und ich hatte ihn laufenlassen.

Und jetzt mußte ich also die ganze Stadt auf den Kopf stellen, um ihn zu finden – ich hatte nur versprochen, ihn aus dem Haus herauszubringen – aber danach ...

Was für ein Leben!

$ 106 000 Blutgeld

Ich bin Tom-Tom Carey«, sagte er, wobei er die Worte langzog.

Ich deutete mit einem Kopfnicken auf den Stuhl seitlich von meinem Schreibtisch und taxierte ihn, während er sich zum Stuhl bewegte. Groß, mit mächtigem Brustkasten und schmächtigem Bauch, mochte er sich auf, sagen wir: hundertneunzig Pfund belaufen. Sein dunkelhäutiges Gesicht war hart wie eine Faust, aber nicht böse. Es war das Gesicht eines Mannes, der ein hartes Leben lebte und dabei prächtig gedieh. Sein blauer Anzug war gut, und er trug ihn gut.

In seinem Stuhl wickelte er braunes Papier um eine Portion Bull-Durham-Tabak und beendete seine Vorstellung: »Ich bin der Bruder von Paddy, dem Mex.«

Ich dachte, daß er wahrscheinlich die Wahrheit sagte. Paddy hatte eine ähnliche Gesichtsfarbe und ein ähnliches Benehmen gehabt.

»Dann wäre Ihr richtiger Name Carrera«, vermutete ich.

»Ja.« Er zündete seine Zigarette an. »Alfredo Estanislao Cristobal Carrera, wenn Sie's genau wissen wollen.«

Ich fragte ihn, wie man Estanislao buchstabierte, schrieb seinen Namen auf einen Zettel, wobei ich *alias Tom-Tom Carey* hinzufügte, klingelte Tommy Howd herbei und sagte ihm, er sollte unseren Archivangestellten nachsehen lassen, ob wir was über ihn hätten.

»Während Ihre Leute das alte Zeug ausgraben, erzähl ich Ihnen mal, warum ich hier bin«, sagte der Mann langgezogen durch den Rauch, nachdem Tommy mit dem Zettel verschwunden war.

»Bitter, daß Paddy so abkratzen mußte«, sagte ich.

»Um lang zu leben, hatte er zuviel verdammtes Vertrauen«, erklärte sein Bruder. »Die Sorte *hombre* war er – vor vier Jahren hab ich ihn zum letzten Mal gesehn, hier in San Francisco. Ich war gerade von 'nem Job aus, ist ja egal woher, zurück. Jedenfalls war ich pleite. Statt Perlen hatte ich nur 'nen Streifschuß über der Hüfte mitgebracht. Paddy war um die fünfzehntausend schwer, die er gerade jemand abgeknöpft hatte. An dem Nachmittag, als ich ihn traf, hatte er 'ne Verabredung, bei der er nicht gern mit 'nem Haufen Geld aufkreuzen wollte. Also hat er mir die fünfzehntausend gegeben, damit ich sie ihm bis zum Abend aufhebe.«

Tom-Tom Carey blies Rauch aus und lächelte sanft an mir vorbei, seiner Erinnerung zu.

»So 'ne Sorte *hombre* war er«, fuhr er fort. »Vertraute sogar dem eigenen Bruder. Ich ging noch am gleichen Nachmittag nach Sacramento und erwischte einen Zug nach dem Osten. Ein Mädchen in Pittsburg hat mir geholfen, das Geld auf den Kopf zu hauen. Laurel hieß sie. Stand auf Rye-Whisky mit Milch und soff das Zeug wie Wasser. Und ich hab mitgehalten, bis alles in mir sauer und geronnen war, und seit der Zeit hab ich nicht den geringsten Bock auf Weichkäse. Also auf diesen Papadopoulos gibt's 'ne Belohnung von hunderttausend Dollar, oder?«

»Und sechs. Die Versicherungsgesellschaften haben hunderttausend zusammengekratzt, die Vereinigung der Banker fünf und die Stadt tausend.«

Tom-Tom Carey warf den Rest seiner Zigarette in den Spucknapf und fing an, sich eine neue zusammenzufingern.

»Angenommen, ich bring ihn Ihnen?« fragte er. »Durch wieviel Hände geht das Geld dann?«

»Hier bleibt nichts hängen«, versicherte ich ihm. »Die *Continental-Detektei* rührt Belohnungen nicht an – und erlaubt das auch ihren Leuten nicht. Wenn jemand von der Polizei ihn mit einbuchtet, wird er seinen Anteil wollen.«

»Aber wenn nicht, krieg ich alles?«

»Wenn Sie ihn ohne Hilfe oder nur mit unsrer Hilfe krallen.«

»Mach ich.« Er sagte das beiläufig. »Mit der Verhaftung wärn wir dann durch. Doch was ist mit der Verurteilung? Wenn Sie ihn haben, können Sie ihn dann ans Kreuz nageln?«

»Das müßte ich schaffen, aber er wird vor einer Jury stehen – und das heißt, daß alles mögliche passieren kann.«

Die muskulöse braune Hand mit der braunen Zigarette machte eine lässige Bewegung.

»Dann ist es vielleicht besser, ein Geständnis aus ihm herauszuholen, bevor ich ihn hier anschleppe«, sagte er beiläufig.

»Das wär schon sicherer«, sagte ich zustimmend. »Sie sollten das Halfter da ein, zwei Zoll tiefer schnallen. Der Griff Ihrer Knarre sitzt zu hoch. Man sieht die Ausbeulung, wenn Sie sitzen.«

»Mhm, mhm. Sie meinen die an der linken Schulter. Ich hab sie einem Kerl abgeknöpft, nachdem mir meine weggekommen war. Der Gurt ist zu kurz. Heut nachmittag besorg ich mir 'nen neuen.«

Tommy kam mit einem Schnellhefter mit der Aufschrift *Tom-Tom, 136-C* herein. Im Hefter waren ein paar Zeitungsausschnitte, der älteste lag zehn Jahre zurück, der neueste war acht Monate alt. Ich überflog sie und reichte jeden einzelnen dem dunkelhäutigen Mann hinüber, sobald ich durch war. Tom-Tom Carey war in den Ausschnitten als Glücksritter, Revolverheld, Betrüger, Schmuggler und Pirat beschrieben. Aber es waren bloß Behauptungen, Verdächtigungen, Vermutungen. Er war mehrmals festgenommen, aber nie verurteilt worden.

»Die tun mir unrecht.« Er beschwerte sich ohne Erregung, als er mit dem Lesen fertig war.

»Zum Beispiel war's überhaupt nicht meine Schuld, daß

dieses chinesische Kanonenboot gestohlen wurde. Man hat mich gezwungen – ich war derjenige, der aufs Kreuz gelegt wurde. Nachdem die das Zeug an Bord hatten, wollten sie nicht zahlen. Ich konnt's nicht ausladen. Mir blieb nichts übrig, als das Schiff mitsamt dem Zeug zu nehmen. Diese Versicherungsgesellschaften müssen ganz schön scharf auf diesen Papadopoulos sein, wenn sie ihm hunderttausend anhängen.«

»Das ist noch billig, wenn sie ihn damit an Land ziehen«, sagte ich. »Vielleicht ist er nicht ganz so, wie ihn die Zeitungen ausmalen, aber er ist mehr als 'ne Handvoll. Er hat sich 'ne ganze verdammte Armee von Killern hier zusammengesammelt, hat 'nen Block im Bankenviertel besetzt, die zwei größten Banken ausgeplündert, das gesamte Polizeidepartment zurückgeschlagen, ist mit der Beute abgehaun, hat seine Armee abgehängt, ein paar seiner Lieutenants dazu benutzt, noch mehr von seinen Leuten umzulegen – dabei hat's Ihren Bruder erwischt –, und dann hat er mit Hilfe von Pogy Reeve, Big Flora Brace und Red O'Leary den Rest seiner Lieutenants beseitigt. Und wie Sie wissen, waren seine Lieutenants keine Schuljungen – es waren so ausgebuffte Ganoven wie Bluepoint Vance und Zitter-Kid und Darby McLaughlin – Vögel, die wußten, wo's langgeht.«

»Mhm, mhm.« Carey blieb unbeeindruckt. »Aber gleichzeitig war's 'ne Pleite. Ihr habt den ganzen Zaster zurückbekommen, und er ist grade noch so entwischt.«

»Eine böse Panne für ihn«, erklärte ich. »Red O'Leary hatte 'nen schwern Anfall von Liebe und Eitelkeit. Sie können das Papadopoulos nicht ankreiden. Glauben Sie bloß nicht, daß er nur halbschlau ist. Er ist gefährlich, und ich kann diese Versicherungsgesellschaften verstehen, wenn sie denken, daß sie besser schlafen würden, wenn er nicht frei herumläuft und sich ein paar neue Tricks gegen die von ihnen versicherten Banken ausdenken kann.«

»Aber viel wissen Sie nicht von diesem Papadopoulos, oder?«

»Nein.« Ich sagte die Wahrheit. »Und so geht es allen. Das Hunderttausender-Angebot hat aus der Hälfte aller Ganoven in diesem Land Spürhunde gemacht. Sie sind so scharf auf ihn wie wir – und das nicht bloß wegen der Belohnung, sondern um ihm seinen Verrat heimzuzahlen. Und sie wissen genausowenig von ihm wie wir – daß er seine Finger in 'nem Dutzend oder mehr Jobs hatte, daß er der Kopf war, der hinter Bluepoint Vances Aktienschwindeleien steckte und daß seine Feinde die Angewohnheit haben, jung zu sterben. Aber keiner weiß, woher er kommt und wo sein Zuhause ist. Glauben Sie bloß nicht, daß ich ihn als einen Napoleon verkaufen will oder als Superhirn, wie sie in den Sonntagsbeilagen besungen werden – aber er ist ein geriebener schlauer Knabe. Wie Sie sagen: ich weiß wenig über ihn – aber es gibt 'ne Menge Leute, über die ich wenig weiß.«

Tom-Tom Carey nickte, wie um zu zeigen, daß er meinen Schluß verstanden hatte, und begann sich seine dritte Zigarette zu drehen.

»Ich war in Nogales, als Angel Grace Cardigan mir steckte, daß es Paddy erwischt hatte«, sagte er. »Fast einen Monat ist das her. Sie schien zu glauben, daß ich *pronto* hier aufkreuzen würde – aber es ging nicht um meine Haut. Ich ließ die Sache auf sich beruhn. Aber letzte Woche hab ich in 'ner Zeitung von dem ganzen Lösegeld gelesen, das auf diesen *hombre* ausgesetzt ist, der, wie das Mädchen sagte, Paddy auf dem Gewissen hat. Das ändert die Sache – um ganze hunderttausend Dollar. So bin ich hier rauf, hab mit ihr geredet und bin dann hierhergekommen, um sicherzugehen, daß nichts zwischen mir und dem Blutgeld steht, wenn ich die Schlinge um diesen Papadoodle lege.«

»Hat Angel Grace Sie zu mir geschickt?« fragte ich.

»Mhm, mhm – bloß daß sie das nicht weiß. Sie hat Sie in

die Geschichte gezogen, sagte, Sie wären 'n Freund von Paddy gewesen, für 'n Spitzel 'n guter Kerl und scharf wie der Teufel auf diesen Papadoodle. Daher hab ich mir gedacht, daß Sie der richtige Kavalier für 'nen Besuch wärn.«

»Wann sind Sie von Nogales weg?«

»Am Dienstag, letzte Woche.«

»Dann«, sagte ich und strengte mein Gedächtnis an, »war das einen Tag, nachdem Newhall jenseits der Grenze ermordet wurde.«

Der dunkelhäutige Mann nickte. Nichts in seinem Gesicht veränderte sich.

»Wie weit weg war das von Nogales?« fragte ich.

»Er wurde in der Nähe von Oquita abgeknallt – das ist so ziemlich siebzig Meilen südwestlich von Nogales. Interesse?«

»Nein – ich hab mir nur Gedanken darüber gemacht, daß Sie einen Tag, nachdem er umgebracht worden war, die Gegend dort verlassen haben, um hierherzukommen, wo er gelebt hat. Haben Sie ihn gekannt?«

»Man hat mich in Nogales auf ihn aufmerksam gemacht. Als einen Millionär aus San Francisco, der mit 'ner Gruppe Leute unterwegs ist, um sich einige Bergwerke in Mexiko anzuschauen. Ich hatte mir schon ausgemalt, daß ich ihm später vielleicht was verkaufen könnte, aber die mexikanischen Patrioten haben ihn vor mir erwischt.«

»Und deshalb sind Sie in den Norden gekommen?«

»Mhm, mhm. Das Geschrei danach hat mein Geschäft versaut. Ich hatte ein hübsches kleines Geschäft in, na sagen wir: Nachschub, hin und zurück über die Grenze. Durch seine Ermordung kam die ganze Gegend ins Scheinwerferlicht. Daher hab ich mir gedacht, besser hier raufkommen, die hunderttausend kassieren und den Dingen dort unten Gelegenheit geben, sich wieder zu beruhigen. Ehrlich, Bruder, ich hab seit Wochen keinen Millionär umgelegt, wenn's das ist, was Ihnen Kopfschmerzen macht.«

»In Ordnung. Wenn ich richtig kapiert habe, bauen Sie darauf, Papadopoulos zu greifen. Angel Grace hat nach Ihnen geschickt, weil sie glaubt, Sie würden ihn allein wegen Paddys Ermordung über den Haufen rennen, aber für Sie geht's ums Geld, deshalb wollen Sie gemeinsam mit mir und Angel spielen. Hab ich recht?«

»Genau.«

»Sie wissen, was passiert, wenn sie rauskriegt, daß Sie mit mir an einem Strick ziehen?«

»Mhm, mhm! Sie wird einen Anfall kriegen – ist ziemlich nervös, wenn man 'ne Sache nicht sauber von der Polizei trennt, hab ich recht?«

»Und wie – jemand hat ihr mal was von Ehre unter Dieben vorgesungen, darüber kommt sie nicht hinweg. Ihr Bruder brummt gerade im Norden 'ne Strafe ab – Johnny der Klempner hat ihn verpfiffen. Ihr Kerl Paddy wurde von den eignen Kumpeln weggeputzt. Hat sie was daraus gelernt? Nicht die Bohne. Lieber läßt die Papadopoulos frei herumlaufen, als daß sie sich mit uns zusammentut.«

»Das geht in Ordnung«, versicherte mir Tom-Tom Carey. »Mich hält sie für 'nen guten Bruder – Paddy hat ihr, scheint's, nicht viel von mir erzählt. Und ich komm schon klar mit ihr. Lassen Sie sie beschatten?«

Ich sagte: »Ja – seit sie raus ist, dauernd. Man hat sie am gleichen Tag geschnappt, als man Flora und Pogy und Red einbuchtete, aber wir haben nichts gegen sie in der Hand, außer daß sie Paddys Mädchen war, deshalb machte ich, daß man sie laufen ließ. Wieviel Zeug haben Sie aus ihr herausgeholt?«

»Beschreibungen von Papadoodle und Nancy Regan. Und das ist auch schon alles. Sie weiß über die nicht mehr als ich. Was hat das Regan-Mädchen damit zu schaffen?«

»Kaum was, außer daß sie uns vielleicht zu Papadopoulos führt. Sie war Reds Mädchen. Weil er 'ne Verabredung mit ihr einhielt, flog die ganze Sache auf. Als Papadopoulos verduftete, nahm er ein Mädchen mit. Keine Ahnung, warum. Mit dem Überfall hatte sie jedenfalls nichts zu tun.«

Tom-Tom Carey hatte sich seine vierte Zigarette gedreht und angezündet. Er stand auf.

»Wir sind einig?« fragte er und griff sich seinen Hut.

»Wenn Sie Papadopoulos ranschaffen, werd ich drauf sehen, daß Sie jeden versprochenen Nickel bekommen«, erwiderte ich. »Und ich lasse Ihnen freie Bahn – ich werde Ihnen nicht im Weg sein, indem ich mir ein Bein ausreiße, Ihnen bei der Arbeit auf die Finger zu schaun.«

Er sagte, das sei ziemlich anständig, erzählte mir, daß er in einem Hotel in der Ellis Street wohne, und ging hinaus.

Als ich das Büro des verstorbenen Taylor Newhall anrief, sagte man mir, daß ich seinen Landsitz einige Meilen südlich von San Francisco anrufen sollte, falls ich Informationen über seine Angelegenheiten wollte. Ich probierte es. Eine amtlich klingende Stimme, die behauptete, zum Butler zu gehören, sagte mir, daß Newhalls Rechtsanwalt, Franklin Ellert, die Person sei, an die ich mich zu wenden habe. Ich ging hinüber zum Büro von Ellert.

Er war ein nervöser, leicht erregbarer Mann, der lispelte und dessen Augen unter hohem Blutdruck hervorquollen.

»Gibt es irgendeinen Grund«, fragte ich gradeheraus, »für die Annahme, daß Newhalls Ermordung ein bißchen mehr war als nur der Wutausbruch eines mexikanischen Banditen? Ist es wahrscheinlich, daß er vorsätzlich getötet wurde und nicht bloß, weil er sich seiner Gefangennahme widersetzte?«

Rechtsanwälte haben es nicht gern, wenn man sie ausfragt. Der hier sabberte, zog Gesichter und ließ seine Augen noch weiter herausquellen und gab mir selbstverständlich keine Antwort.

»Wie? Wie?« fauchte er unfreundlich. »Erklären Fie mir, waf Fie damit meinen.«

Er glotzte zuerst mich, dann seinen Tisch an, schob mit nervösen Händen Papiere hin und her, als ob er nach einer Polizeipfeife suchte. Ich erzählte ihm meine Geschichte - erzählte ihm von Tom-Tom Carey.

Ellert sabberte noch stärker und verlangte zu wissen: »Waf zum Teufel meinen Fie damit?« und veranstaltete mit seinen Papieren ein heilloses Durcheinander auf seinem Schreibtisch.

»Gar nichts meine ich«, knurrte ich zurück. »Ich erzähle Ihnen bloß, was man mir erzählt hat.«

»Ja! Ja! Ich weif schon.« Er hörte auf, mich anzustarren, und seine Stimme klang weiter gereizt. »Aber ef gibt nicht den kleinften Grund für einen Verdacht diefer Art. Überhaupt keinen, mein Herr, überhaupt keinen.«

»Vielleicht haben Sie recht.« Ich wandte mich zur Tür. »Aber ich werde der Sache trotzdem ein wenig nachgehen.«

»Warten Fie! Warten Fie!« Er schoß aus seinem Stuhl hoch und rannte um den Schreibtisch herum zu mir. »Ich glaube zwar, daß Fie fich irren, aber wenn Fie Nachforschungen anftellen, würde ich gern wiffen, waf Fie heraufinden. Berechnen Fie mir am beften daf übliche Honorar für allef, waf notwendig ift, und halten Fie mich auf dem laufenden. Einverftanden?«

Ich sagte ja, ging zurück zu seinem Schreibtisch und begann ihn auszufragen. In Newhalls Angelegenheiten gab es, wie der Anwalt gesagt hatte, nichts, was einen vom Stuhl reißen konnte. Der Tote war mehrfacher Millionär, das meiste Geld hatte er in Bergwerken stecken. Fast die Hälfte seines Geldes hatte er geerbt. Es gab keine finsteren Machenschaften, keine erschwindelten Bergwerksanteile, keine Betrügereien in seiner Vergangenheit und auch keine Feinde. Er war Witwer gewesen, hatte eine Tochter. Sie hatte, solange er lebte, alles, was sie sich wünschte, und sie und ihr Vater waren einander sehr zugetan gewesen. Er war mit einer Gruppe von Bergwerksleuten aus New York nach

Mexiko gefahren, die ihm dort einige Anteile verkaufen wollten. Sie waren von Banditen überfallen worden, hatten die zurückgeschlagen, wobei aber Newhall und ein Geologe namens Parker getötet worden waren.

Wieder in meinem Büro, schrieb ich unsrer Zweigstelle in Los Angeles ein Telegramm, in dem ich darum bat, einen Agenten nach Nogales zu schicken, um dort über die Ermordung Newhalls und die Geschäfte Tom-Tom Careys zu ermitteln. Der Angestellte, dem ich das Telegramm mit der Bitte, es zu verschlüsseln, übergab, sagte mir, daß der Alte mich zu sehen wünschte. Ich ging in sein Büro und wurde dort einem Dickerchen namens Hook vorgestellt.

»Mr. Hook«, sagte der Alte, »gehört ein Restaurant in Sausalito. Letzte Woche hat er eine Kellnerin namens Nelly Riley eingestellt. Sie hat ihm erzählt, daß sie aus Los Angeles sei. So wie sie Mr. Hook beschrieben hat, ähnelt sie stark der Beschreibung, die Sie und Counihan von Nancy Regan gegeben haben. Hab ich recht?« fragte er den Dicken.

»Vollkommen recht. Sie sieht genauso aus, wie sie in den Zeitungen beschrieben wurde. Sie ist einssechzig groß, jedenfalls ungefähr, nicht zu dünn, nicht zu dick, hat blaue Augen und braune Haare und ist etwa ein- oder zweiundzwanzig Jahre alt, was fürs Auge und, was am meisten zählt, hochnäsig wie die Sünde – sie ist sich für alles zu schade. Als ich 'n bißchen nett zu ihr sein wollte, sagte sie mir, ich sollte meine ›dreckigen Pfoten‹ wegnehmen. Und dann hab ich entdeckt, daß sie sich kaum in Los Angeles auskennt, obwohl sie behauptet, zwei, drei Jahre dort gewesen zu sein. Ich möchte wetten, daß sie's ist, und zwar hundertprozentig.« Und dann quasselte er weiter, wieviel von der Belohnung er zu kriegen habe.

»Fahren Sie gleich wieder zurück?« fragte ich ihn.

»Ziemlich bald. Ich will mich noch nach 'n paar neuen Tellern umtun. Dann geht's nach Hause.«

»Arbeitet das Mädchen noch bei Ihnen?«

»Ja.«

»Dann geben wir Ihnen einen unsrer Leute mit – einen, der Nancy Regan kennt.«

Ich telefonierte Jack Counihan aus seinem Büro herbei und machte ihn mit Hook bekannt. Sie verabredeten sich für eine halbe Stunde später an der Fähre, und Hook watschelte hinaus.

»Diese Nelly Riley ist bestimmt nicht Nancy Regan«, sagte ich. »Aber wir können uns nicht leisten, auch nur die kleinste Chance auszulassen.«

Ich berichtete Jack und dem Alten über Tom-Tom Carey und meinen Besuch in Ellerts Praxis. Der Alte hörte wie üblich höflich aufmerksam zu. Jung-Counihan, der das Gewerbe der Menschenjagd erst seit vier Monaten betrieb, lauschte mit großen Augen.

»Sie sollten jetzt lieber losziehen und Hook treffen«, sagte ich, als ich fertig war und mit Jack das Büro des Alten verließ.

»Und falls es wirklich Nancy Regan ist, dann greifen Sie sie sich und lassen sie nicht mehr aus den Fingern.« Der Alte konnte uns jetzt nicht mehr hören, deshalb fügte ich hinzu: »Und lassen Sie sich um Himmels willen nicht wieder in Ihrem jugendlichen Edelmut dazu verleiten, Faustkämpfe zu veranstalten. Tun Sie so, als ob Sie erwachsen wären.«

Der Junge errötete, sagte »Ach, zum Teufel mit Ihnen!«, rückte seine Krawatte zurecht und zog ab, um Hook zu treffen.

Ich hatte einige Berichte zu schreiben. Als ich damit durch war, legte ich die Füße auf den Schreibtisch, rauchte Löcher in ein Päckchen *Fatima* und dachte bis sechs Uhr über Tom-Tom Carey nach. Dann ging ich wegen meines *Abalone-Chowder* und meines *Minute-Steaks* ins *States* runter, fuhr dann nach Hause, um mich umzuziehen, weil ich mich in Sea Cliff zu einer Pokerrunde gesellen wollte.

Aber das Telefon unterbrach mich beim Umziehen. Am anderen Ende war Jack Counihan.

»Ich bin in Sausalito. Das Mädchen war nicht Nancy. Aber ich bin etwas anderm auf der Spur. Ich weiß nur nicht recht, wie ich's anpacken soll. Können Sie nicht rüberkommen?«

»Ist es wichtig genug, um 'ne Pokerpartie dafür sausen zu lassen?«

»Ja, es … Ich glaube, es ist 'n dickes Ding.« Er klang aufgeregt. »Sie sollten schon rüberkommen. Ich glaub echt, es ist 'ne Spur.«

»Wo sind Sie?«

»Hier an der Fähre. Nicht an der Golden Gate, an der andern.«

»In Ordnung. Ich nehm das nächste Boot.«

Eine Stunde später spazierte ich in Sausalito von Deck. Jack Counihan drängte sich durch die Menge und fing zu reden an. »Als ich auf meinem Rückweg hierherkam …«

»Behalten Sie's für sich, bis wir aus dem Gewühl raus sind«, riet ich ihm. »Es muß ja riesig sein – Ihre östliche Kragenspitze ist verbogen.«

Automatisch behob er diesen Defekt an seinem ansonsten makellosen Aufzug, während wir die Straße hinuntergingen, aber er war zu sehr damit beschäftigt, was in seinem Kopf vorging, um zu lächeln.

»Hier lang«, sagte er, während er mich um eine Ecke führte. »Hooks Imbiß ist da an der Ecke. Wenn Sie wollen, können Sie einen Blick auf das Mädchen werfen. Sie hat die gleiche Figur und Haarfarbe wie Nancy, aber das ist auch alles. Sie ist ein ziemlich hübsches Miststück, die wahrscheinlich aus ihrem letzten Job rausgeflogen ist, weil sie ihren Kaugummi in die Suppe gespuckt hat.«

»Okay. Dann ist sie aus dem Schneider. Doch jetzt erzählen Sie mal, was los ist.«

»Nachdem ich sie mir angesehn hatte, ging ich zur Fähre zurück. Als ich noch 'n paar Blocks von der Fähre entfernt war, sah ich ein Boot anlegen. Zwei Männer, die mit dem Boot gekommen sein mußten, kamen die Straße herauf. Es waren Griechen, ziemlich jung, harte Knochen, obwohl ich sie normalerweise kaum beachtet hätte. Aber weil Papadopoulos Grieche ist, sollen wir uns natürlich um Griechen kümmern, und so schaute ich mir die beiden Typen näher an. Beim Gehen stritten sie miteinander, sie waren zwar nicht laut dabei, starrten sich aber finster an. Als sie an mir vorbeigingen, sagte der Typ, der an der Straßenseite ging, gerade zum andern: ›Ich werd ihm sagen, daß es neunundzwanzig Tage her ist.‹

Neunundzwanzig Tage. Ich rechnete nach, und es sind genau neunundzwanzig Tage, seit wir hinter Papadopoulos her sind. Er ist Grieche, und diese beiden Typen waren auch Griechen. Als ich mit dem Zählen durch war, machte ich kehrt und begann die beiden zu verfolgen. Sie schleppten mich durch die ganze Stadt bis zum Rand eines Hügels. Dort gingen sie zu einem kleinen Haus – es konnte höchstens drei Zimmer haben –, das ganz allein in einer Lichtung stand. An dem Haus hing ein Schild ›Zu verkaufen‹, die Fenster hatten keine Gardinen, auch sonst gab's keine Anzeichen, daß da jemand wohnte – aber auf dem Boden hinter der Hintertür war eine feuchte Stelle, so als ob jemand 'nen Eimer oder 'ne Waschschüssel ausgeleert hätte.

Ich versteckte mich in den Büschen, bis es ein bißchen dunkler wurde. Dann ging ich dichter ran. Ich konnte drinnen Leute hören, aber nichts durch die Fenster sehen. Die waren mit Brettern verschlagen. Nach 'ner Weile kamen die beiden Typen, denen ich gefolgt war, heraus und sagten was in 'ner Sprache, die ich nicht verstand, zu jemand in dem Haus. Die Haustür stand offen, während die beiden den Weg runtergingen – deshalb konnte ich sie nicht verfolgen, ohne von dem Jemand in der Hütte gesehn zu werden.

Dann wurde die Tür geschlossen, und ich hörte drinnen Leute sich bewegen – vielleicht war's auch nur ein einzelner –, und dann roch es nach Kochen, und aus dem Schornstein kam auch etwas Rauch. Ich wartete und wartete, aber es geschah nichts mehr. Daher dachte ich, es wäre besser, Kontakt mit Ihnen aufzunehmen.«

»Klingt interessant«, sagte ich zustimmend.

Wir gingen gerade unter einer Straßenlaterne. Jack hielt mich mit der Hand am Arm und fischte etwas aus seiner Manteltasche.

»Schauen Sie!« Er zeigte es mir. Ein angesengtes Stück blauer Stoff. Es mochte der Rest eines Damenhuts sein, der zu drei Vierteln verbrannt war. Ich sah mir den Fetzen im Licht der Straßenlaterne an und zog dann meine Taschenlampe heraus, um ihn näher zu untersuchen.

»Ich hab das hinter dem Haus gefunden, als ich da herumgeschnüffelt habe«, sagte Jack, »und –«

»Und Nancy Regan hat einen Hut dieser Farbe getragen, in der Nacht, als sie und Papadopoulos verschwunden sind«, beendete ich den Satz an seiner Stelle. »Auf zu dem Haus!«

Wir ließen die Straßenlaternen hinter uns, stiegen den Hügel hoch, tauchten in ein kleines Tal, kamen auf einen gewundenen Sandweg, den wir verließen, um den Weg über eine Wiese zwischen Bäumen abzuschneiden, der uns auf eine ungepflasterte Straße führte, auf der wir eine halbe Meile entlangtrotteten, dann führte mich Jack über einen schmalen Weg, der sich durch ein Dickicht aus Bäumen und Sträuchern schlängelte. Ich konnte nur hoffen, daß er wußte, wohin er ging.

»Wir sind fast da«, wisperte er mir zu.

Ein Mann sprang aus dem Gebüsch und erwischte mich am Hals. Meine Hände hatte ich in den Manteltaschen – mit der einen hielt ich die Taschenlampe, mit der andern meinen Revolver.

Ich richtete die Mündung meines Revolvers durch die Tasche auf den Mann und drückte ab.

Der Schuß ruinierte mir meinen Fünfundsiebzig-Dollar-Mantel. Aber er schaffte mir den Mann vom Halse.

Das war mein Glück. Ein andrer Mann saß mir im Rükken.

Ich versuchte ihn abzuschütteln – schaffte es nicht völlig –, spürte eine Messerschneide an meinem Rückgrat.

Das war weniger Glück, aber es war besser als die Messerspitze.

Ich versuchte, mit dem Kopf gegen sein Gesicht zu stoßen – verfehlte es –, drehte und wand mich weiter, brachte endlich meine Hände aus der Tasche und verkrallte mich in ihm.

Die Klinge seines Messers kam flach an meine Wange. Ich schnappte mir die Hand, die sie hielt, und ließ mich nach hinten fallen – auf ihn drauf.

Er sagte: »Äh!«

Ich rollte herum, bekam Hände und Füße auf den Boden, wurde von einer Faust gestreift, strampelte mich hoch.

Finger zerrten an meinem Knöchel.

Ich benahm mich nicht gerade fein. Ich trat die Finger zur Seite, spürte den Körper des Mannes, trat zweimal zu, hart zu.

Jacks Stimme flüsterte meinen Namen. Ich konnte in der schwarzen Dunkelheit weder ihn noch den Mann, den ich angeschossen hatte, sehen.

»Hier ist alles okay«, erzählte ich Jack. »Und wie sieht's bei Ihnen aus?«

»Tipptopp. War das schon alles?«

»Keine Ahnung. Aber ich werd trotzdem einen Blick auf meine Beute riskieren.«

Ich richtete meine Taschenlampe auf den Mann zu meinen Füßen und knipste sie an. Ein dünner Blonder, das Gesicht blutverschmiert, dessen rotgeränderte Augen blinzelten, als er versuchte, im Lichtschein den toten Mann zu spielen.

»Gib's auf!« befahl ich.

Ein schwerer Revolver ging im Gebüsch los – dann ein zweiter, leichterer. Die Kugeln zischten durch das Laub.

Ich machte das Licht aus, beugte mich über den Mann auf dem Boden, schlug ihm mit dem Revolverknauf über den Schädel.

»Kriech langsam runter«, flüsterte ich Jack zu.

Wieder ging der kleinere Revolver los, zweimal. Er war vor uns, linker Hand.

Ich brachte meinen Mund an Jacks Ohr. »Wir gehen zu diesem verdammten Haus, ob das denen nun schmeckt oder nicht. Halt dich gebückt und laß das Herumknallen, außer du siehst, worauf du losknallst. Los!«

Ich hielt mich, soweit es nur ging, gebückt und folgte Jack den Pfad entlang. Bei meiner Haltung spannte die Wunde in meinem Rücken – ein brennender Schmerz, der von meinen Schultern bis fast zur Taille reichte. Ich konnte das Blut spüren, wie es die Hüfte hinunterlief – oder dachte, daß ich es spürte.

Es war zu dunkel, als daß wir uns hätten heimlich anschleichen können. Unter unsern Schritten knackte es, an unsern Schultern raschelte es. Unsere Freunde im Gebüsch gebrauchten ihre Revolver.

Glücklicherweise gibt das Geräusch von knackenden Zweigen und raschelnden Blättern in der Dunkelheit nicht gerade die besten Zielscheiben ab. Hier und da pfiffen Kugeln, aber wir hielten keine von ihnen auf. Wir schossen auch nicht zurück. Wir hielten an, als das Ende des Gebüschs der Nacht ein schwächliches Grau zubilligte.

»Das ist es«, sagte Jack und zeigte auf einen rechteckigen Schatten.

»Sprung auf, marsch, marsch«, grunzte ich und schoß auf das dunkle Haus los.

Jacks lange schlanke Beine machten es ihm leicht, mit mir auf einer Höhe zu bleiben, als wir über die Lichtung spurteten.

Die Gestalt eines Mannes schob sich neben dem schwarzen Klecks des Gebäudes hervor, und seine Kanone begann uns zuzublinken. Die Schüsse folgten so dicht aufeinander, daß sie wie ein einziges stotterndes Bäng klangen.

Ich zerrte den Jungen mit mir, während ich mich flach zu Boden warf – das heißt außer meinem Gesicht, das von dem gezackten Rand einer Konservendose gebremst wurde.

Von der anderen Seite des Hauses hustete eine andere Kanone. Von einem Baumstamm rechts eine dritte. Jack und ich fingen nun auch an, unser Pulver als Antwort zu verbrennen.

Eine Kugel schlug mir den Mund voller Dreck und Kiesel. Ich spuckte den Schmutz aus und ermahnte Jack: »Du schießt zu hoch. Halt tiefer und zieh sacht durch.«

Ein Buckel wurde am dunklen Umriß des Hauses sichtbar. Ich schickte ihm eine Kugel.

Eine Männerstimme schrie auf, »Au-oooh«, und dann schwächer, aber sehr verbittert: »Oh, du Verdammter, du Verdammter, du!«

Für ein paar warme Sekunden spritzten rings um uns Kugeln. Dann gab es keinen Ton mehr, der die Stille der Nacht gestört hätte.

Als die Stille fünf Minuten gedauert hatte, richtete ich mich auf Händen und Knien auf und fing an, mich vorwärtszubewegen. Jack folgte mir. Der Boden war nicht für diese Art von Bewegung geschaffen. Drei Meter reichten. Wir standen auf und machten den Restweg zum Haus auf unsern Füßen.

»Warte«, flüsterte ich und ließ Jack an einer Ecke des Gebäudes. Ich ging um das Haus herum, sah niemand, hörte nichts außer meinen eigenen Geräuschen.

Wir probierten die Vordertür. Sie war verschlossen, aber

klapprig. Ich stieß sie mit der Schulter auf, ging hinein. Taschenlampe und Revolver in meinen Fäusten.

Die Bude war leer.

Kein Mensch, keine Möbel, keine Spur von beidem in den zwei nackten Räumen – nichts als nackte Holzwände, nackter Fußboden, nackte Decken, mit einem Ofenrohr in der Wand, das im Nichts endete.

Jack und ich standen mitten im Haus, sahen uns die Leere an und verfluchten die Bruchbude von vorne bis hinten, weil sie so leer war. Wir waren damit noch nicht ganz am Ende, als wir draußen Schritte hörten. Ein weißes Licht strahlte durch die offene Tür, und eine rauhe Stimme sagte: »He, ihr! Ihr könnt einzeln rauskommen – aber hübsch gemütlich!«

»Wer sagt das?« fragte ich, machte die Taschenlampe aus und drückte mich eng an eine Seitenwand.

»Eine ganze in Gold gerahmte Herde von Deputy-Sheriffs«, antwortete die Stimme.

»Könnten Sie nicht einen davon reinschieben und uns einen Blick auf ihn werfen lassen?« fragte ich. »Man hat mich heute schon so lange gewürgt, tranchiert und beschossen, daß ich nicht mehr allzuviel Vertrauen in das Wort eines Menschen übrig behalten habe.«

Ein hagerer x-beiniger Mann mit einem schmalen ledernen Gesicht erschien in der Türöffnung. Er zeigte mir seine Hundemarke, ich fischte meine Papiere heraus, und die andern Deputies kamen herein. Zusammen waren es ganze drei.

»Wir fuhren wegen 'ner kleinen Geschichte hier in der Nähe die Straße runter, als wir die Knallerei hörten«, erklärte der Hagere. »Was 'n los?«

Ich erzählte es ihm.

»Diese Bude hier ist schon ziemlich lange leer«, sagte er, als ich fertig war. »Jeder, der nur wollte, konnte sich's hier leicht gemütlich machen. Sie glauben, daß es dieser Papadopoulos war, he? 'n bißchen sehen wir uns auch nach ihm und seinen Freunden um – besonders, wo's jetzt so 'ne fette Belohnung dafür gibt.«

Wir durchsuchten das Gehölz und fanden niemand. Der Mann, den ich niedergeschlagen, und der Mann, den ich zusammengeschossen hatte – sie waren beide verschwunden.

Jack und ich fuhren zusammen mit den Deputies zurück nach Sausalito. Ich scheuchte dort einen Arzt auf und ließ meinen Rücken bandagieren. Er sagte, die Schnittwunde sei lang, aber nicht tief. Dann fuhren wir zurück nach San Francisco und trennten uns jeder in Richtung seiner Wohnung.

Jetzt etwas, das am nächsten Morgen geschah. Ich hab's nicht selbst gesehn. Ich habe davon kurz vor Mittag gehört und in den Zeitungen am Nachmittag gelesen. Ich wußte nicht, daß es mich persönlich betrifft. Aber später wußte ich's – so füge ich es hier ein, wo es geschah.

An diesem Morgen um zehn Uhr war ein Mann in die belebte Market Street getorkelt, der von seinem zerschundenen Kopf bis zu seinen blutverschmierten Füßen völlig nackt war. Von seiner bloßen Brust, seinen Seiten und seinem Rücken hingen kleine Fleischfetzen hinunter, von denen Blut tropfte. Sein linker Arm war zweimal gebrochen. Die linke Seite seines kahlen Schädels war eingeschlagen. Eine Stunde später starb er im Unfallkrankenhaus – ohne daß er irgend jemand ein Wort gesagt hätte, mit dem immer gleichen leeren abwesenden Blick in seinen Augen.

Die Polizei konnte seine Spur an den Blutstropfen leicht zurückverfolgen. Sie endete an einer blutverschmierten Stelle in einer Passage neben einem kleinen Hotel direkt an der Market Street. Im Hotel fand die Polizei das Zimmer, aus dem der Mann gesprungen, gefallen oder gestoßen worden war. Das Bett war blutdurchtränkt. Auf dem Bett lagen zerrissene und zusammengedrehte Laken, die verknotet und als Fesseln benutzt worden waren. Man fand auch ein Handtuch, das als Knebel gedient hatte.

Augenscheinlich war der nackte Mann gefesselt, geknebelt und mit dem Messer bearbeitet worden. Die Ärzte sagten, daß die Fleischstreifen losgeschnitten und nicht rausgerissen oder rausgekrallt worden waren. Nachdem der Messer-Benutzer weggegangen war, hatte sich der nackte Mann von seinen Fesseln befreit und war, wahrscheinlich wahnsinnig vor Schmerz, aus dem Fenster gesprungen oder gefallen. Der Sturz hatte seinen Schädel zerschmettert und seinen Arm gebrochen, trotzdem hatte er es fertiggebracht, sich noch anderthalb Blocks weit zu schleppen.

Die Hotelverwaltung sagte, daß der Mann zwei Tage da gewohnt hätte. Er hatte sich als H. F. Barrows aus der City eingetragen. Er besaß eine schwarze Reisetasche, in der die Polizei neben Kleidungsstücken, Rasierzeug und so weiter eine Schachtel mit 38er-Munition, ein schwarzes Tuch mit eingeschnittenen Augenlöchern, vier Dietriche, ein kleines Brecheisen, eine hübsche Menge Morphium sowie eine Nadel und den Rest der Spritze fand. Irgendwo im Zimmer fand die Polizei seine restliche Kleidung, einen 38er-Revolver und zwei Quartflaschen Schnaps. Aber nicht einen Cent.

Man vermutete nun, daß Barrows ein Einbrecher gewesen sei und daß er zwischen acht und neun Uhr an diesem Morgen vermutlich von seinen Komplizen gefesselt, gemartert und ausgeraubt worden war. Niemand wußte auch nur das geringste über ihn. Niemand hatte seinen oder seine Besucher gesehen. Das Zimmer links neben ihm war frei. Der Mieter des Zimmers auf der anderen Seite hatte seins schon vor sieben Uhr verlassen, um zu seiner Arbeit in einer Möbelfabrik zu gehen.

Während das passierte, war ich im Büro, saß nach vorne gelehnt in meinem Stuhl, um meinen Rücken zu schonen, und las die Berichte, in denen Detektive aus den verschiedenen Niederlassungen der *Continental Detective Agency* übereinstimmend berichteten, daß sie weiterhin keine Anzeichen über die früheren, gegenwärtigen und künftigen Aufenthaltsorte von Papadopoulos und Nancy Regan herausgefunden hätten. Es gab für mich nichts Neues in diesen Berichten – ich las dergleichen schon seit drei Wochen.

Der Alte und ich gingen zusammen zum Lunch, und ich erzählte ihm, während wir aßen, die Ereignisse der letzten Nacht in Sausalito. Sein Großvatergesicht war aufmerksam wie immer und sein Lächeln voll höflichen Interesses, aber als ich mit meiner Geschichte halb zu Ende war, wandte er seine sanften blauen Augen von meinem Gesicht zu seinem Salat und starrte seinen Salat an, bis ich mit meiner Geschichte zu Ende war. Dann sagte er, und dabei sah er immer noch nicht auf, daß es ihm leid täte, daß ich verletzt worden sei. Ich dankte ihm, dann aßen wir schweigend eine Zeitlang.

Schließlich blickte er mich an. Milde und Höflichkeit, die er gewöhnlich zur Schau trug, um seine Kaltblütigkeit zu verbergen, waren in seinem Gesicht, seinen Augen und seiner Stimme, als er sagte: »Das erste Anzeichen, daß Papadopoulos noch lebt, erreichte uns unmittelbar nach Tom-Tom Careys Ankunft.«

Nun war ich an der Reihe, den Blick abzuwenden.

Ich blickte auf das Brötchen, das ich gerade zerkrümelte, während ich sagte: »Ja.«

Am Nachmittag kam ein Telefonanruf von einer Frau draußen in der Mission, die ein paar höchst mysteriöse Vorgänge beobachtet hatte und überzeugt war, daß die etwas mit den Bankeinbrüchen, von denen soviel geredet wurde, zu tun hätten. So fuhr ich hinaus, um sie zu sprechen, und verbrachte den größten Teil des Nachmittags, um herauszukriegen, daß die Hälfte der Vorfälle sich nur in ihrer Einbildung abgespielt hatten und die andere Hälfte die Anstrengungen einer eifersüchtigen Frau waren, ihrem Mann auf die Schliche zu kommen.

Es war fast sechs Uhr, als ich zur Agentur zurückkam. Ein paar Minuten später rief mich Dick Foley an. Er klapperte so heftig mit den Zähnen, daß ich ihn nur mit Mühe verstehen konnte. »K-k-k-ö-nnen S-s-si-i-ie ins Ha-ha-hafenkr-kra-kranknha-haus ko-komm?«

»Was?« fragte ich, und er sagte das Ganze noch mal so, wenn nicht miserabler. Aber diesmal erriet ich, daß er mich fragte, ob ich ins Hafenkrankenhaus kommen könnte.

Ich sagte ihm, daß ich das in zehn Minuten könnte, und mit Hilfe eines Taxis schaffte ich es tatsächlich.

Der kleine kanadische Angestellte erwartete mich am Tor des Krankenhauses. Seine Kleider und seine Haare waren klitschnaß, aber inzwischen hatte er einen Schuß Whisky gehabt, und seine Zähne hatten aufgehört zu klappern.

»Das verdammte Luder ist in die Bucht gesprungen!« knurrte er mich an, als ob das meine Schuld wäre.

»Angel Grace?«

»Wen sonst hab ich beschattet? Nahm die Oakland-Fähre. Stellte sich abseits an die Reling. Dachte, sie macht das, um was ins Wasser zu schmeißen. Behielt sie im Auge. Booing! Hüpfte ins Wasser.« Dick nieste. »Ich war bescheuert genug, um ihr hinterherzuspringen. Hielt sie über Wasser. Wurden beide rausgefischt. Da drin.« Er bewegte seinen nassen Kopf in Richtung auf das Krankenhaus.

»Was war denn, bevor sie die Fähre nahm?«

»Nichts. Hockte den ganzen Tag auf ihrer Bude. Dann direkt zur Fähre.«

»Und was war gestern?«

»Ganzen Tag zu Hause. Am Abend mit 'nem Kerl aus. Roadhouse. Um vier zu Hause. Schlechter Abgang. Konnte ihn nicht loswerden.«

»Wie sah er aus?«

Der Mann, den Dick beschrieb, war Tom-Tom Carey.

»Gut«, sagte ich. »Sie schieben besser nach Hause ab, nehmen ein heißes Bad und ziehn trockne Klamotten an.« Ich ging hinein, um mir die Selbstmordversucherin anzuschaun.

Sie lag in ihrem Bett auf dem Rücken und starrte die Decke an. Ihr Gesicht war bleich, aber das war es immer – nur ihre grünen Augen blickten noch mürrischer als sonst. Außer daß ihre Haare von der Feuchtigkeit dunkler wirkten, sah sie nicht so aus, als wäre etwas Außerordentliches passiert.

»Sie denken sich vielleicht verrückte Sachen aus«, sagte ich, als ich neben dem Bett stand.

Sie zuckte zusammen, und ihr Gesicht fuhr zu mir herum und blickte erschrocken. Dann erkannte sie mich und lächelte – ein Lächeln, das einen Reiz in ihr Gesicht brachte, den der mürrische Ausdruck sonst fernhielt. »Sie wolln wohl nicht aus der Übung kommen – schnüffeln immer andern Leuten nach?« fragte sie. »Wer hat Ihnen erzählt, daß ich hier bin?«

»Das weiß doch alle Welt. Ihre Fotos sind auf allen Titelseiten, und die Zeitungen schreiben Ihre Lebensgeschichte und was Sie zum Prinzen von Wales gesagt haben.«

Sie hörte auf zu lächeln und sah mich eindringlich an. »Ich hab's«, rief sie nach ein paar Sekunden. »Der Gnom, der mir nachhüpfte, war einer von Ihren Leuten – hat mich beschattet. Stimmt's?«

»Ich wußte gar nicht, daß Ihnen jemand nachspringen mußte«, antwortete ich. »Ich dachte, Sie sind an den Strand geschwommen, nachdem Sie Ihr Bad beendet hatten. Wollten Sie nicht an Land?«

Sie mußte nicht lächeln. Ihre Augen schienen auf einmal etwas Gräßliches zu erblicken. »Oh! Warum lassen Sie mich nicht in Ruhe?« jammerte sie und fröstelte. »Es ist so trostlos, am Leben zu sein.«

Ich setzte mich auf den kleinen Stuhl neben dem weißen Bett und tätschelte den Höcker, den ihre Schulter mit der Bettdecke bildete. »Was war denn los?« Ich war über den väterlichen Ton überrascht, den ich zustande brachte. »Weswegen wollten Sie sterben, Angel?«

Die Worte, die gesagt werden wollten, glänzten in ihren Augen auf, durchzuckten ihre Gesichtsmuskeln, verformten ihre Lippen – aber das war auch schon alles. Was sie dann sagte, klang teilnahmslos, aber endgültig. Sie sagte: »Nein. Sie sind das Gesetz. Ich bin ein Dieb. Ich stehe auf meiner Seite des Zauns. Niemand soll sagen können ...«

»Okay, okay«; ich kapitulierte. »Aber lassen Sie mich um Himmels willen bloß keinen dieser moralischen Sprüche hören. Kann ich irgend etwas für Sie tun?«

»Danke, nein.«

»Und es gibt nichts, was Sie mir sagen wollen?«

Sie schüttelte den Kopf.

»Sie sind jetzt wieder in Ordnung?«

»Ja. Man hat mich beschattet, stimmt's? Sonst hätten Sie doch nicht so schnell Bescheid gewußt.«

»Ich bin ein Detektiv – ich weiß alles. Seien Sie ein liebes Mädchen.«

Vom Krankenhaus fuhr ich rauf zum Justizgebäude, in das Detektivbüro der Polizei. Lieutenant Duff saß hinter dem Schreibtisch des Captains. Ich erzählte ihm von Angels Bad.

»Haben Sie 'ne Ahnung, was mit ihr los war?« fragte er, nachdem ich damit zu Ende war.

»Die ist so weit weggetreten, daß man sich ihre Gründe nicht mal ausmalen kann. Ich möchte, daß ihr sie wegen Landstreicherei einkassiert.«

»Auf einmal? Ich dachte, ihr wolltet, daß sie frei herumläuft, damit ihr sie bei was schnappen könnt.«

»Dies Spielchen ist vorbei. Ich würde es lieber versuchen, sie für dreißig Tage einzubuchten. Big Flora sitzt auch in

Untersuchungshaft. Die Angel weiß, daß Flora zu der Truppe gehört hat, die ihren Paddy kaltgemacht hat. Vielleicht kennt Flora die Angel nicht. Wolln doch mal sehen, was dabei rauskommt, wenn wir die beiden Herzchen für einen Monat zusammensetzen.«

»Läßt sich machen«, sagte Duff zustimmend. »Diese Angel hat keine geregelten Einkünfte, und es ist klar wie Kloßbrühe, daß sie kein Recht dazu hat, hier herumzurennen, um den Leuten in ihre Buchten zu hopsen. Ich werd mich drum kümmern.«

Vom Justizgebäude fuhr ich zum Hotel in der Ellis Street, wo Tom-Tom Carey angeblich absteigen wollte. Er war nicht da. Ich hinterließ ihm eine Nachricht, daß ich in einer Stunde zurück sein würde, und benutzte die Stunde, um zu essen. Als ich zum Hotel zurückkam, saß der lange dunkelhäutige Mann in der Halle. Er nahm mich zu seinem Zimmer hoch und stellte Gin, Orangensaft und Zigarren hin.

»Angel gesehn?« fragte ich.

»Ja, gestern abend. Wir sind durch die Kneipen gezogen.«

»Haben Sie sie heute gesehn?«

»Nein.«

»Sie ist heute nachmittag in die Bucht gesprungen.«

»Teufel«; er schien einigermaßen überrascht. »Und dann?«

»Sie wurde rausgefischt. Sie ist okay.«

Der Schatten in seinen Augen konnte auf eine leichte Enttäuschung hindeuten.

»Komisches Mädchen«, bemerkte er. »Meiner Meinung nach hat Paddy keinen guten Geschmack bewiesen, als er sie aufgegabelt hat, sie ist schon ein verrückter Vogel!«

»Wie geht's mit der Jagd auf Papadopoulos voran?«

»Geht so. Aber Sie hätten Ihr Wort nicht brechen sollen. Sie haben mir halbwegs versprochen, mich nicht zu beschatten.«

»Ich bin nicht der große Boß«, entschuldigte ich mich. »Manchmal ist das, was ich will, nicht dasselbe, was der Chef will. Aber das sollte Ihnen doch nicht soviel ausmachen – Sie können ihn doch abschütteln, oder?«

»Mhm, mhm. Genau das hab ich gemacht. Aber es ist verdammt lästig, dauernd in und aus Taxis zu hüpfen und sich durch Hintereingänge zu schleichen.«

Wir redeten und tranken noch ein paar Minuten, dann verließ ich Careys Zimmer und das Hotel, ging in die Telefonzelle eines Drugstores, rief Dick Foley zu Hause an und gab Dick eine Beschreibung und die Adresse des dunkelhäutigen Manns. »Ich möchte nicht, daß Sie Carey beschatten, Dick. Ich möchte, daß Sie herausfinden, wer ihn zu beschatten versucht – und dieser Beschatter ist der Vogel, den Sie sich vornehmen sollen. Es reicht, wenn Sie morgen früh damit anfangen – bis dahin können Sie erst mal trocken werden.«

Und das war das Ende von diesem Tag.

Ich erwachte zu einem unangenehm regnerischen Morgen. Vielleicht war's das Wetter, vielleicht hatte ich am Tag zuvor zuviel herumgetobt, jedenfalls fühlte sich der Schlitz in meinem Rücken wie eine fußgroße Brandblase an. Ich telefonierte nach Dr. Canova, der ein Stockwerk unter mir wohnte, und ließ ihn sich den Schnitt ansehen, bevor er in seine Praxis in der City ging. Er verband die Wunde neu und riet mir, für ein paar Tage ein wenig auszuspannen. Ich fühlte mich besser, nachdem er an mir herumgedoktert hatte, trotzdem rief ich die Agentur an und sagte dem Alten, daß ich vorhätte, den Tag krankzufeiern, ich sei auf Abruf bereit, falls irgendwas Aufregendes vorfallen würde.

Ich verbrachte den Tag, indem ich mich vorm Gasofen aufpflanzte, viel las und viele Zigaretten rauchte, die wegen dem Wetter nicht recht brennen wollten. Am Abend hängte ich mich ans Telefon, um eine Pokerpartie zu organisieren, bei der ich kaum in Fahrt kam, weder so noch so. Am Schluß lag ich mit fünfzehn Dollar vorn, und das waren fünf Dollar weniger, als ich für den Stoff bezahlt hatte, den mir meine Gäste wegkümmelten.

Am nächsten Tag waren mein Rücken und das Wetter besser. Ich fuhr runter zur Agentur. Auf meinem Tisch lag ein Memorandum über einen Anruf von Duff: Angel Grace Cardigan sei wegen Landstreicherei festgenommen worden – für dreißig Tage ins Stadtgefängnis. Dann war da der vertraute Stoß von Berichten der verschiedenen Zweigstellen über die Unfähigkeit der Detektive, etwas über Papadopoulos und Nancy Regan herauszukriegen. Ich überflog das Zeug, als Dick Foley hereinkam.

»Hab ihn«, berichtete er. »Dreißig bis zweiunddreißig, einssiebzig, hundertdreißig. Helles Haar, helle Haut. Blaue Augen. Schmales Gesicht, bißchen zerkratzte Haut. 'ne Ratte, haust in 'nem Loch in der Seventh Street.«

»Was hat er gemacht?«

»Carey einen Block lang beschattet. Carey hat ihn abgeschüttelt. Hat bis zwei Uhr morgens nach Carey gesucht. Ihn nicht gefunden. Ging nach Hause. Soll ich ihn mir noch mal vorknöpfen?«

»Gehen Sie zu seiner Bruchbude, und finden Sie raus, wer er ist.«

Der kleine Kanadier war für eine halbe Stunde weg.

»Sam Arlie«, sagte er, als er zurückkam. »Seit sechs Monaten da. Soll 'n Friseur sein, falls er arbeitet – wenn überhaupt.«

»Ich hab zwei Vermutungen über diesen Arlie«, sagte ich Dick. »Die erste ist, daß er der Typ war, der mich vorgestern abend in Sausalito angekratzt hat. Die zweite ist, daß ihm bald was zustoßen wird.«

Es war gegen Dicks Gewohnheiten, Worte zu verschwenden, daher sagte er nichts.

Ich rief Tom-Tom Careys Hotel an und bekam den dunkelhäutigen Mann an den Apparat. »Kommen Sie doch rüber«, sagte ich. »Ich hab da ein paar Neuigkeiten für Sie.«

»Sobald ich mich angezogen und gefrühstückt habe«, versprach er.

»Wenn Carey von hier weggeht, folgen Sie ihm«, sagte ich Dick, nachdem ich eingehängt hatte. »Wenn Arlie jetzt mit ihm zusammentrifft, passiert vielleicht was. Versuchen Sie's mitzukriegen.«

Dann rief ich das Detektivbüro der Polizei an und verabredete mich mit Sergeant Hunt für einen Besuch in der Wohnung von Angel Grace Cardigan.

Danach vertrieb ich mir die Zeit mit Papierkram, bis Tommy hereinkam, um mir den dunkelhäutigen Mann aus Nogales zu melden.

»Der Maker, der sich an Sie hängt«, sagte ich ihm, nachdem er sich hingesetzt hatte und an seiner Zigarette zu arbeiten begann, »ist ein Friseur namens Arlie.« Und ich erzählte ihm, wo Arlie wohnt.

»Ja. Einer mit 'nem dünnen Gesicht und hellen Haaren?«

Ich gab ihm die Beschreibung, die mir Dick gegeben hatte.

»Das ist der *hombre*«, sagte Tom-Tom Carey. »Wissen Sie sonst noch was von ihm?«

»Nein.«

»Sie haben Angel Grace einbuchten lassen.«

Da das weder ein Vorwurf noch eine Frage war, ließ ich es unbeantwortet.

»Das trifft sich gut«, fuhr der lange Mann fort. »Ich hätte sie sowieso abhängen müssen. Sie hat mit ihrer Dummheit ein Talent, Sachen gerade dann zu vermasseln, wenn ich sie fast im Griff habe.«

»Ist es denn bald soweit?«

»Kommt drauf an.« Er stand auf, gähnte und schüttelte seine breiten Schultern. »Aber es muß keiner verhungern, der sich entschließt, nichts mehr zu essen, bis ich ihn habe.

Daß ich beschattet werde, hätt' ich nicht Ihnen anhängen dürfen.«

»Ich hab mir deswegen nicht gerade die Augen aus dem Kopf geheult.«

Tom-Tom Carey sagte: »Bis bald!« und schlenderte hinaus.

Ich fuhr zum Justizgebäude hinunter, klaubte dort Hunt auf, und wir fuhren zum Apartmenthaus in der Bush Street, wo Angel Grace Cardigan gewohnt hatte. Die Verwalterin – eine stark duftende, fette Frau mit einem strengen Mund und weichen Augen – wußte schon, daß ihre Mieterin im Knast saß. Sie führte uns anstandslos zu den Zimmern des Mädchens hinauf.

Die Angel war keine gute Hausfrau. Zwar war es einigermaßen sauber, aber es herrschte ein schreckliches Durcheinander. Der Abwasch in der Küche war voll von schmutzigem Geschirr. Das Klappbett war nur notdürftig gemacht. Kleider und Sachen und Frauenkram hingen vom Bad bis zur Küche so gut wie überall herum.

Wir schafften uns die Verwalterin vom Hals und untersuchten den Raum gründlich. Am Ende wußten wir genau über die Garderobe und die Gewohnheiten des Mädchens Bescheid. Aber wir fanden nichts, was auf Papadopoulos hingedeutet hätte.

Weder am Nachmittag noch am Abend war etwas über die Kombination zwischen Carey und Arlie zu hören, so daß ich jeden Augenblick damit rechnete, etwas von Dick zu hören.

Gegen drei Uhr morgens scheuchte das Telefon neben meinem Bett meine Ohren aus den Federn. Die Stimme, die ich hörte, war die des kanadischen Detektivs.

»Arlie ist hinüber«, sagte er.

»Requiescat in pace?«

»Ja.«

»Wie?«

»Blei.«

»Von unserm Freund?«

»Ja.«

»Hat's Zeit bis morgen?«

»Ja.«

»Wir sehn uns im Büro.« Und ich schlief wieder ein.

Als ich um neun in der Agentur ankam, hatte einer der Angestellten gerade ein Brieftelegramm unseres Mannes in
Los Angeles, den wir nach Nogales geschickt hatten, dechif-
friert. Das Telegramm war lang und hatte es in sich.

Es besagte, daß Tom-Tom Carey entlang der Grenze gut
bekannt war. Für ein gutes halbes Jahr war er damit beschäftigt gewesen, den Waffenhandel nach Süden in Schwung zu
halten, hatte Schnaps und wahrscheinlich auch Drogen über
die Grenze geschoben und illegale Einwanderer nach Norden gebracht. Kurz bevor er letzte Woche weg sei, habe er
Nachforschungen nach einem gewissen Hank Barrows angestellt. Die Beschreibung dieses Hank Barrows paßte auf
H. F. Barrows, der in Streifen geschnitten worden, aus dem
Hotelfenster gefallen und gestorben war.

Der Detektiv in Los Angeles hatte über Barrows nicht
viel in Erfahrung bringen können, außer daß er aus San
Francisco stammte, nur für ein paar Tage an der Grenze
war und dann augenscheinlich nach San Francisco zurückgekehrt sei. Der Detektiv hatte nichts Neues über die Ermordung Newhalls rausgefunden – alles deutete weiter darauf hin, daß er getötet wurde, als er sich der Festnahme
durch die mexikanischen Patrioten widersetzte.

Dick Foley kam, während ich diese Nachricht las, in mein
Büro. Als ich fertig war, lieferte er mir seinen Beitrag der
Geschichte Tom-Tom Careys.

»Hab ihn von hier aus beschattet. Bis zum Hotel. Arlie
war an der Ecke. Um acht kam Carey raus. In die Garage.
Mietete einen Wagen ohne Fahrer. Zurück ins Hotel. Be-

zahlte. Zwei Koffer. Durch den Park weg. Arlie in 'nem alten Schlitten hinterher. Ich mit meiner Karre hinter Arlie. Den Boulevard runter. Über die Kreuzung. Dunkel. Einsam. Arlie gibt Gas. Holt auf. Bäng! Carey hält. Zwei Kanonen gehn los. Abgang Arlie. Carey zurück in die Stadt. Hotel Marquis. Trägt sich als George F. Danby aus San Diego ein. Zimmer 622.«

»Hat Tom-Tom Arlie gefilzt, nachdem er ihn umgelegt hatte?«

»Nein. Hat ihn nicht angerührt.«

»So? Nehmen Sie sich Mickey Lineham mit. Lassen Sie Carey nicht aus den Augen. Ich werd jemand auftreiben, der Sie und Mickey spät am Abend ablöst. Ich werd's zumindest versuchen, aber jedenfalls muß er vierundzwanzig Stunden am Tag beschattet werden, bis –« Ich wußte nicht, was danach kommen sollte, und so hörte ich auf zu reden.

Ich nahm Dicks Geschichte mit in das Büro des Alten, erzählte sie ihm und beendete sie so: »Laut Foley hat Arlie zuerst geschossen, so daß Carey mit Notwehr davonkommen kann, aber wenigstens ist die Sache jetzt in Gang gekommen, und ich möchte nichts unternehmen, um sie zu bremsen. Deshalb wär ich dafür, daß wir das, was wir über die Schießerei wissen, ein paar Tage für uns behalten. Das wird zwar die Zuneigung des County-Sheriffs für uns nicht gerade befördern, wenn er rauskriegt, was wir gemacht haben, aber ich denke, daß es das wert ist.«

»Wenn Sie meinen«, sagte der Alte und griff nach seinem Telefon, das gerade läutete.

Er sprach in den Apparat und reichte mir dann den Hörer. Es war Detektiv-Sergeant Hunt. »Flora Brace und Grace Cardigan sind kurz vor Morgengrauen ausgebrochen. Wahrscheinlich sind sie ...«

Für Einzelheiten war ich nicht in Stimmung. »Ein sauberer Ausbruch?« fragte ich.

»Bisher haben wir keinen Anhaltspunkt, aber –«

»Sie können mir die Einzelheiten erzählen, wenn wir uns treffen. Vielen Dank«, und ich hängte auf. »Angel Grace und Big Flora sind aus dem Stadtgefängnis ausgebrochen«, so teilte ich dem Alten die Neuigkeit mit.

Er lächelte höflich, wie über etwas, das ihn nicht besonders interessierte. »Sie haben sich doch eben selbst dazu beglückwünscht, daß die Dinge ins Rollen kommen«, murmelte er.

Ich schaltete von Bedrückt auf Grinsen um, murmelte: »Das kann ja sein«, ging zurück in mein Büro und rief Franklin Ellert an. Der lispelnde Rechtsanwalt sagte, daß er sich über meinen Besuch freuen würde, und so ging ich rüber in sein Büro.

»Und jetzt, was für Fortschritte haben Sie gemacht«, fragte er mich begierig, nachdem ich mich gegenüber seinem Schreibtisch niedergelassen hatte.

»Einige. Ein Mann, der Barrows hieß, befand sich auch in Nogales, als Newhall getötet wurde, und ist auch gleich darauf nach San Francisco gekommen. Carey hat Barrows hierher verfolgt. Haben Sie von dem Mann gelesen, der nackt und in Streifen geschnitten über die Straße spaziert ist?«

»Ja.«

»Das war Barrows. Dann ist ein andrer Mann ins Spiel gekommen – ein Friseur namens Arlie. Er hat Carey nachspioniert. Letzte Nacht hat Arlie in einer einsamen Straße südlich von hier auf Carey geschossen. Carey hat ihn getötet.«

Die Augen des Rechtsanwalts traten noch ein paar Zentimeter weiter heraus. »In welcher Strafe?« japste er.

»Sie wollen den genauen Ort?«

»Ja.«

Ich zog mir sein Telefon heran, rief die Agentur an, ließ mir Dicks Bericht vorlesen und gab dem Rechtsanwalt die Information, die er haben wollte.

Sie hatte einige Wirkung auf ihn. Er hüpfte aus seinem Stuhl, Schweiß glänzte in den Falten, die sein Gesicht durchfurchten. »Miff Newhall wohnt dort ganz allein. Die Ftelle ift nur eine halbe Meile von ihrem Hauf entfernt.«

Ich runzelte die Stirn und strengte mein Hirn an, aber das Ganze sagte mir trotzdem nichts. »Möchten Sie, daß ich einen unsrer Leute hinunterschicke, um nach ihr zu sehen?« schlug ich vor.

»Aufgezeichnet!« Sein besorgtes Gesicht hellte sich auf, bis es höchstens noch fünfzig bis sechzig Sorgenfalten aufwies. »Fie hat ef vorgezogen, dort wohnen zu bleiben, folange der erfte Schmerz über ihref Vaterf Tod anhält. Fie werden einen fähigen Mann hinschicken?«

»Der Felsen von Gibraltar ist im Vergleich zu ihm ein loses Blatt im Wind. Geben Sie mir ein Empfehlungsschreiben für ihn mit auf den Weg. Er heißt Andrew MacElroy.«

Während der Anwalt das Schreiben niederkritzelte, benutzte ich noch einmal sein Telefon, rief die Agentur an und sagte der Zentrale, sie solle Andy finden und ihm sagen, daß ich ihn brauchte.

Dann aß ich zu Mittag, bevor ich in die Agentur zurückkehrte. Andy wartete schon auf mich, als ich ankam.

Andy MacElroy war ein schwerer Brocken von einem Mann – nicht besonders groß, aber kräftig, mit einem harten Schädel und einem harten Körper. Ein mürrischer, grimmiger Kerl, der nicht mehr Phantasie besaß als eine Rechenmaschine. Ich war noch nicht mal sicher, ob er lesen konnte. Aber ich war sicher, daß Andy, wenn man ihn anwies, etwas zu tun, nur das und nichts anderes tun würde. Um mehr zu tun, wußte er einfach zu wenig.

Ich gab ihm das Empfehlungsschreiben des Rechtsanwalts für Miss Newhall, sagte ihm, wohin er zu gehen und was er zu tun habe. Damit waren die Probleme von Miss Newhall aus meinem Kopf.

Dreimal hörte ich an diesem Nachmittag von Dick Foley und Mickey Linehan. Tom-Tom Carey machte nichts besonders Aufregendes, obwohl er sich zwei Kartons mit 44er-

Munition in einem Sportgeschäft in der Market Street gekauft hatte.

Die Nachmittagszeitungen brachten Fotos von Big Flora Brace und Angel Grace Cardigan sowie die Story ihrer Flucht. Die Story war so weit von den wahrscheinlichen Fakten entfernt, wie das Zeitungsstories im allgemeinen sind. Auf einer anderen Seite war eine Notiz über das Auffinden der Leiche des Friseurs in der einsamen Straße. Er war im Kopf und in der Brust getroffen worden, insgesamt viermal. Nach offizieller Meinung der County-Behörde war er getötet worden, während er sich gegen einen Raubüberfall zur Wehr setzte. Die Banditen seien geflohen, ohne ihn auszurauben.

Gegen fünf trat Tommy Howd in meine Türe. »Dieser Typ Carey will Sie schon wieder sehen«, sagte der sommersprossige Junge.

»Schieß ihn rein.«

Der schwarzhäutige Mann schlenderte herein, sagte: »Hallo«, setzte sich hin und drehte sich eine braune Zigarette. »Haben Sie für heut abend was Besonderes vor?« fragte er, während er rauchte.

»Nichts, was ich nicht für was Besseres sausen lassen könnte. Geben Sie 'ne Party?«

»Mhm, mhm. Hab's jedenfalls vor. So 'ne Art Überraschungsparty für Papadoodle. Wolln Sie mitmachen?«

Jetzt war ich an der Reihe, »Mhm, mhm« zu sagen.

»Ich hol Sie gegen elf ab. Ecke Van Ness und Geary«, sagte er gedehnt. »Aber das ist 'ne Party im kleinsten Kreis. Nur Sie und ich – und er.«

»Nee. Da wird noch 'n Gast dabei sein müssen. Den bring ich mit.«

»Das schmeckt mir nicht.« Tom-Tom Carey schüttelte langsam den Kopf und schickte mir ein freundschaftliches Stirnrunzeln über seine Zigarette. »Ihr Schnüffler sollt nicht in der Überzahl sein. Es muß eins zu eins stehen.«

»Sie werden nicht untergebuttert«, erklärte ich ihm. »Der Typ, den ich mitbringe, wird nicht mehr zu mir als zu Ihnen halten. Und ich rate Ihnen, auf ihn ein genauso scharfes Auge zu haben, wie ich es tun werde – und dafür zu sorgen, daß er keinem von uns in den Rücken fallen kann, wenn wir's verhindern können.«

»Und warum wolln Sie ihn dann überhaupt mitschleppen?«

»Das ist 'ne lange Geschichte«, grinste ich.

Der dunkelhäutige Mann runzelte wieder die Stirn, diesmal aber weniger freundschaftlich. »Dieses Belohnungsgeld von hundertundsechstausend Dollar – also ich kann mir schlecht vorstellen, daß ich's mit jemand teilen möchte.«

»Ganz richtig«, sagte ich zustimmend. »Niemand, den ich mitbringe, wird darauf Anspruch erheben.«

»Ich werd Sie beim Wort nehmen.« Er stand auf. »Und wir solln den *hombre* im Auge behalten, he?«

»Wenn wir wollen, daß alles glattläuft.«

»Angenommen, er kommt uns in die Quere – spielt plötzlich verrückt. Können wir uns ihn dann richtig vorknöpfen, oder werden wir dann bloß sagen: ›Du! Du!‹ und ›Aber! Aber!‹?«

»Er wird für alles seinen Kopf hinhalten müssen.«

»In Ordnung.« Sein hartes Gesicht wurde wieder gutmütig, als er sich zur Tür bewegte. »Um elf an der Ecke Van Ness und Geary.«

Ich ging zurück ins Detektivbüro, wo Jack Counihan in einem Sessel lümmelte und ein Magazin las.

»Ich hoffe, Sie haben an eine Beschäftigung für mich gedacht«, sagte er zur Begrüßung. »Ich krieg schon Schwielen am Hintern vom ewigen Herumsitzen.«

»Geduld, mein Sohn, Geduld – das müssen Sie lernen, wenn Sie je ein Detektiv werden wollen. Nun, als ich noch so jung wie Sie war und grade in der Agentur angefangen hatte, war ich zufrieden, wenn …«

»Fangen Sie bloß nicht damit an«, bat er mich. Dann wurde sein gutaussehendes junges Gesicht ernst. »Ich verstehe nicht, warum ihr mich hier unter Verschluß haltet. Ich bin schließlich außer Ihnen der einzige, der Nancy Regan wirklich gesehen hat. Man sollte meinen, daß Sie mich draußen einsetzen, um sie aufzuspüren.«

»Ich hab dem Alten genau dasselbe gesagt«, sagte ich voller Anteilnahme. »Aber er hat Angst vor dem Risiko, daß Ihnen etwas zustößt. Er sagt, daß er in den ganzen fünfzig Jahren, seit er Leuten nachgeschlichen ist, niemals einen so hübschen Angestellten gehabt hat. Mal abgesehen davon, daß er auch noch ein Dressman, ein Partylöwe und ein Millionenerbe ist. Nach seiner Vorstellung sollen wir Sie als eine Art Schaustück schonen und Sie nicht den Gefahren …«

»Ach, gehen Sie doch zum Teufel«, sagte Jack mit hochrotem Gesicht.

»Aber ich hab ihn dazu überredet, Sie für heute aus der Vitrine nehmen zu dürfen«, fuhr ich fort. »Erwarten Sie mich also kurz vor elf an der Ecke Van Ness und Geary.«

»Geht's richtig los?« Er war voller Tatendrang.

»Kann schon sein.«

»Was haben wir vor?«

»Bringen Sie Ihr kleines Schießgewehr mit.« Mir kam eine Idee, und ich faßte sie in Worte. »Ziehen Sie sich fein an – große Abendgarderobe.«

»Smoking?«

»Nein. Gehen Sie ruhig aufs Ganze. Nur keinen Zylinder! Nun zu Ihrer Aufgabe: Man soll nicht merken, daß Sie ein Detektiv sind. Ich bin mir nicht sicher, was Sie ganz genau sein sollen, aber das spielt auch keine Rolle. Tom-Tom Carey wird dabei sein. Tun Sie so, als wären Sie weder mein Freund noch seiner – so, als ob Sie keinem von uns trauen.

Wir werden ziemlich schräg zu Ihnen sein. Wenn irgendwas gefragt wird, was Sie nicht beantworten können – dann seien Sie einfach feindselig. Aber treten Sie Carey auch nicht zu sehr auf die Zehen. Kapiert?«

»Ich – ich glaub schon.« Er sprach langsam und zog seine Stirn in Falten. »Ich soll spielen, daß ich zwar hinter derselben Sache wie Sie her bin, aber daß wir abgesehen davon alles andere als Freunde sind. So als ob ich Ihnen nicht über den Weg traue. Ist es das?«

»Genau das. Und nehmen Sie sich in acht. Sie werden die ganze Zeit in purem Nitroglyzerin schwimmen.«

»Worum geht's denn? Seien Sie nett! Geben Sie mir wenigstens einen kleinen Tip!«

Ich grinste hinauf zu ihm. Er war ein ganzes Stück größer als ich.

»Das könnt ich machen«, sagte ich zustimmend. »Aber ich habe Angst, daß Sie es dann mit der Angst kriegen und den Schwanz einziehen. Daher sage ich Ihnen besser nichts. Seien Sie also unbeschwert, solange es noch geht. Essen Sie gut zu Abend. Viele Verurteilte nehmen ein herzhaftes Frühstück mit Schinken und Eiern zu sich, bevor sie sich auf den letzten Weg machen. Fürs Abendessen mag das zwar für Sie nicht das Richtige sein, aber ...«

Fünf vor elf in dieser Nacht kam Tom-Tom Carey mit einer schwarzen Limousine um die Ecke, an der Jack und ich wartend im Nebel standen, der sich wie ein feuchter Pelzmantel anfühlte.

»Steigt ein«, befahl er, als wir an den Randstein kamen.

Ich öffnete die Vordertür und wollte Jack reinbugsieren. Er begann mit seiner kleinen Theatervorstellung, indem er mich kalt ansah und die Hintertür öffnete.

»Ich werde lieber hinten sitzen«, sagte er schroff.

»Keine schlechte Idee.« Und ich stieg neben ihm ein.

Carey drehte sich auf seinem Sitz um, und er und Jack starrten sich eine Weile an. Ich sagte nichts, stellte sie einander nicht vor. Als der dunkelhäutige Mann fertig damit war, den Jungen abzuschätzen, blickte er von dem Kragen und der Fliege des Jungen – der Rest der großen Abendgarderobe steckte unter dem Mantel – zu mir, grinste und sagte mit verstellt gezierter Stimme: »Ihr Freund ist Kellner, hm?«

Ich lachte, weil die Wut, die das Gesicht des Jungen dunkel färbte und ihm den Mund offenstehen ließ, echt und nicht gespielt war. Ich stieß ihn mit dem Fuß an. Er machte den Mund zu, sagte nichts und sah Tom-Tom Carey und mich an, als ob wir Exemplare irgendeiner niederen Tiergattung wären.

Ich grinste zu Carey zurück und fragte: »Warten wir noch auf etwas?«

Er sagte nein, hörte auf, Jack anzustarren und setzte den Wagen in Gang. Er fuhr uns durch den Park, den Boulevard hinunter. Der Verkehr in beiden Richtungen glomm kurz auf und verschwand dann wieder im dicken Nebel der Nacht. Gleich darauf ließen wir die Stadt hinter uns und kamen aus dem Nebel in klares Mondlicht. Ich sah mich nicht nach den Fahrzeugen um, die hinter uns fuhren, aber ich wußte, daß in einem von ihnen Dick Foley und Mickey Linehan sein mußten.

Tom-Tom Carey schwenkte unsern Wagen runter vom Boulevard in eine Straße, die glatt und gut ausgebaut war, auf der es aber wenig Verkehr gab.

»Ist nicht irgendwo hier in der Gegend letzte Nacht ein Mann erschossen worden?« fragte ich.

Carey nickte, ohne seinen Kopf umzudrehen, und sagte, nachdem wir eine viertel Meile weitergefahren waren: »Genau hier.«

Wir fuhren jetzt ein wenig langsamer, und Carey schaltete die Lichter aus. Ungefähr eine Meile kroch das Auto nur noch über die Straße, die bald im Mondlicht silbern glänzte, bald im Schatten grau wurde. Wir stoppten im

Schatten einiger hoher Sträucher, die einen dunklen Fleck auf die Straße warfen.

»Wenn man an der Küste ist, dann soll man auch an der Küste wandern«, sagte Tom-Tom Carey und stieg aus dem Wagen.

Jack und ich folgten ihm. Carey zog seinen Mantel aus und warf ihn in den Wagen.

»Es ist gleich um die Wegbiegung, ein Stück weg von der Straße«, erklärte er uns. »Verdammtes Mondlicht! Ich hatte mit Nebel gerechnet.«

Weder ich noch Jack sagten etwas. Das Gesicht des Jungen war bleich und erregt.

»Wir nehmen den kürzesten Weg«, sagte Carey und führte uns über die Straße zu einem hohen Drahtzaun.

Er stieg zuerst über den Zaun, dann Jack, dann – das Geräusch von jemand, der von vorn die Straße entlang kam, ließ mich einhalten. Während ich den beiden Männern auf der anderen Seite des Zauns bedeutete, still zu sein, machte ich mich hinter einem Busch klein. Die näherkommenden Schritte waren leicht, schnell – die einer Frau.

Dann tauchte vor mir ein Mädchen im Mondlicht auf. Es war ein Mädchen um die zwanzig, weder groß noch klein, weder dick noch dünn. Sie trug einen kurzen Rock, keinen Hut, einen Sweater. Ihr bleiches Gesicht und ihre hastigen Bewegungen drückten panische Angst aus – aber da war noch etwas: mehr Schönheit, als ein Schnüffler im mittleren Alter gewöhnlich zu Gesicht bekommt.

Als sie Careys Auto klotzig im Schatten stehen sah, blieb sie plötzlich mit einem Keuchen, das sich fast zu einem Schrei auswuchs, stehen.

Ich ging auf sie zu und sagte: »Hallo, Nancy Regan.«

Diesmal war das Keuchen ein Schrei. »Oh! Oh!« Dann schien sie mich zu erkennen, falls mich das Mondlicht nicht täuschte, und die panische Angst begann von ihr zu weichen. Sie streckte mir beide Hände wie erleichtert entgegen.

»Also?« Ein bärenhaftes Brummen kam von dem schweren Brocken, der hinter ihr aus der Dunkelheit auftauchte. »Was hat das alles zu bedeuten.«

»Hallo, Andy«, grüßte ich den Brocken.

»Hallo«, echote MacElroy dumpf und blieb stehen.

Andy tat immer, was man ihn geheißen hatte. Man hatte ihn geheißen, auf Miss Newhall aufzupassen. Ich sah das Mädchen und dann wieder ihn an.

»Ist das Miss Newhall?« fragte ich.

»Ja«, brummte er. »Ich bin hier runter, wie Sie's mir gesagt haben, aber sie hat gesagt, daß sie mich nicht haben will – wollte mich nicht in ihr Haus lassen. Aber vom Weggehen haben Sie nichts gesagt. Deshalb hab ich draußen kampiert, ein bißchen herumgeschnüffelt und die Angelegenheit im Auge behalten. Und als ich sie vor 'ner Weile aus dem Fenster steigen sah, bin ich sofort hinter ihr her, um auf sie aufzupassen, wie Sie's mir gesagt haben.«

Tom-Tom Carey und Jack Counihan stiegen zurück auf die Straße und überquerten sie, um zu uns zu kommen. Der dunkelhäutige Mann hielt eine Automatic in der Hand. Die Augen des Mädchens waren starr auf mich gerichtet. Die andern beachtete sie überhaupt nicht.

»Was hat das alles zu bedeuten?« fragte ich sie.

»Ich weiß es nicht«, stammelte sie, während ihre Hände nach meinen Händen griffen. »Ja, ich bin Ann Newhall. Ich hatte keine Ahnung. Ich hab das alles für einen Spaß gehalten. Und als ich schließlich merkte, daß es kein Spaß war, gab's kein Zurück mehr.«

Tom-Tom Carey grunzte und scharrte ungeduldig mit den Füßen.

Jack Counihan starrte die Straße hinunter. Andy MacElroy stand gleichmütig neben dem Mädchen, wartete darauf, daß man ihm sagte, was er als nächstes zu tun habe. Das

Mädchen sah kein einziges Mal von mir weg zu den andern.

»Wie sind Sie da reingeraten?« wollte ich wissen. »Aber reden Sie schnell!«

Ich hatte das Mädchen gebeten, schnell zu reden. Und sie tat es. Geschlagene zwanzig Minuten stand sie da, ließ die Wörter in einem plappernden Strom fließen und machte keine Pausen, außer wenn ich sie unterbrach, um sie daran zu hindern, von dem Weg abzukommen, den ich sie zurückverfolgen lassen wollte. Was sie sagte, klang wirr, hatte an manchen Stellen keinen Zusammenhang, wirkte nicht immer plausibel, aber ich hatte, während sie sprach, den Eindruck, daß sie die Wahrheit zu sagen versuchte – fast die ganze Zeit.

Und sie wandte auch nicht für den Bruchteil einer Sekunde den Blick von mir ab. Es war so, als ob sie Angst hätte, irgendwo anders hinzuschauen.

Diese Millionärstochter war, und das war zwei Monate her, eine von vier jungen Leuten gewesen, die spät in der Nacht von irgendeiner Party unten am Strand zurückkehrten. Einer von ihnen machte den Vorschlag, in einem Gasthaus an der Straße haltzumachen – einer besonders verrufenen Kaschemme. Aber gerade dieser üble Ruf der Kneipe reizte die jungen Leute, was ganz natürlich war, denn es bedeutete für sie ein mehr oder weniger neues Erlebnis. Sie bekamen in jener Nacht einen Einblick aus erster Hand, denn sie gerieten – und niemand wußte, warum – mitten in eine Schlägerei, noch bevor sie zehn Minuten in der Pinte waren.

Der Begleiter des Mädchens hatte sie blamiert, indem er ein unvernünftiges Maß an Feigheit entwickelte. Er hatte sich von Red O'Leary übers Knie legen und vermöbeln lassen – und hatte das auch nachträglich stillschweigend geschluckt. Der andere junge Mann der Gruppe hatte sich auch nicht gerade mit Ruhm bekleckert. Das Mädchen, das sich durch diese Jammerlappen beleidigt fühlte, war auf den rothaarigen Riesen losmarschiert, der ihren Begleiter abgewrackt hatte, und hatte ihm so laut, daß es jeder hören konnte, gesagt: »Würden Sie mich bitte nach Hause bringen?«

Red O'Leary tat das liebend gern. Ein oder zwei Blocks von ihrer Stadtwohnung entfernt verabschiedete sie sich von ihm. Sie erzählte ihm, daß sie Nancy Regan heiße. Vielleicht hat er das nicht geglaubt, aber er hat ihr nie irgendwelche Fragen gestellt, sich nie in ihre Angelegenheiten gemischt. Obwohl sie in zwei verschiedenen Welten lebten, entstand zwischen ihnen so etwas wie eine echte Freundschaft. Sie mochte ihn. Er war ein so prächtiger ausgebuffter Typ, daß sie in ihm eine Art romantischen Ritter sah. Er liebte sie, wußte, daß sie himmelhoch über ihm stand, und so fiel es ihr nicht schwer, ihn im Zaum zu halten, soweit es sie betraf.

Sie trafen sich oft. Er brachte sie in sämtliche Ganovenkneipen im Hafenviertel, stellte ihr Diebe, Revolverhelden und Betrüger vor, erzählte ihr die wildesten Geschichten und abenteuerlichsten Gaunereien. Sie wußte, daß er auf der anderen Seite des Gesetzes stand, wußte, daß er in die Banküberfälle auf die *Seamen's National* und die *Golden Gate Trust* verwickelt war. Aber sie betrachtete das alles als eine Art aufregendes Theater. Und nicht als das, was es wirklich war.

Sie wachte erst auf, als sie an jenem Abend im Larrouy's saßen und von den Brüdern angefallen wurden, die Papadopoulos und die andern mit Reds Hilfe aufs Kreuz gelegt hatten. Aber jetzt war es für einen sauberen Schnitt zu spät. Sie wurde zusammen mit Red in den Schlupfwinkel von Papadopoulos getrieben, nachdem ich ihren großen Kerl mit 'ner Kugel erwischt hatte. Jetzt sah sie, wer ihre romantischen Ritter wirklich waren und worauf sie sich eingelassen hatte.

Als Papadopoulos entkam und sie mitnahm, war sie längst hellwach, geheilt und hatte ihren verhängnisvollen Hang zu den Gesetzlosen hinter sich. Dachte sie wenigstens. Und sie dachte, daß Papadopoulos der kleine, verängstigte alte Mann wäre, als der er jetzt erschien – Floras Sklave, ein harmloser alter Trottel, dem Tode zu nahe, um noch irgend etwas Böses im Sinn zu haben. Er hatte gewinselt und vor Angst gebibbert. Er hatte sie angefleht, ihn nicht im Stich zu lassen, hatte sich vor ihr zu rechtfertigen versucht, während Tränen über seine welken Wangen rollten, und hatte sie gebeten, ihn vor Flora zu verstecken. Sie nahm ihn in ihr Landhaus mit, ließ ihn im Garten herumfuhrwerken, wo er vor neugierigen Blicken sicher war. Auf die Idee, daß er längst wußte, wer sie wirklich war, und ihr deshalb dieses Arrangement aufgeschwätzt hatte, kam sie nicht.

Sie glaubte sogar dann noch an seine Unschuld, als die Zeitungen berichteten, daß er der Oberbefehlshaber der Raubmörder-Armee gewesen und daß auf seinen Kopf eine Hundertundsechstausend-Dollar-Belohnung ausgesetzt sei. Er konnte sie davon überzeugen, daß Flora und Red ihm einfach alles in die Schuhe schoben, um mit leichteren Strafen davonzukommen. Er war ein so verängstigter Tattergreis – wer hätte ihm da nicht geglaubt.

Dann kam der Tod ihres Vaters in Mexiko, und der Schmerz, der sie beherrschte, hatte alle andern Gedanken aus ihrem Kopf verdrängt – bis zu dem Tag, als Big Flora und das andere Mädchen (wahrscheinlich Angel Grace Cardigan) in ihr Haus gekommen waren. Big Flora hatte sie schon einmal zu Tode erschreckt, als sie sie früher getroffen hatte. Jetzt war ihre Angst noch größer. Und bald fand sie heraus, daß Papadopoulos keineswegs Floras Sklave, sondern ihr Gebieter war. Jetzt sah sie den alten Galgenvogel, wie er wirklich war. Aber die Augen sollten ihr noch weiter aufgehen.

Angel Grace hatte plötzlich versucht, Papadopoulos zu töten.

Flora hatte sie überwältigt. Grace hatte herausfordernd erklärt, sie sei Paddys Mädchen gewesen. Dann hatte sie Ann Newhall angeschrien: »Und du, du verdammte Idiotin, weißt du denn nicht, wer deinen Vater umgebracht hat? Weißt du wirklich nicht –?«

Big Floras Finger, die Angel Graces Kehle zudrückten, machten der Frage ein Ende. Flora fesselte Angel dann und nahm sich anschließend das Newhall-Mädchen vor.

»Du steckst mit drin«, sagte sie grob. »Bis zum Hals steckst du mit drin. Du wirst weiter mitspielen müssen, sonst –. So sieht die Sache aus, Schätzchen. Den Alten und mich machen sie einen Kopf kürzer, wenn sie uns zu fassen kriegen. Und du wirst mit von der Partie sein, dafür werde ich sorgen. Wenn du aber machst, was man dir sagt, sind wir alle fein raus. Wenn du verrückt spielst, brech ich dir sämtliche Knochen im Leib.«

Was danach kam, daran erinnerte sich das Mädchen nicht so genau. Sie hat eine schwache Ahnung, daß sie zur Tür gegangen sei und Andy gesagt habe, daß sie seine Hilfe nicht brauche. Sie tat das mechanisch, ohne die Nachhilfe der großen blonden Frau, die dicht hinter ihr stand. Später sei sie, gleichfalls vor Angst halb bewußtlos, aus dem Fenster ihres Schlafzimmers auf das Dach der weinbewachsenen Veranda geklettert, sei dann fort vom Haus die Straße entlang gerannt, ohne zu wissen wohin, nur um zu entkommen.

Das war es, was ich von dem Mädchen erfuhr. Sie erzählte mir nicht alles. Und sie erzählte nur sehr wenig mit diesen Worten. Aber dies ist die Geschichte, die ich mir aus ihren Worten, aus der Art ihrer Erzählung, ihrem Mienenspiel und dem, was ich wußte und vermutete, zusammenkombinierte.

Und nicht ein einziges Mal, während sie erzählte, wandte

sie den Blick von mir ab. Nicht ein einziges Mal verriet sie, daß sie wußte, daß noch andere Leute mit uns auf der Straße herumstanden. Sie starrte mit verzweifelter Festigkeit in mein Gesicht, so als ob sie Angst hätte, es nicht zu tun, und ihre Hände hielten meine, als ob sie in den Boden gesunken wäre, wenn sie mich losgelassen hätte.

»Was ist mit Ihrem Dienstpersonal?« fragte ich.

»Es ist niemand mehr da.«

»Hat Papadopoulos Sie überredet, alle wegzuschicken?«

»Ja - vor ein paar Tagen.«

»Dann sind Papadopoulos, Flora und Angel Grace im Augenblick die einzigen Leute im Haus?«

»Ja.«

»Wissen die, daß Sie durchgebrannt sind?«

»Ich weiß es nicht. Ich glaube nicht, daß sie's wissen. Ich war schon geraume Zeit in meinem Schlafzimmer. Ich glaube nicht, daß sie mir zutrauen, ich würde etwas tun, was sie mir nicht befohlen hätten.«

Ich ärgerte mich, als ich entdeckte, daß ich dem Mädchen genauso fixiert in die Augen sah wie sie mir und daß es mir auch jetzt nicht leichtfiel, den Blick von ihr zu wenden. Ich riß meinen Blick von ihr los und nahm meine Hände weg.

»Den Rest können Sie mir später erzählen«, knurrte ich und wandte mich zu Andy MacElroy, um ihm seine Anweisungen zu geben: »Sie bleiben hier bei Miss Newhall, bis wir vom Haus zurück sind. Macht es euch im Auto bequem.«

Das Mädchen legte ihre Hand auf meinen Arm. »Bin ich -? Sind Sie -?«

»Ja, wir werden Sie der Polizei übergeben«, versicherte ich ihr.

»Nein! Nein!«

»Seien Sie nicht kindisch!« bat ich sie. »Sie können nicht erst mit 'ner Meute von Halsabschneidern herumstreunen, sich mit 'ner Bande von Verbrechern zusammentun, und dann, wenn Sie geschnappt werden, sagen: ›Entschuldigen Sie, bitte!‹, und denken, damit wäre die Sache für Sie ausgestanden. Wenn Sie die ganze Geschichte vor Gericht erzählen – einschließlich der Teile, die Sie bei mir ausgelassen haben –, haben Sie eine gute Chance, ungeschoren davonzukommen. Aber daß Sie verhaftet werden – daran führt kein Weg in Gottes weiter Welt vorbei. Los«, sagte ich zu Jack und Carey. »Wir müssen uns auf die Socken machen, wenn wir unsere Leute noch zu Hause antreffen wollen.«

Als ich mich, während ich über den Zaun kletterte, umdrehte, sah ich, daß Andy das Mädchen ins Auto gesetzt hatte und gerade selbst einsteigen wollte. »Einen Augenblick«, rief ich Jack und Carey zu, die schon über das Feld stiefelten.

»Ist Ihnen noch was eingefallen, um uns unsere Zeit zu stehlen?« beklagte sich der dunkelhäutige Mann.

Ich ging zurück über die Straße zum Auto und sprach schnell und leise zu Andy. »Dick Foley und Mickey Linehan müssen sich hier in der Nähe herumtreiben. Sobald wir außer Sichtweite sind, spüren Sie sie auf. Sagen Sie Dick, er soll Miss Newhall mitnehmen, zum nächsten besten Telefon rasen und den Sheriff alarmieren. Sagen Sie Dick, daß er das Mädchen dem Sheriff übergibt, damit der sie für die Polizei von San Francisco festnimmt. Und sagen Sie ihm, sonst soll er sie niemandem herausrücken – nicht mal mir. Kommen Sie mit?«

»Ich komme.«

»Okay. Nachdem Sie ihm das gesagt und ihm das Mädchen übergeben haben, schaffen Sie Mickey Linehan zum Newhall-Haus, und zwar so schnell wie möglich. Wir werden wahrscheinlich jede Hilfe brauchen, wenn sie nur rechtzeitig kommt.«

»Sie wird kommen«, sagte Andy.

»Was war'n los?« fragte Tom-Tom Carey mißtrauisch, als ich Jack und ihn wieder eingeholt hatte.

»Detektiv-Kram.«

»Ich hätt allein hierherkommen und das Ding allein drehen sollen«, knurrte er. »Bisher haben Sie verdammt nicht mehr gemacht, als Zeit zu verplempern.«

»Und wer verplempert sie jetzt?«

Er schniefte und setzte sich dann wieder querfeldein in Marsch. Jack und ich folgten ihm. Am Ende des Felds mußten wir über einen zweiten Zaun steigen. Dann stiefelten wir über einen kleinen bewaldeten Hügel, und das Newhall-Haus lag vor uns – ein großes weißes Haus, das im Mondlicht mit gelben Rechtecken aufleuchtete, wo herabgezogene Jalousien beleuchtete Räume markierten. Die Lichter waren im Erdgeschoß an. Das obere Stockwerk war dunkel. Alles war still.

»Verdammtes Mondlicht«, wiederholte Tom-Tom Carey und zog eine zweite Automatic aus der Tasche, so daß er jetzt in jeder Hand eine hielt.

Jack fing ebenfalls an, seine Kanone herauszuziehen, sah mich an, bemerkte, daß ich meine in Ruhe ließ, und ließ seine wieder in die Tasche gleiten.

Tom-Tom Careys Gesicht war eine dunkle Steinmaske – mit Schlitzen für die Augen und einem Schlitz für den Mund –, die finstere Maske eines Kopfjägers und Menschenkillers. Er atmete vorsichtig, seine breite Brust bewegte sich nur schwach. Neben ihm sah Jack Counihan wie ein aufgeregter Schuljunge aus. Sein Gesicht war gräßlich verzerrt, seine Augen weit aufgerissen, und er schnaubte wie eine Luftpumpe. Aber trotz all seiner Nervosität war sein Grinsen echt.

»Wir wollen von dieser Seite ans Haus ran«, flüsterte ich. »Dann nimmt sich einer von uns die Vorderseite und einer die Rückseite. Der dritte soll warten, bis er merkt, wo er am meisten gebraucht wird. Einverstanden?«

»Einverstanden«, sagte der dunkelhäutige Mann zustimmend.

»Einen Augenblick!« stieß Jack hervor. »Das Mädchen ist am Weinspalier entlang aus einem der oberen Fenster geklettert. Was haltet ihr davon, wenn ich den gleichen Weg nach oben nehme? Ich bin leichter als ihr beide. Falls sie ihre Flucht noch nicht spitzgekriegt haben, ist das Fenster immer noch offen. Gebt mir zehn Minuten, damit ich das Fenster finden, einsteigen und mich postieren kann. Wenn ihr dann angreift, bin ich in ihrem Rücken. Wie findet ihr das?« Er wartete auf den Beifall.

»Und wenn sie Sie schnappen, sobald Sie einsteigen?« hielt ich ihm entgegen.

»Angenommen, das passiert. Dann kann ich immer noch genug Lärm schlagen, daß ihr mich hört. Ihr könnt dann zum Angriff stürmen, während sie mit mir beschäftigt sind. Das ist fast genauso gut.«

»Ach, du meine Güte!« bellte Tom-Tom Carey. »Und wozu soll das gut sein? Das andre ist besser. Einer von uns durch die Vordertür, einer hinten, die Türen eintreten und dann ›Feuer‹.«

»Wenn sein Plan klappt, ist er besser«, sagte ich. »Wenn Sie in den Ofen springen wollen, Jack, will ich Sie nicht aufhalten. Ich will Sie nicht um Ihre Heldentat bringen.«

»Nein!« schnarrte der dunkelhäutige Mann. »Nichts zu machen.«

»Ja«, widersprach ich ihm. »Wir wollen's versuchen. Aber lassen Sie sich lieber zwanzig Minuten Zeit, Jack. Damit könnten Sie es grade schaffen.«

Er sah auf seine Uhr und ich auf meine, dann wollte er auf das Haus zugehen.

Tom-Tom Carey stellte sich ihm mit einem finsteren Gesicht in den Weg. Ich fluchte und ging zwischen den dunkelhäutigen Mann und den Jungen. Jack ging um meinen Rücken herum, spurtete durch den viel zu hellen Streifen zwischen uns und dem Haus.

»Kommen Sie wieder runter!« sagte ich zu Carey. »Es gibt

226

'ne Menge Dinge in diesem Spiel, von denen Sie keine Ahnung haben.«

»Verdammt zu viele Dinge!« knurrte er, aber er ließ den Jungen laufen.

Auf unserer Seite war kein Fenster im ersten Stockwerk offen. Jack kroch um die Ecke und verschwand aus unserer Sicht.

Hinter uns war ein schwaches Rascheln zu hören. Carey und ich drehten uns gleichzeitig um. Seine Revolver fuhren hoch. Ich streckte meinen Arm aus und drückte sie wieder hinunter.

»Kriegen Sie bloß keinen Anfall«, ermahnte ich ihn. »Das ist nur eins von den Dingen, von denen Sie nichts wissen.«

Das Rascheln hatte aufgehört.

»Alles in Ordnung«, rief ich leise.

Mickey Linehan und Andy MacElroy traten aus dem Schatten der Bäume.

Tom-Tom Carey brachte sein Gesicht so nah an meins, daß ich zerkratzt worden wäre, wenn er sich heute zu rasieren vergessen hätte.

»Sie haben mich angeschmiert –«

»Nehmen Sie sich doch zusammen! Ein Mann in Ihrem Alter!« ermahnte ich ihn. »Keiner von diesen Jungs will Ihnen was von Ihrem Blutgeld wegnehmen.«

»Ich bin nicht gern mit 'nem ganzen Verein«, knurrte er. »Wir –«

»Wir werden bald heilfroh über jede Verstärkung sein«, unterbrach ich ihn und sah auf meine Uhr. Dann sagte ich zu den beiden Detektiven: »Wir werden das Haus jetzt einkreisen. Vier von uns müßten das doch sauber abwickeln können. Ihr kennt Papadopoulos, Big Flora und Angel Grace von den Beschreibungen. Sie sind drin. Geht mit ihnen kein Risiko ein – Flora und Papadopoulos sind pures Dynamit. Jack Counihan versucht uns von drinnen zu unterstützen. Ihr zwei seht euch die Hinterseite des Kastens an. Carey und ich nehmen die Vorderseite. Wir beide machen das Spiel. Ihr paßt hinten auf, daß sich keiner verkrümelt. Vorwärts, marsch!«

Der dunkelhäutige Mann und ich gingen auf die Vorveranda los – eine große mit Wein überwachsene Veranda, die jetzt in gelbem Licht lag, das durch vier verhangene französische Fenster fiel.

Als wir unsere ersten Schritte über die Veranda machten, bewegte sich eines dieser hohen Fenster – und öffnete sich.

Das erste, was ich sah, war Jack Counihans Rücken.

Er drückte den Fensterflügel mit einer Hand und mit dem Fuß auf, ohne seinen Kopf dabei umzuwenden.

Am andern Ende des hell erleuchteten Raums standen ein Mann und eine Frau, ihr Gesicht zu dem Jungen gewendet. Der Mann war alt, klein, hager, runzlig und jämmerlich erschrocken – Papadopoulos. Ich sah, daß er seinen struppigen weißen Schnurrbart abrasiert hatte. Die Frau war groß, füllig, hatte rosa Fleisch und gelbe Haare – ein weibliches Schwergewicht um die Vierzig mit klaren grauen Augen, die tief in einem hübschen brutalen Gesicht lagen – Big Flora Brace. Sie standen sehr ruhig da, Seite an Seite, und beobachteten die Mündung von Jack Counihans Revolver.

Während ich vor der Fenstertür stand und mir diese Szene betrachtete, ging Tom-Tom Carey an mir vorbei durch das hohe Fenster und stellte sich, beide Revolver im Anschlag, neben den Jungen. Ich blieb, wo ich war, und folgte ihm nicht.

Die ängstlichen braunen Augen von Papadopoulos hefteten sich auf das Gesicht des dunkelhäutigen Mannes. Floras graue Augen streiften sein Gesicht nachdenklich und sahen dann an ihm vorbei zu mir.

»Bleibt alle ruhig stehen!« befahl ich und bewegte mich aus der Fenstertür zu der Seite der Veranda, wo der Wein am dünnsten wuchs. Ich lehnte mich durch den Wein, so daß mein Gesicht im Mondlicht klar zu sehen war, und sah an der Seite des Gebäudes entlang. Ein Schatten im Schatten der Garage konnte ein Mann sein. Ich streckte einen Arm in das Mondlicht hinaus und winkte. Der Schatten bewegte sich auf mich zu - Mickey Linehan.

Andy MacElroys Kopf linste an der Rückseite des Hauses um die Ecke. Ich winkte nochmals, und er folgte Mickey.

Ich kehrte zum offenen Fenster zurück.

Papadopoulos und Flora - ein Kaninchen und eine Löwin - standen da und starrten in die Revolver von Carey und Jack. Dann entdeckten sie wieder mich, und ein Lächeln begann die Lippen der Frau zu kräuseln.

Mickey und Andy erschienen und stellten sich neben mich. Das Lächeln der Frau erstarb jäh.

«Carey», sagte ich. »Sie und Jack bleiben so stehen. Mickey und Andy, ihr geht hinein und nehmt die Himmelsgeschenke da in Empfang.«

Als die beiden Detektive durch das Fenster marschierten - passierten einige Dinge.

Papadopoulos schrie.

Big Flora rammte ihn, indem sie ihn zur Türe stieß. »Hau ab! Hau ab!« röhrte sie.

Stolpernd und taumelnd hastete er durchs Zimmer.

Flora hatte ein Paar Kanonen - die plötzlich in ihre Hand gehüpft waren. Ihr schwerer Körper schien den Raum zu füllen, so als ob sie durch reine Willenskraft zur Riesin gewachsen wäre. Sie ging zum Angriff über - geradezu auf die Revolver, die Jack und Carey hielten, los - und deckte so die Hintertür und den fliehenden Mann vor deren Schüssen.

Ein flüchtiger Schatten auf einer Seite markierte Andy MacElroys Bewegung. Ich legte eine Hand aufs Jacks Schußarm.

»Nicht schießen«, flüsterte ich ihm ins Ohr.

Die beiden Pistolen von Flora donnerten gleichzeitig los. Aber sie stürzte hin. Andy war mit ihr zusammengestoßen.

Er hatte sich gegen ihre Beine geschleudert, wie ein Mann einen Felsbrocken geschleudert hätte.

Als Flora hinstürzte, hörte Tom-Tom Carey mit dem Warten auf. Sein erster Schuß war so nah an ihr vorbeigezielt, daß er ihre gelben Locken streifte. Aber der Schuß ging weiter – und er erwischte Papadopoulos gerade, als der durch die Tür gehen wollte. Der Schuß traf ihn unten in den Rücken – und streckte ihn auf den Boden.

Carey feuerte wieder – und wieder – und wieder – in den flach hingestreckten Körper.

»Das ist sinnlos«, knurrte ich. »Noch toter können Sie ihn nicht machen.«

Er gluckste und senkte seine Waffen.

»Vier auf hundertundsechs.« Seine schlechte Laune und sein Zorn waren verflogen. »Das macht sechsundzwanzigtausendfünfhundert Dollar auf jeden dieser Schüsse für mich.«

Andy und Mickey hatten Flora niedergerungen und hoben sie vom Boden auf.

Ich wendete meinen Blick von ihnen wieder dem dunkelhäutigen Mann zu und murmelte: »Wir sind noch nicht ganz am Ende.«

»Nein?« Er schien überrascht zu sein. »Was kommt denn als nächstes?«

»Bleiben Sie wachsam und lassen Sie sich von Ihrem Gewissen leiten«, antwortete ich und wandte mich dem jungen Counihan zu. »Kommen Sie mit mir, Jack.«

Ich führte ihn den Weg durch die Fenstertür und über die Veranda, wo ich mich gegen das Geländer lehnte. Jack war mir gefolgt und stand mir nun gegenüber. Er hatte seinen Revolver immer noch in der Hand, sein Gesicht war bleich und wirkte nach der nervösen Anspannung müde. Indem ich über seine Schulter sah, konnte ich das Zimmer, das wir gerade verlassen hatten, überblicken: Andy und Mickey und Flora, die zwischen den beiden auf dem Sofa saß. Carey stand ein wenig seitlich und sah Jack und mich neugierig an. Wir standen mitten in einem Lichtband, das durch das offene Fenster fiel. Wir konnten hineinsehen – abgesehen davon, daß Jack dem Zimmer den Rücken zukehrte –, und wir konnten von drinnen gesehen werden. Aber unser Gespräch konnte man nicht hören, solange wir nicht allzu laut sprachen.

Alles war, wie ich es gewollt hatte.

»Und nun erzählen Sie mir was«, befahl ich Jack.

»Also, ich hab das offene Fenster entdeckt«, fing der Junge an.

»Diesen Teil der Geschichte kenn ich schon«, unterbrach ich ihn. »Sie sind hineingekommen und haben Ihren beiden Freunden – Papadopoulos und Flora – von der Flucht des Mädchens erzählt. Und daß Carey und ich im Anmarsch wären. Sie haben ihnen den Rat gegeben, die Sache so zu drehen, daß es danach aussehen würde, als hätten Sie die beiden ganz allein gefangen. Damit Carey und ich auf diesen Leim gehen. Mit Ihnen unbeobachtet in unserm Rücken wäre es für euch drei ein Leichtes gewesen, uns zu erledigen. Danach hätten Sie gemütlich die Straße runterschlendern und Andy erzählen können, daß ich nach dem Mädchen geschickt hätte. Das war ein guter Plan – abgesehen davon, daß Sie nicht wußten, daß ich Dick und Mickey aus meinem Ärmel zaubern konnte und auch nicht, daß ich Sie nicht in meinen Rücken lassen würde. Aber das ist es alles nicht, was ich wissen will. Ich will wissen, warum Sie uns verkauft haben – und was Sie jetzt zu tun gedenken.«

»Sind Sie verrückt?« Sein junges Gesicht war verstört, seine jungen Augen voller panischer Angst. »Oder ist das irgendein …«

»Aber gewiß, ich bin verrückt«, gestand ich. »Oder war ich vielleicht nicht verrückt genug, mich von Ihnen in die Falle von Sausalito locken zu lassen? Aber ich war nicht so total verrückt, daß ich mir's nachher nicht an allen fünf Fingern ausrechnen konnte. Ich war nicht so verrückt, um nicht zu bemerken, daß Ann Newhall Angst hatte, Sie anzusehen. Und ich bin nicht verrückt genug, zu glauben, daß Sie Papadopoulos und Flora festgenommen haben könnten, ohne daß die beiden es zuließen. Ich bin verrückt – aber mit Maßen.«

Jack lachte – ein sorgloses junges Lachen – nur zu schrill. Seine Augen lachten nicht mit seinem Mund und seiner Stimme mit. Während er lachte, wanderten seine Augen von mir zu dem Revolver in seiner Hand und dann wieder zu mir.

»Reden Sie, Jack«, bat ich mit heiserer Stimme und legte eine Hand auf seine Schulter. »Um Himmels willen, warum haben Sie es getan?«

Der Junge schloß seine Augen, schluckte, wobei seine Schultern zitterten. Als er seine Augen wieder öffnete, waren sie hart, glänzend und voll kaltem Hohn. »Das Schlimmste daran ist«, sagte er brüsk und drehte seine Schulter unter meiner Hand weg, »daß ich keinen besonders guten Schurken abgegeben habe, nicht wahr? Ich hab Sie nicht gerade erfolgreich hinters Licht geführt.«

Ich sagte nichts.

»Ich vermute, daß Sie inzwischen ein Recht auf meine Geschichte haben«, fuhr er nach einer kleinen Pause fort. Er sprach bewußt eintönig, als ob er absichtlich jede Betonung und jede Emphase, die Gefühle verraten hätten, heraushalten wollte. Er war zu jung, um natürlich zu sprechen. »Ich habe Ann Newhall vor drei Wochen getroffen, und zwar bei mir zu Hause. Sie war mit meinen Schwestern zur Schule gegangen, trotzdem hatte ich sie nie zuvor gesehen. Aber wir erkannten uns natürlich sofort – ich wußte, daß sie Nancy Regan war, und sie wußte, daß ich ein Detektiv der Continental war.

Wir gingen also aus uns heraus und besprachen die ganze Sache. Dann nahm sie mich mit, um mich Papadopoulos

232

vorzustellen. Der alte Mann gefiel mir, und ich gefiel ihm. Er zeigte mir, wie wir zusammen ungeahnte Reichtümer auftürmen könnten. Da haben Sie den Grund! Die Aussicht auf das viele Geld zerstreute meine moralischen Bedenken. Ich erzählte ihm von Carey, sobald ich durch Sie von ihm gehört hatte. Und ich hab Sie in die Falle gelockt, wie Sie's gesagt haben. Er war der Ansicht, es wäre besser, Sie aus dem Weg zu schaffen, bevor Sie auf die Verbindung zwischen Newhall und Papadopoulos kommen.

Nachdem das schiefgegangen war, wollte er, daß ich's noch mal versuche, aber ich weigerte mich, bei noch so einer Pleite mitzumischen. Es gibt nichts Alberneres als einen Mord, bei dem's nicht klappt. Ann Newhall ist an all dem unschuldig, außer, daß sie ein Dummchen ist. Ich glaube nicht, daß sie auch nur den leisesten Verdacht hat, ich hätte meine Finger da mit drin, außer daß ich davon Abstand nahm, sie alle festzunehmen. Und das, mein lieber Sherlock, ist so ungefähr das Ende meines Geständnisses.«

Ich hatte der Geschichte des Jungen mit einer groß zur Schau gestellten aufmerksamen Sympathie zugehört. Jetzt sah ich ihn finster an und sprach vorwurfsvoll, wenn auch immer noch nicht unfreundlich.

»Hören Sie auf zu schwindeln! Das Geld, das Ihnen Papadopoulos vor die Nase gehängt hat, hat Sie nicht eingekauft. Sie haben das Mädchen getroffen und es nicht übers Herz gebracht, sie einzubuchten. Aber Ihre Eitelkeit – Ihr Stolz, der Ihnen einreden wollte, Sie wären ein ganz hübsch kaltschnäuziger Knochen – hat Ihnen nicht mal erlaubt, das vor sich selbst zuzugeben. Sie mußten den Hartgesottenen spielen. Und so wurden Sie die Wurst auf Papadopoulos' Brot. Er hat Ihnen 'ne Rolle gegeben, die Sie sich selbst vorspielen konnten – der noble Gentleman-Verbrecher, das eiskalte Superhirn, der zum Verzweifeln charmante Schurke – und noch mehr von der Sorte und all dem romantischen Mist. So ist die Sache doch gelaufen, mein Sohn.

Deshalb sind Sie auch so weit als möglich über das hinausgegangen, was nötig war, um das Mädchen vorm Knast zu bewahren. Nur um der Welt und hauptsächlich sich selbst zu beweisen, daß Sie nicht aus Gefühlsduseligkeit handeln, sondern aus eigener skrupelloser Gier. Und jetzt stehn Sie da. Sehn Sie sich doch mal selbst an.« Was er auch an sich sehen mochte – das, was ich sah oder auch ganz was anderes –, er errötete jedenfalls langsam und wollte mich nicht mehr anschauen. Er sah an mir vorbei, weit weg auf die Straße.

Ich blickte in das erleuchtete Zimmer hinter ihm. Tom-Tom Carey war bis zur Mitte des Raums nach vorne gekommen, wo er stand und uns beobachtete. Ich gab ihm ein Zeichen mit dem Mundwinkel – eine Warnung.

»Also«, fing der Junge wieder an, aber er wußte nicht, was er weiter sagen sollte. Er begann, unruhig mit den Füßen auf dem Boden zu scharren, und versuchte, mich nicht anzuschauen.

Ich richtete mich grade auf und befreite mich vom letzten Rest geheuchelter Sympathie.

»Gib mir deine Knarre, du lausige Ratte!« knurrte ich.

Er sprang zurück, als ob ich ihn geschlagen hätte. Wahnsinn verzerrte sein Gesicht. Er riß seinen Revolver in Brusthöhe.

Tom-Tom Carey sah den Revolver hochgehen. Der dunkelhäutige Mann drückte zweimal ab. Jack Counihan lag tot zu meinen Füßen.

Mickey Linehan drückte einmal ab. Carey lag auf dem Boden und blutete aus der Stirn.

Ich stieg über Jacks Körper, ging ins Zimmer und kniete mich neben den dunkelhäutigen Mann. Er krümmte sich, versuchte etwas zu sagen und starb, bevor er's sagen konnte. Ich wartete, bis mein Gesicht wieder in Ordnung war, bevor ich aufstand.

Big Flora studierte mich mit zusammengekniffenen

grauen Augen. »Ich schau noch nicht ganz durch«, sagte sie langsam, »aber wenn Sie –«

»Wo steckt Angel Grace?« unterbrach ich sie.

»An den Küchentisch gefesselt«, informierte sie mich und fuhr fort, laut zu denken. »Sie spielen da ein Spielchen, das –«

»Klar«, sagte ich sauer. »Ich bin ein zweiter Papadopoulos.«

Ihr schwerer Körper wurde plötzlich geschüttelt. Schmerz überschattete ihr hübsches brutales Gesicht. Zwei Tränen traten an ihren unteren Lidern hervor.

Ich will verdammt sein, wenn sie den alten Halunken nicht geliebt hat!

Es war nach acht Uhr morgens, als ich in die Stadt zurückkam. Ich frühstückte und fuhr dann hinauf zur Agentur, wo ich den Alten dabei antraf, wie er sich durch die Morgenpost arbeitete.

»Es ist alles vorbei«, berichtete ich ihm. »Papadopoulos, hat gewußt, daß Nancy Regan die Erbin von Taylor Newhall war. Als er ein Versteck brauchte, nachdem seine Bankgeschäfte zu Bruch gegangen waren, hat er sie dazu gebracht, ihn runter auf den Landsitz der Newhalls zu bringen. Er hatte sie mit zwei Dingen in der Hand. Einmal bemitleidete sie ihn als einen alten Trottel, den die andern mißbrauchten. Und zum andern war sie – auch wenn das unwissentlich geschah – seine Komplizin, nachdem sie ihm beim Verstecken geholfen hatte.

Bald darauf mußte Papa Newhall geschäftlich nach Mexiko. Papadopoulos witterte eine Chance, daß sich da was machen ließe. Wenn Newhall weg wäre, hätte das Mädchen die Millionen – und der alte Gauner wußte, daß er sie ihr würde abknöpfen können. Er schickte Barrows runter zur Grenze, der den Mord bei den mexikanischen Banditen kaufen sollte. Barrows übernahm das, aber er redete anschließend zuviel. Er erzählte einem Mädchen in Nogales, daß er nach Frisco zurück müßte, wo er ›'n Haufen Geld von 'nem Griechen abkassieren‹ würde. Und dann wollte er zurückkommen und ihr die Welt kaufen. Das Mädchen steckte das Tom-Tom Carey. Carey zählte eins und eins zusammen und kam zu einem glatten Ergebnis. Darauf folgte er Barrows hierher.

Angel Grace war an dem Morgen dabei, als er Barrows ausfragte – um rauszufinden, ob der alte Grieche wirklich Papadopoulos war und wo er sich versteckte. Aber Barrows war zu voll mit Morphium, um sich vernünftig zureden zu lassen. Er war so bis zur Gefühllosigkeit gedopt, daß der dunkelhäutige Mann, als er ihm mit dem Messer vernünftig zuredete, ihn förmlich abschälen mußte, bis er Schmerz spürte. Diese Metzelei machte Angel Grace ganz krank. Sie lief davon, nachdem sie vergeblich versucht hatte, Carey bei seiner Tätigkeit zu stoppen. Und als sie in den Nachmittagszeitungen las, was für ganze Arbeit er geleistet hatte, versuchte sie, Selbstmord zu begehen, um die Schreckbilder, die in ihrem Kopf herumkrabbelten, auszulöschen.

Carey bekam alles, was Barrows wußte, aber Barrows wußte nicht, wo Papadopoulos sich versteckte. Papadopoulos erfuhr von Careys Ankunft – Sie wissen, wie er's erfahren hat. Er schickte Arlie, um Carey zu bremsen. Bei Carey hätte der Friseur keine Chance gehabt – bis der dunkelhäutige Mann auf die Idee kam, daß Papadopoulos in Newhalls Haus leben könnte. Er fuhr dorthin und ließ sich dabei absichtlich von Arlie verfolgen. Sobald Arlie entdeckte, wo Carey hinwollte, hängte er sich an ihn, wild entschlossen, Carey um jeden Preis aufzuhalten. Das war genau das, was Carey beabsichtigte. Er erschoß Arlie, fuhr in die Stadt zurück, zog mich rein und nahm mich mit runter, um die Sache aufzurollen.

Inzwischen hatte sich Angel Grace im Knast mit Big Flora angefreundet. Sie wußte, wer Flora war, aber Flora wußte nicht, wer sie war. Papadopoulos hatte für Flora einen Ausbruch arrangiert. Und zu zweit geht so was immer leichter als allein. Flora nahm also die Angel mit und brachte sie zu Papadopoulos. Die Angel wollte ihm an die Gurgel, aber Flora erledigte sie durch K. o. in der ersten Runde.

Flora, Angel Grace und Ann Newhall, alias Nancy Regan, sind im County-Gefängnis«, schloß ich. »Papadopoulos, Tom-Tom Carey und Jack Counihan sind tot.«

Ich hörte auf zu reden und zündete mir eine Zigarette an, wobei ich mir Zeit ließ und Zigarette und Streichholz bei dieser Operation sorgfältig beobachtete. Der Alte hob einen Brief hoch, legte ihn wieder weg, ohne ihn gelesen zu haben, hob einen anderen Brief hoch.

»Sind sie im Verlauf der Verhaftungen getötet worden?« Seine sanfte Stimme drückte nichts als seine übliche unverbindliche Höflichkeit aus.

»Ja. Carey hat Papadopoulos getötet. Ein wenig später hat er Jack erschossen. Mickey, der von nichts wußte – der nur wußte, daß der dunkle Mann auf mich und Jack schoß – wir standen abseits und unterhielten uns –, schoß auf Carey und tötete ihn.« Die Worte wickelten sich um meine Zunge und wollten nicht richtig herauskommen. »Weder Mickey noch Andy wissen, daß Jack – niemand außer Ihnen und mir weiß genau, worum es – was Jack getan – Flora Brace und Ann Newhall wissen Bescheid, aber wenn wir sagen, daß er die ganze Zeit nach unsern Anweisungen gehandelt hat, kann das niemand widerlegen.«

Der Alte nickte mit seinem großväterlichen Gesicht, aber zum ersten Mal, in all den Jahren, da ich ihn kannte, wußte ich, woran er dachte. Er dachte daran, daß wir Jack gegenüber, falls er lebendig davongekommen wäre, nur die häßliche Wahl gehabt hätten, ihn ungeschoren laufen zu lassen oder der Agentur kräftig eins aufs Auge zu setzen – wir hätten die Tatsache in die Welt hinausstrompetet, daß einer unserer Detektive ein mieser Ganove war.

Ich warf meine Zigarette weg und stand auf. Der Alte stand auch auf und streckte mir die Hand entgegen.

»Ich danke Ihnen«, sagte er.

Ich nahm seine Hand, und ich verstand ihn, aber es gab nichts, was ich ihm gestehen wollte – nicht einmal durch Schweigen.

»So ist es nun mal gelaufen«, sagte ich bedächtig. »Ich hab die Karten so ausgespielt, daß wir den Vorteil der Vorhand hätten haben müssen – aber jetzt ist es nun mal so gelaufen.«

Er nickte und lächelte gütig.

»Ich werde mir ein paar Wochen frei nehmen«, sagte ich, schon in der Tür. Ich fühlte mich müde, völlig fertig.

Fracht für China

Sie saß hoch aufgerichtet und bewegungslos in einem Sessel des Alten, als er mich zu sich ins Büro rief – ein großes Mädchen von vielleicht vierundzwanzig, breitschultrig, flachbusig, in männlich-strenger grauer Kleidung.

Daß sie Orientalin war, bekundeten der schwarze Glanz ihres Pagenkopfes, das blasse Gelb ihres ungepuderten Gesichts und, von den dunklen Rändern ihrer Brille halb verdeckt, die obere Lidfalte in den äußeren Augenwinkeln. Doch ihre Augen standen nicht schräg, ihre Nase war fast gebogen, und sie hatte mehr Kinn, als es sonst bei Mongolen der Fall ist. Sie war die moderne Sino-Amerikanerin, von den flachen Absätzen ihrer hellbraunen Schuhe bis zum Kopf ihres ungarnierten Filzhutes.

Sie war mir schon bekannt, noch ehe der Alte mich ihr vorgestellt hatte. Ihre Affären hatten zwei Tage lang die Spalten der San Franciscoer Blätter gefüllt. Sie hatten Fotografien und Diagramme, Interviews, Leitartikel und mehr oder weniger sachkundige Meinungen verschiedenartiger Herkunft abgedruckt. Sie waren sogar bis zum Jahre 1912 zurückgegangen, um an den hartnäckigen Kampf der ansässigen Chinesen – die meistens aus Fokien und Kwantung stammten, wo demokratische Ideale und Mandschu-Haß sich mischen – gegen die Einreise ihres Vaters in die Vereinigten Staaten zu erinnern, in die er floh, als die Mandschu-Herrschaft zusammenbrach. Die Zeitungen hatten an die Empörung in Chinatown erinnert, als Shan Fang die Erlaubnis bekam, an Land zu gehen – beleidigende Plakate waren in den Straßen aufgehängt, und ein unangenehmer Empfang war geplant worden.

Doch Shan Fang hatte den Kantonesen ein Schnippchen geschlagen. Chinatown hatte ihn nie zu sehen bekommen. Er hatte seine Tochter und sein Gold – vermutlich seine ein Leben lang durch provinziale Mißwirtschaft angehäuften Profite – nach San Mateo hinuntergenommen und hatte dort am Ufer des Pazifik das, was die Zeitungen einen Palast nannten, gebaut. Dort hatte er gelebt, und dort war er auch gestorben, in einem Stil, wie er einem Ta Jen* und Millionär entsprach.

Soviel über den Vater. Was die Tochter betrifft – diese junge Dame, die mich so kühl abschätzend musterte, während ich ihr am Tisch gegenübersaß –: sie war die zehnjährige Ai Ho, ein echtes kleines Chinesenmädchen, gewesen, als ihr Vater sie nach Kalifornien mitbrachte. Jetzt waren nur noch die von mir erwähnten Merkmale exotisch und das Geld, das ihr Vater ihr hinterlassen hatte. Ihr Name war, ins Englische übersetzt, zu Water Lily und dann im weiteren Verlauf zu Lillian geworden. Und als Lillian Shan hatte sie eine ostamerikanische Universität besucht, mehrere Grade erlangt, 1919 irgendeine Tennismeisterschaft gewonnen und ein Buch über die Natur und Bedeutung von Fetischen publiziert, was immer das auch alles ist oder sein mag.

Seit ihres Vaters Tode, 1921, lebte sie mit ihren vier chinesischen Dienerinnen in dem Haus am Meer, wo sie ihr erstes Buch verfaßt hatte und jetzt das zweite schrieb. Vor ein paar Wochen hatte sie das Gefühl gehabt, ausgepumpt und, wie sie sich ausdrückte – in eine Sackgasse geraten zu sein. Es gäbe, hatte sie gesagt, in der Zeughausbibliothek in Paris ein bestimmtes kabbalistisches Manuskript, das, wie sie glaubte, ihre Probleme lösen würde. Sie hatte einige Klei-

* Großer Herr

240

der eingepackt und hatte, begleitet von ihrer Zofe, einer Chinesin namens Wang Ma, einen Zug nach New York genommen und ihren drei anderen Dienerinnen während ihrer Abwesenheit die Sorge für das Haus überlassen. Der Gedanke, nach Frankreich zu gehen, um einen Blick in das Manuskript zu werfen, war ihr eines Morgens gekommen – vor Einbruch der Dunkelheit saß sie bereits im Zug.

Im Zug zwischen Chicago und New York war ihr plötzlich die Lösung des Problems, das sie so gequält hatte, aufgegangen. Ohne sich auch nur eine Nacht in New York auszuruhen, kehrte sie kurzerhand um und fuhr zurück nach San Francisco. Auf der Fähre versuchte sie, ihren Chauffeur telefonisch zu erreichen, um sich einen Wagen bringen zu lassen. Keine Antwort. Ein Taxi hatte sie und ihre Dienerin dann nach Hause gebracht. Sie klingelte vergebens.

Als sie ihren Schlüssel in das Türschloß steckte, war die Tür plötzlich von einem ihr völlig fremden jungen Chinesen geöffnet worden. Er hatte ihr den Eintritt verweigert, bis sie ihm sagte, wer sie sei. Er murmelte eine unverständliche Erklärung, als sie und ihre Zofe in die Vorhalle gingen. Beide wurden fein säuberlich in irgendwelche Vorhänge eingeschnürt.

Etwa zwei Stunden später konnte Lillian Shan sich befreien – in einer Wäschekammer im ersten Stock. Sie knipste das Licht an und begann, die Dienerin auszuwickeln. Sie hielt inne. Wang Ma war tot. Der Strick um ihren Hals war zu fest angezogen worden. Lillian Shan ging durch das leere Haus und rief das Büro des Sheriffs in Redwood City an.

Zwei seiner Stellvertreter waren ins Haus gekommen, hatten sich ihre Geschichte angehört, herumgestöbert und noch eine chinesische Leiche – noch eine erdrosselte Chinesin – im Keller vergraben gefunden. Anscheinend war sie schon seit einer Woche oder anderthalb tot. Die Feuchtigkeit des Kellerbodens machte eine genauere Zeitangabe unmöglich. Lillian Shan identifizierte sie als eine ihrer Dienerinnen: Wan Lan, ihre Köchin.

Die anderen Bedienten – Hoo Lun und Yin Hung – waren verschwunden. Von der Einrichtung, die mehrere hunderttausend Dollar wert war und die Shan Fang während seines Lebens in das Haus gebracht hatte, war auch nicht für einen Cent Wert abhanden gekommen. Es gab auch keinerlei Anzeichen einer Auseinandersetzung. Alles war in Ordnung. Das nächste Nachbarhaus war annähernd achthundert Meter entfernt. Die Nachbarn hatten nichts gesehen und wußten von nichts.

Das ist die Geschichte, die die Zeitungen mit großen Schlagzeilen gebracht hatten, und das ist die Geschichte dieses Mädchens, das so aufrecht in seinem Sessel saß und sie mit geschäftsmäßigem Elan dem Alten und mir erzählte, indem es jedes Wort so akzentuierte, als wäre es in schwarzen Lettern gedruckt.

»Ich bin keinesfalls befriedigt von dem Versuch, den der Kreis San Mateo unternommen hat, um den oder die Mörder zu fassen«, schloß sie. »Ich engagiere Ihre Agentur.«

Der Alte klopfte mit der Spitze seines unvermeidlich langen gelben Bleistifts auf den Tisch und nickte mir zu.

»Haben Sie nicht von sich aus irgendeinen Verdacht in bezug auf die Morde, Miss Shan?« fragte ich sie.

»Nein.«

»Was wissen Sie von Ihrem Dienstpersonal – von den Vermißten sowohl wie von den Toten?«

»Ich weiß wirklich so gut wie nichts von ihnen.« Sie schien auch nicht besonders interessiert zu sein. »Wang Ma war eine der letzten, die ins Haus kamen, und sie ist schon seit etwa sieben Jahren bei mir. Mein Vater hat sie alle angestellt, und ich nehme an, daß er etwas von ihnen wußte.«

»Wissen Sie auch nicht, woher sie kamen? Ob sie Verwandte haben? Ob sie Freunde haben? Was sie getan haben, wenn sie keine Beschäftigung hatten?«

»Nein«, sagte sie. »Ich habe mich nicht in ihr Leben ein-
gemischt.«

»Und die beiden, die verschwunden sind – wie sehen die
aus?«

»Hoo Lun ist ein alter Mann, fast weißhaarig und dünn
und gebeugt. Er hat die Hausarbeit gemacht. Yin Hung, der
mein Chauffeur und Gärtner war, ist jünger – ungefähr
dreißig, schätze ich. Er ist, selbst für einen Kantonesen,
recht klein, aber kräftig. Irgendwann einmal hat er sich die
Nase gebrochen, die nicht ordentlich gerichtet worden ist.
Sie ist sehr flach, mit einer tiefen Einbuchtung im Nasen-
rücken.«

»Glauben Sie, daß diese beiden, oder einer von ihnen, die
Frauen getötet haben könnte?«

»Nein, das glaube ich nicht.«

»Wie sah denn dieser junge Chinese aus – der fremde,
der Sie ins Haus ließ?«

»Er war sehr schlank und nicht mehr als zwanzig oder
einundzwanzig Jahre alt. Er hatte große Goldplomben in
seinen Schneidezähnen und war ziemlich dunkel, wie mir
schien.«

»Würden Sie mir genauer sagen, warum Sie mit dem, was
der Sheriff tut, nicht zufrieden sind, Miss Shan?«

»Erstens bin ich nicht sicher, ob sie kompetent sind. Die
beiden, die ich gesehen habe, haben mich jedenfalls nicht
durch ihre Intelligenz beeindruckt.«

»Und zweitens?«

»Also ist es denn wirklich notwendig, alle meine Denk-
prozesse zu verfolgen?« fragte sie eisig.

»Ja.«

Sie sah den Alten an, der sie mit seinem höflichen, un-
persönlichen Lächeln anschaute – eine undurchsichtige
Maske. Sie besann sich einen Moment lang: »Meiner Meinung nach suchen sie nicht an den richtigen Stellen. Sie
scheinen sich die meiste Zeit in der Nähe des Hauses auf-

zuhalten. Es ist doch absurd zu glauben, daß die Mörder zurückkommen werden.«

Ich überlegte.

»Miss Shan«, sagte ich dann, »halten Sie es nicht für möglich, daß ihr Verdacht sich gegen Sie richtet?«

Ihre dunklen Augen funkelten mich durch ihre Brillengläser an, und wenn es gegangen wäre, hätte sie sich in ihrem Sessel noch höher aufgerichtet.

»Lächerlich!«

»Das ist nicht meine Frage«, beharrte ich. »Werden Sie von ihnen verdächtigt?«

»Ich bin nicht imstande, die Gedanken von Polizistengehirnen zu lesen«, entgegnete sie. »*Sie* vielleicht?«

»Ich weiß nichts weiter über diesen Fall, außer dem, was ich gelesen habe und was Sie mir soeben erzählt haben. Um irgend jemanden zu verdächtigen, brauche ich mehr Material als das. Aber ich verstehe, warum man im Büro des Sheriffs ein wenig skeptisch ist. Sie sind überstürzt abgereist. Beim Sheriff hat man nur Ihre Aussage, weshalb Sie abgereist und weshalb Sie zurückgekommen sind, aber außer Ihrer Aussage nichts. Die Frau, die man im Keller gefunden hat, könnte ebensogut *vor* Ihrer Abreise wie danach umgebracht worden sein. Wang Ma, die etwas darüber hätte aussagen können, ist tot. Die andern Diener sind fort. Gestohlen wurde nichts. Das sind doch mehr als genügend Gründe für den Sheriff, Sie zu verdächtigen!«

»Verdächtigen *Sie* mich?« fragte sie wieder.

»Nein«, antwortete ich wahrheitsgemäß. »Aber das beweist noch gar nichts.«

»Würden Sie diese Arbeit für mich übernehmen?« fragte sie den Alten mit einer ruckartigen Bewegung ihres Kinns, als redete sie über mich hinweg.

»Mit dem größten Vergnügen! Wir werden tun, was wir können«, sagte er, und dann, nachdem sie die Bedingungen besprochen hatten und während sie den Scheck ausschrieb, zu mir: »Das übernehmen Sie. Nehmen Sie so viele Männer, wie Sie brauchen.«

»Ich möchte zuerst in das Haus hinausfahren und mir das Ganze ansehen«, sagte ich.

Lillian Shan steckte ihr Scheckbuch ein.

»Sehr gut. Ich fahre jetzt sowieso nach Hause. Ich nehme Sie mit.«

Es war eine ruhige Fahrt. Weder das Mädchen noch ich verschwendeten irgendwelche Energie an eine Unterhaltung. Meine Klientin und ich schienen einander nicht sehr sympathisch zu sein. Sie fuhr gut.

Das Shan-Haus war eine große braune Sandsteinangelegenheit, inmitten grüner Rasenflächen. Der Besitz war an drei Seiten von einer schulterhohen Hecke umgrenzt. Die vierte Grenze bildete der Ozean, da, wo er hereinbrach, um zwischen zwei kleinen Felsspitzen eine schmale Bucht in sein Ufer zu kerben.

Das Haus war voll von Wandbehängen, Teppichen, Bildern und sonst allem möglichen – eine Mischung aus amerikanischen, europäischen und asiatischen Gegenständen aller Art. Nach einem Blick in die Wäschekammer, in das noch offene Grab im Keller und in das bleiche, grobgeschnittene Gesicht der Dänin, die das Haus besorgte, bis Lillian Shan eine neue Dienerschaft gefunden hatte, ging ich wieder hinaus. Ein paar Minuten inspizierte ich die Rasenflächen, warf einen Blick in die Garage, wo außer dem Wagen, mit dem wir aus der Stadt gekommen waren, noch zwei andere standen, und ging dann weg, um mich den restlichen Nachmittag mit den Nachbarn des Mädchens zu unterhalten. Keiner von ihnen wußte etwas. Die Leute des Sheriffs bemühte ich mich gar nicht erst zu finden, da wir ja Gegner in diesem Spiel waren.

Bei Einbruch der Dämmerung war ich wieder in der Stadt und ging in das Apartmenthaus, in dem ich während meines ersten Jahres in San Francisco wohnte. Ich fand den Burschen, den ich brauchte, in seinem winzigen Stübchen. Er war gerade im Begriff, seinen kleinen Körper mit einem ceriseroten Hemd zu bekleiden, einem wahren Prachtstück. Cipriano war der freundliche junge Filipino, der tagsüber den Vordereingang des Hauses überwachte. Nachts war er unten in der Kearny Street, in nächster Nähe von Chinatown, zu finden, außer wenn er sich in einer chinesischen Spielhölle aufhielt und sein Geld an seine gelben Brüder verlor.

Ich hatte dem Burschen, halb im Scherz, einmal versprochen, daß er gelegentlich mal einen Versuch mit Kaugummi machen dürfe. Ich dachte, er könnte mir jetzt nützlich sein.

»Treten Sie doch ein, Sir!«

Aus einer Ecke zog er, sich dabei verneigend und lächelnd, einen Stuhl für mich hervor. Was immer die Spanier für das Volk tun, das sie regieren, eines tun sie bestimmt: sie lehren es Höflichkeit.

»Was tut sich denn jetzt so in Chinatown?« fragte ich, während er sich weiter anzog.

Er lachte mich mit seinen weißen Zähnen an. »Ich gewinne zehn Eier aus Fan-Tan* letzte Nacht.«

»Und jetzt machst du dich gerade fertig und trägst es heute nacht wieder zurück, wie?«

»Nicht alles davon, Sir! Fünf Eier habe ich bezahlt für dieses Hemd.«

»Das war sehr gescheit.« Ich lobte ihn, daß er einen Teil seines Gewinns nutzbringend angelegt hatte. »Was tut sich denn sonst so da unten?«

»Nichts Ungewöhnliches, Sir. Sie wollen etwas finden?«

»Möglich. Zufällig etwas gehört von den beiden Morden in der vorigen Woche? Draußen auf dem Land?«

»Nein, Sir. Chinaboy redet nicht viel von solchen Sachen.

* chinesisches Würfelspiel

Nicht wie wir Amerikaner. Ich lese darüber in Zeitungen, aber ich habe nicht gehört.«

»Viele Fremde in Chinatown, dieser Tage?«

»Immer Fremde da, Sir. Aber mir scheint, vielleicht neue Chinaboys sind da. Aber vielleicht auch nicht.«

»Wie wär's denn? Würdest du mir gern ein bißchen helfen?«

»Ja, Sir! Ja, Sir! Ja, Sir!« Er sagte es noch viel öfter, aber das hier gibt einem schon eine Idee. Während ich das sagte, lag er bereits auf den Knien und zog einen Koffer unter dem Bett hervor. Aus dem Koffer nahm er zwei Schlagringe und einen blanken Revolver.

»Halt mal! Ich will ja nur eine Auskunft. Ich will doch nicht, daß du jemanden für mich zusammenschlägst.«

»Ich schlag nicht zsam«, versicherte er mir und verstaute seine Waffen in seinen Gesäßtaschen. »Trage nur diese bei mir – muß vielleicht brauchen.«

Ich ließ es dabei bewenden. Wenn er sich denn durchaus an dieser Tonne Eisen krummbeinig tragen wollte, sollte mir's recht sein.

»Paß auf, was ich von dir will. Zwei von den Dienern sind plötzlich aus dem Haus da draußen verschwunden.« Ich beschrieb ihm Yin Hung und Hoo Lun. »Die will ich finden. Ich will jeden in Chinatown finden, der etwas über die Morde weiß. Ich will herausbekommen, wer die Freunde und Verwandten der toten Frauen sind, woher sie gekommen sind, und dasselbe von den beiden Männern. Ich möchte gern etwas über diese fremden Chinesen erfahren – wo sie sich aufhalten, wo sie schlafen und was sie vorhaben. Aber versuch nicht etwa, das alles in einer Nacht herauszufinden. Wenn du auch nur einen Teil davon in einer Woche schaffst, hast du gut gearbeitet. Da hast du zwanzig Dollar. Fünf davon sind deine Bezahlung für die Nacht. Das übrige kannst du verwenden, dich überall umzutun. Aber sei nicht verrückt und steck deine Nase nicht in jeden

Dreck. Sei vorsichtig und sieh zu, was du für mich herausbekommen kannst. Ich komme dann morgen wieder vorbei.«

Vom Stübchen des Filipinos aus ging ich ins Büro. Alle, außer Fiske, der Nachtdienst hatte, waren schon weg, aber Fiske dachte, der Alte käme vielleicht später noch auf ein paar Minuten vorbei.

Ich rauchte und tat so, als hörte ich Fiskes Rapport über alle Witze, die diese Woche im Orpheum gebracht wurden, und ärgerte mich über meinen Auftrag. Ich war zu bekannt, als daß ich in Chinatown irgend etwas so unter der Hand hätte erfahren können. Ich war auch nicht sicher, ob Cipriano eine große Hilfe für mich sein könnte. Ich brauchte jemanden, der dort unten zu Hause war.

Dieser Gedankengang brachte mich auf Dummy Uhl. Uhl spielte den Taubstummen, der sein Geschäft verloren hatte. Vor fünf Jahren saß er noch auf dem hohen Roß. Jeder Tag, an welchem sein trauriges Gesicht, sein Päckchen Stecknadeln und sein Umhängeschild ›*Ich bin taubstumm*‹ ihm nicht zwanzig Dollar aus den umliegenden Bürohäusern eingebracht hatte, war ein lausiger Tag. Seine Trumpfkarte war seine Fähigkeit, völlig unbeweglich stehenzubleiben, wenn mißtrauische Leute hinter ihm schrien oder Krach machten. Wenn der Gauner sich zusammennahm, konnte ein Schuß neben seinem Ohr losgehen, ohne daß er mit der Wimper zuckte. Aber zuviel Heroin hatte seine Nerven so zerstört, daß ein Flüstern schon genügte, ihn zusammenzucken zu lassen. Er legte seine Stecknadeln und sein Schild ab – noch ein Mensch, den sein gesellschaftliches Leben ruiniert hatte.

Seit damals war Dummy Laufbursche für jeden, der ihm den Preis für seinen Nasenbonbon* zahlte. Er schlief irgendwo in Chinatown, und er war nicht besonders wähle-

* jede Droge, die man schnupft

risch, auf welche Weise er zu Geld kam. Ich hatte ihn vor sechs Monaten schon einmal gebraucht, mir eine Auskunft über einen Schaufenstereinwurf zu besorgen, und ich entschloß mich, es wieder mit ihm zu versuchen.

Ich rief Loop Pigattis Lokal an – eine Kneipe unten an der Pacific Street, wo Chinatown in das Latin Quarter übergeht. Loop ist ein berüchtigter Bürger, der eine berüchtigte Spelunke leitet, und der sich nicht um anderer Leute Angelegenheiten kümmert, was sein Kellerlokal profitabel macht. Für Loop sind alle gleich. Ob einer Geldschrankknacker, Denunziant, Detektiv oder Sozialarbeiter ist, bei Loop haben alle die gleiche Chance, und was anderes gibt's nicht. Aber er kann sicher sein, daß Loop – falls es nicht gerade etwas ist, das seinem Geschäft schaden könnte – nichts weitererzählt, und was immer er einem erzählt, höchstwahrscheinlich stimmt.

Er war selbst am Telefon.

»Können Sie Dummy Uhl für mich ausfindig machen?« fragte ich, nachdem ich meinen Namen genannt hatte.

»Möglich.«

»Danke. Ich würde ihn gern noch heute nacht sehen.«

»Sie haben nichts Belastendes gegen ihn?«

»Nein, Loop, und es ist auch nicht zu erwarten. Ich wollte nur, daß er etwas für mich ausfindig macht.«

»Gut. Wo soll er hinkommen?«

»Schicken Sie ihn zu mir rauf in die Wohnung. Ich werde dort auf ihn warten.«

»Falls er kommen will«, versprach Loop und legte auf.

Ich hinterließ bei Fiske, der Alte möge mich gleich anrufen, sobald er käme. Dann ging ich hinauf in meine Wohnung, um auf meinen Gewährsmann zu warten.

Kurz nach zehn kam er – ein kleiner, stämmiger Mann von annähernd vierzig, mit einem schwammigen Gesicht und mausgrauen, von gelblichweißen Strähnen durchzogenen Haaren.

»Loop sagt, S' ham was f'r mich.«

»Jawohl«, sagte ich, wies ihn zu einem Stuhl hin und machte die Tür zu, »ich kaufe neueste Nachrichten.«

Er spielte an seinem Hut herum, wollte gerade ins Zimmer spucken, besann sich dann aber eines Besseren und leckte sich nur die Lippen – und sah dann zu mir auf.

»Was'n f'r Nachrichten? 'ch weiß von gar nichts.«

Ich war verblüfft. Des Gauners gelbliche Augen hätten die stecknadelkopfkleinen Pupillen des Heroinsüchtigen aufweisen sollen. Das war nicht der Fall. Sie waren normal. Das hieß zwar noch lange nicht, daß er den ›Stoff‹ aufgegeben hatte – er hatte einfach Belladonna hineingeträufelt, um sie zur normalen Größe zu erweitern. Die Frage war – weshalb? Er war sonst gar nicht so heikel, was sein Aussehen betraf, um sich einer solchen Mühe zu unterziehen.

»Haben Sie von den chinesischen Morden in der vorigen Woche unten am Strand gehört?« fragte ich ihn.

»Nein.«

»Wissen Sie«, sagte ich, ohne mich um sein Nein zu kümmern, »ich bin nämlich hinter den beiden Gelben, Hoo Lun und Yin Hung, her, die abgehauen sind. Wissen Sie vielleicht was von denen?«

»Nein.«

»Es wäre mir zweihundert Dollar für Sie wert, wenn Sie auch nur einen von ihnen für mich finden könnten. Und zweihundert, wenn Sie etwas über die Morde für mich erfahren könnten. Und noch mal zweihundert, wenn Sie den kleinen Chinesen mit den Goldzähnen finden, der dem Shan-Mädchen und seiner Dienerin die Tür aufgemacht hat.«

»'ch weiß üb'rhaupt nichts von so'n Sachen.«

Aber das sagte er ganz mechanisch, während er im Geiste damit beschäftigt war, die Hunderter zusammenzuzählen, die ich ihm vorgegaukelt hatte. Wahrscheinlich ging die Summe in seinem drogenverseuchten Gehirn in die Tausende. Er sprang auf.

»'ch werd mal sehn, was 'ch tun kann. 'ch denke, S' gebn mir erst mal 'n Hunderter Vorschuß.«

Ich dachte gar nicht daran. »Zahlung bei Lieferung.«

Über diesen Punkt mußten wir uns auseinandersetzen, aber schließlich ging er dann raunzend und grollend, um mir meine Nachrichten zu holen.

Ich ging zurück ins Büro. Der Alte war noch nicht da. Kurz vor Mitternacht kam er.

»Ich beschäftige Dummy Uhl wieder«, erzählte ich ihm, »und einen jungen Filipino habe ich auch da unten angesetzt. Ich hätte noch einen andern Plan, aber ich kenne niemanden, der ihn ausführen könnte. Ich dachte mir, wenn wir dem verschwundenen Chauffeur und dem Hausboy eine Anstellung in einem ganz entlegenen Ort irgendwo auf dem Lande anzubieten hätten, würden sie vielleicht darauf reinfallen. Kennen Sie nicht jemanden, der das für uns deichseln könnte?«

»Wie stellen Sie sich denn das Ganze so vor?«

»Es müßte jemand sein, der ein Haus auf dem Lande hat, je weiter weg und je einsamer, desto besser. Diese Leute müßten einen chinesischen Stellennachweis anrufen, daß sie drei Dienstboten brauchten – Koch, Hausboy und Chauffeur. Den Koch nehmen wir nur pro forma noch dazu, um das Spiel nicht zu verraten. Die andere Seite darf nichts davon ahnen, und wenn wir unseren Fisch fangen wollen, müssen wir ihnen Zeit lassen, ihre Fühler auszustrecken. Also wer sich darauf einläßt, muß schon einige Dienstboten haben und muß dann in seiner Nachbarschaft verbreiten, daß sie weggehen; und zwar müßten die Dienstboten auch eingeweiht sein. Dann müssen wir zwei, drei Tage warten, um unseren Freunden Zeit zu lassen, herumzuhorchen. Ich denke, wir wenden uns am besten an Fong Yicks Stellennachweis in der Washington Street.

Wer die Sache übernimmt, könnte Fong Yick morgen früh anrufen und sagen, er käme Donnerstag früh vorbei, um sich die Bewerber anzusehen. Heute ist Montag – das dürfte genügen. Unser Helfer wird dann Donnerstag morgen um zehn im Stellennachweis sein. Miss Shan und ich kommen zehn Minuten später in einem Taxi nach, wenn er mittendrin ist, die Bewerber zu prüfen. Ich schlüpfe aus dem Taxi zu Fong Yick hinein und greife mir jeden dort, der wie einer unserer entlaufenen Dienstboten aussieht. Miss Shan wird ein bis zwei Minuten nach mir hereinkommen und mich kontrollieren – damit nicht aus Versehen die Falschen verhaftet werden.«

Der Alte nickte zustimmend.

»Sehr gut«, sagte er. »Ich glaube, ich kann das arrangieren. Ich gebe Ihnen morgen Bescheid.«

Ich ging nach Hause und zu Bett. So endete der erste Tag.

Am nächsten Morgen, Dienstag früh um neun Uhr, sprach ich mit Cipriano in der Eingangshalle des Apartmenthauses, wo er beschäftigt war. Seine Augen waren wie schwarze Tintentropfen in weißen Schälchen. Er glaubte, etwas herausgefunden zu haben.

»Ja, Sir! Fremde Chinaboys sind in der Stadt – mehrere. Sie schlafen in einem Haus am Waverly Place – an der Westseite, vier Häuser von Jair Quon, wo ich manchmal Würfel spiele. Und da ist noch mehr – ein Weißer, den ich gesprochen habe, weiß, daß sie Banditen sind und aus Portland und Eureka und Sacramento kommen. Es sind Hip Sings Leute – ein Clan-Krieg kommt – vielleicht schon sehr bald.«

»Würdest du diese Vögel für Killer halten?«

Cipriano kratzte sich am Kopf.

»Nein, Sir, vielleicht nicht. Aber so ein Bursche kann manchmal schießen, auch wenn er nicht so aussieht. Dieser Weiße sagt mir, sie sind Hip Sings Leute.«

»Wer war denn dieser Weiße?«

»Ich kenne nicht seinen Namen, aber er lebt dort. Ein kleiner Mann, ›Schneehuhn‹*.«

»Graue Haare, gelbliche Augen?«

»Ja, Sir.«

Das konnte der Beschreibung nach nur Dummy Uhl sein. Der eine meiner Leute führte den andern irre. Die Sache mit dem Clan-Krieg war mir sowieso schon verdächtig gewesen. Dann und wann machen sie zwar gemeinsame Sache, aber gewöhnlich werden sie für die Verbrechen eines andern dann zur Verantwortung gezogen. Die meisten Massenmorde in Chinatown sind die Folge von Familien- oder Clanfehden – wie sie zum Beispiel die ›Vier Brüder‹ zu veranstalten pflegten.

»Und das Haus, wo deiner Meinung nach die Fremden wohnen – weißt du was darüber?«

»Nein, Sir. Aber vielleicht Sie könnten da durch zu dem Haus von Chang Li Ching in der andern Straße gehen – Spofford Alley.«

»So? Und wer ist dieser Chang Li Ching?«

»Ich weiß nicht, Sir. Aber er ist da. Keiner sieht ihn, aber alle Chinesenboys sagen, er ist großer Mann.«

»So? Und sein Haus ist in der Spofford Alley?«

»Ja, Sir, ein Haus mit roter Tür und roten Stufen. Sie finden es leicht, aber besser nichts anfangen mit Chang Li Ching.«

Ich wußte nicht, ob das ein guter Rat oder nur eine allgemeine Bemerkung war.

»Wohl ein großes Tier, häh?« Ich versuchte, ihn zu provozieren.

Aber mein guter Filipino wußte wirklich nichts über diesen Chang Li Ching. Seine Meinung über diese chinesische Größe beruhte nur auf der Reaktion seiner Landsleute, wenn sein Name fiel.

* Kokainschnupfer

»Irgendwas über die beiden Chinesenmänner gehört?«
fragte ich, nachdem ich diesen Punkt geklärt hatte.

»Nein, Sir, aber ich werde – Sie können wetten darauf!«

Ich lobte ihn für seine gute Arbeit, trug ihm auf, es heute
nacht wieder zu versuchen, und ging zu mir hinauf, um auf
Dummy Uhl zu warten, der versprochen hatte, um zehn
Uhr dreißig bei mir zu sein.

Als ich hinaufkam, war es noch nicht ganz zehn, und ich
benutzte die Zwischenzeit, um das Büro anzurufen. Der
Alte sagte, Dick Foley – unser Beschattungsexperte – sei
frei, und so lieh ich ihn mir aus. Dann machte ich meinen
Revolver schußbereit, setzte mich hin und wartete auf meinen Denunzianten.

Um elf Uhr klingelte er. Er kam mit einem ungeheuren
Stirnrunzeln herein.

»Zum Teufel, Junge, ich weiß nicht, was 'ch davon halten
soll«, sprach er wichtigtuerisch über die Zigarette hinweg,
die er sich gerade drehte: »Irgendwas ist da unten im
Gange, so viel steht fest. Es gibt keine Ruhe mehr, seit die
Japs angefangen haben, in den Chink-Straßen* Geschäfte zu
kaufen, und das hat wahrscheinlich etwas damit zu tun.
Aber fremde Chinks sind nicht in der Stadt – kein einziger!
'ch habe so 'n Gefühl, daß ihre Leute runter nach L. A.
sind, aber heute abend wer' ich schon Genaues wissen. Ich
hab mir 'n Chink beigebogen, er soll mal mit der Ware raus-
rücken. Wenn ich Sie wäre, würd ich mal die Schiffe in San
Pedro überwachen lassen. Diese Burschen wollen vielleicht
ihre Papiere mit zwei Matrosen-Chinks tauschen, die gerne
hierbleiben würden.«

»Und es sind keine Fremden in der Stadt?«

«Auch nicht einer.«

»Dummy«, sagte ich erbittert, »du bist ein Lügner und ein
Dummkopf, und ich habe dich reingelegt. Du bist an diesen

* Chinesenstraßen

Morden beteiligt und genauso deine Freunde, und ich bringe dich ins Kittchen und deine Freunde dazu!«

Ich legte meinen Revolver hin, dicht vor sein erschrecktes, ganz graues Gesicht.

»Rühr dich nicht, während ich telefoniere.«

Mit meiner freien Hand griff ich nach dem Telefon und behielt den Gauner im Auge.

Das genügte nicht. Mein Revolver lag zu dicht vor ihm.

Er riß ihn mir aus der Hand. Ich machte einen Satz auf ihn zu. Der Revolver drehte sich in seinen Fingern herum. Ich griff danach – zu spät. Der Schuß ging los, die Mündung weniger als einen halben Meter von meiner dicksten Stelle entfernt. Feuer stach meinen Körper.

Den Revolver mit beiden Händen festhaltend, sank ich zu Boden ... Dummy rannte davon und ließ die Tür hinter sich offen ... Eine Hand an meinem schmerzenden Bauch, lief ich zum Fenster hinüber und winkte mit dem freien Arm Dick Foley zu, der, auf ein Zeichen von mir wartend, unten an einer Ecke stand. Dann lief ich ins Badezimmer und betrachtete meine Wunde. Ein Streifschuß von einer Platzpatrone tut wirklich sehr weh!

Mein Jackett, mein Hemd und meine Unterwäsche waren hin, und ich hatte eine häßliche Brandwunde am Körper. Ich tat Salbe drauf, klebte einen Verband darüber, zog mich um, lud den Revolver von neuem und ging hinunter ins Büro, um dort auf Nachricht von Dick zu warten. Der erste Stich im Spiel schien mir zu gehören. Mit oder ohne Heroin – Dummy Uhl wäre nicht auf mich losgegangen, hätte mein Verdacht – der darauf gründete, daß er sich die Mühe gemacht hatte, seine Augen natürlich erscheinen zu lassen, und auf der Lüge, die er mir versetzt hatte, daß keine Fremden in Chinatown seien – nicht fast ins Schwarze getroffen.

Dick brauchte nicht lange, um zu mir zu stoßen.

»Es hat sich gelohnt!« sagte er beim Eintreten. »Der kleine Kanadier redet im Telegrammstil eines Menschen, der spart. ›Renne zum Telefon. Rief Hotel Irvington an. Telefonkabine – konnte nichts erfahren außer Nummer. Sollte genügen. Dann Chinatown. Ging runter in Keller Westseite Waverly Place. Konnte nicht nah genug dranbleiben, Stelle ausfindig zu machen. Angst vor Risiko, noch länger dazubleiben.‹ Wie gefällt dir das?«

»Gefällt mir gut. Wir wolln uns doch mal die Akte vom ›Whistler‹ ansehen.«

Ein Registrator brachte sie uns – ein dicker Umschlag von der Größe einer Aktentasche, vollgestopft mit Memoranda, Zeitungsausschnitten und Briefen. Die Biographie des Herrn, wie wir sie da hatten, lautete wie folgt:

Neil Conyers, alias The Whistler*, wurde 1883 in Philadelphia – draußen am Whisky Hill – geboren. Im Jahre 1894 wurde er im Alter von elf Jahren in Washington von der Polizei geschnappt. Er war da hingefahren, um zu Coxeys Armee** zu stoßen. Man schickte ihn nach Hause. 1898 wurde er in seiner Heimatstadt verhaftet, weil er einem anderen Jungen in einem Streit über ein Wahlnachts-Freudenfeuer einen Messerstich versetzt hatte. Diesmal wurde er der Obhut seiner Eltern übergeben. 1901 verhaftete ihn die Philadelphiaer Polizei von neuem unter dem Verdacht, der Anführer der ersten organisierten Bande von Autodieben zu sein. Er wurde aus Mangel an Beweisen ohne Prozeß wieder freigelassen. Aber der Staatsanwalt verlor in dem daraus entstehenden Skandal seine Stellung. 1908 tauchte Conyers an der pazifischen Küste auf – in Seattle, Portland, San

* Der Pfeifer
** Eine kleine Gruppe von etwa hundert unzufriedenen Arbeitslosen, die am 25. März 1894 von Massillon, Ohio, unter der Führung von Jacob S. Coxey, einem Selfmademan, nach Washington, D. C., marschierte, um dort auf die Notwendigkeit ökonomischer Reformen aufmerksam zu machen. Auf ihrem Marsch war diese ›Armee‹ auf fünfhundert Teilnehmer angewachsen.

Francisco und Los Angeles –, in Begleitung eines notorischen Schwindlers, bekannt unter dem Namen ›Duster‹ Hughes. Hughes wurde im darauffolgenden Jahr von einem Mann erschossen, dem er ein betrügerisches Flugzeugproduktionsgeschäft aufgeschwindelt hatte. Conyers wurde im Zusammenhang mit dem gleichen Geschäft verhaftet. Zwei Geschworene waren verschiedener Meinung, und er wurde wieder freigelassen. 1910 wurde er bei der berühmten Hauptpostrazzia auf die Werde-schnell-reich-Organisatoren gefaßt. Wieder waren nicht genügend Beweise gegen ihn vorhanden, um ihn einzusperren. 1915 ereilte ihn das Gesetz zum ersten Mal. Er kam nach San Quentin, weil er einige Besucher in die Internationale Panama-Pazifik-Ausstellung eingeschmuggelt hatte. Dort saß er drei Jahre ab. 1919 erschwindelten er und ein Japaner namens Hasegawa von der Japanischen Kolonie in Seattle $ 20 000, indem Conyers als ein Amerikaner auftrat, der während des letzten Krieges als Kommissionär in der japanischen Armee gedient hatte. Er hatte einen gefälschten Orden der aufgehenden Sonne, den ihm der Kaiser angeblich selbst angeheftet hatte. Als dies Spiel aufflog, machte die Familie Hasegawa den Schaden wieder gut – Conyers kam mit einem guten Profit – und einer nicht einmal so unangenehmen Publizität – aus der Sache heraus. Die Affäre war vertuscht worden. Danach kehrte er nach San Francisco zurück, kaufte das Hotel Irvington und lebt seit fünf Jahren dort, ohne daß irgend jemand imstande wäre, seinem Strafregister noch ein Wort hinzuzufügen. Er hatte irgend etwas vor, aber niemand konnte herausbekommen, was. Es gab nicht die geringste Chance auf der Welt, einen Detektiv als Gast in sein Hotel zu schmuggeln. Scheinbar waren in diesem Etablissement nie Zimmer frei. Es war so exklusiv wie der Pacific-Union-Club.

Das also war der Besitzer des Hotels, mit dem Dummy Uhl telefoniert hatte, bevor er in seiner Höhle in Chinatown untergetaucht war.

Ich hatte Conyers nie gesehen, und auch Dick nicht. Zwei Fotografien lagen bei seiner Akte. Eins war ein Profil- und Frontfoto der hiesigen Polizei, aufgenommen nach seiner Verhaftung in der Affäre, die ihn nach San Quentin gebracht hatte. Das andere war ein Gruppenbild: alle in Abendanzügen, stand er, mit seinem falschen japanischen Orden auf der Brust, zwischen dem halben Dutzend Japaner, die er hineingelegt hatte – eine Blitzlichtaufnahme, aufgenommen, während er sie zur Schlachtbank führte.

Nach diesen Bildern war er ein hohes Tier, feist und pompös aussehend, mit einem schweren viereckigen Kinn und schlauen Augen.

»Glaubst du, du könntest ihn verhaften?« fragte ich Dick.

»Aber sicher!«

»Ich schlage vor, du gehst dorthin und siehst zu, ob du da irgendwo in der Nähe ein Zimmer oder ein Apartment mieten kannst – eins, von wo aus du das Hotel beobachten kannst. Vielleicht hast du eine Chance, ihn hin und wieder zu beschatten.«

Ich steckte die Fotos in meine Tasche, für den Fall, daß man sie brauchte, stopfte das übrige Zeug wieder in den Umschlag und ging zum Alten ins Büro.

»Ich habe diesen Trick mit dem Stellennachweis arrangiert«, sagte er. »Ein gewisser Frank Paul, der draußen hinter Martinez eine Ranch hat, wird Dienstag morgen um zehn Uhr in Fong Yicks Büro sein und seine Rolle dort spielen.«

»Wunderbar! Ich mach jetzt mal 'n paar Besuche in Chinatown. Sollten Sie ein paar Tage nichts von mir hören, sagen Sie doch bitte den Straßenkehrern, sie möchten ein bißchen drauf achten, was sie da zusammenkehren.«

Er sagte, das wolle er tun.

San Francisco Chinatown beginnt beim Einkaufszentrum an der California Street und läuft hinauf bis zum Latin

Quarter – ein Komplex, zwei Blocks breit und sechs lang. Vor dem großen Brand lebten annähernd fünfundzwanzigtausend Chinesen in diesen zwei Dutzend Blocks. Ich glaube nicht, daß die Einwohnerzahl jetzt auch nur mehr als ein Drittel ausmacht.

Grant Street, die Hauptstraße und Hauptverkehrsader dieses Streifens, ist fast in ihrer ganzen Länge eine Straße mit geschmacklosen Geschäften, auffallenden Chop-Suey-Lokalen, die den Tourismus poussieren und wo der Radau amerikanischer Jazz-Orchester das gelegentliche Pfeifen einer chinesischen Flöte verschlingt. Weiter draußen gibt's nicht soviel Farbe und Geglitzer, und der echte chinesische Geruch von Gewürzen, Essig und getrockneten Sachen steigt einem in die Nase. Wenn man die Hauptdurchgangsstraßen und Sehenswürdigkeiten verläßt und sich aufmacht, um in Gäßchen und dunklen Winkeln herumzustöbern, und es passiert einem nichts, hat man die Chance, interessante Dinge zu entdecken – obgleich einem manche davon gar nicht gefallen werden.

Ich jedoch stöberte nicht herum, als ich an der Clay Street von der Grant Avenue abbog und zur Spofford Alley hinaufging, auf der Suche nach dem Haus mit der roten Tür und den roten Stufen, von dem Cipriano gesagt hatte, es gehöre Chang Li Ching. Ich blieb ein paar Sekunden stehen, um mich ein wenig auf dem Waverly Place umzusehen, während ich vorbeiging. Der Filipino hatte mir doch erzählt, daß die fremden Chinesen dort wohnten und daß er glaube, durch ihr Haus gelange man vielleicht zu dem Chang Li Chings. Und Dick Foley war Dummy Uhl bis dorthin gefolgt.

Ich hatte keine Ahnung, welches dieses wichtige Haus sein könnte. Vier Türen von Jair Quons Spielsalon, hatte Cipriano gesagt, aber ich wußte nicht, wo Jair Quons Spielsalon war. Waverly Place war jetzt nur ein Bild des Friedens und der Ruhe. Ein fetter Chinese stellte Kisten voll Gemüsen vor einem Lebensmittelgeschäft aufeinander. Ein halbes Dutzend kleiner gelber Buben spielte in der Mitte der Straße Murmeln. Auf der anderen Seite kam gerade ein blonder junger Mann aus einem Keller die sechs Stufen zur Straße hinauf, während hinter ihm einen Moment lang das geschminkte Gesicht einer Chinesin auftauchte, bevor sie die Tür hinter ihm schloß. Weiter oben in der Straße wurden vor einer der chinesischen Zeitungsdruckereien gerade Papierrollen abgeladen. Ein schäbig aussehender Führer kam mit vier Touristen aus dem Tempel der Himmelskönigin – einem chinesischen Tempel über dem Sue-Hing-Hauptquartier.

Ich ging die Spofford Alley weiter hinauf und fand mein Haus ohne jede Schwierigkeit. Es war ein schäbiges Gebäude, mit Stufen und Tür von der Farbe getrockneten Blutes und Fenstern mit fest schließenden Fensterladen aus dicken, eng zusammengenagelten Brettern. Was es von seinen Nachbarhäusern unterschied, war, daß sein Erdgeschoß nicht aus einem Laden oder sonst einem Geschäftslokal bestand. Reine Wohnhäuser sind in Chinatown selten; das Erdgeschoß bleibt fast immer dem Geschäft vorbehalten, und die Wohnräume befinden sich entweder im Keller oder in den oberen Stockwerken.

Ich stieg die drei Stufen hinauf und schlug mit den Fingerknöcheln gegen die Tür.

Es rührte sich nichts.

Ich klopfte stärker. Noch immer nichts. Ich versuchte es noch einmal, und diesmal wurde ich belohnt durch scharrende und klappernde Geräusche von innen.

Mindestens fünf Minuten dieses Scharrens und Klapperns, dann öffnete sich die Tür – kaum zehn Zentimeter weit.

Ein schrägstehendes Auge und der Teil eines runzligen braunen Gesichts sah mich über einer schweren Kette, welche die Tür hielt, durch den Spalt an.

»Was Sie wünschen?«

»Ich möchte zu Chang Li Ching.«

»Nicht wohnt. Vielleicht dlüben auf Stlaße.«

»Quatsch. Mach du deine kleine Tür zu, lauf zurück und sage Chang Li Ching, ich wünsche ihn zu sehen.«

»Nicht kann tun. Nicht wohnt Chang.«

«Sag ihm, ich bin hier«, sagte ich, indem ich der Tür den Rücken zukehrte. Ich setzte mich auf die oberste Stufe und fügte noch hinzu: »Ich werde warten.«

Während ich meine Zigaretten herausnahm, war es still hinter mir. Dann wurde die Tür leise geschlossen, und gleich darauf begann wieder das Schlurfen und Klappern dahinter. Ich rauchte eine Zigarette und noch eine und ließ Zeit vergehen und versuchte, so auszusehen, als hätte ich eine unendliche Geduld. Ich hoffte, der Gelbe machte keinen Trottel aus mir und ließ mich da sitzen, bis ich genug hatte.

Chinesen gingen die Spofford Alley hinauf und hinunter, schlurfend in ihren amerikanischen Schuhen, die nie so gemacht werden können, daß sie ihnen passen. Manche blickten neugierig zu mir herüber, manche schenkten mir überhaupt keine Aufmerksamkeit. So vergingen eine Stunde und ein paar Minuten, und dann wurde die Tür durch das vertraute Schlurfen und Klappern belästigt.

Die Kette rasselte, als die Tür aufschwang. Ich wollte mich nicht umdrehn.

»Sie weggehn! Nich gesehn dem Chang!«

Ich sagte nichts. Wenn er mich nicht einließ, würde er mich da sitzen lassen, ohne sich weiter um mich zu kümmern.

»Was Sie wünschen?«

»Ich will zu Chang Li Ching«, sagte ich, ohne mich umzudrehn.

Wieder eine Pause, die mit dem Knallen der Kette gegen den Türrahmen endete.

»All ligth.«

Ich flippte meine Zigarette auf die Straße, stand auf und trat ins Haus. In dem Halbdunkel konnte ich nur ein paar billige, abgestoßene Möbelstücke erkennen. Ich mußte warten, während der Chinese vier armdicke Stangen über die Tür legte und sie dort mit einem Vorhängeschloß festmachte. Dann nickte er mir zu und schlurfte über den Fußboden, ein kleiner gebeugter Mann, mit einem haarlosen gelben Kopf und einem schnurdünnen Hals.

Aus diesem Raum führte er mich in einen andern, noch dunkleren, in einen Hausflur und eine wacklige Treppe hinunter. Der Geruch von muffigen Kleidern und feuchter Erde war ekelhaft. Wir gingen eine Weile durch das Dunkel über einen ungepflasterten Gang, bogen links ein, und ich hatte wieder Zement unter den Füßen. Wir bogen im Dunkeln noch zweimal ab, stiegen dann eine Treppe mit ausgetretenen Holzstufen hinauf in einen Vorraum, der durch brennende, abgeschirmte elektrische Birnen einigermaßen hell beleuchtet war.

In diesem Vorzimmer schloß mein Führer eine Tür auf, und wir durchquerten einen Raum, in dem Räucherkerzen brannten und wo, im Licht der Öllampe, kleine rote Tische mit gefüllten Teeschalen vor hölzernen Paneelen standen, die, mit goldenen chinesischen Schriftzeichen bedeckt, an der Wand hingen. Eine Tür an der gegenüberliegenden Seite dieses Raumes führte uns in pechschwarze Finsternis, wo ich das Ende der losen, maßgeschneiderten blauen Jacke meines Führers festhalten mußte.

Bis dahin hatte er sich nicht einmal nach mir umgesehen, seit unsere Tour begann, und keiner von uns hatte etwas gesagt. Dieses Treppauf-Treppab, Nach-rechts-Einbiegen, Nach-links-Einbiegen schien ziemlich harmlos. Wenn es ihm Spaß machte, mich zu verwirren, bitte schön. Jetzt war ich schon verwirrt genug, was die Richtungen betraf. Ich hatte nicht die leiseste Idee, wo ich mich befinden könnte.

Aber das kümmerte mich nicht so sehr. Falls ich umgelegt werden sollte, würde das durch die Kenntnis meiner geographischen Lage auch nicht vergnüglicher gemacht. Sollte ich indessen heil herauskommen, war ein Ort so gut wie der andere.

Wir machten noch eine Menge Umwege, gingen treppauf und treppab und absolvierten noch all den übrigen Blödsinn. Ich schätzte, daß ich mittlerweile fast eine halbe Stunde hier drin gewesen sein mußte, und ich hatte außer meinem Führer noch keinen Menschen gesehen.

Dann aber sah ich etwas anderes.

Wir gingen durch einen langen, engen Gang, der zu beiden Seiten, dicht nebeneinander, braun gestrichene Türen hatte. Alle diese Türen waren geschlossen – was in dem matten Licht ganz geheimnisvoll wirkte. Gegenüber der einen wurde mein Blick plötzlich vom Schein matten Metalls angezogen – ein dunkler Ring in der Mitte der Tür.

Ich warf mich zu Boden.

Das geschah so schnell, als hätte man mich gestoßen, und deshalb entging mir das Mündungsfeuer. Aber ich hörte das Dröhnen und roch das Pulver.

Mein Führer drehte sich blitzschnell um und verlor dabei einen Pantoffel. In jeder Hand hielt er eine Selbstladepistole, so groß wie ein Kohleneimer. Sogar während ich noch versuchte, meinen eigenen Revolver zu ziehen, staunte ich, wie ein so kleiner Mann soviel Maschinerie auf sich hatte verbergen können.

Die beiden Pistolen in den Händen des kleinen Mannes blitzten gegen mich auf. Nach guter chinesischer Sitte schoß er sie leer – Kräsch! Kräsch! Kräsch!

Ich glaubte schon, er hätte mich nicht getroffen, bis ich meinen Finger fest an meinem Abzug hatte. Dann kam ich gerade noch rechtzeitig zu mir, um meinen Schuß zurückzuhalten.

Er schoß gar nicht auf mich. Er ballerte Blei in die Tür

hinter mir – die Tür, durch die man auf mich geschossen hatte.

Ich rollte mich auf die gegenüberliegende Seite des Ganges, weg von der Tür.

Der hagere kleine Mann trat noch dichter heran und vollendete sein Bombardement. Seine Schüsse zerfetzten das Holz wie Papier. Seine Pistolen klickten leer.

Die Tür flog auf, aufgestoßen von einem Menschenwrack, das versuchte, sich aufrecht zu halten, indem es sich an die verschiebbare Holzplatte in der Mitte der Tür anklammerte.

Dummy Uhl – seine ganze Mitte weg – glitt zu Boden und lag dort, eher eine Lache als eine Leiche.

Der Gang füllte sich mit gelben Gestalten, schwarze Pistolen im Anschlag, herausgeschnellt wie die Dornenranken in einem Brombeergesträuch.

Ich stand auf. Mein Führer ließ seine Pistolen zu seinen Hüften herunterfallen und schrie ein gutturales Solo. Die Chinesen verschwanden hinter den verschiedenen Türen, bis auf vier, die aufzulesen begannen, was zwanzig Kugeln von Dummy Uhl übriggelassen hatten.

Der sehnige alte Knabe steckte seine leeren Pistolen weg, kam den Gang herunter auf mich zu und streckte eine Hand nach meinem Revolver aus.

»Sie mir geben«, sagte er höflich.

Ich gab sie. Er hätte meine Hosen haben können.

Mit meinem Revolver in seiner Hemdbrust sah er gelassen auf das, was die vier Chinesen wegtrugen, dann sah er mich an.

»Nicht gut Fleund, häh?« fragte er.

»Nicht sehr«, gab ich zu.

»All light. Ich Sie fühle.«

Unsere Zweimannparade machte sich wieder auf den Weg. Der Ringelreihen ging nun weiter, wieder eine Treppe hinauf, noch einige Rechts- und Linkswendungen, und dann blieb mein Führer vor einer Tür stehen, an der er mit seinen Fingernägeln ein kratzendes Geräusch machte.

Die Tür wurde von einem andern Chinesen geöffnet. Doch das hier war keiner dieser kantonesischen Liliputaner. Das war ein riesiger, fleischfressender Ringkämpfer - Stiernakken, gewaltige Schultern, Gorilla-Arme und Lederhaut. Der Gott, der ihn schuf, hatte Mengen von Material gehabt und ihm Zeit gelassen, hart zu werden.

Während er den Vorhang, der die Tür bedeckte, aufhielt, trat er zur Seite. Ich ging hinein und sah seinen Zwilling an der anderen Seite der Tür.

Der Raum war groß und quadratisch, seine Türen und Fenster - sofern vorhanden - hinter Wandgehängen aus Samt, in Grün und Blau und Silber. In einem großen schwarzen, reich geschnitzten Sessel saß, hinter einem eingelegten schwarzen Ziertisch, ein alter Chinese. Sein Gesicht war rund und voll und durchtrieben, mit einer dünnen Strähne weißer Barthaare am Kinn. Auf dem Kopf trug er eine dunkle, enganliegende Kappe. Eine violette, am Hals eng umsitzende Robe zeigte unten am Saum, wo eine Ecke über seinen blauen Seidenhosen zurückgeschlagen war, ihr Zobelfutter.

Er erhob sich nicht aus seinem Sessel, doch er lächelte milde über seiner weißen Bartsträhne und neigte seinen Kopf fast bis zum Teegeschirr auf dem Tisch hinunter.

»Es war nur die Unfähigkeit zu glauben, daß einer von Eurer Exzellenz himmlischen Erhabenheit seine kostbare Zeit an einen so unwürdigen Tölpel verschwenden würde, die den niedrigsten Eurer Sklaven davon zurückgehalten hat, hinunterzulaufen, um sich vor Eure edlen Füße zu werfen, als er hörte, daß der Herr der Detektive vor seiner unwürdigen Türe stehe.«

Das kam in einem fließenden Englisch heraus, das viel reiner war als mein eigenes. Ich verzog keine Miene und wartete.

»Wenn der Schrecken der Übeltäter einem meiner Sessel die Ehre antun möchte, seinen göttlichen Körper darin auszuruhen, kann ich ihm versichern, daß dieser Sessel nachher verbrannt wird, auf daß kein Geringerer ihn benutze. Oder möchte der Fürst der Diebefänger mir erlauben, einen Diener nach einem seiner eigenen, ihm gemäßen Sessel aus seinem Palast zu senden?«

Ich ging gemessenen Schrittes auf einen Sessel zu und versuchte unterdessen, Worte in meinem Kopf zu ordnen. Dieser alte Bursche machte sich mit seiner Übertreibung, einer Burleske der berühmten chinesischen Höflichkeit, über mich lustig. Mit mir ist nicht schwierig auszukommen. Bis zu einem gewissen Punkt spiele ich jedermanns Spiel mit.

»Es ist nur, weil ich aus Ehrfurcht vor dem mächtigen Chang Li Ching weiche Knie habe, daß ich es wage, mich zu setzen«, erklärte ich und ließ mich auf dem Sessel nieder. Ich drehte mich um und sah, daß die beiden Riesen neben der Tür verschwunden waren.

Ich hatte so ein Gefühl, daß sie sich nicht weiter entfernt hatten als bis zur Rückseite der Samtvorhänge, die die Tür verdeckten.

»Wüßte ich nicht, daß der König der Herausfinder« – er fing schon wieder an – »alles weiß, wäre ich sehr erstaunt, daß er meinen geringen Namen gehört hat.«

»Gehört? Wer hätte ihn nicht gehört?« ulkte ich zurück.

»Kommt nicht das englische Wort *change* von Chang? Change, was ändern bedeutet, ist das, was mit den Anschauungen selbst des weisesten Mannes geschieht, nachdem er die Weisheit Chang Li Chings vernommen hat!« Ich versuchte, von diesem Vaudeville-Geschwätz wegzukommen, das mich sehr anstrengte. »Ich danke Ihnen, daß Ihr Diener mir da im Gang das Leben gerettet hat.«

Er spreizte die Hände über dem Tisch.

»Ich habe nur gefürchtet, daß der Herrscher der Detektive den Geruch gewöhnlichen Blutes für seine eleganten Nasenflügel für unerträglich finden würde, daß dieser Halunke, der Eure Exellenz gestört hat, schnell niedergemacht wurde. Sollte ich mich jedoch geirrt haben, und Sie hätten es vorgezogen, ihn in kleine Stücke schneiden zu lassen, kann ich statt seiner nur einen meiner Söhne als Sühneopfer anbieten.«

»Lassen Sie den Knaben ruhig leben«, sagte ich gleichgültig und kam auf das Geschäftliche zu sprechen. »Ich hätte Sie nicht behelligt, aber ich bin so unwissend, daß ich nur mit Hilfe Eurer großen Weisheit wieder ein normaler Mensch werden kann.«

»Fragt man einen Blinden nach dem Weg?« fragte der alte Narr, mit zur Seite geneigtem Kopf. »Kann ein Stern, und sei er noch so willig, dem Monde helfen? Wenn es dem Ahnherrn der Bluthunde gefällt, Chang Li Ching zu schmeicheln und ihn glauben zu machen, er könne des Großen Mannes Kenntnis etwas hinzufügen, wer ist Chang, seinen Meister zu enttäuschen und sich zu weigern, sich lächerlich zu machen?«

Ich faßte es so auf, daß er bereit war, sich meine Fragen anzuhören.

»Was ich gerne wissen möchte, ist: wer hat Lillian Shans Dienerinnen, Wang Ma und Wan Lan, getötet?«

Er spielte mit einer dünnen Strähne seines weißen Bartes, indem er sie um einen seiner dicken Finger drehte.

»Schaut der Rotwildjäger nach einem Hasen?« wollte er wissen. »Und wenn ein so mächtiger Jäger schon so tut, als interessiere er sich für den Tod von Dienstboten, kann Chang da etwas anderes vermuten, als daß es dem Großen Herrn gefällt, den wahren Gegenstand seines Interesses zu verheimlichen? Doch es könnte auch sein, daß der Lord der Fallstricke gedacht hat, der schwerfällige Chang Li Ching, unbedeutend unter den hundert Namen, könnte vielleicht Kenntnis von ihnen haben, weil die Toten Dienerinnen und keine Gürtelträgerinnen waren. Kennen Ratten nicht das Verhalten von Ratten?«

Er hielt sein Geschwätz noch einige Minuten lang aufrecht, während ich dasaß und zuhörte und die rundliche, durchtriebene gelbe Maske seines Gesichts betrachtete und hoffte, daß dabei vielleicht etwas klar herauskäme. Aber nichts geschah.

»Meine Unkenntnis ist sogar noch größer, als ich mir in meiner Überheblichkeit vorgestellt habe«, beendete er seine Rede. »Die einfache Frage, die Sie stellen, geht über die Fähigkeit meines verwirrten Gehirns hinaus. Ich weiß nicht, wer Wang Ma und Wan Lan getötet hat.«

Ich grinste ihn an und stellte eine andere Frage: »Wo kann ich Hoo Lun und Yin Hung finden?«

»Wieder muß ich mich wegen meiner Unkenntnis im Staube wälzen«, murmelte er, »und nur der Gedanke tröstet mich, daß der Meister der Geheimnisse die Antwort auf diese Fragen kennt und es ihm gefällt, seinen unfehlbar erreichten Zweck vor Chang zu verbergen.«

Und weiter kam ich nicht.

Noch mehr verrückte Komplimente, noch mehr Verbeugungen und Kratzfüße, weitere Versicherungen unendlicher Verehrung und Zuneigung, und dann folgte ich meinem schnurhalsigen Führer durch Windungen, dunkle Gänge, durch dunkle Räume und wieder treppauf, treppab, über wacklige Stufen.

Bei der Haustür zog er meinen Revolver aus seiner Hemdbrust und übergab ihn mir, nachdem er die Stangen an der Tür losgemacht hatte. Ich unterdrückte die Anwandlung, auf der Stelle nachzusehen, ob irgend etwas damit geschehen war. Statt dessen steckte ich ihn in die Tasche und trat vor die Tür.

»Vielen Dank für die Tötung da oben«, sagte ich.

Der Chinese brummelte etwas, verneigte sich und schloß die Tür.

Ich ging die Stockton Street hinauf, auf dem Wege ins Büro langsam dahinspazierend, und zerbrach mir den Kopf.

Da war zunächst Dummy Uhls Tod, über den ich nachgrübelte. War er vorher geplant worden, um ihn für seine Stümperei am Vormittag zu bestrafen und gleichzeitig, um mir zu imponieren? Und wie? Und weshalb? Oder war es die Absicht, mich dadurch den Chinesen zu verpflichten? Und wenn es so wäre, warum? Oder war es wieder nur einer jener so beliebten, komplizierten chinesischen Tricks? Ich ließ den Gedanken fallen und richtete mein Denken auf den kleinen, rundlichen Chinesen in der violetten Robe.

Er gefiel mir. Er hatte Humor, Verstand, Kaltblütigkeit – alles. Ihn in eine Zelle zu sperren, das wäre ein Husarenstückchen, mit dem man sich laut brüsten könnte. Er war mein Ideal eines würdigen Gegners. Doch bildete ich mir nicht ein, belastendes Material gegen ihn zu haben. Durch Dummy Uhl war mir nur klargeworden, daß eine Verbindung zwischen dem Hotel Irvington und Chang Li Ching bestand. Dummy Uhl war losgegangen, als ich ihn beschuldigte, in die Shan-Morde verwickelt zu sein. Soviel hatte ich – aber nicht mehr, außer, daß Chang nichts gesagt hatte, was hätte beweisen können, er sei an der Shan-Affäre nicht interessiert.

Wenn man es so sah, konnte Dummys Tod kein vorher geplantes Manöver gewesen sein. Viel wahrscheinlicher war, daß er mich hatte kommen sehen, versucht hatte, mich umzulegen, und von meinem Führer erledigt worden war, weil er die mir von Chang gewährte Audienz stören wollte. Dummy konnte für chinesische Augen kein sehr wertvolles Leben gehabt haben – übrigens auch für anderer Leute Augen nicht.

Soweit war ich gar nicht unzufrieden mit meiner Tagesarbeit. Ich hatte zwar nichts Tolles geleistet, war mir aber über mein zukünftiges Vorgehen klargeworden – oder meinte es jedenfalls. Wenn ich jetzt mit dem Kopf gegen eine Mauer anrenne, weiß ich doch wenigstens, wo die Mauer ist und wem sie gehört.

Im Büro fand ich eine Nachricht von Dick Foley vor. Er hatte schräg gegenüber vom Irvington eine Vorderhauswohnung gemietet, um Whistler zu beschatten.

Der Whistler hatte eine halbe Stunde in Big Fat Thomsons Spielsalon in der Market Street zugebracht, hatte sich mit dem Besitzer und einigen systematischen Spielern unterhalten, die sich dort treffen. Dann war er mit einem Taxi zu einem Apartmenthaus in der O'Farrell Street – dem Glenway-Haus, wie es hieß – hinausgefahren und hatte dort irgendwo geklingelt. Als niemand reagierte, habe er sich mit einem Schlüssel selbst Eingang verschafft. Eine Stunde später sei er wieder herausgekommen und in sein Hotel zurückgekehrt. Dick hatte nicht sehen können, wo er geklingelt hatte, noch in welches Apartment er gegangen war.

Ich rief Lillian Shan an.

»Werden Sie heute abend zu Hause sein?« fragte ich. »Ich muß mit Ihnen über etwas sprechen, was ich Ihnen am Telefon nicht sagen kann.«

»Ich werde bis sieben Uhr dreißig zu Hause sein.«

»Gut, ich komme runter.«

Es war sieben Uhr fünfzehn, als das Mietauto mich vor ihrem Haupteingang absetzte. Sie machte mir selbst auf. Die Dänin, die zur Aushilfe da war, bis neues Personal kam, blieb nur tagsüber dort und kehrte abends in ihr eigenes Haus – eine Meile landeinwärts – zurück.

Das Abendkleid, das Lillian trug, war ziemlich streng, ließ aber doch vermuten, daß sie, wenn sie ihre Brille ablegen und sich auch sonst ein wenig zurechtmachen würde, letzten Endes gar nicht so unweiblich aussehen mochte. Sie ging mit mir hinauf in die Bibliothek, wo ein hübscher junger Bursche von etwa zwanzig Jahren im Abendanzug von einem Stuhl aufstand, als wir hereinkamen – ein gutsituierter Junge, mit blondem Haar und heller Haut.

Sein Name war Garthorne, wie ich hörte, als wir einander vorgestellt wurden. Das Mädchen schien eindeutig willens, unsere Unterredung in seiner Gegenwart stattfinden zu lassen. Ich nicht. Nachdem ich alles versucht hatte, außer geradenwegs zu verlangen, sie allein zu sehen, entschuldigte sie sich – sie nannte ihn Jack – und führte mich in ein anderes Zimmer.

Inzwischen war ich etwas ungeduldig geworden.

»Wer war denn das?« fragte ich.

Sie sah mich mit hochgezogenen Brauen an.

»Mr. John Garthorne«, sagte sie.

»Wie gut kennen Sie ihn?«

»Darf ich fragen, weshalb Sie das so interessiert?«

»Sie dürfen. Mr. Garthorne scheint mir kein Umgang für Sie.«

»Kein Umgang für mich?«

Mir fiel etwas anderes ein.

»Wo wohnt er?«

Sie gab mir die Nummer in der O'Farrell Street.

»Die Glenway-Apartments?«

»Ja, ich glaube.« Sie sah mich unbefangen an. »Würden Sie sich bitte etwas deutlicher ausdrücken?«

»Nur noch eine Frage, dann gern. Kennen Sie einen Chinesen namens Chang Li Ching?«

»Nein.«

»Gut. Ich werde Ihnen jetzt was von Garthorne erzählen. Bis jetzt bin ich in Ihrer Sache auf zwei Aspekte gestoßen. Einer bezieht sich auf diesen Chang Li Ching und einer auf einen ehemaligen Sträfling namens Conyers. Dieser John Garthorne war heute in Chinatown. Ich habe ihn gesehen, als er aus einem Keller kam, der wahrscheinlich einen Zugang zu Chang Li Chings Haus hat. Der ehemalige Sträfling hat heute am frühen Nachmittag jemanden in dem Hause besucht, in dem Garthorne wohnt.«

Ihr Mund blieb offenstehen. Dann schloß er sich wieder.

»Das ist ja absurd!« rief sie ärgerlich. »Ich kenne Mr. Garthorne schon ziemlich lange –.«

»Wie lange genau?«

»Sehr – einige Monate.«

»Wo haben Sie ihn kennengelernt?«

»Durch ein Mädchen, das ich noch vom College her kenne.«

»Wovon lebt er? Was tut er?«

Sie stand hoch aufgerichtet da und schwieg.

»Hören Sie zu, Miss Shan«, sagte ich. »Garthorne mag in Ordnung sein, aber ich muß ihn mir genau anschaun. Wenn er nichts auf dem Kerbholz hat, war es kein Schaden. Ich muß von Ihnen erfahren, was Sie über ihn wissen.«

Nach und nach bekam ich alles heraus. Er sei, so glaubte sie wenigstens, der jüngste Sohn einer bekannten Familie in Richmond, Virginia, der augenblicklich wegen irgendeines Dummenjungenstreiches in Ungnade sei. Er sei vor vier Monaten nach San Francisco gekommen, um hier zu warten, bis die Wut seines Vaters sich abgekühlt habe. In der Zwischenzeit versorge seine Mutter ihn mit Geld, damit er während seines Exils nicht nötig habe zu arbeiten. Er habe von einer der Schulfreundinnen Lillians einen Empfehlungsbrief gebracht.

Lillian Shan hatte, wie ich allem entnahm, eine große Zuneigung zu ihm gefaßt.

»Sie gehen doch heute abend mit ihm aus?« fragte ich, nachdem ich das alles erfahren hatte.

»Ja.«

»In seinem Wagen oder in Ihrem?«

Sie runzelte die Stirn, aber sie beantwortete meine Frage.

»In seinem. Wir wollen zum Essen zum Half Moon hinunterfahren.«

»In dem Fall muß ich einen Schlüssel haben, weil ich hierher zurückkomme, wenn Sie weg sind.«

»Was tun Sie?«

»Ich komme hierher zurück. Ich bitte Sie auch, ihm nichts von meiner mehr oder weniger unwichtigen Verdächtigung zu sagen, aber meine ehrliche Meinung ist, daß er Sie für den Abend hier weg haben will. Also, wenn Sie auf dem Rückweg eine Panne haben, tun Sie so, als sähen Sie gar nichts Ungewöhnliches daran.«

Das hörte sie nicht gern, aber sie wollte nicht zugeben, daß ich vielleicht recht haben könnte. Den Schlüssel bekam ich jedenfalls, und ich erzählte ihr dann von meinem Plan mit dem Stellennachweis, der ihrer Mithilfe bedurfte. Sie versprach, Donnerstagmorgen um halb zehn im Büro zu sein.

Garthorne sah ich nicht mehr, bevor ich das Haus verließ.

Wieder in meinem Mietwagen, ließ ich mich vom Fahrer ins nächste Dorf bringen, wo ich im Gemischtwarenladen ein Stück Kautabak, eine Taschenlampe und eine Schachtel Patronen kaufte. Mein Revolver ist ein .38 Spezial, aber ich mußte die kürzeren, schwächeren Patronen nehmen, weil der Ladeninhaber die andern nicht auf Lager hatte.

Mit meinen Einkäufen in der Tasche machten wir uns auf den Rückweg zum Shan-Haus. Zwei Wegbiegungen davor ließ ich halten, bezahlte den Chauffeur, schickte ihn weg und ging den Rest des Weges zu Fuß.

Das Haus lag völlig im Dunkeln.

Nachdem ich mich so leise wie möglich eingelassen hatte und die Taschenlampe kaum brauchte, durchsuchte ich das Haus vom Keller bis zum Dach. Ich war der einzige im Haus. In der Küche erleichterte ich den Kühlschrank um ein paar Bissen, die ich mit Milch hinunterspülte. Ich hätte gern einen Kaffee gehabt, aber Kaffee riecht zu stark.

Mit dem Essen fertig, machte ich es mir im Korridor zwischen der Küche und dem übrigen Haus auf einem Stuhl bequem. Auf der einen Seite führten Stufen ins Souterrain hinunter, auf der andern führten Stufen nach oben. Mit allen Türen im Hause offen, außer denen, die nach draußen führten, lag der Korridor genau in der Mitte, was das Hören von Geräuschen betraf.

Eine Stunde verging – friedlich, bis auf das Geräusch der Autos, die in hundert Metern Entfernung auf der Straße vorbeifuhren, und die Brandung des Pazifik unten in der kleinen Bucht. Ich kaute an meinem Stück Tabak – ein Ersatz für Zigaretten – und versuchte, die Stunden zu zählen, die ich in meinem Leben schon in der gleichen Weise verbracht hatte – sitzend oder herumstehend und wartend, daß etwas geschähe.

Das Telefon klingelte.

Ich ließ es klingeln. Vielleicht war es Lillian, die Hilfe brauchte, aber ich durfte nichts riskieren. Es war zu wahrscheinlich, daß es ein Kerl war, der ausspionieren wollte, ob jemand im Hause sei.

Eine weitere halbe Stunde verging, mit einem auffrischenden Wind vom Ozean und dem Rauschen von Bäumen.

Da plötzlich ein Geräusch – nicht vom Wind, nicht von der Brandung oder vorbeifahrenden Autos.

Irgendwo klickte etwas.

Es war ein Fenster, aber ich wußte nicht, welches. Ich ließ meinen Kautabak und nahm Revolver und Taschenlampe heraus.

Da war es wieder – ganz laut.

Jemand versuchte mit aller Gewalt, ein Fenster zu öffnen – mit zu viel Gewalt. Der Fensterriegel klapperte, und etwas schlug gegen die Scheibe. Dann ein Abwarten. Wer immer es sein mochte, hätte das Glas mit weniger Krach einschlagen können, als er es jetzt tat.

Ich stand auf, verließ aber den Korridor nicht. Das Fenstergeräusch war nur ein Trick, um die Aufmerksamkeit von demjenigen abzulenken, der im Hause sein mochte. Ich wandte dem Korridor den Rücken und versuchte, in die Küche hineinzuschauen.

Die Küche war zu dunkel, um irgend etwas sehen zu können.

Ich sah dort nichts. Ich hörte dort nichts.

Feuchte Luft blies mich aus der Küche an.

Jetzt hieß es auf der Hut sein. Ich hatte Gesellschaft, und der Betreffende war raffinierter als ich. Er konnte unter meiner Nase Türen und Fenster öffnen. Das war gar nicht schön.

Jemand auf Gummiabsätzen. Ich trat von meinem Stuhl zurück, bis der Rahmen der Kellertür meine Schulter berührte. Es schien mir gar nicht so sicher, daß mir diese Party gefallen würde. Ich habe gerne gleiche Chancen, und wenn's geht, sogar bessere, aber danach sah mir das hier gar nicht aus.

Als dann ein dünner Lichtstrahl aus der Küche tanzte und den Stuhl im Korridor traf, war ich drei Stufen die Kellertreppe hinunter, den Rücken eng an die Treppenmauer gepreßt.

Der Lichtstrahl blieb ein paar Sekunden lang auf dem Stuhl haften und begann dann, im Korridor herumzuflitzen und durch die Tür in das dahinterliegende Zimmer. Ich sah nur den Lichtstrahl, sonst nichts.

Frische Geräusche kamen auf mich zu – das Surren von Automobilmotoren an der Straßenseite nahe beim Haus, das gedämpfte Tappen von Füßen auf der hinteren Terrasse, auf dem Küchenlinoleum – ziemlich viele Füße. Ein Geruch machte sich bemerkbar – ein unverkennbarer Geruch – der Geruch nach ungewaschenen Chinesen.

Dann achtete ich nicht mehr auf diese Dinge. Ich hatte genug mit denen in meiner Nähe zu tun.

Der Besitzer der Taschenlampe stand jetzt oben an der Kellertreppe. Ich hatte mir durch das Verfolgen des Lichtstrahls die Augen verdorben; ich konnte ihn nicht sehen.

Der erste dünne Strahl, der in den Keller hinunterfiel, ging um Haaresbreite an mir vorbei – was mir Zeit ließ, mir dort im Dunkeln eine ungefähre Vorstellung zu machen: wenn er mittelgroß wäre und die Lampe in seiner linken Hand hielte, eine Pistole in seiner rechten, und so wenig wie möglich von sich freigab – müßte seine ›Birne‹ fünfundvierzig Zentimeter oberhalb der Lichtquelle sitzen, und in der gleichen Entfernung, fünfzehn Zentimeter nach links – meine linke Hand.

Das Licht schwenkte zur Seite und traf eins meiner Beine.

Sein Schuß versengte meine Wange. Einer seiner Arme versuchte, mich mitzuziehen. Ich entwischte ihm und ließ ihn allein in den Keller hinuntersausen. Goldzähne blitzten auf, während er an mir vorbeisauste.

Das Haus war voll von ›Yaei-Yaeis‹ und tapsenden Füßen. Ich mußte da weggehen – oder ich würde da weggestoßen.

Unten könnte eine Falle sein. Ich stieg wieder zum Korridor hinauf.

Der wimmelte von stinkenden Körpern. Hände und Zähne machten sich daran, mir die Kleider wegzureißen, und es wurde mir nur allzu klar: ich hatte mich da auf was Schönes eingelassen!

Ich war inmitten eines sich wälzenden, zerrenden, ächzenden und stöhnenden Mobs von Unsichtbaren. Ein Knäuel von ihnen schleppte mich auf die Küche zu. Um mich schlagend und tretend und Kopfstöße austeilend, ging ich mit.

Eine schrille Stimme schrie chinesische Befehle.

Meine Schulter streifte den Türrahmen, als ich in die Küche geschleppt wurde, so gut ich es vermochte gegen Feinde kämpfend, die ich nicht sehen konnte, und zu ängstlich, den Revolver zu gebrauchen, den ich noch gepackt hielt.

Denn so war ich wenigstens nur ein Teil dieses wilden Gewühls, doch das Aufblitzen meiner Waffe hätte mich zu seinem Mittelpunkt machen können. Diese Wahnsinnigen kämpften jetzt panisch, und ich wollte von ihnen nicht in Stücke gerissen werden.

Ich stolperte mit ihnen weiter, alles wegstoßend, was mir in die Quere kam, und wurde selbst gestoßen. Ein Blecheimer geriet mir zwischen die Beine.

Ich krachte zu Boden, stieß dabei meine Peiniger um und rollte über einen Körper hinweg, fühlte einen Fuß auf meinem Gesicht, wand mich darunter hervor und kam, noch immer mit dem Blecheimer, in eine Ecke zu liegen.

Gott sei Dank für diesen Eimer!

Ich wollte nur eines, diese Leute sollten verschwinden. Es war mir gleich, wer oder was sie waren. Wenn sie in Frieden abzogen, vergäbe ich ihnen ihre Sünden.

Ich steckte meinen Revolver in den Eimer und drückte ab. Ich kriegte zwar das Schlimmste an Krach, aber es blieb noch genug für meine Umgebung. Es hörte sich an wie ein Kanonenschuß.

Ich ballerte wieder in den Eimer und kam noch auf eine andere Idee. Zwei Finger meiner linken Hand im Mund, pfiff ich so schrill ich konnte, während ich die Trommel leerschoß.

Es war ein süßer Krach!

Als mein Revolver keine Patronen und ich keine Luft mehr hatte, war ich allein. Ich war froh, allein zu sein. Jetzt wußte ich, warum Menschen davonlaufen und allein in Höhlen leben. Und ich konnte es ihnen nicht verdenken!

Da saß ich nun allein im Dunkeln und lud meinen Revolver wieder.

Kriechend fand ich meinen Weg zur offenstehenden Küchentür und spähte hinaus in die Dunkelheit, die mir nichts verriet. Die Brandung unten in der kleinen Bucht machte gurgelnde Geräusche. Von der andern Seite des Hauses kam das Geräusch von Autos. Ich hoffte, daß es meine ›Freunde‹ waren, die die Flucht ergriffen.

Ich machte die Tür zu, schloß sie ab und knipste das Licht in der Küche an.

Das Haus war nicht so schlimm verwüstet, wie ich es erwartet hatte. Ein paar Pfannen und Töpfe lagen auf dem Boden, und ein Stuhl war zerbrochen, und es roch nach ungewaschenen Körpern. Aber das war auch alles – außer einem blauen Baumwollärmel in der Mitte auf dem Fußboden, einer Strohsandale nah bei der Tür zum Korridor und einem schwarzen, etwas blutverschmierten Haarbüschel neben der Sandale.

Im Keller fand ich den Mann nicht mehr, den ich hinuntergestoßen hatte. Eine offene Tür zeigte, wie er mir entkommen war. Da war noch seine Taschenlampe und meine eigene und etwas Blut von ihm.

Wieder oben angekommen, ging ich durch die vorderen Räume des Hauses. Die Eingangstür stand offen. Teppiche waren verkrumpelt, eine blaue Vase lag zerbrochen auf dem Boden, und zwei Stühle waren umgefallen. Ich fand einen alten, fettigen braunen Filzhut, ohne Schweiß- und Hutband. Ich fand eine schmutzige Fotografie von Präsident Coolidge – aus einer chinesischen Zeitung, wie es schien – und sechs Blättchen Reispapier für Zigaretten.

Im oberen Stock fand ich nichts, was darauf hätte schließen lassen, daß meine Gäste oben gewesen waren.

Es war halb zwei Uhr morgens, als ich einen Wagen auf die Eingangstür zufahren hörte. Vorsichtig schaute ich von Lillian Shans Schlafzimmerfenster im zweiten Stock hinunter. Sie verabschiedete sich gerade mit einem ›Gute Nacht‹ von Jack Garthorne.

Ich ging wieder in die Bibliothek zurück, um dort auf sie zu warten.

»Nichts passiert?« waren ihre ersten Worte, und sie hörten sich eher wie ein Gebet an als etwas anderes.

»Doch«, sagte ich zu ihr, »und Sie hatten Ihre Panne, nehme ich an.«

Eine Sekunde dachte ich, sie würde mich anlügen, doch sie nickte und sank in einen Sessel, nicht ganz so aufrecht wie sonst.

»Ich hatte reichlich viel Gesellschaft«, sagte ich, »aber ich könnte kaum etwas über sie aussagen. Tatsache ist, ich hatte mich übernommen und mußte froh sein, daß ich sie verjagen konnte.«

»Sie haben nicht beim Sheriff angerufen?« Der Ton ihrer Frage war etwas merkwürdig.

»Nein – ich möchte nicht, daß Garthorne schon jetzt verhaftet wird.«

Das vertrieb ihre Niedergeschlagenheit. Sie sprang auf, stand groß und hoch aufgerichtet vor mir und sagte kalt: »Darauf möchte ich lieber nicht noch einmal zurückkommen.«

Damit war ich durchaus einverstanden. »Ich hoffe doch, Sie haben ihm nichts gesagt?«

»Ihm nichts gesagt?« Sie schien erstaunt. »Glauben Sie wirklich, ich würde ihn beleidigen, indem ich Ihre Verdächtigungen wiederhole – Ihre absurden Verdächtigungen?«

»Ausgezeichnet.« Ich lobte sie für ihr Stillschweigen, wenn auch nicht für ihre Ansicht über meine Theorien. »Also ich bleibe heute nacht hier. Es besteht zwar kaum eine Gefahr, daß etwas passiert, aber ich gehe lieber auf Nummer Sicher.«

Sie schien zwar nicht sehr begeistert davon, doch ging sie schließlich zu Bett.

Inzwischen geschah natürlich bis zum Sonnenaufgang nichts. Bei Tagesanbruch verließ ich das Haus und inspizierte das Grundstück noch einmal. Überall, vom Strand bis zur Einfahrt, waren Fußspuren. Entlang der Einfahrt hatten Wagen Spuren in den Rasen gegraben, wo die Wagen rücksichtslos gewendet worden waren.

Ich lieh mir eins der Autos aus der Garage und war bereits zu Beginn des Vormittags wieder in San Francisco.

Im Büro ersuchte ich den Alten, einen Detektiv auf Jack Garthorne anzusetzen, den alten Hut, die Taschenlampe, die Sandale und meine übrigen Souvenirs mikroskopisch untersuchen zu lassen und Finger-, Fuß-, Zahn- und sonstwelche Abdrücke durchsehen zu lassen und unser Richmond-Büro anzuweisen, Auskünfte über die Garthornes einzuholen. Dann suchte ich meinen Filipino-Gehilfen auf.

Er war niedergeschlagen.

»Was ist los? Hat dich einer fertiggemacht?« fragte ich.

»O nein, Sir!« wehrte er ab. »Aber vielleicht ich bin nicht so gut ein Detektiv. Ich versuche, einem Kerl zu folgen, er geht um die Ecke, und er ist verschwunden.«

»Wer war es, und was hatte er vor?«

»Ich weiß das nicht, Sir. Da ist vier Automobile mit Männer, die aussteigen und in den Keller gehen, wo ich Ihnen gesagt habe, daß der fremde Chinese wohnt. Nachdem sie hineingegangen sind, ein Mann kommt heraus. Er hat seinen Hut über eine Bandage oben an seinem Kopf gezogen und geht ganz schnell weg. Ich versuche hinter ihm herzugehen, aber er geht um diese Ecke, und wo ist er hin?«

»Um welche Zeit ist das alles vor sich gegangen?«

»Zwölf Uhr vielleicht.«

»Könnte es auch später gewesen sein, oder früher?«

»Ja, Sir.«

Meine Besucher zweifellos. Und der Mann, den Cipriano zu beschatten versucht hatte, könnte der gewesen sein, den ich hinuntergestoßen hatte. Der Filipino hatte nicht daran gedacht, die Wagennummern zu notieren, ja nicht einmal die Wagentypen. Er wußte auch nicht, ob die Fahrer Weiße gewesen waren oder Chinesen.

»Du hast fein gearbeitet«, versicherte ich ihm. »Versuch es heute nacht noch mal. Sei vorsichtig, dann wirst du's schon schaffen.«

Von ihm aus ging ich zu einer Telefonkabine und rief das Polizeipräsidium an. Von Dummy Uhls Tod wußte man dort noch nichts, wie mir mitgeteilt wurde.

Zwanzig Minuten später hämmerten meine Fingerknöchel gegen Chang Li Chings Haustür.

Der kleine alte Chinese mit dem schnurdünnen Hals öffnete mir diesmal nicht; statt seiner ein junger Chinese mit pockennarbigem Gesicht und einem breiten Grinsen.

»Sie wolln sehn Chang Li Ching«, sagte er, bevor ich noch etwas geäußert hatte, und trat zurück, um mich hereinzulassen.

Ich trat ein und wartete, bis er alle Stangen und Schlösser wieder festgemacht hatte. Unser Weg zu Chang Li Ching war kürzer als zuvor, aber immer noch weit entfernt von einem direkten Zugang. Ein Weilchen beschäftigte ich mich spaßeshalber damit, während er voranging, den Weg im Kopf festzuhalten, doch das war zu kompliziert, und so gab ich es auf.

Der samtbehangene Raum war leer, als mein Führer mich hineinwies, sich verneigte, grinste und mich verließ. Ich setzte mich in einen Sessel beim Tisch und wartete.

Chang Li Ching machte gar kein Theater. Er tauchte nicht plötzlich geräuschlos vor mir auf oder ähnliche Scherze. Ich hörte seine weichen Pantoffeln schon auf dem Fußboden, noch ehe er die Vorhänge auseinanderschob und eintrat. Er war allein. Seine weißen Bartsträhnen sträubten sich in einem Lächeln, das großväterlich war.

»Der Zerstreuer der Horden ehrt meine armselige Wohnstätte wiederum«, begrüßte er mich und erging sich ausführlich in dem gleichen Unsinn, den ich mir bei meinem ersten Besuch schon hatte anhören müssen.

Dies ›Zerstreuer der Horden‹ klang recht kühl – denn es bezog sich auf die Vorgänge der letzten Nacht.

»Erst als es zu spät war, wußte ich, daß es sich um einen

Ihrer Diener handelte, den ich niedergeschlagen hatte«, sagte ich, als er mit seinem Vorrat an blumigen Reden vorläufig am Ende war. »Ich weiß, es gibt nichts, womit ich den angerichteten Schaden wiedergutmachen könnte. Jedoch hoffe ich, Sie werden mir gestatten, daß ich mir die Kehle durchschneide und als eine Art Entschuldigung in einem Ihrer Mistkübel verblute.«

Ein Geräusch wie ein kleiner Seufzer – das auch ein unterdrücktes Kichern hätte sein können – entfuhr den Lippen des alten Mannes, und das violette Käppchen auf seinem runden Schädel vibrierte.

»Der Zerstreuer der Plünderer weiß alles«, murmelte er schmeichlerisch, »sogar den Wert von Geräuschen, welche Dämonen vertreiben. Wenn er sagt, der Mann, den er geschlagen hat, war Chang Li Chings Diener, wer ist Chang, es zu leugnen?«

Ich provozierte ihn mit meiner andern Platte.

»Ich weiß gar nicht so viel – nicht einmal, warum die Polizei noch nichts vom Tod des Mannes gehört hat, der gestern hier getötet wurde.«

Eine seiner Hände drehte kleine Locken in seinen weißen Bart.

»Ich hatte nichts davon gehört«, sagte er.

Ich konnte mir schon denken, was jetzt kam, wollte aber sichergehen.

»Sie könnten vielleicht den Mann fragen, der mich gestern hierhergeführt hat«, schlug ich vor.

Chang Li Ching nahm einen kleinen Spiegel vom Tisch und schlug gegen einen mit Quasten verzierten Gong, der neben seiner Schulter hing. Die Vorhänge an der gegenüberliegenden Seite teilten sich, und herein kam der pockennarbige Chinese, der mich hereingeführt hatte.

»Hat der Tod gestern unsere elende Hütte geehrt?« fragte Chang auf Englisch.

»Nein, Ta Jen«, antwortete der Pockennarbige.

»Es war der Höfling, der mich gestern hierhergeleitet hat«, erklärte ich, »nicht dieser Sohn eines Kaisers.«

Chang mimte Überraschung.

»Wer hat den König der Spione gestern willkommen geheißen?« fragte er den Mann an der Tür.

»Ich bring 'm, Ta Jen.«

Ich grinste den Pockennarbigen an, er grinste zurück, und Chang lächelte wohlwollend.

»Ein glänzender Einfall«, sagte er.

Das war es.

Der Pockennarbige verneigte sich und war im Begriff, sich durch den Vorhang wieder zurückzuziehen, als zu locker sitzende Schuhe auf den Brettern hinter ihm polterten. Er drehte sich blitzschnell um. Einer der mächtigen Ringer, die ich am vorhergehenden Tag gesehen hatte, stand drohend hinter ihm. Die Augen des Ringers leuchteten vor Erregung, und grunzende chinesische Silben ergossen sich aus seinem Munde. Der Pockennarbige antwortete. Chang Li Ching brachte sie mit einem scharfen Befehl zum Schweigen. Alles war auf Chinesisch – unverständlich für mich.

»Würde der Großherzog der Menschenjäger seinem Diener gestatten, sich einen Augenblick zu entfernen, um sich dieser leidigen häuslichen Affäre zuzuwenden?«

»Gewiß.«

Chang verneigte sich mit aneinandergelegten Handflächen und sprach mit dem Ringer.

»Du wirst hierbleiben und aufpassen, daß der große Herr nicht gestört wird und daß alle Wünsche, die er äußert, erfüllt werden.«

Der Ringer verneigte sich, trat zur Seite, um Chang mit dem Pockennarbigen an sich vorbei durch die Tür hinausgehen zu lassen. Die Vorhänge an der Tür schlossen sich hinter ihnen.

Ich verschwendete keinerlei Worte an den Mann bei der

Tür, sondern zündete mir eine Zigarette an und wartete auf Changs Rückkehr. Die Zigarette war erst halb geraucht, als, nicht weit entfernt, ein Schuß im Hause fiel.

Der Riese bei der Tür runzelte die Stirn.

Ein zweiter Schuß fiel, und rennende Füße tapsten draußen im Vorraum. Das Gesicht des Pockennarbigen tauchte zwischen den Vorhängen auf. Er überschüttete den Ringer mit Beschuldigungen. Der Ringer sah stirnrunzelnd und protestierend zu mir herüber. Der andere ließ nicht nach.

Wieder sah mich der Ringer stirnrunzelnd an und brummte: »Sie warten«, und verschwand mit dem andern.

Ich fühlte, daß ich nicht allein war.

Die Behänge an der Wand gegenüber der Tür bewegten sich. Der blau, grün und silber gemusterte Samt bauschte sich ein paar Zentimeter nach außen und fiel wieder zurück.

In etwa drei Meter Entfernung entlang der Wand wiederholte der Vorgang sich ein zweites Mal. Dann eine Weile keine Bewegung, und dann ein Zittern in der hinteren Ecke.

Irgend jemand kroch zwischen der Wand und den Behängen herum.

Ich ließ ihn herumkriechen und blieb untätig in meinem Sessel sitzen. Wenn das Bauschen Gefahr bedeutete, führte jede Aktion meinerseits sie um so schneller herbei.

Ich verfolgte die Bewegung an jener Wand entlang und bis zur Mitte der gegenüberliegenden, wo, wie ich wußte, die Tür war. Dann verlor ich sie eine Zeitlang aus den Augen. Gerade als ich zu der Überzeugung gekommen war, daß der betreffende Leisetreter durch die Tür verschwunden war, teilte sich der Vorhang, und die Leisetreterin trat hervor.

Sie war nicht einmal einen Meter fünfunddreißig groß – eine lebendige Nippesfigur von jemandes Etagere. Ihr Gesicht war ein winziges Oval geschminkter Schönheit, dessen

Vollkommenheit noch durch das lackschwarze Haar gesteigert wurde, das sich dicht und glänzend an ihre Schläfen schmiegte. Goldene Ohrgehänge bewegten sich zu beiden Seiten ihrer weichen Wangen, und ein Schmetterling aus Jade schmückte ihr Haar. Ein lavendelfarbenes, mit glitzernden weißen Steinen besetztes langes Jackett umhüllte sie vom Kinn bis zu den Knien. Lavendelfarbene Strümpfe kamen unter ihren kurzen lavendelfarbenen Hosen hervor, und ihre durch Einbinden kleinen Füße steckten in Pantöffelchen der gleichen Farbe, in der Form von Kätzchen, mit gelben Augen aus Steinen und Schnurrhaaren aus Reihern.

Das Wesentliche an der Modebeschreibung unserer jungen Dame ist, daß sie unwahrscheinlich zart war. Doch da stand sie – weder eine Skulptur noch ein Gemälde, sondern eine lebendige kleine Frau, mit furchtsamen schwarzen Augen, deren nervöse, winzige Finger die Seide an ihrem Busen hin und her zerrten.

Zweimal, während sie eilig mit den ungeschickt trippelnden Schritten der Chinesin mit den eingebundenen Füßen auf mich zukam, drehte sie den Kopf, um einen schnellen Blick auf den Vorhang an der Tür zu werfen.

Ich war inzwischen aufgestanden und ging ihr entgegen.

Ihr Englisch war nicht viel wert. Das meiste von dem, was sie mir erzählte, entging mir, obgleich ich glaubte, ›Sie hel'm‹ könnte vielleicht bedeuten: ›Sie helfen mir?‹

Ich nickte und erwischte sie unter den Ellbogen, als sie auf mich zutaumelte.

Sie redete weiter in ihrer Sprechweise auf mich ein, was die Situation auch nicht klarer machte – es sei denn ›Se-ka-lave Girl!‹ sollte Sklavenmädchen und ›nimm-weck‹ bring mich weg heißen.

»Sie wollen, daß ich Sie hier wegbringe?« fragte ich.

Ihr Kopf, dicht unter meinem Kinn, ging nickend auf und ab, und ihr roter Blütenmund formte ein Lächeln, daß jedes andere Lächeln, an das ich mich erinnern konnte, zur Grimasse wurde.

Jetzt sprach sie wieder. Ich verstand nichts davon. Da nahm sie einen ihrer Ellbogen aus meiner Hand, schob ihren Ärmel hinauf, über einen Unterarm, den ein Künstler in lebenslanger Arbeit aus Elfenbein geschnitzt hatte. Darauf zeichneten sich handförmige blaue Flecken ab, die in Schnitten endeten, wo die Nägel das Fleisch durchbohrt hatten.

Sie ließ den Ärmel wieder darüberfallen und redete von neuem auf mich ein. Die Worte gaben keinen Sinn für mich, doch klingelten sie so reizend.

»Einverstanden«, sagte ich und zog meinen Revolver heraus. »Wenn Sie hier weg wollen, gehen wir.«

Sie griff mit beiden Händen nach dem Revolver, drückte ihn hinunter und redete aufgeregt in mein Gesicht, bis sie mit einer flippenden Handbewegung quer über ihre Kehle endete – eine mimische Darstellung, wie eine Kehle durchschnitten wird.

Ich schüttelte heftig den Kopf und drängte sie zur Tür.

Sie wehrte sich. In ihren Augen eine ungeheure Angst.

Eine ihrer Hände langte nach meiner Uhrtasche. Ich ließ sie die Uhr herausziehen.

Sie legte die winzige Spitze eines ihrer spitz zulaufenden Finger auf die Zwölf und ließ sie dreimal um das Zifferblatt kreisen. Ich glaubte zu verstehen. Sechsunddreißig Stunden von Mittag hieß die morgige Mitternacht – Donnerstag.

»Ja«, sagte ich.

Sie warf einen schnellen Blick zur Tür und führte mich zu dem Tischchen mit dem Teegeschirr. Sie stippte einen Finger in den kalten Tee und begann auf der eingelegten Tischplatte etwas zu zeichnen. Zwei parallele Linien hielt ich für eine Straße. Zwei weitere kreuzten die ersten. Ein drittes Paar kreuzte die zweite und lief parallel zur ersten.

»Waverly Place?« spekulierte ich.

Ihr Gesicht bewegte sich ganz entzückt ruckartig auf und ab.

An der Seite, die ich für die Ostseite von Waverly Place hielt, zeichnete sie ein Quadrat – vielleicht ein Haus. In das Quadrat zeichnete sie etwas, das einer Rose glich. Ich runzelte die Stirn. Sie radierte die Rose aus und setzte statt dessen einen krummlinigen Kreis ein und fügte noch Punkte hinzu. Die Rose war ein Kohlkopf gewesen, das hier sollte eine Kartoffel sein. Das Quadrat stellte das Lebensmittelgeschäft dar, das ich am Waverly Place bemerkt hatte. Ich nickte.

Ihr Finger überquerte die Straße und zeichnete auf der anderen Seite ein zweites Quadrat, und ihr Gesicht sah flehend zu meinem auf, daß ich sie verstehen möge.

»Das Haus gegenüber vom Lebensmittelgeschäft«, sagte ich zögernd, und als sie dann auf meine Uhrtasche tippte, fügte ich hinzu: »Morgen um Mitternacht.«

Wieviel sie verstanden hatte, wußte ich nicht, doch sie nickte so heftig, daß ihre Ohrgehänge wie kleine verrückt gewordene Pendel hin und her schwangen.

Mit einer schnellen, ruckartigen Bewegung beugte sie sich hinunter, ergriff meine rechte Hand, küßte sie und verschwand mit eiligen hoppelnden, hüpfenden Schritten hinter den Samtvorhängen.

Ich benutzte mein Taschentuch, um die Zeichnung vom Tisch wegzuwischen, und saß rauchend in meinem Sessel, als Chang Li Ching etwa zwanzig Minuten später wieder hereinkam.

Kurz darauf ging ich, sobald wir noch ein paar verrückte Komplimente ausgetauscht hatten. Der Pockennarbige geleitete mich hinaus.

Im Büro gab es nichts Neues für mich. Foley hatte den Whistler in der vorigen Nacht nicht beschatten können.

Ich ging nach Hause, um den Schlaf nachzuholen, um den ich gestern nacht gekommen war.

Zehn Minuten nach zehn kamen Lillian Shan und ich am nächsten Morgen vor der Tür von Fong Yicks Stellennachweis in der Washington Street an.

»Lassen Sie mir nur zwei Minuten Zeit«, sagte ich zu ihr, als ich ausstieg, »dann kommen Sie herein.«

»Lassen Sie den Motor man lieber laufen«, schlug ich dem Fahrer vor. »Vielleicht müssen wir uns noch in größter Eile verdrücken.«

In Fong Yicks Büro redete ein hagerer, grauhaariger Mann – den ich für den gewissen Frank Paul unseres Alten hielt – um eine zerkaute Zigarre herum mit einem halben Dutzend Chinesen. Über den arg mitgenommenen Ladentisch hinweg beobachtete sie ein fetter Chinese gelangweilt durch seine riesigen, stahlumrandeten Brillengläser.

Ich sah mir dieses halbe Dutzend an. Der dritte, von mir aus gesehen, hatte eine gebrochene Nase – ein kleiner, kräftiger Mann.

Ich stieß die andern beiseite und griff nach ihm.

Welche Methode er an mir versuchte – Jiu-Jitsu vielleicht oder sein chinesisches Äquivalent –, weiß ich nicht. Jedenfalls duckte er sich und bewegte tückisch seine steifgemachten offenen Hände.

Ich griff ihn hier und dort an, hatte ihn schließlich beim Genick gepackt und einen seiner Arme nach hinten abgedreht.

Ein anderer Chinese sprang mir auf den Rücken. Der hagere, grauhaarige Mann griff ihm ins Gesicht, der Chinese flog in eine Ecke und blieb dort liegen.

Das war die Situation, als Lillian Shan eintrat.

Ich schüttelte den plattnasigen Burschen vor ihr hin und her.

»Yin Hung!« rief sie aus.

»Hoo Lun ist nicht zufällig einer von denen?« fragte ich und zeigte auf die Zuschauenden.

Sie schüttelte emphatisch den Kopf und begann, chinesisch auf meinen Gefangenen einzuquackeln. Er quackelte zurück und hielt ihrem Blick stand.

»Was werden Sie mit ihm machen?« fragte sie mit einer Stimme, die merkwürdig klang.

»Ihn der Polizei übergeben, die ihn für den San-Mateo-Sheriff festhalten wird. Können Sie denn gar nichts aus ihm rauskriegen?«

»Nein.«

Ich war im Begriff, ihn auf die Tür zuzustoßen, als der stahlbebrillte Chinese, eine Hand auf dem Rücken, uns den Weg versperrte.

»Nicht kann tun«, sagte er.

Ich stieß Yin Hung in ihn hinein. Er flog rückwärts gegen die Wand.

»Schnell raus!« schrie ich dem Mädchen zu.

Der grauhaarige Mann packte zwei Chinesen, die auf die Tür zusprangen, und stieß sie in die entgegengesetzte Richtung – wo sie rückwärts gegen die Wand prallten.

Wir verließen den Laden.

Auf der Straße war keinerlei Auflauf. Wir stiegen in das Taxi und fuhren anderthalb Blocks zum Polizeipräsidium, wo ich meinen Gefangenen herauszerrte. Der Rancher Paul sagte, er ginge nicht hinein, die Party sei ihm ein Vergnügen gewesen, aber jetzt müsse er sich ein wenig um sein eigenes Geschäft kümmern, und ging zu Fuß die Kearny Street hinauf.

Schon halb aus dem Taxi, änderte auch Lillian Shan ihre Meinung: »Wenn es nicht nötig ist, komme ich auch lieber nicht mit hinein. Ich warte hier auf Sie.«

»Auch recht!« sagte ich und stieß meinen Gefangenen über den Bürgersteig und die Stufen hinauf.

Im Präsidium entwickelte sich eine interessante Situation.

Die San Franciscoer Polizei hatte gar kein besonderes Interesse an Yin Hung, war aber natürlich durchaus bereit, ihn für den Sheriff von San Mateo County zu verwahren.

Yin Hung behauptete, kein Englisch zu können, und ich war gespannt, welche Art von Geschichte er zu erzählen hatte; darum schaute ich ins Konferenzzimmer der Detektive, bis ich Bill Thode von der Chinatown-Abteilung gefunden hatte, der die Sprache ein wenig spricht.

Er und Yin Hung quackelten eine Zeitlang aufeinander ein.

Dann sah Bill mich an, lachte, biß das Ende einer Zigarre ab und lehnte sich in seinen Stuhl zurück.

»Nach dem, wie er's erzählt, hatten diese Wan Lan und Lillian Shan einen Streit. Am nächsten Tag war Wan Lan nirgendwo zu finden. Das Shan-Mädchen und Wang Ma behaupten, Wan Lan sei weggegangen, aber Hoo Lun hat diesem Burschen hier erzählt, er habe Wang Ma einige Kleider von Wan Lan verbrennen sehen.

Hoo Lun und dieser Bursche hier denken, etwas stimmt nicht, und am nächsten Tag sind sie verdammt sicher, weil dieser Bursche hier einen Spaten aus seinen Gartengeräten vermißt. Er findet ihn am selben Abend wieder, und er sei noch feucht von Moder gewesen, aber nirgends auf dem Grundstück habe man Moder ausgegraben – jedenfalls nicht außerhalb des Hauses. Da hätten er und Hoo Lun die Köpfe zusammengesteckt, aber das Resultat habe ihnen gar nicht gefallen, und sie beschlossen, lieber schnell zu verduften, bevor sie da hinkämen, wo Wan Lan hingekommen sei. Das ist der Bericht.«

»Wo ist Hoo Lun jetzt?«

»Er sagt, er weiß nicht.«

»Also waren Lillian Shan und Wang Ma noch im Hause, als dieses Paar davonlief?« fragte ich. »Sie waren also noch nicht auf dem Wege nach New York?«

»So sagt er.«

»Hat er eine Ahnung, warum Wan Lan umgebracht worden ist?«

»Nach dem, was ich bis jetzt aus ihm rausgekriegt habe, nicht.«

»Vielen Dank, Bill. Wirst du dem Sheriff Bescheid geben, daß du ihn hier behältst?«

»Klar.«

Lillian Shan und das Taxi waren natürlich weg, als ich aus dem Präsidium kam.

Ich ging zurück in die Eingangshalle und benutzte eine der Telefonkabinen dort, um das Büro anzurufen. Noch kein Rapport von Dick Foley – jedenfalls nichts von Bedeutung – und keiner von dem Kriminalbeamten, der versuchte, Jack Garthorne zu beschatten. Nur vom Richmond-Revier war ein Telegramm gekommen, daß die Garthornes eine reiche, prominente, dort ansässige Familie seien, daß der junge Jack gewöhnlich in Schwierigkeiten sei, daß er vor zwei Monaten einen Prohibitions-Beamten während einer Café-Razzia zusammengeschlagen habe, daß sein Vater ihn enterbt und aus dem Hause gejagt habe, daß man aber glaube, seine Mutter schicke ihm Geld.

Das stimmte mit dem überein, was das Mädchen mir erzählt hatte.

Eine Elektrische brachte mich zu der Garage, wo ich den Roadster untergebracht hatte, den ich mir am vorhergehenden Morgen aus der Garage des Mädchens geliehen hatte. Ich fuhr zu Ciprianos Apartmenthaus. Er hatte keine Neuigkeiten von Bedeutung für mich. Er hatte die Nacht dazu benutzt, sich in Chinatown herumzutreiben, hatte aber nichts ausfindig machen können.

Ich hatte einen Anflug von schlechter Laune, als ich den Roadster westwärts lenkte und durch den Golden-Gate-Park zum Ocean Boulevard hinausfuhr. Die Arbeit ging nicht so zügig vorwärts, wie ich gewünscht hätte. Ich ließ den Roadster in einem guten Tempo den Boulevard entlanggleiten, und die Salzluft jagte einen Teil meiner Grillen davon.

Ein Mann mit groben Zügen und rötlichem Schnurrbart öffnete die Tür, als ich an Lillian Shans Haustür klingelte. Ich kannte ihn, es war Tucker, ein stellvertretender Sheriff.

»Höllo«, sagte er. »Was wolln S'?«

»Ich jage auch für sie.«

»Dann jagen S' man weiter«, grinste er. »Lassen S' sich durch mich nicht aufhalten.«

»Nicht zu Hause, was?«

»Nööh, die Schwedin, die für sie arbeitet, sagt, 'ne halbe Stunde, bevor ich hier ankam, is sie rein und gleich wieder raus, und ich bin jetzt vielleicht zehn Minuten hier.«

»Haben Sie 'n Haftbefehl für sie?« fragte ich.

»Das glaube ich, Sir! Ihr Chauffeur hat ›gesungen‹.«

»Ja, ich habe ihn gehört«, sagte ich. »Ich bin nämlich der kluge Knabe, der ihn eingefangen hat.«

Ich unterhielt mich noch ein paar Minuten mit Tucker und stieg dann wieder in den Roadster.

»Würden Sie unsere Agentur anrufen und Bescheid geben, wenn Sie sie verhaften?« fragte ich.

»Ja, Sie, darauf können S' sich verlassen!«

Ich lenkte den Roadster nach San Francisco zurück.

Kurz hinter Daly City fuhr ein Taxi in entgegengesetzter Richtung an mir vorbei. Jack Garthornes Gesicht schaute durch das Fenster.

Ich trat auf die Bremse und winkte. Das Taxi wendete und kam zu mir zurück. Garthorne öffnete den Schlag, stieg aber nicht aus.

Ich stieg in der Mitte der Fahrbahn aus und ging zu ihm hinüber.

»Da wartet ein Sheriff-Stellvertreter in Miss Shans Haus, falls Sie auf dem Weg dahin sein sollten.«

Er riß seine blauen Augen auf, kniff sie dann aber zusammen und sah mich mißtrauisch an.

»Kommen Sie, wir gehn mal da drüben an den Straßenrand und unterhalten uns ein bißchen«, forderte ich ihn auf.

Er stieg aus dem Taxi, und wir gingen über die Straße auf zwei bequem aussehende Felsblöcke zu.

»Wo ist Lil- Miss Shan?« fragte er.

»Fragen Sie mal den Whistler«, schlug ich vor.

Dieses blonde Bürschchen war gar nicht sehr geschickt; es dauerte eine ganze Weile, bis er seinen Revolver gezogen hatte. Ich ließ ihm Zeit und wartete.

»Was meinen Sie damit?« fragte er drohend.

Ich hatte gar nichts gemeint. Ich hatte nur sehen wollen, wie diese Bemerkung ihn träfe. Ich schwieg.

»Hat der Whistler sie geschnappt?«

»Ich glaube nicht«, gestand ich, obgleich es mir leid tat. »Aber die Sache ist die, daß sie sich verstecken muß, um nicht für die Morde gehängt zu werden, die der Whistler gedeckt hat.«

»Gehängt?«

»A-h. Der Sheriff-Stellvertreter hat einen Haftbefehl für sie – wegen Mord.«

Er steckte seinen Revolver wieder weg, und aus seiner Kehle kamen glucksende Laute.

»Ich fahre sofort hin! Ich sage alles, was ich weiß!«

Er rannte auf sein Taxi zu.

»Warten Sie!« rief ich ihm nach. »Erzählen Sie *mir* lieber zuerst, was Sie wissen. Ich arbeite doch für sie, das wissen Sie ja.«

Er machte kehrt und kam zurück.

»Ja, das stimmt. Sie werden wissen, was man tun muß.«

»Also, was wissen Sie wirklich, wenn überhaupt?« fragte ich, als er vor mir stand.

»Ich weiß *alles*!« schrie er. »Von den Morden und dem Alkoholschmuggel und –«

»Langsam! Langsam. Es ist doch unsinnig, dieses Wissen an den Taxifahrer zu verschwenden.«

Er beruhigte sich, und ich begann ihn auszufragen. Es verging fast eine Stunde, bis ich alles aus ihm raushatte.

Die Geschichte seines jungen Lebens, so wie er sie mir erzählte, hatte mit seinem Weggang von zu Hause begonnen, nachdem er den Prohi zusammengeschlagen hatte und deswegen dort in Ungnade gefallen war. Nach San Francisco war er gekommen, um zu warten, bis sein Vater sich wieder beruhigt hatte. In der Zwischenzeit unterstützte ihn zwar seine Mutter mit Geld, schickte ihm aber nicht so viel, wie ein junger Mensch in einer wilden Stadt hätte brauchen können.

In dieser Situation war er zufällig auf den Whistler gestoßen, der ihm suggerierte, daß es für einen jungen Burschen mit Garthornes Aussehen ganz leicht sei, im Prohibitions-Geschäft durch Alkoholschmuggel schnell zu Geld zu kommen, wenn er nur tue, was man ihm sage. Garthorne willigte nur allzugern ein. Die Prohibition war ihm zuwider – sie war die Ursache der meisten seiner Unannehmlichkeiten. Alkoholschmuggel hatte einen romantischen Klang für ihn gehabt – Schüsse im Dunkeln, Lichtsignale von Steuerbord und so weiter.

Der Whistler hatte, so schien es, Schiffe und Schnaps und wartende Kunden, aber seine Landeabmachungen waren ›defekt‹ geworden. Er hatte eine kleine Bucht unten an der Küste im Auge, ein idealer Landeplatz für ›hooch‹*. Sie war weder zu nah noch zu weit von San Francisco entfernt, war zu beiden Seiten durch Felsspitzen geschützt und von der Straße durch ein großes Haus und hohe Hecken abgeschirmt. Stände ihm dieses Haus zur Verfügung, wären alle seine Schwierigkeiten behoben. Er könnte seinen Whisky in der Bucht landen, ins Haus laufen, ihn dort unauffällig wieder verpacken, ihn – durch den Vordereingang – in seine Automobile verladen und auf dem schnellsten Wege der durstigen Stadt zuführen.

Dieses Haus, hatte er Garthorne informiert, gehöre einer

* geschmuggelter Whisky

jungen Chinesin namens Lillian Shan, die es weder verkaufen noch vermieten wolle. Garthorne sollte ihre Bekanntschaft machen – der Whistler war bereits im Besitz eines Empfehlungsbriefes von einer ehemaligen Mitschülerin des Mädchens, einer Mitschülerin, die seit ihrer Studentenzeit ziemlich tief gesunken war – und versuchen, sich bis zu einem solchen Grade von Intimität mit ihr einzulassen, der ihm gestatten würde, ihr ein Angebot für die Benutzung des Hauses zu machen. Das heißt, er sollte herausfinden, ob sie zu der Sorte von Menschen gehörte, der man mit einem solchen mehr oder weniger offenen Angebot einer Gewinnbeteiligung am Spiel des Whistlers kommen konnte.

Garthorne hatte einen Teil durchgeführt, den ersten wenigstens, und war schon ziemlich intim mit dem Mädchen, als Lillian plötzlich nach dem Osten Amerikas abreiste und ihm in einer kurzen Nachricht mitgeteilt hatte, daß sie einige Monate wegbliebe. Für die Alkoholschmuggler war das wunderbar. Garthorne, der sich am nächsten Tag im Haus meldete, hatte erfahren, daß Wang Ma ihre Herrin begleitete und daß die drei andern Bediensteten zur Betreuung des Hauses zurückgeblieben waren.

Das alles wußte Garthorne aus erster Quelle. An der Landung des Alkohols hatte er nicht teilgenommen, obgleich er das gern getan hätte. Aber der Whistler hatte ihm befohlen, sich fernzuhalten, um seine eigentliche Rolle wiederaufzunehmen, wenn das Mädchen zurückkäme.

Der Whistler hatte Garthorne erzählt, daß er die Hilfe der drei chinesischen Bediensteten gekauft habe, daß aber die Frau, in einem Streit über die Verteilung des Geldes, von den Männern getötet worden sei. Schmugglerware sei nur einmal während Lillian Shans Abwesenheit durch das Haus geschleust worden. Ihre unerwartete Rückkehr hatte alles blockiert. Es sei noch immer etwas ›Ware‹ im Haus gewesen. Man hatte sie und Wang Ma packen und in einen Wandschrank stecken müssen, bis man das Zeug weggebracht hatte. Die Erdrosselung Wang Mas sei ein Unfall gewesen – ein zu fest angezogener Strick.

Die schlimmste Komplikation war jedoch gewesen, daß die Landung einer zweiten Schiffsladung in der Bucht für den folgenden Dienstagabend angekündigt war, es aber keine Möglichkeit gegeben habe, dem Boot Nachricht zukommen zu lassen, daß der Platz gesperrt sei. Der Whistler hatte nach unserm Helden gesandt und ihm befohlen, das Mädchen aus dem Haus zu lotsen und es mindestens bis Mittwoch zwei Uhr morgens fernzuhalten.

Garthorne hatte sie an jenem Abend eingeladen, mit ihm nach Half Moon zu fahren, um dort zu Abend zu essen. Sie hatte zugesagt. Er hatte eine Motorpanne vorgetäuscht und sie bis zwei Uhr dreißig vom Hause ferngehalten, und der Whistler hatte ihm später erzählt, daß alles ohne Zwischenfall vor sich gegangen sei.

Von da an mußte ich raten, auf was Garthorne eigentlich hinauswollte, denn er stotterte und stammelte und quasselte hemmungsloser drauflos als zuvor. Ich glaube, es lief auf folgendes hinaus: über die moralische Seite dieses Spiels mit dem Mädchen hatte er nicht viel nachgedacht. Das Mädchen hatte keinen Reiz für ihn – zu streng und ernst, um wirklich weiblich zu erscheinen. Und er hatte nicht geheuchelt – hatte nichts mit ihr gehabt, was man einen Flirt hätte nennen können. Dann war ihm plötzlich bewußt geworden, daß *sie* nicht so uninteressiert war wie er. Das war ein Schock für ihn gewesen – ein Schock, dem er nicht gewachsen war. Zum ersten Mal sah er die Dinge richtig. Vorher hatte er es einfach für ein Gesellschaftsspiel gehalten. Zuneigung veränderte es – selbst wenn die Zuneigung gänzlich einseitig war.

»Ich habe dem Whistler heute nachmittag gesagt, daß ich nicht mehr mitmache«, schloß er.

»Wie hat ihm das gefallen?«

»Gar nicht sehr. Ich mußte ihn sogar schlagen.«

»Soo? – Und was hatten Sie als nächstes vor?«

»Ich wollte gerade zu Miss Shan, um ihr die Wahrheit zu sagen, und dann – dann habe ich gedacht, lasse ich mich lieber eine Zeitlang nicht mehr sehen.«

»Das halte ich auch für besser. Der Whistler schätzt es vielleicht nicht so sehr, geschlagen zu werden.«

»Aber jetzt noch nicht! Ich melde mich bei der Polizei und sage die Wahrheit.«

»*Das* lassen Sie mal!« riet ich ihm. »Das führt zu nichts. Sie wissen nicht genug, um ihr helfen zu können.«

Das entsprach nicht ganz der Wahrheit, weil er ja wußte, daß der Chauffeur und Hoo Lun nach ihrer Abreise noch im Hause gewesen waren. Aber ich wollte ihn noch nicht so schnell laufenlassen.

»An ihrer Stelle«, fuhr ich fort, »würde ich mir ein stilles Versteck suchen und dort bleiben, bis Sie von mir hören. Kennen Sie so einen Ort?«

»Ja«, kam es zögernd. »Ich habe eine – eine Freundin, die mich verstecken wird – unten beim – Latin Quarter.«

»Beim Latin Quarter?« Das konnte Chinatown sein. Ich ging direkt auf mein Ziel los. »Waverly Place?«

Er zuckte zusammen.

»Woher wissen Sie?«

»Ich bin Detektiv. Ich weiß alles. Mal was von Chang Li Ching gehört?«

»Nein.«

Ich mußte an mich halten, um ihm nicht ins Gesicht zu lachen.

Als ich dieses Bürschchen zum ersten Mal sah, kam er gerade aus einem Haus am Waverly Place, wo in der Tür hinter ihm kurz das Gesicht einer Chinesin aufgetaucht war. Das Haus hatte sich gegenüber einem Lebensmittelgeschäft befunden. Die junge Chinesin, mit der ich bei Chang sprach, hatte sich als Sklavenmädchen ausgegeben und mich in das gleiche Haus eingeladen. Der ritterliche Jack war auf diesen Schwindel hereingefallen, wußte aber nicht, daß dieses Mädchen etwas mit Chang Li Ching zu tun hatte; wußte auch gar nichts von der Existenz Chang Li Chings und wußte auch nicht, daß Chang und der Whistler Komplizen waren. Jetzt ist Jack in Schwierigkeiten und will sich bei dem Mädchen verstecken!

Dieser Aspekt des Spiels gefiel mir gar nicht schlecht. Er spazierte in eine Falle, aber das war mir gleich – oder vielmehr hoffte ich, daß mir das helfen werde.

»Wie heißt denn Ihre Freundin?« fragte ich.

Er zögerte.

»Wie heißt die winzigkleine Frau, deren Tür gegenüber von dem Lebensmittelgeschäft liegt?« Ich drückte mich ganz klar aus.

»Hsiu Hsiu.«

»Sehr gut«, ermunterte ich ihn in seinem dummen Vorhaben. »Gehen Sie dorthin. Das ist ein ausgezeichnetes Versteck. Aber wie ist das? Wenn ich nun einen chinesischen Boten mit einer Nachricht zu Ihnen schicken will, wie wird er Sie finden?«

»Wenn man reinkommt, ist links vom Eingang eine Treppe. Die zweite und dritte Stufe muß er auslassen, weil sie mit einer Alarmvorrichtung versehen sind. Dasselbe gilt für das Treppengeländer. Im zweiten Stock muß er sich wieder links halten. Der Gang ist dunkel. Die zweite Tür rechts – auf der rechten Seite des Ganges – führt in ein Zimmer. An der gegenüberliegenden Wand ist ein Wandschrank und, hinter alten Kleidern verborgen, eine Tür. In dem Zimmer dahinter halten sich meistens Leute auf, deshalb muß er warten, bis er eine Möglichkeit sieht, durchzukommen. Dieses Zimmer hat einen kleinen Balkon auf die Straße hinaus, zu dem man von beiden Seiten der Fenster her gelangen kann. Wenn man sich dicht am Boden hält, kann man von der Straße oder den anderen Häusern her nicht gesehen werden. Am andern Ende des Balkons sind zwei lose Dielen. Unter diesen läßt man sich hinunter in ein kleines Geviert zwischen den Wänden. Die Falltür dort führt hinunter in einen ähnlichen Raum, wo ich wahrscheinlich sein werde. Aus diesem unteren Raum gibt es noch einen anderen Ausweg über eine Treppe, den ich aber nie benutzt habe.«

Ein schöner Irrgarten! Das Ganze hörte sich an wie ein Gesellschaftsspiel für Kinder. Doch alle diese zusätzlichen Komplikationen hatten unseren jungen Freund nicht wankend gemacht. Er nahm die Sache ernst.

»Na, jetzt weiß ich Bescheid«, sagte ich. »Gehn Sie nur dorthin, sobald Sie können, und bleiben Sie dort, bis mein Bote kommt. Sie werden ihn schon erkennen; er schielt mit einem Auge, aber vielleicht gebe ich ihm auch besser noch ein Losungswort. *Fatum* – das ist das Wort. Und die Tür zur Straße? Ist sie abgeschlossen?«

»Nein, ich habe sie nie verschlossen gefunden. In dem Haus wohnen vierzig oder fünfzig, vielleicht sogar hundert Chinesen, darum nehme ich nicht an, daß die Tür je zugeschlossen wird.«

»Gut. Verschwinden Sie jetzt.«

Um zehn Uhr fünfzehn an diesem Abend stieß ich die Tür gegenüber dem Lebensmittelgeschäft am Waverly Place auf – eindreiviertel Stunden vor meiner Verabredung mit Hsiu Hsiu. Um neun Uhr fünfundfünfzig hatte Dick Foley telefoniert, daß der Whistler durch die rote Tür in der Spofford Alley gegangen sei.

Im Innern war es dunkel. Ich schloß die Tür ganz leise und konzentrierte mich auf die kindischen Anweisungen, die Garthorne mir gegeben hatte. Daß ich wußte, wie kindisch sie waren, nützte mir nichts, da ich ja keinen andern Zugang kannte.

Mit der Treppe hatte ich gewisse Schwierigkeiten, doch überwand ich die zweite und die dritte Stufe, ohne das Geländer zu berühren, und ging weiter nach oben. Ich fand die zweite Tür rechts in dem Gang, das Zimmer dahinter, mit dem Wandschrank, und auch die Tür im Wandschrank. Durch die Türritzen drang Licht. Ich horchte, hörte aber nichts.

Ich stieß die Tür auf – im Zimmer war niemand. Eine blakende Petroleumlampe stank dort. Das nächstliegende Fenster machte kein Geräusch, als ich es hinaufschob. Das war ungewollt – ein Quietscher hätte auf Garthorne, durch die dadurch heraufbeschworene Gefahr, Eindruck gemacht.

Ich kroch ganz dicht am Boden über den Balkon, gemäß den Instruktionen, und stieß auf die beiden losen Dielen, die über einem schwarzen Schacht lagen. Mit den Füßen voran ließ ich mich in einem schrägen Winkel hinuntergleiten, der das Hinunterkommen erleichterte. Es schien eine Art Versenkung zu sein, die diagonal durch die Wand geschnitten war. Es war stickig, und ich kann enge Löcher nicht leiden. Ich ließ mich schnell hinunter und gelangte in einen kleinen, langen und schmalen Raum, als wäre er in eine dicke Mauer eingelassen worden.

Licht gab es dort nicht. Meine Taschenlampe erhellte einen Raum von vielleicht fünfeinhalb Meter Länge und eineinviertel Meter Breite, der mit einem Tisch, einer Couch und zwei Stühlen möbliert war. Ich hob den einen Teppich an. Die Falltür war da – eine primitive Angelegenheit, die nicht vortäuschte, ein Teil des Fußbodens zu sein.

Flach auf dem Bauch, preßte ich ein Ohr an die Falltür. Kein Laut. Ich hob sie einige Zentimeter an. Dunkelheit und ein schwaches Gemurmel von Stimmen. Ich machte die Falltür weit auf und ließ sie leise auf den Boden hinunter. Ich steckte Kopf und Schultern in die Öffnung und entdeckte dann, daß es eine doppelte Anlage war. Unten war noch eine Falltür, die zweifellos in die Zimmerdecke des Raumes darunter paßte.

Vorsichtig ließ ich mich darauf hinunter. Sie gab unter

meinem Fuß nach. Ich hätte mich noch wieder hochziehen können, aber da ich sie nun mal in Bewegung gesetzt hatte, zog ich es vor, weiterzumachen.

Ich stellte mich mit beiden Füßen darauf. Sie schwang nach unten – ich fiel ins Helle. Die Tür über meinem Kopf schnellte hinauf. Ich packte Hsiu Hsiu und hielt ihr gerade noch rechtzeitig den kleinen Mund zu, daß sie nicht schreien konnte.

»Hello«, sagte ich zu dem erschreckten Garthorne, »mein Bote hat heute seinen freien Abend, da bin ich selbst gekommen.«

»Hello«, brachte er mühsam hervor.

Dieser Raum war, wie ich jetzt sah, ein Duplikat des darüberliegenden, aus dem ich heruntergefallen war, ein zwischen zwei Mauern eingelassener Wandschrank, nur hatte dieser an einem Ende eine ungestrichene Tür.

Ich gab Hsiu Hsiu an Garthorne weiter.

»Beruhige sie«, befahl ich, »während –«

Das Klicken des Türriegels ließ mich verstummen. Ich sprang zur Wand neben den Türangeln, gerade als sie aufflog – die öffnende Person war durch die Tür verdeckt.

Die Tür wurde weit geöffnet, aber kaum weiter als Jack Garthornes blaue Augen oder sein Mund. Ich ließ die Tür gegen die Wand zurückschlagen und trat, meinen Revolver im Anschlag, hervor.

Das Urbild einer Königin stand dort!

Eine große Frau, hoch aufgerichtet und stolz. Ein schmetterlingsförmiger Kopfschmuck, übersät mit der Beute aus Dutzenden von Juwelengeschäften, übertrieb ihre Größe noch. Ihr Gewand war amethystfarben, oben mit Filigran geschmückt, darunter ein leuchtender Regenbogen. Die Kleider existierten gar nicht!

Nur *sie* war da – vielleicht kann ich es auf diese Weise klarmachen. Hsiu Hsiu war ein so perfektes kleines Exemplar weiblicher Schönheit, als sich nur denken läßt. Sie war

vollkommen! Dann kommt diese Königin von Irgendwo –
und Hsiu Hsius Schönheit war verschwunden. Sie war wie
eine Kerze in der Sonne. Sie war noch immer hübsch – hübscher als die Frau an der Tür, wenn man schon vergleichen
will –, aber man achtete gar nicht auf sie. Hsiu Hsiu war ein
hübsches Mädchen: diese königliche Frau an der Tür – mir
fehlen die Worte.

»Mein Gott!« flüsterte Garthorne heiser. »Das habe ich ja
nie gewußt!«

»Was tun Sie hier?« fragte ich die Frau angriffig.

Sie hörte mich gar nicht. Sie blickte auf Hsiu Hsiu hinunter wie eine Tigerin auf eine streunende Katze. Hsiu Hsiu
blickte zu ihr hinauf wie eine streunende Katze zu einer Tigerin. Schweiß stand auf Garthornes Gesicht, und sein
Mund war der Mund eines Kranken.

»Was tun Sie hier?« wiederholte ich, indem ich näher an
Lillian Shan herantrat.

»Ich bin da, wo ich hingehöre«, sagte sie langsam, ohne
ihren Blick von der kleinen Sklavin wegzuwenden. »Ich bin
zu meinem Volk zurückgekehrt.«

Das war ein ganz großer Blödsinn. Ich wandte mich an
den glotzenden Garthorne.

»Gehen Sie jetzt mit Hsiu Hsiu in den oberen Raum und
sorgen Sie dafür, daß sie den Mund hält, und wenn Sie sie
erwürgen müßten. Ich möchte mit Miss Shan sprechen.«

Noch immer wie betäubt, schob er einen Tisch unter die
Falltür, stieg hinauf, zog sich zur Decke hinauf und streckte
einen Arm nach unten. Hsiu Hsiu trat um sich und kratzte,
doch ich hob sie zu ihm hinauf. Dann schloß ich die Tür,
durch die Lillian Shan hereingekommen war, und sah sie
an.

»Wie sind Sie hierhergekommen?« verlangte ich zu wissen.

»Als ich Sie verlassen hatte, fuhr ich nach Hause, denn
ich wußte, was Yin Hung aussagen würde, weil er mir das

im Stellennachweis gesagt hatte. Und als ich nach Hause kam – als ich nach Hause kam, entschloß ich mich hierherzukommen, wo ich hingehöre.«

»Dummes Zeug! Als Sie nach Hause kamen«, korrigierte ich sie, »fanden Sie eine Nachricht von Chang Li Ching vor, in der er Sie bat – in der er Ihnen befahl, hierherzukommen.«

Sie sah mich an, sagte aber nichts.

»Was wollte Chang?«

»Er hat gedacht, er könne mir vielleicht helfen«, sagte sie, »und deshalb bin ich hiergeblieben.«

Noch mehr dummes Zeug.

»Chang hat Ihnen mitgeteilt, Garthorne sei in Gefahr – hätte mit dem Whistler gebrochen.«

»Dem Whistler?«

»Sie haben ein Abkommen mit Chang getroffen«, bezichtigte ich sie, ohne ihre Frage zu beachten. Es konnte sein, daß sie den Whistler gar nicht unter diesem Namen kannte.

Sie schüttelte den Kopf, daß die Ornamente an ihrem Kopfschmuck hin und her flogen.

»Es gab kein Abkommen«, sagte sie und hielt meinem Blick zu krampfhaft stand.

Ich glaubte ihr nicht. Und ich sagte ihr das auch.

»Sie haben Chang Ihr Haus gegeben – respektive zur Verfügung gestellt –, als Gegendienst für sein Versprechen, daß –«, ›der Bubi‹ waren die ersten Worte, die mir einfielen, aber ich besann mich noch und sagte: »– daß Garthorne vor dem Whistler sicher ist und daß Sie vor dem Gericht sicher sind.«

Sie richtete sich auf.

»So ist es.«

Ich merkte, daß ich schwach wurde. Dieser Frau, die wie eine Königin aussah, war nicht so leicht beizukommen, wie ich gern wollte. Ich rief mir mühsam ins Gedächtnis zurück, daß ich sie doch gekannt hatte, als sie wer weiß wie reizlos in ihrer männlichen Kleidung gewesen war.

»Man sollte Sie durchhauen!« fuhr ich sie an. »Haben Sie nicht so schon genug Unannehmlichkeiten gehabt, auch ohne sich jetzt noch mit einer Bande von chinesischen Gangstern einzulassen? Haben Sie den Whistler gesehen?«

»Es war ein Mann oben – wie er heißt, weiß ich nicht«, sagte sie.

Ich suchte in meinen Taschen und fand sein Foto, als er nach San Quentin geschickt worden war.

»Das ist er«, sagte sie zu mir, als ich es ihr zeigte.

»Einen feinen Partner haben Sie sich da ausgesucht«, tobte ich. »Was glauben Sie wohl, was das Ehrenwort von so einem wert ist?«

»Sein Wort gilt mir nichts. Ich habe Chang Li Chings Wort.«

»Das ist genauso schlimm. Die beiden sind Partner. Was war Ihre Abmachung?«

Sie trotzte von neuem, hoch aufgerichtet, halsstarrig, von oben herab. Weil sie mir mit diesem Mandschuprinzessinnengetue entschlüpfte, wurde ich ungehalten.

»Lassen Sie sich doch nicht Ihr Leben lang ausnutzen!« beschwor ich sie. »Sie glauben, Sie haben eine Vereinbarung getroffen. Man hat Sie reingelegt! Was glauben Sie wohl, wozu man Ihr Haus braucht?«

Sie versuchte, mich verächtlich anzusehen. Ich versuchte eine neue Art von Angriff.

»Jetzt hörn Sie mal zu. Wenn es Ihnen schon egal ist, mit wem Sie Verträge machen, machen Sie einen mit mir. Ich bin dem Whistler immerhin eine Gefängnisstrafe voraus. Wenn also sein Wort immer noch etwas gilt, sollte doch mein Wort geradezu unschätzbar wertvoll sein. Sagen Sie mir, wie die Abmachung war, und wenn sie halbwegs anständig ist, verspreche ich Ihnen, daß ich hier verschwinde und nichts unternehme. Wenn Sie mir aber nichts sagen, werde ich meinen Revolver aus dem ersten Fenster, das ich finden kann, leerschießen. Und Sie werden überrascht sein, wie viele Polizisten ein solcher Schuß in diese Gegend lockt und wie schnell sie da sein werden.«

Die Drohung ließ sie ein wenig erblassen.

»Wenn ich es sage, versprechen Sie, nichts zu unternehmen?«

»Sie haben eine Kleinigkeit ausgelassen«, erinnerte ich sie. »Wenn ich finde, daß das Abkommen halbwegs anständig ist, werde ich schweigen.«

Sie biß sich auf die Lippen und preßte die Hände ineinander, und dann kam es heraus:

»Chang Li Ching ist einer der Führer der Antijapanischen Bewegung in China. Seit dem Tode von Sun Wen – oder Sun Yatsen, wie er im Süden Chinas und hier in Amerika genannt wird – haben die Japaner ihren Einfluß auf die chinesische Regierung derartig verstärkt, daß er größer ist denn je. Es ist das Werk Sun Wens, das Chang Li Ching und seine Freunde weiterführen.

Da ihre eigene Regierung gegen sie ist, ist es eine dringende Notwendigkeit, so viele Patrioten wie möglich mit Waffen zu versorgen, um dem japanischen Angriff zur gegebenen Zeit Widerstand zu leisten. Dafür wird mein Haus gebraucht. Gewehre und Munition werden dort in Boote geladen und zu den Schiffen gebracht, die weit draußen vor Anker liegen. Dieser Mann, den Sie den Whistler nennen, ist der Besitzer der Schiffe, die die Waffen nach China bringen.«

»Und der Tod der Dienerinnen?« fragte ich.

»Wan Lan war eine Spionin für die chinesische Regierung – für die Japaner. Wang Mas Tod war, glaube ich, ein Unfall, obwohl auch sie unter dem Verdacht stand, eine Spionin zu sein. Für einen Patrioten ist der Tod eines Verräters eine Notwendigkeit, das begreifen Sie doch? Ihr Volk ist doch genauso, wenn Ihr Land in Gefahr ist.«

»Garthorne hat mir eine Schmugglergeschichte erzählt«, sagte ich. »Wie steht's denn damit?«

»Das hat er geglaubt«, sagte sie und lächelte zärtlich zu der Falltür hinauf, durch die er verschwunden war. »Das haben sie ihm erzählt, weil sie ihn nicht gut genug kannten, um ihm Vertrauen zu schenken. Darum haben sie ihn auch beim Verladen nicht helfen lassen.«

Eine ihrer Hände löste sich und legte sich auf meinen Arm. »Nun werden Sie doch weggehen und schweigen?« flehte sie. »Diese Dinge verstoßen gegen das Gesetz Ihres Landes, aber würden Sie nicht auch das Gesetz eines andern Landes brechen, um das Leben Ihres eignen Landes zu retten? Haben nicht vierhundert Millionen Menschen das Recht, eine fremde Rasse zu bekämpfen, die sie ausbeuten will? Seit den Tagen Tao Kuangs* ist mein Land der Spielball aggressiver Nationen gewesen. Sollte da für einen chinesischen Patrioten ein Preis zu hoch sein, um diese Periode der Ehrlosigkeit zu beenden? Sie werden doch der Freiheit meines Volkes nicht im Wege stehen?«

»Ich hoffe, Sie werden gewinnen«, sagte ich, »aber Sie sind reingelegt worden. Die einzigen Waffen, die durch Ihr Haus gegangen sind, heißen Profite! Es würde ein Jahr dauern, um eine Schiffsladung da durchzubringen. Möglich, daß Chang Waffen nach China verschifft. Das könnte sein. Aber dann gehen sie nicht durch Ihr Haus.

An dem Abend, an dem ich da war, liefen Kulis durch - aber sie kamen nicht rein, sie liefen raus. Sie kamen vom Strand und fuhren in Automobilen davon. Vielleicht transportiert der Whistler Waffen für Chang nach China und bringt Kulis mit zurück. Das dürfte ungefähr der Dreh sein. Er bringt die Waffen nach China und seine eigene Ware zurück - Kulis und zweifelsohne Opium -, wobei er den ganz großen Profit durch die Rückfahrt macht. Das Waffenge-

* chinesischer Kaiser (1821-1851)

schäft ist nicht profitabel genug, um interessant für ihn zu sein.

Die Waffen würden ganz normal an einem Pier, als etwas andres deklariert, verladen werden. Ihr Haus wird für die Rückfahrt benutzt. Chang mag in das Kuli- und Opium-Geschäft verwickelt sein, oder auch nicht, aber es ist doch ein leichtes für ihn, den Whistler machen zu lassen, was er will, solange er die Waffen für ihn transportiert. Jetzt sehen Sie, daß Sie reingelegt worden sind!«

»Aber –«

»Nichts aber! Sie helfen Chang, am Kulihandel beteiligt zu sein. Und meine Vermutung ist, daß Ihre Dienstboten nicht umgebracht worden sind, weil sie Spione waren, sondern weil sie sich nicht kaufen lassen wollten.«

Sie war kreidebleich und schwankte. Doch ich ließ sie nicht zu sich kommen. »Glauben Sie, daß Chang dem Whistler traut? Schienen sie befreundet zu sein?«

Ich wußte wohl, er konnte ihm nicht trauen, aber ich wollte etwas ganz Bestimmtes.

»Nein«, sagte sie zögernd. »Es war da die Rede von einem verlorengegangenen Boot.«

Das war gut.

»Sind sie noch beisammen?«

»Ja.«

»Wie komme ich da hin?«

»Die Treppe hinunter, durch den Keller – ganz geradeaus – und auf der anderen Seite zwei halbe Treppen hinauf. Sie waren in dem Zimmer rechts vom zweiten Treppenabsatz!«

Gott sei Dank hatte ich zum ersten Mal eine genaue Orientierungsangabe.

Ich sprang auf den Tisch und klopfte gegen die Decke.

»Kommen Sie runter, Garthorne, und bringen Sie Ihren Schützling mit.

Daß sich keiner von Ihnen hier wegrührt, bis ich wieder

da bin«, sagte ich zu dem Bubi und Lillian Shan, als wir alle wieder beieinander waren. »Hsiu Hsiu nehme ich mit. Los, komm mit, Puppe, ich will, daß du mit jedem Schurken sprichst, mit dem ich zusammenkomme. Jetzt besuchen wir Chang Li Ching, hast du verstanden?« Ich schnitt Gesichter. »Ein Schrei von dir, und –« Ich legte meine Finger um ihren Hals und drückte sie ein bißchen zu.

Sie kicherte, was die Wirkung ein wenig abschwächte.

»Auf zu Chang«, befahl ich. Und sie bei einer Schulter nehmend, schob ich sie zur Tür.

Wir gingen in den dunklen Keller hinunter, gingen zur andern Seite hinüber, fanden dort die andern Treppen und stiegen hinauf. Wir kamen nur langsam vorwärts. Die eingebundenen Füße des Mädchens eigneten sich nicht für eine schnelle Gangart.

Auf dem ersten Treppenabsatz, wo wir umbiegen mußten, um zum zweiten Stock hinaufzugehen, brannte ein trübes Licht. Wir waren gerade umgebogen, als wir Tritte hinter uns hörten.

Ich hob das Mädchen über zwei Stufen weg, aus dem Licht, kauerte neben ihr nieder und hielt sie fest. Vier Chinesen in zerknitterter Straßenkleidung kamen den Korridor im ersten Stock entlang, gingen achtlos an unserer Treppe vorbei und weiter.

Hsiu Hsiu öffnete ihr rotes Blütenmündchen und stieß einen gellenden Schrei aus, den man drüben in Oakland hätte hören können.

Ich fluchte, ließ sie los und rannte die Treppe hinauf. Die vier Chinesen hinter mir her. Oben auf dem Treppenabsatz tauchte einer von Changs massigen Ringern auf – eine dreißig Zentimeter lange Stahlrute in seiner Pratze. Ich sah mich um.

Hsiu Hsiu saß auf der untersten Stufe, den Kopf über der Schulter, und probierte verschiedene Arten von Gekreisch und von Schreien aus, ihr lachendes Puppengesicht strahlend vor Vergnügen. Einer der heraufkommenden Chinesen entsicherte einen Selbstlader.

Meine Beine trugen mich hinauf, dem Menschenfresser oben an der Treppe entgegen.

Als er sich tief über mich hinunterbeugte, ballerte ich los. Meine Kugel riß ihm die Gurgel auf.

Ich tätschelte sein Gesicht mit meinem Revolver, als er an mir vorbei hinuntertaumelte.

Eine Hand packte eine meiner Fesseln.

Ich klammerte mich an das Geländer und stieß meinen anderen Fuß mit aller Kraft rückwärts. Etwas hielt meinen Fuß zurück. Aber nichts konnte mich zurückhalten.

Eine Kugel splitterte etwas von der Decke ab, als ich oben an der Treppe ankam und auf die Tür rechts lossprang.

Ich riß sie auf und stürzte, Kopf voran, ins Zimmer.

Der andere der beiden mächtigen Menschenfresser fing mich auf – fing meine über hundertachtzig Pfund auf wie ein Junge einen Gummiball.

An der gegenüberliegenden Wandseite fuhr Chang Li Ching sich mit seinen dicken Fingern durch seinen dünnen Bart und lächelte mir zu. Neben ihm fuhr ein Mann, den ich als den Whistler kannte, von seinem Stuhl hoch. Ein Zucken lief über sein gerötetes Gesicht.

»Der Fürst der Jäger sei willkommen«, sagte Chang und fügte noch etwas auf Chinesisch für den Menschenfresser hinzu, der mich hielt.

Der Menschenfresser stellte mich auf die Füße, drehte sich um und schloß die Tür vor meinen Verfolgern.

Der Whistler setzte sich wieder, seine rotgeäderten Augen mißtrauisch auf mich gerichtet und sein gedunsenes Gesicht bar jeden Vergnügens.

Ich steckte erst meinen Revolver wieder ein, bevor ich zu Chang hinüberging. Auf meinem Gang durch das Zimmer fiel mir etwas auf.

Die Samtvorhänge hinter des Whistlers Stuhl bauschten sich ein ganz klein wenig, so wenig, daß jemand, der das nicht vorher schon einmal gesehen hatte, es gar nicht bemerkt hätte. Chang traute also seinem Komplizen nicht!

»Ich habe hier etwas, was ich Ihnen zeigen möchte«, sagte ich zu dem alten Chinesen, als ich vor ihm stand, oder vielmehr vor dem Tisch, hinter dem er saß.

»Das Auge ist in der Tat besonders bevorzugt, das etwas erblicken darf, was der Vater der Rächer mitgebracht hat.«

»Es ist mir zu Ohren gekommen«, sagte ich, während ich in die Tasche griff, »daß nicht alles, was nach China unterwegs ist, auch dort ankommt.«

Der Whistler sprang wieder von seinem Stuhl auf. Sein Mund war verzerrt und sein Gesicht ein schmutziges Rosa. Chang Li Ching sah ihn an, und er setzte sich wieder.

Ich zog die Fotografie des Whistlers heraus, der in einer Gruppe von Japanern stand, den Orden der Aufgehenden Sonne auf seiner Brust. In der Hoffnung, daß Chang nichts von dem Schwindel gehört hatte und nicht wußte, daß der Orden eine Fälschung war, ließ ich die Fotografie auf den Tisch fallen.

Der Whistler renkte sich den Hals aus, konnte aber das Bild nicht sehen.

Chang Li Ching betrachtete es lange über seine gefalteten Hände hinweg. Seine alten Augen waren klug und freundlich, sein Gesichtsausdruck gütig. Kein Muskel bewegte sich in seinem Gesicht. Sein Blick blieb unverändert.

Die Nägel seiner rechten Hand ritzten langsam eine rote Schramme quer über seinen linken Handrücken.

»Es ist wahr«, sagte er leise, »daß die Anwesenheit eines Weisen Weisheit erfordert.«

Er entfaltete seine Hände, nahm die Fotografie auf und hielt sie dem grobschlächtigen Mann hin. Der Whistler griff danach. Sein Gesicht färbte sich grau, seine Augen quollen heraus.

„Mein Gott, das ist doch –« begann er, hielt inne, ließ die Fotografie in seinen Schoß fallen und sackte vernichtet in sich zusammen.

Das verblüffte mich. Ich hatte einen hitzigen Disput erwartet und geglaubt, Chang überzeugen zu müssen, daß der Orden keine Fälschung sei, was er ja war.

»Dafür können Sie jeden Preis von mir verlangen, den Sie wollen«, sagte Chang Li Ching zu mir.

»Ich verlange, daß Lillian Shan und Garthorne von jedem Verdacht befreit werden, und ich verlange Ihren dicken Freund hier und alle andern, die in die Morde verwickelt sind.«

Changs Augen schlossen sich eine Sekunde – das erste Zeichen von Abspannung, das ich in seinem runden Gesicht gesehen hatte.

»Sie können sie haben«, sagte er.

»Das Abkommen, das Sie mit Miss Shan getroffen haben, wird damit natürlich ungültig«, erklärte ich. »Ich werde vielleicht einen kleinen Beweis brauchen, um sicherzugehen, daß ich dieses Baby hier endlich hängen kann«, sagte ich, mit einer Kopfbewegung zum Whistler hinüber.

Chang lächelte verträumt.

»Ich bedaure sehr, aber das ist nicht möglich.«

»Warum –?« begann ich und hielt inne.

Der Vorhang hinter dem Whistler bauschte sich nicht mehr, wie ich sah. Eins der Stuhlbeine glitzerte im Licht. Eine rote Lache breitete sich auf dem Fußboden unter ihm aus. Ich brauchte seinen Rücken gar nicht erst zu sehen, um zu realisieren, daß es für ihn kein Hängen mehr gab.

»Das ändert die Situation«, sagte ich und stieß einen Stuhl zum Tisch hinüber. »Jetzt können wir miteinander verhandeln.«

Ich setzte mich, und wir verhandelten miteinander.

Zwei Tage später war alles zur Zufriedenheit von Polizei, Presse und Publikum geklärt. Der Whistler wurde, so hörte ich, schon seit Stunden tot, in einer dunklen Straße gefunden. Er war in einem Kampf zwischen Alkoholschmugglern durch einen Messerstich in den Rücken getötet worden, so hörte ich. Hoo Lun wurde gefunden. Der goldzahnige Chinese, der Lillian Shan die Tür aufgemacht hatte, wurde gefunden. Fünf andere wurden auch gefunden. Jeder dieser sieben, mit Yin Hung, dem Chauffeur, bekam zum Schluß lebenslänglich. Sie waren die Leute des Whistlers gewesen, und Chang opferte sie, ohne mit der Wimper zu zucken. Sie hatten genausowenig Belastungsmaterial für Changs Mitschuld wie ich und konnten deshalb nichts gegen ihn unternehmen, obwohl sie wußten, daß das meiste Belastungsmaterial gegen sie von Chang stammte.

Niemand außer dem Mädchen, Chang und mir wußte, welche Rolle Garthorne gespielt hatte, und so zählte er nicht mit und war frei, den größten Teil seiner Zeit im Hause des Mädchens zu verbringen.

Gegen Chang hatte ich keinerlei Beweismaterial, konnte auch keins auftreiben. Ungeachtet seines Patriotismus hätte ich sonstwas gegeben, um diesen alten Knaben hinter Schloß und Riegel zu bringen. Aber ich hatte keine Chance gehabt, ihn auf irgend etwas festzunageln, und so mußte ich mich denn mit einem Vergleich zufriedengeben, in dem er mir alles auslieferte, außer sich selbst und seine Freunde.

Was aus Hsiu Hsiu, dem schreienden Sklavenmädchen, geworden ist, weiß ich nicht. Sie hätte verdient, ungeschoren davonzukommen. Ich war versucht zurückzugehen und Chang nach ihr zu fragen, ließ es dann aber lieber sein. Chang hatte nämlich erfahren, daß der Orden auf dem Foto eine Fälschung war. Ich hatte einen Brief von ihm:

> Grüße und Große Liebe dem Enthüller von Geheimnissen, von einem, dessen leidenschaftlicher Patriotismus und angeborene Dummheit sich verbündet haben,

um ihn so zu verblenden, daß er ein wertvolles Werkzeug zerbrach, und der zuversichtlich hofft, daß die Zufälle weltlichen Handels seinen schwachen Geist nie wieder mit dem unwiderstehlichen Willen und dem blendenden Intellekt des Kaisers der Verwirrer konfrontieren werden.

Das kann nun jeder auffassen, wie es ihm gefällt. Ich aber kenne den Briefschreiber, und ich gestehe ganz offen, daß ich aufgehört habe, in chinesischen Restaurants zu essen, und daß ich heilfroh wäre, wenn ich Chinatown nie wiedersähe.

Dashiell Hammett
im Diogenes Verlag

Der Malteser Falke
Roman. Aus dem Amerikanischen von Peter
Naujack. detebe 20131

Rote Ernte
Roman. Deutsch von Gunar Ortlepp
detebe 20292

Der Fluch des Hauses Dain
Roman. Deutsch von Wulf Teichmann
detebe 20293

Der gläserne Schlüssel
Roman. Deutsch von Hans Wollschläger
detebe 20294

Der dünne Mann
Roman. Deutsch von Tom Knoth
detebe 20295

Fliegenpapier
Detektivstories I. Deutsch von Harry
Rowohlt, Helmut Kossodo, Helmut Degner,
Peter Naujack und Elizabeth Gilbert.
Vorwort von Lillian Hellman. detebe 20911

Fracht für China
Detektivstories II. Deutsch von Elizabeth
Gilbert, Antje Friedrichs und Walter E.
Richartz. detebe 20912

Das große Umlegen
Detektivstories III. Deutsch von Walter E.
Richartz, Hellmuth Karasek und Wulf
Teichmann. detebe 20913

Das Haus in der Turk Street
Detektivstories IV. Deutsch von Wulf
Teichmann. detebe 20914

Das Dingsbums Küken
Detektivstories V. Deutsch von Wulf
Teichmann. Nachwort von Prof. Steven
Marcus. detebe 20915

Meistererzählungen
Ausgewählt von William Matheson. Deutsch
von Wulf Teichmann, Walter E. Richartz und
Elizabeth Gilbert. detebe 21722

Außerdem liegt vor:

Diane Johnson
Dashiell Hammett
Eine Biographie. Aus dem Amerikanischen
von Nikolaus Stingl. Mit zahlreichen Abbil-
dungen. detebe 21618

Raymond Chandler
im Diogenes Verlag

Ross Macdonald
im Diogenes Verlag

Patricia Highsmith
im Diogenes Verlag

Eric Ambler
im Diogenes Verlag